DE GREEP VAN DE DOOD

EEN BRITSE MISDAADTHRILLERMYSTERIE

DS TOMEK BOWEN ESSEX MOORDMYSTERIE-
SERIE

BOEK 2

JACK PROBYN

CLIFF EDGE PRESS

eBook ISBN: 978-1-80520-207-3

ISBN: 978-1-80520-208-0

Eerste editie

Bezoek de website van Jack Probyn op www.jackprobynbooks.com.

HOOFDSTUK
EEN

De laatste keer dat Amelia Duggan de kleine Annabelle Lake zag, was toen ze haar uitzwaaide bij het schoolhek. De schooldag was afgelopen en hordes kinderen van de Canvey Beck Basisschool stroomden de straat op met hun ouders. Maar niet Annabelle Lake. Zij had geen ouders nodig om haar op te halen. Ze woonden in de kleine straat tegenover de school, op een steenworp afstand van de ingang. Een kort stukje langs de weg, oversteken bij het stoplicht, en dan was ze veilig.

Amelia keek elke middag toe hoe ze die route aflegde, gewoon om er zeker van te zijn dat ze de drukke straat overstak en veilig haar voordeur binnenstapte.

Deze middag was niet anders.

'Heb je je tas en jas?' vroeg Amelia.

'Ja, juf,' antwoordde Annabelle.

'En heb je je handen gewassen?'

'Ja, juf.'

'Weet je dat zeker? Ik hoorde je een paar minuten geleden naar het toilet gaan.'

Amelia, die besefte dat ze was betrapt, giechelde kinderlijk en haastte zich toen naar het toilet. Het was 15:30 uur. De school was vijftien minuten geleden afgelopen, maar Annabelle was achtergebleven, zoals ze vaak deed, om de bovenbouw de tijd te geven het schoolplein te verlaten. Ze hield niet van grote mensenmassa's, die maakten haar bang. En Amelia was maar al te blij om de extra vijftien minuten met haar door te brengen om ervoor te zorgen dat ze zich zo comfortabel mogelijk voelde.

Een paar ogenblikken later keerde Annabelle Lake terug naar het klaslokaal, haar handen nat. Ze hield ze in de lucht, en Amelia gaf haar een high five. Ze waren de Twee A's. Amelia en Annabelle, en Amelia was bij het kleine meisje geweest sinds ze op de kleuterschool was begonnen. Ze had haar zien opgroeien van een verlegen, schuchter kind dat er niet wilde zijn, tot een glimlachend, uitbundig kind dat ieders dag opfleurde zodra ze het gebouw binnen kwam huppelen. Ondanks de moeilijkheden die ze later in haar leven zou tegenkomen, zou ze niet toelaten dat die haar zouden weerhouden van leven in het moment, leven in het nu.

Terwijl ze Annabelles tas droeg, volgde Amelia haar de trap af en door een dubbele deur. Tegen de tijd dat ze de parkeerplaats bereikten, was het terrein leeg, op een paar ouders na die wachtten op hun kinderen die nablijven hadden. Dat aantal was de laatste jaren toegenomen. Ze wist niet zeker wat er met de school aan de hand was. En als onderwijsassistent was ze niet op de hoogte van de ingewikkelde details over hoe de school werd geleid, of hoe deze de grond in werd geboord. Het laatste Onderwijsinspectie-rapport had hen beoordeeld als 'Verbetering Nodig'. Ze was er zeker van dat de houding en het gedrag van sommige kinderen daar grotendeels aan bijdroegen. In al haar vorige functies had ze nooit kinderen meegemaakt die zo ongeorganiseerd, venijnig, kwaadaardig en minder leergierig waren als die op Canvey Beck, een van de beter presterende scholen van Canvey Island. Behalve Annabelle Lake natuurlijk. Kleine Annabelle was de reden dat ze naar haar werk ging, de reden dat ze uitkeek naar de ellende die ze elke dag moest doorstaan. Een deel van haar voelde dat de absolute ondergang van het onderwijs op de school - en het toenemende geweld dat ze op het schoolplein aantrof - te wijten was aan de recente toestroom van immigranten en migranten op het eiland. Met nergens anders om naartoe te gaan, en niemand anders die bereid was hen te helpen, hadden zij hun toevlucht gezocht aan de zuidkant van het eiland in de verschillende caravanparken en sociale woningbouw, tot grote ergernis van de overgebleven bewoners van Canvey. Ze zei niet dat ze allemaal racistisch waren, maar aangezien het kiesdistrict Castle Point tot de top drie behoorde met het grootste percentage Leave-stemmers tijdens het Brexit-referendum, was het moeilijk om een andere reden dan een raciale te bedenken. De instroom van Oost-Europese kinderen in de school had veel van de kinderen die zij in haar klas begeleidde van streek gemaakt, en alleen al in de afgelopen week had ze een einde gemaakt aan drie vechtpartijen, allemaal tussen degenen die dachten dat ze recht hadden om op school te zitten en degenen van wie zij vonden dat ze er niet thuishoorden. En het grappige was dat het meestal degenen waren die nergens anders heen konden, degenen die gevlucht waren uit hun door oorlog verscheurde landen, die beter presteerden in de klas. Het waren zorgwekkende tijden voor de school, maar kinderen zoals Annabelle Lake waren haar reden voor hoop. Zij inspireerden haar om door te gaan met het werk waar ze al zo lang van hield.

Aan het einde van de personeelsparkeerplaats hielden ze halt bij het schoolhek. Annabelles huis was zichtbaar achter een lage rij heggen.

'Tot morgen,' zei Amelia.

'Ja, juf. Ik hou van u, juf.'

Amelia antwoordde dat zij ook van haar hield, en sloeg toen haar armen over elkaar tegen de kou terwijl ze keek hoe het kleine meisje de weg af strompelde, geduldig wachtte bij het verkeerslicht en toen overstak. Ze zag een paar ouders die ze herkende aan de andere kant van de weg wachten op hun kinderen, gekleed in hun bodywarmers en trainingsbroeken, sigaret in de ene hand, telefoon in de andere.

Annabelle slenterde naar haar huis, haar veel te grote rugzak stuiterde bij elke stap en woog haar neer. Toen ze de rij heggen naderde, stopte er een auto naast haar en ze bleef staan. De bestuurder was onzichtbaar achter de schittering van de donker wordende novemberlucht en de reflecties van de dreigende wolken boven hen die een week regen aankondigden. Amelia bestudeerde de auto in een poging haar angsten weg te nemen. Het was een Ford Fiesta. Zwart, met zwarte velgen, een subwoofer die muziek bulderde en getinte ramen. Ze herkende het als de auto van Annabelles oom. Hij kwam haar altijd op willekeurige momenten ophalen. Zei dat het was omdat ze die avond bij hem zou logeren.

Omdat ze geen reden had om iets anders te vermoeden, had ze Annabelle vaak onder de hoede van haar oom laten gaan. En nu was het niet anders. Het enige wat zichtbaar was van het kleine meisje waren de staartjes op haar hoofd en de bovenkant van haar rugzak.

Amelia keek toe hoe Annabelle het portier opende en instapte.

Een ogenblik later trok de auto op bij de kruising en reed in de tegenovergestelde richting.

De richting weg van haar oom en tante.

De richting weg van haar hele familie.

HOOFDSTUK
TWEE

Tomek hield niet van begraafplaatsen. Als hij erover nadacht, kon hij zich niemand voorstellen die dat wel deed. Behalve degenen die betaald werden om er te werken, of vrijwilligers die ervoor zorgden dat het terrein zo schoon en respectabel mogelijk bleef. En zelfs dan dacht hij niet dat *genieten* het juiste woord was.

Verdragen leek toepasselijker. Ja, ze verdroegen het. Op dezelfde manier waarop Tomek leerde nieuwe dingen in zijn leven te verdragen. De dochter van wie hij niet wist dat hij haar had en die op een middag opeens voor zijn deur stond, de ondraaglijke verveling die hij elke dag voelde omdat hij niet kon werken tijdens zijn schorsing in afwachting van het onderzoek. Hij vond het zelfs moeilijk om dagelijkse televisie te verdragen. En dan was er dit. Southend Cemetery. Een van de grootste, zo niet de grootste verzameling botten en dode lichamen waar hij was geweest. En hij had in zijn tijd al heel wat plaatsdelicten bezocht die het probeerden te overtreffen.

Hij liet zijn blik zakken en zijn ogen vielen op de grafsteen.

Tony William Hunt. Hij had zijn koffie liever kouder dan zijn klimaat.

Het opschrift toverde een glimlach op Tomeks gezicht. Dat vatte hem perfect samen.

De man was vier weken dood, en op de eerste maandelijkse verjaardag van zijn overlijden vond Tomek dat het tijd was om zijn opwachting te maken. Of het nu schuld of verdriet was geweest dat hem ervan had weerhouden eerder te komen, hij wist het niet. Het enige wat hij wist was dat hij net was begonnen het gebeurde te verwerken, en dat hij het achter zich zou moeten laten als hij zijn carrière wilde voortzetten. Hij kon niet blijven leven in het verleden, in angst voor wat hij had gedaan en hoe het was gebeurd.

Een groot blad, bruin en vuil door de regen die het dieper in de grond had gehamerd, wapperde tegen de onderkant van de grafsteen. Tomek bukte zich om het te verwijderen, om het netjes te maken. Toen hij zich oprichtte van de doorweekte grond, hoorde hij voetstappen en het geluid van een ritselende parka. Het stopte een paar meter bij hem vandaan. En als het mogelijk was, voelde hij de luchtdruk en temperatuur een paar graden dalen.

Toen voelde hij een ijzige blik die in zijn rug brandde.

'Nee...' was het enige woord dat over haar lippen kwam. Gevolgd door: 'Nee... Nee, jij hebt hier *niets* te zoeken. Nee! Blijf bij hem weg!'

Tomek hoefde het geen twee keer te horen. Hij hoefde zich ook niet om te draaien om te weten wie hem de mantel uitveegde omdat hij bij Tony's graf stond. Sinds die dag, de dag waarover Tomek weigerde met iemand anders te praten behalve met de stemmen van de rede in zijn eigen hoofd, had Susan Hunt haar gevoelens jegens hem zeer duidelijk gemaakt. Ze had hem publiekelijk aan de schandpaal genageld in verschillende Facebookgroepen, zijn naam door het slijk gehaald in de media en ze had geholpen met het toevoegen van explosieven aan de bom die momenteel bezig was zijn carrière te vernietigen.

Hij kon haar nauwelijks de schuld geven. Hij *was* verantwoordelijk geweest voor de dood van haar echtgenoot. Hij kon haar moeilijk kwalijk nemen dat ze alle fasen van rouw had doorlopen en die op een destructieve en wraakzuchtige manier op hem had gericht.

'Hallo, Susan,' zei Tomek zachtjes. Hij hield zijn handen in zijn zakken en probeerde zijn stem zo luchtig mogelijk te houden. Hij was niet gekomen om ruzie te maken, hij was niet gekomen om aanstoot te geven, hij wilde alleen zijn respect betuigen en weggaan.

'Rot op,' zei ze tegen hem. 'En krijg de klere.'

'Ik wilde alleen mijn-'

'Het kan me niet schelen. Rot op. Je hebt geen recht om hier te zijn.'

Dat was waar, onder normale omstandigheden. Maar dit waren geen normale omstandigheden. Schuldgevoel had hem hier gebracht. Schuldgevoel omdat hij haar man had laten sterven terwijl hij de kans had gehad - hoe minuscuul die op dat moment ook leek - om hem te redden.

Tomek haalde iets uit zijn zak. Een zakje huismerk oploskoffie van Sainsbury's. De tijden waren de laatste tijd zwaar geweest, en hij was niet in de positie om merkproducten te kopen - de merken die Tony verdiende.

'Ik weet dat het zijn favoriet is,' zei Tomek, terwijl hij een thermosfles uit zijn andere jaszak trok. 'Maar ik dacht dat we samen een koffie konden drinken. Met dit weer zal het waarschijnlijk niet lang warm blijven.'

'Nee!' bulderde ze, haar stem rolde over de graven en verstoorde de doden. 'Jij komt niet in zijn buurt. Ik heb het je gezegd. Als ik je hier nog een keer vind, zorg ik voor een contactverbod.'

Kon je een contactverbod laten uitvaardigen tegen een dode persoon? Tomek wist het niet. Maar hij wilde zeker niet lang genoeg blijven hangen om erachter te komen.

Om de enige ter wereld te zijn die wettelijk niet binnen honderd meter van een lijk mocht komen. Dat zou zijn werk nog moeilijker hebben gemaakt.

Met gebogen hoofd trok hij zich terug van het graf naar het pad dat door de begraafplaats liep. Susan stond daar, resoluut, haar lichaam stijf, en blokkeerde Tomeks uitweg. Ze dwong hem de lange weg terug naar zijn auto te nemen.

'Ik weet dat u me misschien nooit zult kunnen vergeven, en ik weet dat u dat misschien ook nooit wilt, maar als het mogelijk is, zou het veel voor me betekenen als we konden gaan zitten en bespreken wat er is gebeurd.'

'Het zou veel voor *jou* betekenen, bedoel je,' zei ze als een vaststelling in plaats van een vraag. 'Dit gaat niet om jou, dus probeer het niet daartoe te maken. Jij bent degene die hem heeft laten sterven, en ik hoop dat je de rest van je leven met die beslissing moet leven.'

Dat deed Tomek, en zou hij blijven doen.

Er was geen dag voorbijgegaan waarop hij er niet aan had gedacht, waarop het niet van binnenuit aan hem had gevreten.

Maar hij kon zich niet voorstellen hoe zij zich voelde. Zij miste een echtgenoot, haar zielsverwant, haar levenspartner. Dat was veel ernstiger en verwoestender dan het schuldgevoel waarmee hij worstelde. Wie was hij om om vergeving te smeken als dat het laatste was wat hij verdiende?

Beseffend dat hij een strijd voerde die hij al had verloren en dat het een vergissing was geweest om hier te komen, keerde Tomek Susan de rug toe en ging terug naar zijn auto - waar hij de andere vergissing in zijn leven zou gaan ontmoeten.

HOOFDSTUK
DRIE

'Ben je klaar?' vroeg hij haar.

Maar de vraag bereikte haar niet: de twee witte oordoppen die zo ver mogelijk in haar oren zaten, verhinderden dat. Om haar aandacht te trekken, zwaaide hij wild met zijn hand voor haar gezicht.

'Wat?' siste ze terwijl ze de oordopjes tussen haar vingers hield en hem een spottende blik toewierp.

'Boodschappen. We gaan. Ben je klaar? Nu.'

De lucht van ongenoegen die uit haar neus kwam, was sterk genoeg om hem een paar passen achteruit te doen deinzen, maar in de afgelopen weken had hij geleerd het te verdragen. Sterker nog, het was een van de weinige dingen die hij daadwerkelijk had.

'Ik wil niet boodschappen doen,' zei ze tegen hem.

'Wil je eten?'

'J-' begon ze, maar bedacht zich toen. 'Nee.'

'Ik kan helaas alleen je eerste antwoord accepteren. En als je wilt blijven eten, dan sta je op van de bank, trek je je jas en schoenen aan en ga je met mij mee naar de winkel.'

'Je bent mijn moeder niet.'

'Nee, je hebt gelijk. Ik ben je vader. Wat precies hetzelfde is, alleen met meer haar op mijn lichaam. En wat ik zeg, gebeurt.'

Kasia bleef stevig op de bank zitten en staarde naar hem op, verwikkeld in een strijd van verzet tot er een winnaar zou komen. Aan het begin van het kalenderjaar had hij nooit gedacht dat hij dagelijks in een staarwedstrijd en ruzie met een dertienjarige zou belanden. Eigenlijk had hij niet gedacht dat veel dingen zouden gebeuren. Hij dacht niet dat hij de liefde zou vinden en wenste dat hij die nooit had gevonden in de loop van een paar weken. Hij dacht niet dat hij ooit geschorst zou worden van zijn functie als rechercheur, in afwachting van een onderzoek. En hij had zeker niet gedacht dat hij erachter zou komen dat hij vader was - dertien jaar te laat.

Geen van deze dingen stond op zijn bingokaart voor dit jaar.

'Drie...' begon hij, ouderschap uitoefenend op de enige manier die hij kende: vanuit de strenge Poolse opvoeding die hij had gehad voordat zijn ouders hem hadden verstoten uit de familie. 'Twee...'

Nog steeds bleef Kasia standvastig, het verzet achter haar ogen gloeiend.

'Laat me niet bij één komen...'

Gelukkig was ze vanavond niet bereid zijn geduld op de proef te stellen. Ze was ook niet bereid zijn bluf te doorprikken. En dus, met een nieuwe windvlaag uit haar neusgaten, gleed ze van de bank en liep naar het schoenenrek bij de voordeur. Ze stopte de oordopjes terug in haar oren, en daar bleven ze gedurende de hele reis naar hun lokale Aldi. Sinds ze in zijn leven was gekomen, was ze één ding en één ding alleen geworden: een last op zijn middelen. Financieel, tijd en al het andere. Ze had elke minuut van zijn wakkere tijd in beslag genomen. Ervoor zorgen dat ze wakker was en klaar voor school; dat ze eten had voor ontbijt, lunch en diner; dat ze genoeg beltegoed had om de rest van de maand door te komen; dat ze reserve schooluniform had nadat hij pastasaus eroverheen had gemorst toen hij haar eten opschepte. Het was constant, een cultuurschok van de hoogste orde. De afgelopen tweeëntwintig jaar, sinds hij uit het huis van zijn ouders was verhuisd en op verschillende plekken had gewoond (met ex-partners en in huizen die hij deelde met vrienden), had hij zich nooit zorgen hoeven maken over iets anders dan zichzelf.

Niemand was van hem afhankelijk geweest om te overleven.

Maar nu was dat allemaal veranderd.

En hij voelde het nooit meer dan wanneer hij met haar door de gangpaden van de Aldi liep.

'Wat wil je voor de lunch?'

Zoals gewoonlijk zat ze op haar telefoon. Gelijmd aan dat verdomde ding. Ze bracht er zoveel tijd op door dat hij begon te denken dat het op de een of andere manier aan haar hand was vast-gehecht.

'Weet niet,' kwam het typische antwoord met een typisch schouder-ophalen.

'Geweldig. Wat dacht je hiervan?' Tomek wees naar een pot zuurkool.

Ze schonk er weinig aandacht aan, de inhoud op haar telefoon was oneindig veel aantrekkelijker.

'Zou je honderd euro willen?' zei hij abrupt.

Dat leek, niet verrassend, haar aandacht te trekken. Haar gezicht schoot omhoog naar hem en haar ogen werden groot. '*Echt*?'

'Nee. Niet echt. Nu... de zuurkool. Wil je daar wat van?'

Ze keek fronsend naar de pot. 'Bah... nee. Wat *is* dat eigenlijk?'

'Heerlijke goedheid,' zei hij tegen haar. 'Je bent een kwart Pools, dus je eet Poolse dingen. Je woont in een Pools huishouden, dus je *geniet* van Poolse dingen.'

De stem van zijn vader echode in zijn hoofd. Zijn oude heer Perry had jaren geleden iets soortgelijks tegen hem gezegd, toen Tomek eens had geprotesteerd tegen het eten van rode kool voor de tiende dag op rij.

Ouderschap uitoefenen op de enige manier die hij kende.

'Ik wil soep,' zei ze, wat hem verraste.

'Soep?'

'Ja. Weet je wat dat is? Hebben jullie dat in Polen?'

Tomek grijnsde. 'Ik denk dat je Polen leuk gaat vinden,' zei hij. 'Als we ooit de kans krijgen om te gaan. Of zelfs als ik je mee zou nemen om mijn ouders te zien - je grootouders. Ze leven praktisch op soep.'

Dat leek haar stil te krijgen, en richtte haar focus op de rest van de boodschappen. Zelfs als het nog maar voor vijftig procent was, hij nam het graag. Terwijl ze door de gangpaden slenterden, werd ze uiteinde-lijk behulpzaam en wees ze de dingen aan die ze wilde eten en drinken, in plaats van van alles een ruzie te maken. Dat was, totdat ze bij de toiletartikelen kwamen.

'Heb je hier iets van nodig?' Tomek staarde leeg naar de muur van toiletartikelen en haarverzorgingsproducten. 'Haargel? Douchegel?'

Zoveel keuze. Zoveel onnodige producten. Elk vol met marketing-onzin die nergens op sloeg. Dingen waarvan hij nog nooit had gehoord, woorden waarvan hij zeker wist dat ze verzonnen waren. Het ergste was toen hij haar naar Boots had gebracht zodat ze haar make-uptas kon aanvullen (iets waar hij het niet helemaal mee eens was voor iemand van haar leeftijd, maar dat was de schuld van haar moeder, en dat was een discussie voor een andere keer). Hij had vijftien minuten nodig gehad om de enorme hoeveelheid troep te verwerken waaruit Kasia kon kiezen. De verschillende merken die om ruimte streden terwijl ze allemaal precies hetzelfde deden. En toen ze bij de huidverzorgingsafdeling kwamen, had hij bijna een hersenaneurysma gekregen. Hyaluronzuur. Peptidetechnologie. Elk beweerde iets anders te doen, iets overbodigs. Ontstressend, anti-verouderend. Alles was tegenwoordig anti-iets, een totale verspilling van tijd, en het deed hem pijn om te zien dat ze er op zo'n jonge leeftijd al intrapte.

Maar nogmaals, dat was de schuld van haar moeder en een discussie voor een andere keer. Een discussie waarvan hij wist dat hij die zou verliezen.

'Sinds wanneer hebben mensen vijftien "beauty blenders" nodig?' had hij haar gevraagd. Hij had de naam tussen aanhalingstekens in de lucht gezet omdat hij niet kon geloven dat er een fancy naam bestond voor wat in wezen een zachte spons was.

'Ze doen allemaal iets anders,' had ze bits geantwoord.

Daar was het weer. Dat *iets anders*.

'Wat precies? Betekent dit dat je met deze je linker neusgat kunt blenden terwijl je de andere moet gebruiken voor de rechterkant?'

Kasia had gezucht en was hem voorbij gestormd, zich haastend weg van het schap. 'Je bent een man, je zult het nooit begrijpen.'

'Ik probeer het te begrijpen, daarom stel ik de vraag.'

'Nee, dat doe je niet. Je gedraagt je er kloterig over.'

Dat was de eerste keer dat ze tegen hem had gevloekt, iets waar hij haar midden in de winkel op had aangesproken. Hij kreeg veel misbruik te verduren in zijn werk, hij zou het thuis ook niet accepteren. Sindsdien had ze geen woord erger dan 'shit' gezegd, en dat was gericht op haar huiswerk in plaats van op hem.

Nu echter, terwijl ze naast elkaar stonden en naar de muur van Aldi-huidverzorgingsproducten keken, voelde Tomek een nieuwe ruzie aankomen. Hij trok zich terug naar het schap met toiletpapier en hield zijn mond.

'Deodorant?' vroeg hij, zonder zichzelf te kunnen bedwingen.

Ze keek hem woedend aan en stormde toen naar het einde van het gangpad.

Tomek vatte dat op als zijn teken om te volgen, zonder een van de vervelende opmerkingen die op het puntje van zijn tong lagen naar haar te slingeren.

Aan het einde van het gangpad sloten ze achteraan in de rij aan en betaalden vervolgens voor hun boodschappen. Op de reis naar huis gingen de oordopjes weer in, en hij werd gedwongen om het eten alleen uit te pakken, terwijl Kasia zich op de bank oprolde en door haar telefoon scrollde.

TikTok, waarschijnlijk. Of Snapchat. Die leken tegenwoordig populair te zijn, en hij had geen idee wat ze allemaal inhielden. Niet in detail, tenminste. Het enige wat hij wist was dat het zeker geen veilige plek voor haar was. Maar hij was niet in de positie om een alternatief te bieden. Tenzij ze wilde beginnen met het bekijken van foto's van lijken en het lezen van dossiers over seriemoordenaars.

Toen hij klaar was met het uitladen van de boodschappen, stak hij zijn hoofd om de keukendeur en zag haar aan het bureau bij de vensterbank zitten. Ze staarde naar een stuk papier.

'Alles goed?' vroeg hij haar, enigszins aarzelend.

'Ik... ik heb morgen kookles.'

'Oké. Wat is dat?'

'Waar we dingen koken in de klas.'

'En krijgt iemand daarvoor betaald?'

Ze knikte.

'Oké. Wat wil je dat ik daaraan doe?'

'Nou, ik heb een hoop ingrediënten nodig. Kool. Wortels. Ui. Mayonaise.'

'Jezus. Wat ga je maken?'

'Coleslaw, denk ik.'

Tomek dacht aan het bakje coleslaw in de koelkast. Probeerde niet geïrriteerd te raken, hoewel hij al aanvoelde wat er zou komen.

'Oké...'

'Nou, ik heb de ingrediënten nodig.'

'We hebben ze niet.'

'Ik heb ze nodig.'

'Pech,' zei hij.

'Maar als we de ingrediënten vergeten, dan zei mevrouw Shaw dat ze ons nablijven geeft.'

'Dan had je daar misschien aan moeten denken toen we in de winkel waren. We gaan niet terug. Je zult aan mevrouw Shaw moeten uitleggen dat je de ingrediënten niet hebt en dat je ze de volgende keer wel zult hebben.'

'Maar...' Ze probeerde te protesteren, maar de woorden vielen uit haar mond.

Tomek wist dat ze dit expres had gedaan. Om het hem betaald te zetten voor iets. Uit wrok. Om terug te slaan voor wat hij misschien had gezegd of gedaan in de afgelopen dagen. Of misschien was het gewoon haar manier om langzaam wraak te nemen voor de dertien jaar van haar leven die hij had gemist. De jaren waarvan hij niet eens wist. Ze wilde hem afschilderen als een slechte vader, een waardeloze vader die niet bereid was om terug naar de winkel te gaan voor de opleiding van zijn eigen dochter.

Niet dat leren koken echt als onderwijs telde.

En ze had volkomen gelijk. Hij was niet bereid om terug naar de winkel te gaan, niet als ze het al een hele week had geweten.

Bovendien was dit zijn versie van opvoeden. Het verzinnen terwijl hij ermee bezig was.

Opvoeden op de enige manier die hij kende.

HOOFDSTUK
VIER

I n de weken sinds Tomek hoofdinspecteur Nick Cleaves voor het laatst had gezien, was de man kwijtgeraakt wat er nog over was van zijn haar, en het geluid van zijn zware, geërgerde ademhaling was dieper geworden. Alsof hij bij elke uitademing zuchtte.

De afspraak om zijn schorsing te bespreken stond al bijna een week in Tomeks agenda, maar hij was het bijna vergeten. Het was hem volledig ontschoten, dankzij de gedachten aan kool, wortel, ui en mayonaise die de avond ervoor door zijn hoofd spookten. Pas toen Kasia heel beleefd - en verrassend genoeg - had gevraagd wat zijn plannen voor de dag waren, was het hem weer te binnen geschoten.

'Weer te laat,' merkte Nick op toen hij de deur van zijn kantoor opende. 'Ik had gedacht dat je tijdens deze vakantie van je misschien eindelijk had geleerd op tijd te komen.'

Tomek sloot de deur achter zich, waardoor de stemmen van zijn collega's aan de andere kant werden gedempt. 'Ik zou dit geen vakantie noemen, sir,' zei hij. 'Eerder een levende nachtmerrie.'

'Gaat het zo slecht?'

Tomek nam plaats tegenover de man en legde zijn handen op zijn buik, waarbij hij zijn vingers in elkaar strengelde.

'Ik word gek thuis,' begon hij. 'Ik kan de vensterbank en de badkamer maar zo vaak afstoffen. Ik heb mijn bonsaiboompjes bijna verzopen omdat ik ze zo veel water geef. De arme dingen hebben geluk dat ze nog leven na wat er met ze gebeurd is, en nu breng ik ze bijna om omdat ik niet weet wat ik anders met mezelf aan moet. Ik heb mijn gevoel van zingeving verloren.'

'Is die focus niet verschoven naar Kasia?' Nick vouwde zijn handen over zijn grotere, omvangrijkere buik, waarbij hij Tomek nadeed. Die van Nick was het resultaat van jarenlang stilzitten achter een bureau en een ongezonde verslaving aan worstenbroodjes, terwijl die van Tomek het resultaat was van de afgelopen paar weken. Soms verwarde hij verveling met honger en betrapte hij zichzelf erop dat hij zich volpropte met snacks en een stiekem biertje in de avond als hij daar zin in had, wat meestal het geval was.

'Met Kasia gaat het prima,' antwoordde hij.

'Dat vroeg ik niet.'

'Ik weet het. Maar met Kasia gaat het prima.'

Nick zuchtte, wat een glimlach op Tomeks gezicht bracht. Het was een van de dingen die hij het meest had gemist sinds zijn verwijdering uit het kantoor: de beroemde Nare Nick Zucht, krachtig en hoorbaar genoeg om de effecten ervan aan de andere kant van de wereld te voelen. In staat om cyclonen in het westen te veroorzaken en tektonische platen in het oosten te verplaatsen.

'Hoe gaat het tussen jullie twee... *onderling*?' De aarzeling in Nicks stem was duidelijk. Misschien deed het gesprek hem denken aan zijn moeizame relatie met zijn zoon, en diens latere beslissing om bij de krijgsmacht te gaan.

'Het gaat zo goed als verwacht kan worden. We zijn niet de beste vrienden, maar-'

'Jullie horen geen vrienden te zijn,' antwoordde Nick. 'Jullie horen vader en dochter te zijn. Een team.'

Nick had niet alleen een zoon met wie hij niet meer sprak, hij had ook twee dochters, die beide ongeveer even oud waren als Kasia. Een deel van Tomek voelde de neiging om eerlijk te zijn en aan de man die hij zo respecteerde hulp en begeleiding te vragen. Maar het andere deel van hem wilde niet toegeven dat hij geen idee had wat hij aan het doen was. Hij wilde niet toegeven dat hij Kasia en alles wat ze vertegenwoordigde begon te verafschuwen: zijn rampzalige relatie met haar moeder, de ontwrichting die ze in zijn leven had veroorzaakt, en de onzekere toekomst die hen beiden te wachten stond. Hij wilde dat niet toegeven aan zijn baas. Iedereen behalve zijn baas.

'We komen er uiteindelijk wel,' vertelde hij Nick, ook al geloofde hij zijn eigen woorden niet.

'Hmm. Dat zal vast. In de tussentijd kan ik misschien het zwarte gat in je leven vullen dat het missen van werk heeft veroorzaakt...'

Tomeks gezicht straalde, en plotseling leek de kamer een tint lichter te worden.

'Twee dagen geleden is een jong meisje ontvoerd buiten een school op Canvey,' begon Nick. 'Een lerares zag haar de school verlaten en vervolgens in de achterkant van een Ford Fiesta springen, recht voor haar eigen huis. In eerste instantie dacht ze er niets van, maar toen de moeder van het meisje naar de school kwam om te vragen waar ze was, hebben ze het gemeld. Het is nu achtenveertig uur later en ze is nog steeds niet terecht.'

Tomek knikte, zijn aandacht volledig gericht op Nicks woorden en de opwinding die in hem borrelde. De opwinding dat er iets verschrikkelijks met iemand was gebeurd en hij zijn superheldenpak kon aantrekken om de dag te redden.

'We hebben inmiddels de auto gevonden waarin ze werd ontvoerd,' vervolgde Nick. 'Die was gedumpt op een boerderij in de buurt van Maldon - Latchingdon, om precies te zijn. De auto staat geregistreerd op naam van Bradley Baxter, hoewel die gestolen lijkt te zijn. Meneer Baxter heeft de auto dezelfde dag als vermist opgegeven.'

'En ik neem aan dat er geen spoor was van het meisje?' vroeg Tomek. Terwijl hij luisterde, had zijn geest beelden opgeroepen van het kleine meisje dat in de auto stapte en naar het midden van nergens werd gereden. Dan naar buiten werd gebracht en... nou ja, hij wilde zijn verbeelding nog niet op hol laten slaan.

'Ja en nee,' antwoordde Nick. 'We vonden het DNA van meneer Baxter in de auto, zoals te verwachten viel. We vonden ook dat van het kleine meisje. We vonden ook het DNA van Baxters vriendin... en toen was er nog een, verbonden aan een jonge vrouw. Het blijkt dat meneer Baxter een affaire had met de jonge vrouw en zijn plek van keuze was de achterbank van zijn auto.'

Tomek grinnikte. 'Wie zei dat romantiek dood was?'

'Ik denk dat dat meer zegt over de jeugd van tegenwoordig,' antwoordde Nick. 'In mijn tijd waren de auto's niet comfortabel genoeg voor dat soort dingen.'

'Ik dacht niet dat ze in uw tijd al auto's hadden?'

Nick wierp Tomek een blik van minachting toe.

'Dus er was geen spoor van de ontvoerder?' vroeg Tomek.

Nick schudde zijn hoofd. 'Het was alsof ze zelf in de auto was gestapt en helemaal alleen die afstand had gereden.'

'Wat is haar naam?'

'Annabelle Lake.' Nick reikte naar de andere kant van zijn bureau en overhandigde Tomek een dik dossier. Hoewel de zaak pas een paar dagen oud was, had het team al een schat aan informatie verzameld. 'Getuigenverklaringen van ouders en voorbijgangers die buiten de school waren toen ze werd ontvoerd. Haar ouders, naaste familie. De DNA-rapporten die we al hebben laten maken. Het staat er allemaal in.'

Tomek nam het document voorzichtig van Nick aan, bijna ceremonieel, alsof een schokkerige beweging ervoor zou kunnen zorgen dat de map elk moment in vlammen zou opgaan.

'Betekent dit dat ik terugkom?' vroeg Tomek, die de opwinding in zijn stem niet kon verbergen.

'Nog niet.'

En toen stortte alles weer in.

'Oh.'

'Ik deel dit alleen met je omdat we je hulp echt kunnen gebruiken. Gewoon zodat je het kunt doorlezen en vertrouwd raakt met de aantekeningen.'

'Waarom ik?'

'Omdat je goed bent in dit soort dingen, gezien wat er de vorige keer is gebeurd. Kinderen redden is jouw ding.'

Tomek kantelde zijn hoofd opzij en grijnsde spottend. 'Je laat me klinken als een soort kinderfluisteraar...'

'Nee, je hebt gelijk,' begon Nick. 'Je hoefde niet eens iets te zeggen en Kasia stond al op je stoep.'

De stemming in de kamer stortte onmiddellijk in. Tomek hield zijn adem in terwijl hij de woede onderdrukte die zojuist in zijn bloed was opgelaaid.

'Ik... het spijt me, maat. Dat was ongepast.'

Tomek zei niets. Beter om hem te laten wentelen in zijn eigen verdriet.

'Wat gebeurt er met mijn schorsing?' vroeg Tomek snel. Hij wilde niet veel langer in de kamer blijven.

'Het IOPC is nog aan het beraadslagen. Het enige waar het om draait is jouw woord tegen dat van Katie.'

'Dat weet ik allemaal. Ik dacht dat je iets nuttiger voor me zou hebben.'

Nick leunde voorover in zijn stoel en plaatste zijn ellebogen op het bureau, het licht weerkaatste op zijn kale hoofd. Hoewel ik denk dat er een *onofficiële* manier is waarop je het proces kunt versnellen en in jouw voordeel kunt laten werken... En ik denk dat je weet wat dat is.'

Dat zou nog een hele klus worden. Het Independent Office for Police Complaints, het onafhankelijke orgaan dat wangedrag van politie-agenten in dienst onderzocht, moest nu tussen twee dingen beslissen: het eerste betrof een nep Instagram-account dat op zijn naam was aangemaakt en was gebruikt om seksueel expliciete afbeeldingen van hemzelf naar een minderjarig meisje te sturen, en het tweede was of Detective Inspector Tony Hunt al dood was toen Tomek hem vond, of dat hij de man had laten sterven om de crimineel te achtervolgen. De crimineel in kwestie was Charlotte Hanton, of Katie Norton-Downs zoals hij haar had gekend, de vrouw die Tomek in zijn leven en in zijn huis had toegelaten.

De enige die het onderzoek kon stoppen en in zijn voordeel kon laten uitvallen.

'Ik zal erover nadenken,' vertelde hij Nick.

'Goed zo. Slik gewoon je trots in en doe wat nodig is. Dan ben je in een mum van tijd terug.'

HOOFDSTUK
VIJF

Nadat hem was verteld dat hij de confrontatie aan moest gaan met de vrouw die zijn carrière in gevaar had gebracht, voelde Tomek behoefte aan een drankje. En dus had hij, op weg naar buiten vanuit Nicks kantoor, de troepen verzameld en gezegd dat ze hem moesten ontmoeten in het café om de hoek van het bureau.

The Last Post was een vaste stek geweest voor Tomek tijdens de beginjaren van zijn carrière, en was tevens de laatste plek die een van zijn vrienden had bezocht voordat hij werd vermoord. Maar ondanks de negatieve emoties die eraan verbonden waren, bleef hij er nog steeds komen in de avonden na een lange en slopende dienst. Soms troffen ze het volledig leeg aan, wanneer alle studenten en jongeren naar de nachtclubs waren vertrokken, of ze bevonden zich middenin alle opwinding. Omringd door honderden dronken en luidruchtige tieners, die slecht met alcohol omgingen en hun best deden om met zoveel mogelijk leden van het andere geslacht te flirten.

Vanavond was het echter doordeweeks, en alle kinderen met valse identiteitsbewijzen lagen keurig in bed.

Tomek was bezig aan zijn tweede biertje toen de deuren opengingen. Naar binnen stapten DS Sean Campbell, Tomeks beste vriend, DC Rachel Hamilton, de nieuwste rekruut van het team, en DC Nadia Chakrabarti, de vrouw die hij beschouwde als zijn kantoormoeder, ondanks dat ze een paar jaar jonger was dan hij. Vanavond waren ze bijna casual gekleed, in jeans en overhemden, met de duidelijke uitzondering van Nadia, vijf maanden zwanger, die een jurk droeg over haar babybuik. Het was fijn om hen weer te zien, buiten kantoor. Hoewel het maar een paar weken geleden was, voelde het alsof er jaren waren verstreken. Jaren weg van zijn uitgebreide familie.

Toen ze eenmaal in een hoekbank zaten, verscholen van de rest van de mannen van middelbare leeftijd in die hoek van het café, bood Sean aan om de volgende ronde te halen.

'Wil je een derde?' vroeg Sean aan Tomek.

'Graag.'

Nadia wees naar het halfvolle glas dat hij beschermend in zijn handen hield. 'Was het zo'n zware dag?'

Tomek rolde met zijn ogen. 'Je zou het niet geloven.'

'Wat had Nare Nick te zeggen?'

'Je kent Nick. Hij ademt meer dan dat hij iets zegt. Maar deze keer was hij verrassend spraakzaam. Hij vertelde me over Annabelle Lake, deelde de dossiers met me...'

'Arm meisje,' zei Rachel, starend naar de biervlekken op tafel. Haar haar viel mooi over haar schouders en ze had een nieuwe toevoeging aan haar gezicht: een bril met luipaardprint. 'Ik kan me niet voorstellen wat ze doormaakt.'

'Hebben jullie überhaupt iets van de ontvoerders gehoord?' vroeg Tomek. 'Hebben ze een soort losgeldeis gedaan?'

Beide vrouwen schudden hun hoofd. Toen deed Rachel haar bril af en stopte hem in een klein etui. Het was haar eigen versie van losgaan. En dat kwam goed uit, want een moment later kwam Sean terug met de drankjes. Nog een glas Peroni voor Tomek, een glas Guinness voor zowel Sean als Rachel, en een glas Cola voor Nadia.

'Ben jij vanavond de bob?' vroeg Tomek haar.

'Voor het komende jaar en nog wat, ja. Maar denk maar niet dat je me elke keer kunt uitnodigen alleen zodat je een lift naar huis kunt krijgen,' antwoordde Nadia, en legde een hand op haar buik.

'Ik zal het onthouden.' Hij reikte over en legde een hand op haar buik. Het voelde stevig en vreemd aan, als een gigantische steenpuist die in haar groeide. 'Hoe gaat het allemaal?'

'Goed,' antwoordde ze. 'Had laatst een echo. Alles is perfect, alles is gezond.'

Net toen hij wilde antwoorden, voelde hij iets tegen zijn hand duwen. Bij het plotselinge besef dat het Nadia's baby was die tegen hem trapte, trok hij zijn hand weg en schreeuwde. 'Het trapte!'

'Nee, nee, nee - niet *het*. Zij... *zij* trapte.'

'Je krijgt een meisje?'

Nadia knikte. 'Nu kan ik bij jou om advies komen als ze dezelfde leeftijd heeft als Kasia.'

Daar was het. Kasia. Hij vroeg zich af hoe lang het zou duren voordat het gesprek op haar zou komen. Recordtijd. Het was het enige waar iedereen nog met hem over wilde praten. Niets over Charlotte, niets over Tony, niets over de slapeloze nachten, niets over de beelden die hij in zijn hoofd zag elke keer als hij zijn ogen sloot van zijn vriend die daar hing, doodbloedend, halfnaakt, opgehangen aan een touw. Niets over de verslechtering van zijn geestelijke gezondheid. Niets over zijn toegenomen afhankelijkheid van alcohol om ermee om te gaan.

Helemaal niets daarvan.

Alleen Kasia.

Alles over Kasia.

'Kom op dan,' begon hij, zijn nederlaag accepterend. 'Laten we het achter de rug krijgen.'

'Wat achter de rug krijgen?' vroeg Rachel. Het licht boven haar hoofd ving haar bruine ogen en liet haar lange, roodbruine haar glinsteren. Het was ofwel de alcohol die sprak, of zijn oprechte gevoelens, maar plotseling vond hij haar behoorlijk aantrekkelijk.

'Ik en Kasia. Kasia en ik. Stel al jullie vragen maar.'

Een stilte viel aan tafel terwijl ze nadachten over wat gepast was om te zeggen. In één lange slok maakte hij zijn tweede biertje op en richtte zijn aandacht op het volgende dat Sean net voor hem had gekocht.

'Dit is jullie enige kans,' zei hij, terwijl hij een boer onderdrukte.

Dat was genoeg om hen te inspireren. Sean ging als eerste, en stelde de voor de hand liggende vraag.

'Hoe is het om met haar samen te wonen?'

'Shit,' was Tomeks reactie. 'Het appartement is niet groot genoeg voor ons beiden. Ik heb de afgelopen vier weken op de bank moeten slapen terwijl zij in mijn bed in weelde leeft. Haar spullen liggen *overal*, en mijn deel van de kledingkast is gereduceerd tot wat ik aan één enkele hanger kan hangen. Haar schoolboeken liggen verspreid over de eettafel en mijn bureau. Ik kan niet winden laten wanneer ik wil, ik kan zelfs geen pinda's meer eten omdat ze extreem allergisch is en de aanblik ervan haar al een reactie geeft. Ik kan niet kijken wat ik wil op tv omdat zij altijd iets heeft wat ze wil zien - zelfs als ze niet kijkt en gewoon aan haar telefoon gekluisterd zit. En dat is nog zoiets - ze praat niet; ze brengt het grootste deel van haar tijd door met scrollen op haar telefoon. Ik denk dat het niet lang meer duurt voordat haar ogen vierkant worden. Ze vertelt me niet hoe haar dag op school was. Ze communiceert niet met me. En we maken veel ruzie. Het is net als wanneer je voor het eerst met je vriendin gaat samenwonen. Het is een *echte* eye-opener.'

Tomek nam nog een slok van zijn drankje, langer deze keer, om zichzelf te kalmeren. Hij was blij dat hij dat van zijn lever had gekregen, voelde alsof er een last van zijn schouders was gevallen. Het waren allemaal dingen die hij had gevoeld vanaf de dag dat ze bij hem was ingetrokken. Toch had hij ze aan niemand kunnen uiten. En hij voelde dat hij deze drie kon vertrouwen, meer dan Nick, of zijn ouders, of iemand anders die hij kende.

Sean legde zijn handpalm op tafel, gebarend dat hij als eerste wilde spreken. 'Dit klinkt misschien als een domme vraag, maar ze is toch zeker wel van jou?'

Alsof ze een bezit van hem was.

'Ja,' antwoordde hij kortaf.

Kort nadat ze onaangekondigd op zijn stoep was verschenen, had Tomek zich genoodzaakt gevoeld zijn vaderschap te bevestigen met een DNA-test. Hij had er een online gevonden, thuis de monsters afgenomen en ze vervolgens opgestuurd voor onderzoek. Binnen vierentwintig uur was hij negentig pond lichter en een onbekende dochter zwaarder. Hij dacht niet dat die twee elkaar ophieven.

'Wie is de moeder?' vroeg Rachel.

Tomek had daar eigenlijk niet op in willen gaan, maar toen herinnerde hij zich dat hij had beloofd dat ze alle vragen mochten stellen die ze wilden.

'Anika Coleman.' Hij nam nog een slok van zijn drankje om de moed te verzamelen om verder te gaan. 'We zaten bij elkaar op school en het is van daaruit een beetje gegroeid. Ze was toen een van de populaire kinderen, had kinderen die aan haar voeten lagen, en uiteindelijk wist ik bij haar terecht te komen. Maar het waren de ergste zes maanden van mijn leven. Ze behandelde me als stront, bedroog me met een of andere willekeurige gast, en toen heeft haar oom twee van mijn vrienden vermoord.'

'Wow...' kwam de gedempte reactie van Rachel.

'Oh, en toen heeft hij me ook nog bewusteloos geslagen en over een spoorwegbrug gehangen,' voegde hij eraan toe alsof het een nagedachte was, een klein detail dat aan het einde moest worden toegevoegd. 'Gelukkig wist ik aan dat kleine avontuur te ontsnappen met niet meer dan een schram, maar ik heb sindsdien niets meer van of over haar oom gehoord. Tegen de tijd dat ik terugkwam bij het appartement dat we toen deelden, was Anika nergens te bekennen, dus pakte ik mijn spullen en vertrok. Ik had in dertien jaar niet met haar gesproken... tot kort geleden. Het blijkt dat ze nu in de gevangenis zit voor drugsdelicten en er was niemand anders waar Kasia naartoe kon.'

Een verbijsterde stilte daalde neer op de tafel. Tomek vulde het met de geluiden van het nippen aan zijn drankje en het iets zwaarder neerzetten van het glas dan hij had gewild.

'Ik...' begon Nadia. 'Ik weet niet wat ik moet zeggen, Tomek.'

'Veel kun je er ook niet over zeggen.'

'Ik ben verbijsterd...'

'Hoe denk je dat *ik* me voel?'

'Nee, niet daarover. Ik ben verbijsterd door wat je eerder zei. Hoe kun je zulke dingen over Kasia zeggen? Ze heeft er niet om gevraagd in deze situatie te zitten. En ja, ja, ik weet dat jij dat ook niet hebt. Maar jullie zitten er nu allebei in, dus je moet je mond houden en ermee dealen. Weet je, ik hou van je en alles, maar naar wat je net hebt gezegd klinkt het voor mij alsof je moet opgroeien en snel ook. Dit is veel erger voor haar dan voor jou. Jij bent een volwassene, jij kunt dingen verwerken, jij kunt er beter mee omgaan dan zij. Zij is nog maar een kind.'

Tomek kon zichzelf er niet toe brengen haar in de ogen te kijken. Als een verwend kind dat voor het eerst op zijn kop kreeg. Hij kon zichzelf er eigenlijk niet toe brengen om een van hen in de ogen te kijken.

'Op dit moment is ze waarschijnlijk angstig en bang. Ze heeft haar moeder niet meer, en nu zit ze opgescheept met jou. Haar vader. Of je die titel nu leuk vindt of niet. En op dit moment moet je opstaan en je zaakjes op orde krijgen. Niemand vraagt je om de beste vader ter wereld te zijn - en ze weet niet eens hoe dat eruit ziet, dus haar verwachtingen zullen niet te hoog zijn. Het enige wat je moet doen is de vader zijn die ze nodig heeft, niet de vader die ze wil. En dan denk ik dat jullie prima met elkaar overweg kunnen.'

Tomek kromp een beetje ineen in zijn stoel. Het was maar een kleine beweging, maar iedereen aan tafel merkte het op. Hij wist, diep vanbinnen, dat wat ze had gezegd juist was. Meer dan juist zelfs. Het was wat hij had moeten horen. Nu moest hij alleen nog haar advies ter harte nemen en in praktijk brengen.

Wat makkelijker gezegd dan gedaan zou zijn.

'Ik haat het om het te zeggen, Nads,' zei hij. 'Maar als je zo hard bent voor je kind, dan durf ik niet te denken hoe succesvol het gaat worden als het opgroeit.'

'*Zij*!' schreeuwde ze in zijn gezicht, terwijl ze met haar hand op tafel sloeg. 'Als *zij* opgroeit!'

HOOFDSTUK
ZES

Het had Tomek iets meer dan een dag gekost om tot een besluit te komen. En daarna had het nog eens twee dagen geduurd voordat zijn afspraak was goedgekeurd. Ondertussen waren Nick en het team geen stap dichter bij het vinden van de kleine Annabelle Lake en begonnen ze het gevoel te krijgen dat ze al hun opties hadden uitgeput. Opties waar Tomek zich op dit moment niet op wilde richten.

Niet wanneer hij een naam te zuiveren had.

Het alarm zoemde in zijn kooi boven zijn hoofd, ten teken dat het tijd was om naar binnen te gaan.

Bezoekuren in HMP Send, in Woking, de zwaar beveiligde gevangenis in het hart van Surrey.

De deur aan de andere kant van de wachtkamer ging open en Tomek schuifelde samen met de rest van de bezoekers aarzelend door de deur, met een zweem van bezorgdheid en angst die in de lucht hing, alsof zij degenen waren die op het punt stonden opgesloten te worden.

Tomek bukte onder de deur door en liet toen zijn blik door de bezoekersruimte gaan. Charlotte Hanton, of Katie Norton-Downs zoals hij haar ooit had gekend, was op een bepaald moment de liefde van zijn leven geweest. Ze was per ongeluk in zijn leven gestruikeld, was gebleven, had ervoor gezorgd dat hij verliefd op haar werd, en was toen vertrokken, waarbij ze zijn hart verscheurde. Behalve dat het helemaal geen vergissing was geweest. Het was eerder een slimme en manipulatieve list geweest om dicht bij het driedubbele moordonderzoek waaraan hij werkte te blijven.

Hij zag haar zitten. Met haar rug naar hem toe, bruin haar dat tot halverwege haar rug viel en de grijze trui van haar trainingspak bedekte die ze verplicht moest dragen.

Hij liep naar haar toe.

Zodra hij haar gezicht zag, probeerde hij de soep van emoties die in hem opborrelde te onderdrukken. De woede, de rancune, het verraad, het gekwetste gevoel, de pijn. De resterende liefde en genegenheid die nog ergens diep in zijn maag zaten, ook al wist hij dat het niet zou moeten. Ondanks alles wat ze hem had aangedaan, had hij nog steeds medelijden met haar. De liefde van zijn leven zat in de gevangenis. Zo had het niet moeten lopen. Ze hadden bij elkaar moeten blijven, misschien zelfs getrouwd moeten zijn.

Maar hun wegen waren in compleet verschillende richtingen gegaan.

'Tomek...' zei ze, haar stem een verleidelijk gefluister. Ze glimlachte naar hem, waarbij ze haar tanden ontblootte.

Die glimlach. Hij kon het niet. Hij was altijd gevallen voor *die* glimlach...

'Hoi, Charlotte,' zei hij, terwijl hij zo koel mogelijk probeerde te klinken. 'Je ziet er goed uit.'

'Dankjewel,' antwoordde ze, terwijl ze haar trainingspak inspecteerde alsof ze zeker wilde weten dat ze dezelfde outfit zag als hij. 'Dat betekent veel voor me. Ik waardeer dat Vooral komend van jou.' Ze legde een hand op de tafel die hen scheidde, palm naar boven.

Tomek durfde er niet naar te kijken. Want als hij dat zou doen, wist hij dat het verlangen om het aan te raken en zijn vingers in de hare te vouwen te sterk zou zijn.

Na korte tijd begreep ze de hint en trok haar palm een beetje terug.

'Hoe gaat het met je?' vroeg ze.

Tomek pauzeerde even, balancerend op de beslissing om het onderwerp Kasia in het gesprek aan te snijden.

'Verveeld,' antwoordde hij.

'Ik hoor dat ze je hebben geschorst?'

Tomek knikte.

'Dat moet je gek maken. Je was altijd zo geobsedeerd door je werk.'

'En met goede reden.'

'Ik hoor ook dat je een kleine verrassing op je stoep hebt gekregen.'

Tomeks hart haperde even. Hij hield zijn adem in. Overwoog...

Hoe wist ze dat? Hoe kon ze dat weten?

'Hoe...?'

'Ik hoop dat je de inbreuk niet erg vindt,' zei ze, haar stem een fractie zachter. 'Maar sommige vrouwen hier hebben me een gunst bewezen. Ik wilde weten of het goed met je ging. Gelukkig hebben zij mensen buiten die hen een paar gunsten verschuldigd zijn, dus ze hebben die ingeschakeld. Het is allemaal zeer cyclisch in deze wereld.'

Een dozijn gedachten schoten door zijn hoofd. Hij probeerde te denken aan iets verdachts dat hij buiten het huis had gezien, ergens langs de straat. Twee keer hetzelfde gezicht. Dezelfde auto die er al een paar dagen stond. Dezelfde auto die daar niets te zoeken had.

Hij kwam in alle gevallen met lege handen te staan.

'Je hebt me laten volgen?'

'Maar een keer of twee!' zei ze, alsof dat het beter maakte. 'Ik moest gewoon weten of je het redde.'

'Ik heb geen tijd gehad om het te verwerken,' loog hij. De avonden waarop hij wakker had gelegen konden dat bevestigen.

'Dat verbaast me niets.' De glimlach keerde terug op haar gezicht en ze streek een dikke lok haar achter haar oor. 'Je moet me alles over haar vertellen. Ik wil haar naam weten, waar ze in geïnteresseerd is. Je hebt me nooit verteld dat je een dochter had.'

'*Jij* hebt me nooit verteld dat je een dochter had,' antwoordde Tomek, met het venijn dat in zijn stem begon door te klinken.

Terwijl hij daar zat, voelde hij zich steeds ongemakkelijker. Een van de vrouwen in de ruimte had iemand naar zijn huis gestuurd. Ze hadden hem gezien, ze hadden hem bespioneerd, misschien zelfs zijn gesprekken afgeluisterd. Ze waren door zijn privacybubbel gebroken en hadden zijn veiligheid doorbroken. Niet alleen dat, ze hadden ook door Kasia's veiligheid heen gebroken. Er was geen weten wat voor gestoorde en verraderlijke dingen Charlotte voor hen beiden had gepland. God wist waartoe ze in staat was.

'Ik wil jou of iemand anders die je kent niet in de buurt van mijn flat, of in de buurt van mijn dochter,' siste hij. 'Begrijp je dat? Dat is een grote fucking no-no. En ik zal het niet tolereren.'

Charlottes pupillen verwijd zich en haar hoofd kantelde naar één kant. Op dat moment zag ze er een paar jaar jonger uit - en veel aantrekkelijker. 'Tomek, schatje. Dat zou ik nooit doen. Ik heb je steeds gezegd, ik wilde je nooit pijn doen. Alleen je leren. Alleen je veranderen... En het heeft gewerkt, nietwaar?'

Tomek liet zijn blik in zijn schoot zakken. Dat was een vraag waar hij zichzelf meerdere keren mee had geconfronteerd, in het holst van de nacht, starend naar de gordijnen die een diepe oranje gloed uitstraalden terwijl het licht van buiten erdoorheen probeerde te dringen. Ze *had* hem veranderd, ja. Ze had hem laten inzien hoe pedofielen en verkrachters zieke mensen waren, mensen die niet geholpen konden worden, ongeacht hoeveel hulp en advies ze kregen. Ze had hem laten inzien dat zijn collega, van wie zij geloofde dat hij deel uitmaakte van dezelfde kwaadaardige groep, aan dezelfde ziekte leed. Ze had hem zijn overtuigingen laten veranderen zodat hij de man daar zou laten sterven, om de vergelding te ondergaan die hij dacht te verdienen.

Tomek sloot zijn ogen.

Maar hij had het niet verdiend. Helemaal niet. Tony was geen pedofiel of verkrachter. Hij was het tegenovergestelde. Een hardwerkende en toegewijde inspecteur die zichzelf in de moeilijke positie had geplaatst om te doen alsof hij een monster was. Hij had zichzelf als lokaas gebruikt om de moordenaar te lokken. En hij was degene die de prijs had betaald.

En Tomek ook.

Hij had iemand laten sterven.

Zijn eigen vriend, zijn eigen collega. En die beslissing zou hem de rest van zijn leven achtervolgen.

Hij keek op naar Charlotte, ontmoette haar blik.

'Je hebt me veel dingen laten inzien,' antwoordde hij.

'En dat was alles wat ik wilde. Ik wilde alleen maar dat je... zou *veranderen*. Niet iedereen is daartoe in staat, maar jij wel. Ik wist dat je het in je had.'

'Ik wil nog steeds niet dat je ook maar in de buurt komt van mij of mijn dochter.'

Er glinsterde iets in Charlottes ogen. 'Je moet me alles over haar vertellen. Ik wil alles weten.'

'Er is niets wat jij hoeft te weten,' antwoordde hij, snel boos wordend. Het gespreksonderwerp schoot niet op, en dat beviel hem niet. 'Wat met *jouw* dochter, hè? Wat met de kleine *Caitlin*?'

Bij het horen van de naam van haar dochter verstijfde Charlotte en haar houding veranderde. Ze liet haar schouders zakken en richtte haar aandacht op de rest van de kamer, niet in staat zijn blik te ontmoeten.

'We hebben niet gesproken sinds ik hier zit. Ze laten het niet toe.'

'Weet je waar ze is?'

'Jeugdzorg. Een pleeggezin ergens.'

Tomek knikte nadenkend. Hoewel hij geen sentimentele gevoelens voor het meisje koesterde, kon hij zich nog steeds niet voorstellen hoe het voor haar moest zijn geweest. Een leven zonder vader. Een leven met twee moeders die moordenaars bleken te zijn. En nu een leven vol eenzaamheid en verdriet.

'Waarom ben je vandaag gekomen, Tomek?' vroeg Charlotte, terwijl ze haar armen over haar borst kruiste. De vraag verraste hem. 'Je bent niet gekomen om mij te zien, dat is zeker. Niet terwijl het onderzoek nog loopt. Ik ben er zeker van dat je veel hebt gewaagd om hier te zijn... dus waarom ben je hier?'

'Om te kijken of ik je kan overtuigen je bewijsmateriaal en je verklaring in te trekken.' Hij zette zijn professionele pet op en sloot alle emotie en sentiment uit zijn gedachten. Het was tijd om zaken te doen. 'Mijn carrière is naar de kloten, dankzij jou. En ik heb jou nodig om het weer goed te maken. Je bent me dat verschuldigd.'

Charlotte dacht hier even over na. Ze hield haar blik op de zijne gericht, hun ogen in een onzichtbare en onuitgesproken strijd verwikkeld. Tomek wankelde niet, brak niet.

'Wat heb je van mij nodig?' mompelde ze.

'Ik heb nodig dat je alles wat je hebt gezegd intrekt, al het bewijs dat je tegen mij hebt ingebracht. Ik wil dat je hun vertelt dat ik die berichten nooit heb gestuurd, dat ik dat schoolmeisje nooit heb geberichten. En ik wil dat je ze vertelt dat Tony al dood was toen ik daar aankwam. Het is jouw woord tegen het mijne, en tot nu toe wint het jouwe.'

Charlotte bleef hierover nadenken, en deze keer kon hij de radertjes in haar brein zien werken bij het verwerken van de beslissing, terwijl haar gezicht een glazige blik kreeg.

'Wat krijg ik ervoor terug?'

Tomek rolde met zijn ogen. 'Jezus, Charlotte. Er is niets wat je hier kunt winnen, niets wat je kunt krijgen. Je zit hier vast. Je komt nooit meer uit deze plaats. Dus wat heb je te verliezen? Als je nog steeds om me zou geven... zou je dit doen.'

De terloopse poging tot chantage ging niet onopgemerkt voorbij.

'Ik wil iets terug.'

De zucht ontsnapte uit Tomeks neusgaten voordat hij het kon tegenhouden. 'Wat? *Wat* wil je ervoor terug?'

'Een boodschap. Ik wil dat je een boodschap doorgeeft.'

Tomek verstijfde terwijl hij luisterde, zich al bewust van waar dit
heen ging.

'Caitlin,' zei ze. 'Ik wil dat je met mijn kleine meisje praat. Je bent nu
zelf vader, je kunt je voorstellen hoe het voor mij moet zijn om zonder
haar te zitten. Ze is mijn baby, ze is alles waar ik aan denk. Ik moet
weten dat het goed met haar gaat, en ik wil dat ze weet dat ik van haar
houd. Dat ik altijd van haar zal houden.'

'Dat is alles?'

Ze knikte.

'Dus je vertelt me dat ik alleen maar je dochter hoef te vinden, haar
te vertellen dat je van haar houdt, en dan trek jij je verklaringen in?'

'Ja.'

Het leek te mooi om waar te zijn. Maar hij verkeerde niet in een
positie om met haar te onderhandelen. Aangezien de taak zo klein was,
kon hij er geen probleem in zien.

Maar waarom voelde een deel van hem nog steeds alsof hij een deal
sloot met de duivel?

'Als je dat voor mij doet, dan zal ik hen alles vertellen wat je van me
vraagt. Voor je het weet, ben je weer aan het werk en vang je weer
boeven.'

Ja, dacht Tomek, terwijl hij vocht tegen de glimlach die op zijn
gezicht dreigde door te breken. *Mensen zoals jij vangen.*

HOOFDSTUK
ZEVEN

Het concept van goed en kwaad had Tomek altijd verward. De grens tussen goed en fout was door de jaren heen vaak vervaagd naarmate zijn perceptie ervan veranderde, niet in de laatste plaats sinds zijn beslissing om Tony stervend achter te laten in een kleine boothuis.

Maakte dat van hem een slechterik? Of maakte het hem juist de held omdat hij degene was die de slechteriken ving? Zoals Charlotte Hanton en Sophia Wainwright, Charlottes handlanger. Ze waren allebei verkracht door dezelfde man en hadden hem vervolgens gedood. Ze hadden wraak genomen op de man die hun leven had verwoest, en daarna op de mannen die het leven van verschillende anderen hadden verpest. Ze hadden slechte dingen gedaan, maar alleen aan andere slechte mensen die het verdienden. Maakte dat hen goed? Waren hun wraakacties een dienst geweest aan het algemeen belang? Hadden ze iets *goeds* gedaan?

En dan was er nog het onderwerp Caitlin, Charlottes dochter. Ze was gebruikt als lokaas om pedofielen in de val van haar ouders te lokken. Maakte dat haar een van de goeden of een van de slechten? Voor een zevenjarige was dat een enorme last om te dragen.

Haar leven zou nooit meer hetzelfde zijn. Beide vrouwen in haar leven, die allebei beweerden haar moeder te zijn, zaten in de gevangenis in afwachting van hun vonnis aan het einde van hun proces. Ze zou hen hoogstwaarschijnlijk nooit meer zien.

Zou ze uitgroeien tot een slechterik of een held?

Als product van een gewelddadige verkrachting, en na de soort dingen die ze in haar korte leven had gezien en meegemaakt, was het moeilijk om je voor te stellen dat ze iets anders zou leiden dan een leven van geweld, antisociaal gedrag, mogelijk resulterend in een criminele carrière. In de voetsporen van haar ouders tredend.

Het was het soort onderwerp waar criminele profilers en forensisch psychologen jarenlang onderzoek naar doen, boeken over schrijven en hun brood mee verdienen.

En toch, terwijl hij vanaf de andere kant van de kamer naar haar keek, spelend met een speelgoeddinosaurus op de tafel, kon hij niets van dat alles bij haar bespeuren. Ze was sociaal, liet de andere kinderen om haar heen meespelen, en ze was spraakzaam, vriendelijk.

Ofwel zou ze opgroeien tot een normaal kind, ofwel had ze de kunst van bedrog en mentale manipulatie al onder de knie geleerd van de vrouwen die haar hadden opgevoed.

'Ze heeft een paar zware weken achter de rug,' zei een stem naast hem. Het was de eigenaar van het pleeghuis. Moeder Hen, zo had ze zichzelf genoemd toen ze aan hem was voorgesteld.

Tomek was niet van plan haar zo te noemen en had in plaats daarvan besloten haar echte naam, Hannah, te gebruiken.

Hannah was eind veertig en had hem uitgelegd dat ze zelf nooit kinderen had kunnen krijgen en daarom had gekozen haar leven te wijden aan kinderen zonder ouders. Ze voelde een affiniteit met hen, had ze gezegd. Alsof zij de yin bij haar yang waren. De sleutel tot haar slot.

'Ze heeft eigenlijk een paar zware jaren gehad,' voegde Hannah er als nagedachte aan toe.

'Hoe gaat het met haar wennen?' vroeg Tomek. Hij voelde zich verplicht om een gesprek aan te knopen, terwijl hij in werkelijkheid gewoon naar binnen wilde gaan en weer vertrekken. Hij wilde zijn welkom niet overschrijden; Caitlin was een constante herinnering aan Charlotte, aan hun relatie, en hoe minder tijd hij in haar buurt doorbracht, hoe beter.

Maar eerst kwam de nietszeggende small talk.

'Moeilijk in het begin,' begon Hannah, terwijl ze haar gewicht van de ene voet naar de andere verplaatste. 'Ze was erg verlegen, timide. Het duurde een tijdje voordat ze uit haar schulp kroop, maar ze is een taai klein ding, onze Caitlin.'

'Hmm. Dat is goed om te horen.'

'Wil je met haar praten?'

Hij had geen keus. Als hij wilde dat zijn carrière, het enige houvast dat hij in zijn leven had, weer op de rails kwam, zou hij dat moeten doen.

'Heeft ze bezoekers gehad?' vroeg Tomek terwijl ze naar haar toe liepen.

'Niet sinds ze hier is, nee. Alleen maatschappelijk werkers en mensen zoals jij.'

'Enig contact met haar ouders?'

'Ze hebben het geprobeerd, maar we hebben alle communicatie geblokkeerd. Brieven, post, dat soort dingen. We vinden het niet juist dat ze op dit moment enige interactie met hen heeft, niet terwijl ze aan het wennen is.'

Oeps. Tomek stond op het punt om hun kleine bubbel van veiligheid en privacy te doorbreken. En ze wisten het niet eens. Was het egoïstisch? Mogelijk. Zou het hem tegenhouden? Nou, hij was hier nu toch.

Daar was dat onderwerp van goede en slechte mensen weer.

Ze hielden halt naast Caitlin, aan weerszijden van haar schouders. Als ze hun aanwezigheid opmerkte, deed ze geen moeite om het te laten merken en speelde in plaats daarvan verder met haar dinosaurus.

'Caitlin, liefje,' zei Hannah terwijl ze neerhurkte tot het niveau van het jonge meisje. 'Er is iemand hier om je te zien. Hij zegt dat je hem misschien herkent.'

Caitlin hield haar aandacht gericht op het speelgoed, verloren in haar eigen fantasie.

Tomek hurkte aan haar andere kant, de kraken in zijn knieën en de pijn in zijn heupen negerend. Zijn gebrek aan beweging in de afgelopen weken deed hem sneller verouderen dan het werk zelf. En hij moest echt weer eens naar buiten om te gaan hardlopen. Besluiteloosheid en een vleugje depressie hadden zich bij hem genesteld en verhinderden hem het gevoel te ervaren van de zoute wind en het zand die tegen zijn lichaam beukten terwijl hij langs de boulevard jogde. Het was hoog tijd.

'Hallo, Caitlin,' begon hij, met een brok in zijn keel. 'Mijn naam is Tomek. Herinner je je mij?'

Het duurde lang voordat ze hem erkende. Ze zette de dinosaurus voorzichtig neer op de salontafel en draaide zich naar hem toe. De blik van herkenning was niet het enige wat hij in haar ogen opmerkte. Het was de duisternis, de holheid, het zwarte gat dat alle emotie leek op te zuigen en te verslinden.

'Ja,' zei ze, haar stem koud en gevoelloos. 'Ik herinner me jou.'

Slechterik. Absoluut een slechterik.

Of in haar geval, slechterik van het vrouwelijke geslacht.

'Goed. Dan laat ik jullie twee alleer,' zei Hannah, en liep weg. Behalve dat ze slechts zover als de deurpost kwam en vanaf daar hun gesprek in de gaten hield.

Tomek legde een hand op zijn knie om de last van zijn gewicht op zijn gewrichten te verlichten.

'Caitlin,' begon hij, onzeker hoe hij verder moest gaan. 'Ik heb je iets te vertellen. Ik heb met je mama gesproken. En er is iets dat ze wil dat je weet...'

HOOFDSTUK
ACHT

Voor de derde keer in dertig seconden controleerde Kasia de tijd op haar telefoon. Het was 19:15 uur, en de laatste oudergesprekken waren aan de gang. En nog steeds geen spoor van Tomek.

Of vader, zoals hij zichzelf noemde.

Ze vond nog steeds niet dat ze in het papa-stadium waren beland. Ze voelde zich er niet comfortabel bij. Tot nu toe had hij zich gedragen alsof hij geen andere keuze had dan voor haar te zorgen, alsof ze een last was die hij elke dag betreurde en beweende. Tot nu toe had hij niets gedaan of haar geen enkel teken gegeven dat hij voor haar wilde zorgen, om haar gaf.

En dat bewees hij op dit moment.

Meer dan twee uur te laat voor de ouderavond. De avond waarop hij met haar mentor zou zitten en zou horen hoe slecht het was gegaan. Want het was slecht gegaan, echt slecht. Hoe kon het ook anders? Ze kende niemand op school. Ze vond het niet leuk om daar te zijn. Sterker nog, ze haatte het.

Meer dan dat ze Tomek en haar moeder haatte.

Het enige positieve dat voortkwam uit naar school gaan - en het deel dat haar in de lessen hield, in plaats van spijbelen en het gebouw ontglippen voor en na de lunch - was Sylvia, haar enige vriendin. Ze zaten in dezelfde mentorgroep, en Sylvia was een van de weinige mensen die de moeite had genomen om met haar te praten. Sindsdien waren ze goede vriendinnen geworden. Ze zaten bij de meeste lessen samen, waaronder natuurkunde, Engels, aardrijkskunde, geschiedenis en lichamelijke opvoeding. De enige les die ze gedwongen apart moesten volgen was wiskunde, haar minst favoriete vak. Sylvia maakte haar lessen aangenamer, terwijl ze daar achterin het lokaal zaten, krabbels maakten op de pagina's, domme vragen stelden, deden alsof ze de antwoorden niet wisten en de leraren een grote mond gaven als zij dat bij haar deden.

Ze had het gevoel dat ze allemaal achter haar aan zaten, allemaal uit waren om haar leven tot een hel te maken. Het was hetzelfde met Tomek. Waarom kon hij haar niet gewoon terug naar de winkel brengen om de ingrediënten te kopen die ze nodig had? Waarom kon hij niet op tijd zijn? Het was niet alsof hij ergens anders moest zijn, of iets anders te doen had...

Er klonk een geluid bij de deur van het klaslokaal. Janie Stephens, een van de populairste meisjes van school, stormde het lokaal uit, op de voet gevolgd door haar vader die haar nariep. Ze wist niet hoe Janie er elke dag onberispelijk uitzag, maar ze benijdde de manier waarop ze haar make-up kon aanbrengen. De manier waarop ze zichzelf aantrekkelijk kon maken en alle jongens aan haar voeten kreeg. Ze regeerde de school en ze wist het. En iedereen wist het ook.

Kasia was echt jaloers op haar.

Toen kwam juffrouw Holloway het lokaal uit, chagrijnig kijkend zoals altijd. Vanavond droeg ze die mooie groene jurk van haar die rond haar enkels wapperde. Kasia vond juffrouw Holloway mooi, misschien zelfs mooier dan Janie. Maar ze was ook een bitch. Met het uitschelden, het constante gezeur. Net als Tomek maakte zij het leven op school moeilijk en ellendig.

'Is er al een teken van je vader, Kasia? vroeg juffrouw Holloway.

Kasia trok haar oordopje eruit en keek haar lerares kwaad aan. 'Hij is mijn vader niet.'

'Sorry,' antwoordde ze defensief. 'Tomek, dan. Enig teken van Tomek?'

De manier waarop ze het zei, deed het klinken alsof hij haar oudere broer was, wat nog veel erger was.

'Ik weet niet waar hij is.'

'Ik weet zeker dat hij er zo zal zijn.'

Juffrouw Holloway keek op haar horloge en zuchtte.

'U kunt wel gaan als u wilt, juf. Hij komt waarschijnlijk niet eens opdagen.'

Juffrouw Holloway sloeg haar armen over elkaar. 'Normaal gesproken wacht ik niet langer dan half acht, maar ik ben bereid in dit geval een uitzondering te maken.'

Oh geweldig. Nog meer wachten. Het laatste wat ze wilde.

Kasia gromde en richtte haar aandacht weer op haar telefoon. Ze had urenlang door TikTok gescrold, zich verliezend in de video's van katten, honden, reality-tv-programma's en dansvideo's.

Ze had geprobeerd er zelf een paar te maken, als Tomek niet thuis was (als hij bezig was met wat hij dan ook deed), maar ze hadden geen tractie gekregen. De meeste views die ze op een video had gehad, waren vijftig. En ze was er zeker van dat het een paar meisjes op school waren die het deelden, die om haar lachten, haar bespotten.

Het liedje op haar Spotify veranderde, en ze luisterde nu naar Harry Styles. Ze was dol op hem, had jarenlang naar hem geluisterd. In haar oude slaapkamer had ze posters van hem aan de muur gehangen, maar die waren nu allemaal weggehaald en in de prullenbak gegooid. Ze had niet veel spullen mogen meenemen, en de spullen die ze wel had, mochten niet aan de muren of waar dan ook, omdat er geen ruimte voor was. De kamer waar ze verbleef - Tomeks slaapkamer - voelde helemaal niet als een kamer. Eerder als een hotel waar ze gedwongen was te verblijven.

Het slechtste hotel ooit.

Terwijl ze naar "Watermelon Sugar" luisterde, sloot ze haar ogen en wenste dat ze terug kon gaan in de tijd. Terug naar de goede oude tijd. Met haar moeder, de school die ze leuk vond, haar vrienden.

HOOFDSTUK
NEGEN

Tomek scheurde met de auto de schoolparkeerplaats op en
parkeerde schuin in het vak. Hij was te laat. Veel te laat. Hoe laat
precies, dat wist hij niet. Maar Kasia zou hem er ongetwijfeld achteraf
aan herinneren. De rit naar en van het pleeggezin in Kent had iets meer
dan twee uur geduurd, en het verkeer was een nachtmerrie geweest op
de terugweg bij de Dartford Tunnel. Het spitsuur, het slechtst mogelijke
moment om iets belangrijks te doen.

Hij rende de trappen van de school op, liep door de gangen en begaf
zich naar Kasia's klaslokaal. Hij was er één keer eerder geweest, nadat
ze net op school was begonnen, en gelukkig was het niet te ver van de
ingang, anders zou zijn richtingsgevoel het hebben opgegeven en zou
hij nog eens twintig minuten bezig zijn geweest om het te vinden.

Uiteindelijk vond hij Kasia, onderuitgezakt op een stoel, oortjes in
haar oren en telefoon in de hand. Ze zag er slordig uit. Bovenste knoop
los, das zo klein als haar verwachtingen van hem, rok halverwege haar
benen. Elke ochtend zorgde hij ervoor dat ze netjes en respectabel het
huis verliet, maar het was duidelijk dat dat veranderde zodra ze buiten
de deur stapte.

'Kasia,' zei hij, terwijl hij probeerde zijn ademnood te verbergen.
'Sorry dat ik te laat ben.'

Op dat moment verscheen haar lerares uit het klaslokaal. Juffrouw
Holloway. Tomek herinnerde zich haar van de introductie. Ze was

midden tot eind dertig, altijd onberispelijk gekleed, met haar haar in een knot, een delicate laag make-up op haar gezicht, en ze zag eruit alsof ze nog steeds plezier had in haar werk, iets wat niet gezegd kon worden van sommige andere leraren die hij in de afgelopen weken had ontmoet. Tomek vond haar een goed rolmodel voor zijn dochter. Als ze het maar zou opmerken.

'Meneer Bowen,' zei juffrouw Holloway. Ze benaderde hem met uitgestoken hand. Tomek nam deze aan en keek haar in de ogen. 'Aangenaam u weer te ontmoeten.'

'Insgelijks. Sorry dat ik te laat ben.'

Juffrouw Holloway keek op haar horloge. 'Net op tijd. Ik had u tot half acht gegeven, en u hebt nog een paar minuten over.'

Tomeks wangen werden rood van schaamte. Hij had niet beseft dat hij zó laat was.

'Het spijt me dat ik u heb laten wachten, juffrouw Holloway,' zei hij, al wist hij dat de schade al was aangericht.

'Geeft niet. U bent er nu. En noem me alstublieft Bridget.'

Bridget. Hij vond die naam mooi.

Voordat hij het klaslokaal binnenging, trok Tomek Kasia's aandacht met een zwaai van zijn arm en gebaarde hij haar om te volgen. Met tegenzin, en met de normale houding van een tiener, stormde ze de kamer binnen, waarbij ze hem negeerde toen ze binnenkwam. Geen warme begroeting, geen vriendelijk gebaar. Alleen die zwijgende blik van teleurstelling.

Tomek wist niet wat hij van zijn eerste ouderavond moest verwachten. Het was onbekend terrein voor hen beiden, en toch voelde hij een sprankje opwinding; misschien zou hij nu eindelijk te weten komen hoe het met haar op school ging.

'De manier waarop dit gewoonlijk werkt, meneer Bowen-'

'Tomek, alstublieft.'

'De manier waarop dit werkt, Tomek, is dat ik u een korte samenvatting geef van hoe Kasia zich heeft gesetteld, dan bespreken we haar lessen en eventuele feedback van haar leraren, en dan krijgen we de kans om van Kasia en uzelf te horen of jullie nog vragen hebben. Duidelijk?'

Tomek knikte en maakte zich schrap. Hij draaide zich om naar Kasia, die daar zat met nog steeds één oortje in. Hij stak zijn hand uit en trok het uit haar oor.

'*Luister...*' zei hij tegen haar. 'Dit is belangrijk.'

Bridget gaf een ongemakkelijke glimlach voordat ze verder ging. Tomek voelde meteen dat dit niet zo positief zou worden als hij had gehoopt.

'Ten eerste wil ik beginnen met te zeggen dat Kasia een attent meisje is met een aanzienlijke hoeveelheid potentieel. Ik wilde alleen dat ze zich beter zou inzetten. Helaas is haar aanwezigheid een punt van zorg - op haar rapport staat dat ze bij tien lessen te laat is gekomen en er minstens vijf heeft gemist in de afgelopen vier weken. Dat is aanzienlijk meer dan veel andere leerlingen. De meesten halen dit soort aantallen in een heel schooljaar, niet in een maand.'

'Je laat het klinken alsof het een goede zaak is,' merkte Tomek op.

'Geloof me. Dat is het niet.' Ze wendde zich tot Kasia, wiens aandacht was afgedwaald naar iets aan de muur. 'Het is een ernstig probleem en eentje waarvan ik hoop dat we er samen aan kunnen werken om het te verbeteren.'

Tomeks knokkels verbleekten terwijl hij zijn vuisten balde. 'Geloof me, we gaan er zeker aan werken.' Toen draaide hij zich naar haar toe, niet in staat het binnen te houden. 'Vijf lessen. *Vijf*? Daar kan ik de gevangenis voor in.'

'Dan is dat niet het enige, hè?' zei Kasia, terwijl ze naar de muur bleef staren.

Tomek was dankbaar dat Bridget bij hen in de kamer was, en te oordelen naar de blik op haar gezicht, gold dat ook voor Kasia; hij kon niet tegen haar schreeuwen als er een getuige was.

'Het is een werkding,' legde hij uit aan Bridget, omdat hij de behoefte voelde zich te rechtvaardigen. 'Lopende zaak. Niets om je zorgen over te maken. Je was aan het zeggen...'

'O. Ja. Aanwezigheid. Het is niet het einde van de wereld, en ik denk dat het iets is waar we aan kunnen werken. Als ik eerlijk ben, kan ik wel begrijpen waarom het zo is. Ik kwam ook naar een nieuwe school tijdens het schooljaar, en ongeveer op jouw leeftijd, Kasia, dus ik weet hoe het is. Het is een beetje intimiderend en er is een aanpassingsperiode waar je doorheen moet. Maar je komt er wel doorheen.' Ze sloeg het document in haar hand om. Er stond een tabel met vakken, scores op tien, en geschreven feedback van haar verschillende docenten. 'Haar sterkste vakken zijn Engels en natuurkunde, wat vreemd is omdat we normaal gesproken niet zien dat leerlingen van deze twee samen genieten, maar we klagen niet. Het gebied waar we mee lijken te worstelen, is echter wiskunde. Op dit moment ligt ze op koers voor een drie bij het eindexamen.'

'Een drie... Wat is dat?'

'Ons nieuwe systeem. Het is genummerd van één tot negen, waarbij negen het hoogste is - vanzelfsprekend.'

'Wat is het equivalent van wat het vroeger was in mijn tijd?'

'Het equivalent is een D op GCSE-niveau.'

'Juist. En waarom hebben ze besloten dat te veranderen?'

Bridget haalde haar schouders op. 'Je vraagt het aan de verkeerde persoon. Iemand heeft waarschijnlijk iets gerookt wat niet hoorde en dacht dat het een briljant idee was. Hoe dan ook... Wiskunde. De score is een beetje verontrustend, aangezien ik Kasia wiskunde geef, maar het is geen enorme reden tot zorg - ik zie zeker veel potentie, en ik denk dat we met een beetje begeleiding dat cijfer gemakkelijk kunnen verhogen naar minstens een vijf of misschien zelfs een zes.'

Tomek maakte een mentale notitie van Bridgets gebruik van het woord "we". Alsof ze echt om Kasia's voortgang gaf. Alsof ze *echt* wilde helpen. Maar de cynicus in hem vroeg zich af waarom ze speciaal om Kasia zou geven als ze dertig andere kinderen had om voor te zorgen en honderden anderen die ze elke dag lesgaf? Het was hetzelfde met zijn zaken op het werk. De slachtoffers van misdrijven voelden zich waarschijnlijk net zo wanneer hij hen vertelde dat hij alles zou doen om hen te helpen. Maar de waarheid was dat hij te overbelast was, te dun verspreid. En dat het bijna onmogelijk was om snelle oplossingen te beloven. Dus zou zij anders zijn? Helaas begon hij te denken dat het allemaal te mooi klonk om waar te zijn.

'Wil je daar iets over zeggen?' vroeg Bridget aan Kasia. 'Is er een reden waarom je niet van wiskunde houdt?'

Kasia koos ervoor niet te reageren.

'Is het omdat Sylvia niet in de klas zit? Ik heb jullie twee samen gezien tijdens lunchtijd en in de klaslokalen. Maar zij zit niet bij ons in de wiskundeklas, toch?'

Sylvia. *Sylvia, Sylvia, Sylvia.* Tomek herhaalde de naam verschillende keren in zijn hoofd, in een poging zich te herinneren of hij die ergens had gehoord, of Kasia die naam ooit had genoemd. Het antwoord was een duidelijk nee. Hij kon het zich helemaal niet herinneren.

'Is er een manier waarop we hen in dezelfde klas kunnen krijgen?'

vroeg Tomek, en Kasia's hoofd draaide een fractie in de richting van het gesprek.

Vooruitgang. De goede kant op. Bewijzen aan haar dat hij om haar gaf.

'Dat is iets waar ik naar moet kijken, maar ik zal mijn best doen.'

Tomek bood haar een warme glimlach als manier om haar te bedanken.

'Afgezien van die drie vakken, lijkt Kasia het erg goed te doen bij geschiedenis en kooktechniek.'

'Kooktechniek,' zei Tomek. 'Bij mevrouw Shaw?'

'Dat klopt.'

'Interessant. Echt interessant.' Tomek wierp een snelle zijdelingse blik naar zijn dochter. Haar wangen waren rood geworden en haar blik was naar de tafel gericht. De woorden "kijk me alsjeblieft niet zo aan" stonden op haar voorhoofd geschreven.

'Heb je een lievelingsvak, Kasia?' vroeg Bridget.

'Geschiedenis. Ik vind het leuk om over de Romeinen te leren.'

'Heel goed. Geschiedenis was ook altijd mijn favoriete vak. Dat en wiskunde.' De poging om een reactie uit Kasia te krijgen was prijzenswaardig, zo niet een beetje misplaatst.

'Zijn er vakken waar ze niet goed in is?' vroeg Tomek.

Bridget raadpleegde het blad. 'Kunst, aardrijkskunde en muziek.'

'De meeste daarvan zijn toch gewoon een beetje inkleuren?'

'Ehm...'

'Voor zover ik me herinner was aardrijkskunde gewoon kleuren op nummer. Kunst is, nou ja... kunst. En muziek is de enige uitzondering.' Hij stootte Kasia aan met zijn elleboog. 'Tenminste hoef ik er niet op te rekenen dat je een muzikant wordt die met haar voeten tekent terwijl ze piano speelt.'

Tot zijn verrassing lokte dat kleine commentaar een reactie uit. Het was *klein* van aard, maar de gevolgen voor hun relatie waren enorm.

Meer vooruitgang. Meer beweging in de juiste richting.

'Ik maak me niet te veel zorgen om die cijfers,' zei Tomek. 'Voornamelijk om de belangrijke.'

Dezelfde waar zijn ouders streng op waren geweest. En toen kwam er een gedachte bij hem op.

'Wat met talen?'

'Kasia studeert Frans.'

'Pools?'

'Dat staat niet op het lesprogramma.'

'*Kurwa mać*,' antwoordde hij.

Het kostte hen niet lang om uit te vogelen wat hij had gezegd.

'Waarom staat het er niet op?' vroeg hij.

'Dat moet je aan de overheid vragen.'

Tomek klikte met zijn tong. 'Dan moet ik maar een docent voor je vinden,' zei hij tegen Kasia. 'Als dat iets is wat je zou willen leren?'

Hij moest eraan denken dat het niet om hem ging. Het ging om haar. Haar keuzes, haar beslissingen. Hij had het geluk gehad in Polen geboren te zijn, en had Engels op zo'n jonge leeftijd geleerd dat hij het met gemak had opgepikt, als een spons. Kasia had die luxe niet, en hoewel ze misschien niet bereid was hem als haar vader te accepteren, was ze misschien wel bereid een deel van haar erfgoed te omarmen.

'Ik zal erover nadenken,' antwoordde ze.

Het was geen ja, maar belangrijker nog, het was geen nee.

'Wil je nog iets vertellen?' vroeg Tomek, terwijl hij op zijn horloge keek. 'Ik ben me bewust van de tijd en het feit dat ik je zo laat heb gehouden. Dus als je wilt dat we gaan, dan zullen we maar al te graag vertrekken. Kasia en ik hebben wat kleurplaten te doen. Vanavond gaan we eraan werken om ervoor te zorgen dat we binnen de lijntjes kunnen blijven.'

Tomek hoefde zijn dochter niet te zien om te weten dat ze in zichzelf aan het grijnzen was. En haar best deed om het te verbergen.

'Niets meer van mij. Tenzij jij nog iets wilt toevoegen?'

Beide volwassenen richtten hun aandacht op Kasia, die verrast leek, alsof ze net een miljoen pond had gewonnen als deelnemer aan een van die waardeloze dagtelevisie-shows waar hij zo kwaad om kon worden.

'Nee,' zei ze aarzelend. 'Ik heb niets meer toe te voegen.'

Tomek klapte in zijn handen en stond op. 'Dan is dat geregeld. Hartelijk dank, juffrouw Holloway. Veel feedback om over na te denken. En dank voor je tijd.'

Ze schudden handen en samen met Kasia liep hij de kamer uit. Kasia was al in de wachtkamer en pakte haar tas van de stoel waar ze op had gezeten tegen de tijd dat hij bij de deur was. Ze waren halverwege de gang toen hij een gedachte kreeg.

'Ga jij alvast naar de auto,' zei hij tegen haar, terwijl hij in zijn zak tastte en haar de sleutels toewierp. 'Ik ben zo beneden.'

Kasia protesteerde niet en liep verder door de gang, verlangend om er zo snel mogelijk weg te komen. Tomek liep terug naar het klaslokaal en stak zijn hoofd om de deur. Hij trof Bridget aan terwijl ze haar aantekeningen opruimde.

'Ik ben het maar.'

Zijn plotselinge aanwezigheid deed haar schrikken, en toen ze zich omdraaide, wapperde haar jurk rond haar knieën, waardoor er meer huid te zien was dan hij had verwacht.

'Verdomme!' zei ze, en bedekte daarna meteen haar mond. 'Het spijt me zo!'

'Het is prima. Ze is weg. En ze heeft thuis veel erger gehoord.'

'Ik kan me niet voorstellen hoe het voor jullie twee moet zijn. De school heeft me op de hoogte gebracht van jullie situatie.'

De glimlach op Tomeks gezicht vertelde haar dat hij daar niet op in wilde gaan.

'Ik wilde me verontschuldigen,' zei hij. 'Voor de vertraging.'

'O, dat geeft niet. Je raakt er na verloop van tijd aan gewend.'

'Dat zal wel. En ik wilde je bedanken voor alles wat je voor Kasia doet. Je hoeft geen genie te zijn om te begrijpen dat dit een enorme aanpassingsperiode voor haar is, en een genie ben ik zeker niet. Maar ik begin er langzaam aan te wennen, we allebei.' Hij aarzelde terwijl hij daar ongemakkelijk stond, alsof hij weer een tiener was die het mooie meisje van de onder-dertien sociale avond mee uit vroeg. 'Eerder zei je iets over haar helpen. *Wij.* Ik vroeg me af of je open zou staan voor het idee om Kasia te helpen met wiskunde. Een soort .. bijles?'

Een kans voor hem om te geloven dat ze het serieus meende met het helpen van zijn dochter.

'Natuurlijk.'

'Weet je het zeker?'

'Absoluut. Ik heb het eerder gedaan. Vele malen.'

Tomek was verbaasd. 'Wow. Ik hoefde je niet eens geld aan te bieden.'

Ze opende haar mond om te reageren, maar hij was haar voor. 'Natuurlijk zou ik ervoor zorgen dat je eerlijk wordt vergoed voor je tijd en expertise. God weet dat ze me toch al genoeg geld kost, ik kan me niet voorstellen dat wat bijlesgeld veel verschil zal maken.'

Voordat Tomek Bridget achterliet om haar spullen te verzamelen en eindelijk de school te verlaten, na wat een dertien uur durende dienst was geweest, spraken ze een datum af voor Kasia's eerste bijles en een prijs.

Het was een eerlijke overeenkomst, dacht Tomek. En terwijl hij zich door de gang haastte, vroeg hij zich af of ze bereid zou zijn om een keer een diner als betaling te accepteren.

HOOFDSTUK
TIEN

Het was allemaal heel spannend. En allemaal heel geheimzinnig. Heel, heel geheimzinnig zelfs. Ze mocht tegen niemand iets zeggen. Ze mocht niet naar buiten gaan. Ze mocht er niet eens aan denken om iemand anders te zoeken. Anders zou het spel voorbij zijn en zou ze verliezen.

En Annabelle Lake hield niet van verliezen. Het was het ergste ter wereld. Zolang ze zich kon herinneren, moest ze altijd winnen. Zelfs als ze tegen zichzelf speelde.

Maar bij dit spel had ze geen idee. Ze wist niet wat er aan de hand was. Het enige wat ze wist, was dat ze ernaar uitkeek om te zien hoe het allemaal zou aflopen - of ze zou winnen. Het was belangrijk om te winnen. Winnen was belangrijker dan meedoen, dat had papa gezegd. Hij zei veel dingen, maar daar luisterde ze het meest naar.

Ze hield van haar mama en papa. En soms miste ze hen, maar ze was zo in de ban van de opwinding dat ze niet te veel aan hen kon denken. Ze hoopte dat ze het niet erg zouden vinden, dat ze haar zouden vergeven zodra dit allemaal voorbij was. Vooral mama, en vooral oom Vincent.

Haar favoriete spel, van alle spellen die ze had gekregen om zich te vermaken, was verbind de stippen. Ze vond het heerlijk om de getallen in haar hoofd te tellen terwijl ze ernaar zocht met haar ogen, en dan met haar vinger de richting te bepalen waarin haar pen moest bewegen.

Ondertussen stak haar tong uit, diep in gedachten verzonken. Daarna kreeg ze als beloning een doos met haar lievelingskleurpennen.

Ja, pennen. Geen potloden. Dat was een leuke verrassing geweest. Thuis zeiden mama en papa altijd dat ze potloden moest gebruiken als ze wilde tekenen of kleuren (hoewel oom Vincent haar vaak pennen liet gebruiken, zolang ze hun kleine geheimpje onder elkaar hielden). Ze waren schoner, veiliger, en ze zou minder snel meubels bevlekken, volgens haar ouders. Zij dacht daar anders over, maar ze hield niet van ruziemaken en hen overstuur maken. Dat deden ze toch al genoeg.

Maar hier... hier deed dat allemaal niet ter zake. Ze kon doen wat ze wilde. De tafel beschilderen, het toilet, de muren, de plafonds. Ze kon zelfs de ramen beschilderen als ze dat echt wilde. Maar dat deed ze niet.

Vooral omdat het misschien een valstrik was, om te testen of ze werkelijk al die dingen zou doen die ze wilde. Als ze de muren zou kleuren, dan zou dat kunnen betekenen dat ze het spel zou verliezen. En dat wilde ze niet.

Om nog maar te zwijgen van het feit dat overal op tekenen wat niet van haar was, als onaardig zou worden beschouwd.

En ze hield er niet van om onbeleefd te zijn.

De woorden van juffrouw Duggan echoden in haar hoofd.

Het is verstandig om beleefd te zijn, dom om onbeleefd te zijn.

Annabelle wilde niet dom zijn.

Nee, ze wilde winnen, en ze kon niet winnen als ze dom was. In plaats daarvan zou ze moeten winnen door verstandig te zijn.

HOOFDSTUK
ELF

Het was lang geleden dat Tomek voor het laatst tot diep in de nacht had doorgewerkt zonder zich er enigszins schuldig over te voelen. Sterker nog, hij kon zich niet herinneren dat hij dat ooit had gedaan. Natuurlijk had Charlotte Hanton geklaagd over zijn late werkavonden en zijn reizen naar andere delen van het land voor zijn werk, maar dat was tijdens een onderzoek naar een seriemoordenaar geweest. Hoe had ze minder kunnen verwachten?

Maar nu was het iets anders. Kasia was thuis en hij had eigenlijk tijd met haar moeten doorbrengen, om de afgelopen dertien jaar in te halen waarin hij niet wist dat ze bestond. Behalve dat het al ver na haar bedtijd was. Hoewel ze iets meer dan een half uur geleden naar bed was gegaan, wist hij bijna zeker dat ze niet sliep. Waarschijnlijk was ze eindeloos aan het scrollen op die hersendode app van haar of keek ze iets op Netflix. Als ze zo doorging, zou hij misschien dat ding van haar moeten afpakken, zodat ze op een normaal tijdstip kon gaan slapen.

De tijden waren veranderd sinds hij zelf een tiener was. Hij had geen van deze afleidingen gehad. Alles wat hij had waren zijn stripboeken en de bijna onzichtbare gloed van de straatlantaarn buiten die de woorden en illustraties verlichtte. Verstoppertje spelen onder de dekens elke keer dat zijn vader in de buurt van zijn en zijn broers slaapkamer kwam. Er was toen niets van dit streaminggedoe. Directe toegang tot Netflix, Prime Video, Disney+. Al die onzin die tegenwoordig op YouTube staat - zogenaamde influencers die reageren op video's van andere mensen die ergens op reageren. Binnenkort zouden we allemaal vastzitten in een eeuwige cyclus van doen en reageren, valse persona's creëren voor het gewin van likes, views en een grote schare volgers. Tomek betreurde dit idee, maar hij overwoog nog steeds de mogelijkheid om verschillende sociale media-accounts voor zichzelf aan te maken en Kasia te dwingen om hem als vriend toe te voegen. Op die manier kon hij in de gaten houden wat voor dingen ze postte en leuk vond. Het soort mensen met wie ze communiceerde en berichten uitwisselde. De hele realiteit van het leven als tiener tegenwoordig was een complete mindfuck voor hem, en hij kon het maar niet bevatten.

Gelukkig had hij dat probleem niet met de documenten die voor hem lagen.

De ontvoering van Annabelle Lake.

Hij had de dossiers die Nick hem had gegeven dicht bij zich gehouden en verborgen in een geheime lade in zijn bureau. Het laatste wat hij wilde was dat Kasia zou zien bij wat voor zaken hij betrokken was en zich daarover zorgen zou maken.

Inmiddels was de kleine Annabelle Lake, het negenjarige meisje uit Canvey Island, al meer dan vijf dagen vermist. In die tijd had het team meerdere gesprekken gevoerd met haar familieleden, haar lerares die toevallig de laatste persoon was die haar had gezien, en een handvol getuigen in de omgeving. Ze hadden huis-aan-huis onderzoek gedaan in de schilderachtige doodlopende straat waar ze woonde. Ze hadden ANPR-gegevens en CCTV-camera's doorzocht op zoek naar voertuigen die zich vreemd gedroegen op de weg tijdens haar ontvoering en gedurende de tijd waarin ze vermoedden dat de Ford Fiesta was achtergelaten - en niets. Er waren geen eisen van de ontvoerders, niets. Het was alsof ze gewoon van de aardbodem was verdwenen. En dat was precies de bedoeling van haar ontvoerders geweest.

Bovenop de map die Nick hem had gegeven lag een uitvergrote foto van Annabelle. Een paar licht bevlekte scheve tanden grijnsden naar hem. Haar ogen leken vergroot achter een dikke bril die haar een permanent verraste uitdrukking gaf. Haar bruine haar was samengebonden in vlechten die aan weerszijden van haar hoofd hingen. En een stuk of twaalf sproeten bedekten haar wangen en neus. Op haar linkerwang, net onder het montuur van haar bril, zat een klein litteken. De achtergrond van de foto was hemelsblauw, en ze droeg haar schooluniform. De foto was drie maanden eerder gedateerd, genomen aan het begin van het schooljaar. Het deed Tomek denken aan de foto in het huis van zijn ouders. Die van hem toen hij naar de middelbare school ging. Twee jaar nadat zijn broer was overleden. Die foto bevatte niet dezelfde onschuld en kinderlijke zoetheid die Annabelle uitstraalde. Het was in elke contour van haar gezicht gegrift, terwijl dat van Tomek er depressief en verdrietig had uitgezien, beide emoties sijpelden door de poriën van zijn huid en haarzakjes. Zelfs de belichting was niet goed geweest, alsof de fotograaf wist wat er was gebeurd en had geprobeerd artistiek te doen met een schoolfoto. Tomek kon zich niet herinneren wanneer hij de afbeelding voor het laatst had gezien - het zou hem niet verbazen als zijn moeder en vader die lang geleden hadden weggegooid.

Terwijl hij die specifieke gedachten naar de achtergrond van zijn geest duwde, draaide Tomek de afbeelding om en legde deze met de voorkant naar beneden op het bureau. Daarna richtte hij zijn aandacht op de getuigenverklaringen. Hij bracht de volgende paar uur door met het doorspitten van de details van het verzamelde bewijsmateriaal. Hij bleef lezen tot zijn ogen zwaar aanvoelden.

Hij stopte kort na 1 uur 's nachts. Maar de slaap ontweek hem. Een van de latten in het slaapbankje dat hij kort na Kasia's komst had moeten aanschaffen, was aan één uiteinde gebroken, waardoor het bovenste deel van zijn lichaam een paar centimeter zakte wanneer hij op zijn zij lag. Hij had geprobeerd van kant te wisselen, maar dat was nog minder comfortabel.

Terwijl hij daar lag, keek hij uit over de woonkamer die nu een paar graden gekanteld leek. Naar de absolute puinhoop. Naar de kleren op de vloer, naar de dozen die van de zolder naar beneden waren gehaald om plaats te maken voor Kasia's spullen. Naar de planten die in de hoek waren geduwd, weg van het zonlicht. Naar de bonsaiboompjes die in elkaar gedrukt werden op de vensterbank. Naar de documenten en schoolmappen die van het bureau af stroomden en op de vloer terechtkwamen.

Het appartement was nauwelijks groot genoeg voor hem geweest toen hij alleen woonde. En nu was het dat zeker niet meer.

Misschien hadden ze een verandering van omgeving nodig. Een nieuwe plek. Een frisse start. Een reset. Misschien was dat waar Kasia op haar eigen manier om vroeg. Dit was *zijn* huis, en hij vroeg zich vaak af of zij zich een indringer voelde, die de status quo verstoorde (wat ze natuurlijk ook had gedaan...). Maar als ze een nieuwe plek hadden om samen hun vader-dochter avonturen te beginnen, dan zou dat misschien alles resetten, haar op haar gemak stellen.

Ja, dat zou hij doen. Morgen zou hij op zoek gaan naar een nieuwe woonplek. Maar tot die tijd zou hij het moeten uithouden met de kapotte slaapbank, ondanks de pijn waarmee hij vaak in zijn nek wakker werd.

HOOFDSTUK
TWAALF

Het appartement met twee slaapkamers lag iets verder landinwaarts dan Tomek had gewild. De afgelopen dertien jaar, sinds hij uit elkaar was gegaan met Kasia s moeder, had hij in hetzelfde appartement gewoond, op nog geen vijf minuten lopen van Old Leigh en het strand. Dat was waar hij aan gewend was, wat hij kende. Maar zoals hij had ontdekt na een snelle zoektocht op Rightmove en bij verschillende lokale makelaars, waren de huizenprijzen in de buurt onbetaalbaar geworden - belachelijk zelfs. En dus was hij gedwongen zijn rug naar het water te keren en zijn aandacht te richten op het vasteland van Leigh. En er was een reële kans dat hij zelfs verder zou moeten kijken. Southend. Hadleigh. Misschien zelfs Basildon.

De eerste van meerdere bezichtigingen die hij voor die week had gepland, was aan de noordkant van Leigh. De makelaar, een man die zichzelf aan de telefoon had voorgesteld als James-maar-je-mag-me-Jimmy-noemen, stond op hem te wachten voor het appartement, leunend tegen de motorkap van zijn auto, alsof hij een tweederangs undercoveragent was in een spionagefilm uit de jaren zeventig. Ondanks zijn overduidelijke pogingen om cooler te lijken dan hij werkelijk was, was de man onberispelijk gekleed. Zijn haar was goed ingevet en naar achteren gekamd, waardoor zijn voorhoofd een paar centimeter groter leek dan het was, en zijn driedelig pak was goed geperst en strak om zijn slanke gestalte. Het was duidelijk te zien dat er aanzienlijk veel tijd, moeite en geld aan was besteed, en Tomek betwijfelde of het enig verschil maakte voor zijn verkoopvaardigheden. Of het James-maar-je-mag-me-Jimmy-noemen speciale krachten gaf - de kracht om geen zelf-ingenomen klootzak te zijn.

Tomeks weliswaar *beperkte* ervaring met makelaars was dat het allemaal haaien waren, hongerige bloedspoorzoekers die op hun prooi joegen, wanhopig op zoek naar hun commissie. Elk pand waar ze voet in zetten was perfect, had ongekend veel karakter, en met een beetje TLC en een likje verf kon het worden omgetoverd tot het mooiste huis voor Tomek en zijn gezin. Destijds was het een gezin van één persoon geweest, en hij had dwars door de bullshit heen gekeken en zich gericht op de aspecten van het huis die belangrijk voor hem waren - een slaapkamer van fatsoenlijk formaat, een keuken met alle juiste apparaten en een vensterbank die groot genoeg was voor zijn bonsaiboompjes. Maar nu was het niet alleen hij meer. Hij had een gezin van twee om rekening mee te houden, iemand anders dan zichzelf. Dus vroeg hij zich af of hij misschien toch zou vallen voor de bullshit.

'Meneer Bowen?' zei Jimmy toen Tomek naderde. De man sprak met zoveel zelfvertrouwen dat, zelfs als hij geen meneer Bowen was geweest, Tomek ervan overtuigd zou zijn geweest dat hij het wel was.

'Aangenaam kennis te maken.' Jimmy duwde zichzelf weg van de motorkap en stak zijn hand uit, glimlachend. De helderheid van de tanden van de man verblindde Tomek bijna, en terwijl hij naderde was hij zo gefocust op die tanden dat hij de hand van de man compleet miste.

'Sorry daarvoor,' zei Tomek, zijn blozen verbergend, nog steeds niet in staat zijn blik af te wenden van de schitterende grafstenen van de man. Ze waren zo... perfect uitgelijnd. Tomek knikte ernaar. 'Ben je aangesloten op het elektriciteitsnet of heb je ergens een zonnepaneel op je geplakt?'

In eerste instantie begreep Jimmy niet waar Tomek naar verwees. Toen wees hij naar zijn tanden en opende, uit trots, zijn mond wijder, waarbij hij Tomek meer van de tanden achterin liet zien. 'O, je bedoelt *deze*? Vind je ze mooi?'

'Ik zou ze iets mooier vinden als ik geen zonnebril nodig had om naar je te kijken.'

'Ha! Goeie. Heb ze een paar maanden geleden in Turkije laten doen. Turkey Teeth, noemen ze dat. Je had moeten zien hoe ze er eerst uitzagen. Zo geel als het uiteinde van een sigaret, en ik rook niet eens.'

'Waarom heb je ze dan laten doen? Weddenschap verloren?'

Jimmy haalde zijn schouders op, alsof hij zijn eigen beslissing nooit in twijfel had getrokken. 'Wilde ze gewoon laten doen, kijken waar al die ophef over ging. Eerst vijlen ze je tanden af tot ze eruitzien als een geslepen potlood, en dan vormen ze de nieuwe set naar je mond en klaar is Kees, je bent helemaal voor elkaar. Iedereen blij.'

'Behalve je bankrekening, denk ik.'

'Daarom laat je ze in Turkije doen, maat. Goedkoper daar. Vriend van me heeft een paar maanden geleden een haartransplantatie laten doen voor bijna niks. Zijn haar is nu al langer dan dat van zijn vrouw.'

Tomek had moeite om het bij te houden. Sinds wanneer waren mensen zo gefascineerd door het hebben van de meest glanzende tanden en de dikste haarlijn? Natuurlijk wist hij dat kaalheid een zorg was voor veel mannen (gelukkig was hij gezegend met een goede haarlijn en dik zwart haar), en kon hij de wens begrijpen om het te verbeteren, maar de *tanden*? Dat ging een stap te ver. Hij maakte zich zorgen over de volgende generatie. Als ze niet oppassen, zou geen van hun lichaamsdelen nog natuurlijk zijn, en zouden ze allemaal rondlopen als levensgrote versies van Barbie en Ken.

'Ik hoop dat je niet te lang hebt moeten wachten,' zei Tomek om de ongemakkelijke stilte te vullen.

'Slechts een paar minuten. Geen probleem. Zullen we?'

Daarmee volgde Tomek James-maar-je-mag-me-Jimmy-noemen langs de zijkant van het verbouwde appartement en de kleine trap op die naar de voordeur leidde. Toen ze naar binnen gingen, begon Jimmy het script op te dreunen dat hij ongetwijfeld uit zijn hoofd had geleerd. Hetzelfde dat hij waarschijnlijk bij elke bezichtiging misbruikte.

'Dit prachtige appartement is pas recentelijk op de markt gekomen, vorige week nog maar. De verkoper wil vrij snel verkopen, en we hebben al veel belangstelling gehad.'

Natuurlijk hadden ze die. Moet je het schaarste-zaadje al vroeg planten, hem erover laten piekeren voor de rest van de bezichtiging.

'Het appartement is gewaardeerd op driehonderddertigduizend, en ligt op een steenworp afstand van het stadscentrum, met goede vervoersverbindingen naar Southend en Londen. Je hebt twee slaapkamers, beide ongeveer honderd vierkante meter, met veel ruimte voor kasten, bedden, commodes, tv's, bureaus.'

Jimmy opende de deur en stapte naar binnen. Tomek volgde kort daarna.

'Dit is de hal,' vervolgde Jimmy. 'Recht voor je heb je een kleine badkamer, compleet met toilet en wastafel...'

Dat was een goed begin. Alle basisbehoeften.

'De ketel zit in deze kleine kast hier, samen met een plek voor al je jassen, schoenen en paraplu's. De deur aan je linkerhand is de woonkamer...'

Ze betraden de grote ruimte. Het was iets kleiner dan Tomek gewend was, maar eerlijk gezegd leek alles in het appartement gekrompen sinds het was vervangen door Kasia's spullen. Hij keek uit over de open ruimte en stelde zich een plek voor zijn bureau voor, de bank, salontafel en ruimte voor een tv. Alle essentiële zaken.

'De erkerramen hebben dubbel glas en zoals je kunt zien, laten ze veel licht binnen. Dit deel van het huis ligt op het zuiden, dus je hebt zo ongeveer de hele dag licht.'

'Kom jij ook bij het appartement?' vroeg Tomek.

De grap sloeg niet aan. Tomek vroeg zich af of hij dezelfde soort ellende te verduren kreeg van zijn vrienden of collega's op het werk. En toen vroeg hij zich af of ze allemaal hetzelfde waren. In dat geval zou Tomek een zonnebril moeten meenemen als hij hun kantoor moest bezoeken om iets te ondertekenen.

Jimmy ging verder: 'De ramen zijn een paar jaar geleden geplaatst, dus je zit nog steeds onder garantie. En wat geweldig is aan dit huis, is dat er geen doorlopende keten is, dus je kunt er vrij snel in...'

Maar Tomek luisterde niet. Hij zocht naar de belangrijkste ruimte. Een vensterbank die groot genoeg was voor zijn bonsaiboompjes.

'Als je deze kant op komt...' Jimmy trok Tomek mee naar de keuken. 'Dit is een plek waar je waarschijnlijk veel tijd zult doorbrengen, of misschien helemaal geen, afhankelijk van je voorkeur. Maar zoals je kunt zien, is dit gebied groot genoeg voor jullie beiden om tegelijkertijd te koken.'

'Ons beiden?'

'Jij en je vrouw?'

Tomek trok zijn lippen samen. 'Niet bepaald. Ik en mijn dochter.'

'Oh. Sorry.'

'Ga nooit uit van aannames, maat.'

'Ik weet het, ik weet het. Dan maak je een ezel van jezelf.'

'Niet alleen dat, het laat je eruitzien als een sukkel.'

Maar niet zo erg als die tanden en dat schokkende haarlijntje.

Na het zien van de keuken waar - en James had het bij het rechte eind - hij veel tijd zou doorbrengen, gingen ze naar de twee slaapkamers aan de achterkant van het huis. Naar Tomeks bescheiden en eerlijk gezegd onervaren mening waren ze groot genoeg voor zowel zijn als Kasia's behoeften. Eerlijk gezegd was alles beter dan de krappe omstandigheden waarin ze momenteel woonden. Elke kamer had een kleine nis voor een kledingkast en genoeg ruimte voor hen beiden om zich comfortabel rond hun bedden te bewegen. Echter, slechts één van hen bevatte de Heilige Graal. De kostbare vensterbank. Tomek claimde die meteen voor zichzelf.

Het laatste op het lijstje van kamers om te bekijken, en ongeïnteresseerd naar te knikken, was de badkamer. Het had alles wat hij verwachtte van badkamers: een douche, een toilet en een wastafel. Behalve dat er één kleine aanpassing was waar hij niet zo blij mee was.

Tomek wees ernaar. 'Wat doet dat daar?'

James-maar-je-mag-me-Jimmy-noemen keek naar het bidet dat in de hoek van de badkamer naast het toilet was geplaatst. 'Niet helemaal zeker daarover... Ik denk dat de vorige eigenaren ergens van het vasteland komen... Kan niet zeggen dat ik er zelf ooit een heb gebruikt. Maar zeg nooit nooit!'

De eerste gedachte die bij Tomek opkwam was niet wat hij ermee zou doen als hij besloot een aanbetaling te doen op het huis. Het was eerder of de kleur ervan het model was waarop Jimmy zijn tanden had gebaseerd.

'Dus,' vroeg hij, terwijl hij Tomek weer verblindde met zijn gebit. 'Wat vind je ervan?'

'Ik denk dat je er niet zou misstaan,' antwoordde Tomek, maar veranderde van onderwerp voordat hij Jimmy nog meer zou beledigen. 'Wat zijn de volgende stappen?'

'Nou, als je geïnteresseerd bent, laat het me weten en we kunnen eerst de aanbetaling regelen. Daarna zullen we de verkoop van je bestaande woning afhandelen, tegelijk met al het papierwerk voor de nieuwe.'

Het klonk in theorie eenvoudig, maar Tomek vermoedde dat het precies zo was bedoeld door Jimmy.

'Klinkt te mooi om waar te zijn.'

'Meestal is dat ook zo, maar niet bij ons. Daarom staan we op nummer één op Trip Advisor.'

En daar was het. De schaarste aan het begin ondersteund door het sociale bewijs aan het einde. Ze hadden de cirkel rond gemaakt.

'Ik bedoel, ik vind het leuk. Het is groot genoeg voor wat we nodig hebben, maar ik ben er nog niet.'

'Oh?'

'Ja. Ik moet naar huis gaan en met de baas praten. Kijken wat zij ervan vindt.'

─────

Op weg naar huis stopte Tomek in de hoofdstraat van Leigh om wat boodschappen te doen bij de plaatselijke Co-op. Vanavond stond er pizza op het menu, besloot hij. Met een fles cola voor Kasia, en een krat bier voor hem. Iets om te vieren.

Toen hij terugliep naar de auto, rammelend met de bierflessen tegen zijn been, gleden zijn ogen naar de overkant van de straat. Ze stopten zodra ze de schooluniformwinkel zagen die tussen een cadeauwinkel en een koffiehuis was gepropt. Tomek had zijn best gedaan om 'Too School For Cool' zo lang mogelijk te vermijden. Toch stond het er nog steeds, onaangeroerd, gesloten. De politiemelding die iedereen informeerde dat het onderdeel was van een lopend onderzoek hing nog steeds aan de deur. Tomek kon er niet lang naar kijken. Het bracht beelden en herinneringen terug die hij had geprobeerd te onderdrukken. Die van hem en Charlotte samen in bed, kajakken door de moerassen van Tollesbury, in het Roots Hall voetbalstadion kijken naar de Mighty Shrimpers. En toen kwamen de donkerdere terug. De beelden van haar die drie mannen afslachtte, hun geslachtsdelen afsneed en in hun respectieve monden stopte. Van het doorsnijden van hun kelen en hen uitkleden.

Hij wendde zich af en liep verder naar de auto, hoewel hij niet in staat was de beelden die als een film in zijn hoofd afspeelden van zich af te schudden.

De rit naar huis was kort. Een paar keer linksaf, nog wat keer rechts, en hij was er. Omdat de straat vol stond met smalle rijtjeshuizen, was er weinig tot geen ruimte om te parkeren. Wat betekende dat het vinden van een plekje was als het zoeken naar een aardbeienzaadje in de woestijn. Bijna onmogelijk. Soms moest hij in de volgende straat parkeren en lopen. Andere keren was hij gedwongen te wachten tot zijn buren hun kont in beweging zetten en ophoepelden. Bij de zeldzame gelegenheid dat hij gemakkelijk een plekje kon vinden, werd het meestal moeilijker gemaakt door klootzakken die onder vreselijke hoeken parkeerden en geen ruimte voor zijn auto overlieten.

Het was vaak op z'n ergst als hij laat thuiskwam na een lange dag proberen de straten vrij te maken van crimineler.. Het was niet dat hij vond dat hij een vaste parkeerplek verdiende voor het werk dat hij deed, maar... Eigenlijk wilde hij wel een vaste plek. Een mooie grote, sappige plek met genoeg ruimte aan beide kanten om sterrensprongen te maken. Dan zou het hem niet nog eens tien minuten kosten om ergens te kunnen parkeren.

Zoals zojuist was gebeurd.

Geparkeerd op straat om de hoek in de enige beschikbare ruimte, honderden meters van zijn huis.

Hij slenterde langs de weg terwijl een lichte regenbui zijn gezicht begon te kietelen. Hij stak het bier en de blikjes Cola onder één arm, trok zijn capuchon over zijn hoofd en versnelde zijn pas.

Maar hij kwam abrupt tot stilstand toen de figuur in zicht kwam. Een man, stevig, zwaargebouwd, die de elementen trotseerde. Staand voor zijn flat, omhoog starend naar de bonsaiboompjes op de vensterbank.

Onmiddellijk voelde Tomek zijn lichaam overschakelen naar vecht-modus. Zijn schouders en core spanden zich aan, zich voorbereidend op een confrontatie, al was het maar verbaal.

Toen hij naderde, merkte de man zijn aankomst op en draaide zich om. De rechte kaak en gebeeldhouwde kin verhulden de vijandelijkheid in zijn uitdrukking. De man was zowel een gespierd model als een gestoord uitziende kerel in één. Het waren voornamelijk de ogen. Hemelsblauw. Verblindend en overweldigend. Nog meer brandstof voor het vuur van verwarring dat in Tomek woedde. Hij zag eruit alsof hij doordeweeks fotoshoots had en in het weekend naar een voetbalhoo-ligangevecht moest.

'Kan ik je ergens mee helpen?' vroeg Tomek zo streng als hij kon opbrengen.

'Tomek, toch?'

De man hield zijn handen in zijn zakken, wat Tomek onrustig maakte. Hij had liever gezien wat ze vasthielden, als dat al zo was.

'Wie wil dat weten?'

'Een vriend van een vriend. Ze wilden alleen zeker weten dat je je aan je deel van de afspraak hebt gehouden.'

Charlotte. Het bericht. Caitlin.

Verbazing verscheen op Tomeks gezicht.

'Hoe heb je dit adres gevonden?'

'Een vriend van een vriend van een vriend.'

Tomek vroeg zich af hoe ver de vriendenlijst van de kerel eigenlijk ging en of hij iemand van de koninklijke familie kende.

'Ik heb gedaan wat ik moest doen,' antwoordde hij.

'Mooi. Dan heb ik dat ook. Nog een fijne avond, meneer Bowen. Hopelijk hoef ik je niet meer te zien.'

Voor hij het wist, was de man uit de portiek en liep hij de straat af in de tegenovergestelde richting, recht in de steeds harder wordende regen. Zonder tijd te verspillen haastte Tomek zich naar de voordeur, worstelde gefrustreerd met het slot dat nog steeds gerepareerd moest worden, en dook de woonkamer in. Hij had het niet beseft, maar zijn hartslag zat door het dak, en hij boog dubbel terwijl hij probeerde weer op adem te komen.

Charlotte was inderdaad haar woord nagekomen. Maar dat creëerde een nieuw soort probleem. Zij en haar criminele vrienden, samen met al *hun* criminele vrienden, kenden zijn adres. En als zij zijn adres wisten, betekende dat ze kwetsbaar waren, weerloos. Belangrijker nog, *Kasia* was kwetsbaar en weerloos.

Hij liet de boodschappen op het aanrecht staan en greep in zijn zak. Toen belde hij James-maar-je-mag-me-Jimmy-noemen.

'Hallo?' klonk de brutale stem aan de andere kant. Alleen al uit dat woord kon Tomek afleiden dat de man glimlachte; hij kon bijna het geluid van zijn tanden horen die radioactief materiaal uitstraalden.

'James? Ik bedoel, Jimmy. Het is meneer Bowen, van eerder vandaag in het appartement.'

Een moment om de naam te verwerken.

'Ah, meneer Bowen. Goed van u te horen. Waarmee kan ik u helpen?'

'We nemen het.'

'Nu al? Heeft u al kans gehad om met uw dochter te spreken?'

'Nee. Ik... wil het gewoon niet mislopen.'

'Uitstekend. Ik zal alles in orde maken.' Als het mogelijk was, klonk

Jimmy's telefoonmanieren nog overtuigender dan zijn persoonlijke manieren.

'Dank je.'

'Wilde u vanavond nog steeds het pand bezoeken?'

'Graag. Ze zal veel tijd nodig hebben om uit te zoeken waar al haar spullen moeten komen.'

Een licht lachje. 'Natuurlijk. Nou, bedankt voor het laten weten. Laat het aan mij over, en ik zal alles voor u regelen. Prettig zaken doen met u.'

Natuurlijk was het dat. Alles was het waard voor die ene procent.

Tomek gooide de telefoon op het aanrecht en begon de boodschappen uit te pakken. Hij was halverwege het openen van zijn bierflesje - de vloeistof had net *pssss* gedaan toen hij de dop eraf trok - toen zijn telefoon rinkelde. Het apparaat trilde woedend op het oppervlak. Hij nam op zonder de nummerweergave te controleren.

'Hallo?'

'Ben je bezig?'

Nick. Goeie ouwe Gemene Nick om de zenuwen te kalmeren.

'Ik kan praten.'

'Was bang dat ik je zou betrappen met je handen in je broek. Met al die vrije tijd die je ineens hebt, weet je wel.'

'Nee hoor,' antwoordde Tomek.

'Mooi. Dan heb ik nieuws voor je.'

'Je gaat met pensioen?'

Nick lachte geforceerd. 'Grappig.'

'Ik zal voorzichtig moeten zijn met wanneer ik *jou* bel.'

Een karakteristieke zucht echode door de telefoon. 'Wil je het goede nieuws horen of niet?'

'Kan geen kwaad. Laat horen.'

'Je komt terug.'

'Wat?'

'Wonderbaarlijk genoeg zijn Charlottes verklaringen - over Tony en het Instagram-account - ingetrokken en er is geen zaak tegen je. De IOPC heeft de zaak geseponeerd en je schorsing is voorbij. We zien je morgen.'

'*Morgen?*'

'Tenzij je andere plannen hebt?'

'Niet dat ik kan bedenken. Het betekent alleen dat ik me nu moet scheren en er presentabel uit moet zien.'

'Ik wilde de andere dag niets zeggen...'

'Ik heb de afgelopen jaren niets willen zeggen, maar je hoort mij niet klagen.'

Nick antwoordde niet.

'Dat, chef, is wat de jongeren tegenwoordig een *clap back* noemen.' Om de betekenis van het woord te benadrukken, klemde Tomek de telefoon tussen oor en schouder, en sloeg hij zijn handpalm met de achterkant van zijn hand.

'Ga zo door, maat,' begon Nick, 'en ik zet je de komende zes maanden naast Chey. Kijk dan eens hoe grappig het is.'

Chey, hoewel er niets mis met hem was - geen vreemde persoonlijkheidsgebreken, geen ongemakkelijk gedrag - stond op kantoor bekend om zijn scheten en de constante geur van stront die hij verspreidde. Het was een van de redenen dat hij het mikpunt van grappen was. Dat, en omdat hij de jongste was.

'Niet nodig, chef,' zei Tomek, glimlachend naar zichzelf. 'Vergeet wat ik zei. Ik zie je morgen eerste ding.'

HOOFDSTUK
DERTIEN

Na zijn dienst had James-maar-noem-me-Jimmy de sleutels van hun nieuwe flat afgegeven. Hij vertrouwde Tomek genoeg - 'je bent tenslotte een *politieagent*' - om het juiste te doen en de sleutels binnen een paar dagen zonder problemen terug te geven. Tijdens die korte ontmoeting had Tomek een vreemde seksuele spanning in de kamer opgemerkt. Het grootste deel daarvan kwam, terecht, van de kant van de familie Coleman. Zodra ze Jimmy had gezien, was Kasia kortaf en verlegen geworden, bijna timide. Ze verschool zich achter haar telefoon terwijl ze overduidelijk al zijn bewegingen in de gaten hield.

Ze was in die leeftijd waarop haar hormonen op gang begonnen te komen, en de wereld langzaam een andere kleur kreeg. Tomek kon haar niet kwalijk nemen dat ze geïnteresseerd was in Jimmy. Hij begreep de aantrekkingskracht wel. Hij was zelf ook eens een tiener geweest, hij wist waar het allemaal om draaide. Behalve dan die tanden. Dat was in zijn tijd geen *ding* geweest. Als dat wel zo was geweest, dan zou hij waarschijnlijk op zijn achttiende als een schijnwerper hebben geleken elke keer als hij zijn mond opendeed.

Nadat Jimmy vertrokken was, maakten ze hun diner af, pakten het hoognodige en vertrokken. De regen was iets afgenomen, al had het verkeer in de stad diezelfde boodschap niet ontvangen. Het kostte hen twintig minuten, net zolang als wanneer ze te voet waren gegaan. Ze stopten voor de flat en Tomek zette de motor af. De lichten in de woonkamer en keuken waren aan, vermoedelijk door Jimmy zo achtergelaten ter voorbereiding op hun bezoek.

'Wat vind je ervan?' vroeg Tomek.

'Ziet er precies hetzelfde uit als onze huidige flat.'

'Geweldig,' zei Tomek sarcastisch, maar zijn gedachten concentreerden zich op de twee woorden die uit haar mond waren gekomen.

Onze huidige.

Onze. Onze flat. Onze ruimte. Ons thuis. Tijdens de eerste dagen van hun vader-dochterrelatie was het altijd *zijn* flat, *zijn* huis geweest.

Het was maar een kleine stap, maar wel een stap in de goede richting.

Tomek stapte als eerste uit de auto en liep naar de voordeur. De confrontatie van gisteren met die model-annex-voetbalhooligan speelde sindsdien door zijn hoofd. Als er ooit een stimulans was om uit je huis te verhuizen (als het slapen op de bank zodat je dochter ergens comfortabel kon slapen nog niet genoeg stimulans was), dan was het vooruitzicht van in de gaten gehouden worden en je onveilig voelen dat zeker. Hij twijfelde er niet aan dat Charlotte niet van plan was hem met rust te laten. Zijzelf ging nergens heen, dus moest ze zichzelf vermaken, bezig houden. Ze wilde haar eigen afleveringen van *Keeping Up With The Bowens*. Charlotte zou hen niet met rust laten zolang ze de macht, de contacten en de toegang had om dat te doen. Als verhuizen, zij het slechts een paar honderd meter verderop, een preventieve maatregel was die hij moest nemen om zijn familie te beschermen, dan was hij bereid dat te doen.

Hij stak de sleutel in het slot, en met een simpele draai was hij binnen.

'Deze plek is alleen al de moeite waard vanwege de voordeur,' merkte Kasia op. 'Ik haat die van ons echt.'

Tomek bleef stokstijf staan en keek haar fronsend aan. 'Wat heb ik gezegd over dat soort taalgebruik?'

Haar gezicht betrok en ze sloeg haar ogen neer. 'Jij doet het de hele tijd.'

'En als jij achttien bent, mag jij het ook doen. Als je het tot dan volhoudt... Maar zolang je onder dit dak woont...'

'Prima.'

De eerste kamer die Tomek haar liet zien was de schoenenkast. Toen hij haar vertelde dat ze daar zou slapen, keek ze hem woedend aan, haar ogen vernauwend. De volgende kamer was de woonkamer. Alle vooropgezette plannen en ideeën die hij voor de ruimte had, werden onmiddellijk afgebroken toen ze alles veranderde. De indeling, de organisatie, de hoeveelheid nieuwe meubels die ze nodig zouden hebben. Hij realiseerde zich al snel dat dit haar huis was, en dat hij er alleen maar in zou wonen.

De discussie over de slaapkamers was niet anders. Gelukkig had ze zelf voor de kleinere ruimte gekozen, zonder zijn aandringen, en had ze al bedacht hoe ze een bed, kledingkast, make-uptafel, bureau en ladekast in de kleine ruimte kon passen. Voor Tomek was het alsof iemand hem vroeg een Rubiks kubus op te lossen terwijl hij werd verteld wat te doen met de instructies recht voor hem. Het had voor hem nog steeds geen zin, maar het had wel zin voor haar. En dat was belangrijk. Om haar de vrijheid te geven te kiezen wat ze met haar eigen ruimte deed.

'Wil je het beste deel van het huis zien?' vroeg Tomek opgewonden.

'Dat wordt niet spannend, hè?'

'*Ik* vind van wel.'

Tomek trok haar aan haar arm mee en liet haar zijn nieuwe slaapkamer zien. De vensterbank. De enorme grootte ervan.

'Prachtig, vind je niet?'

'Dat is niet het woord dat ik zou gebruiken om het te beschrijven.'

'Welk woord zou je dan gebruiken?'

Ze keek naar hem op. 'Daar zul je op moeten wachten tot ik achttien ben.'

Dat toverde een glimlach op zijn gezicht. Hij liep naar de vensterbank en leunde erop, terwijl hij naar de straat beneden keek.

'Ik kreeg vandaag een telefoontje,' begon hij.

'Oké...' De voorzichtigheid in haar stem was duidelijk.

'Ik ga morgen weer aan het werk.'

'Oh. Oké.'

'Wat betekent dat je voor mijn bonsaiboompjes moet zorgen,' zei hij, zijn grijns was veranderd in een brede lach. 'Ze hebben om de paar dagen water nodig, bij voorkeur 's avonds. Als het zomer wordt, moet je het veel vaker doen.' Kasia's blik draaide naar het raam, waar ze naar haar spiegelbeeld staarde. 'Om serieuzer te zijn,' vervolgde hij, 'het betekent ook dat ik niet zo vaak thuis zal zijn als nu. Ik zal nog steeds zo vaak mogelijk je ontbijt en lunch voor school maken. Ik zal je nog steeds naar school brengen wanneer ik kan. Maar op de ochtenden dat ik dat niet kan, ligt deze plek ongeveer even ver als waar we nu wonen, dus dat zou geen probleem moeten zijn. Het enige probleem zal je avondeten zijn. Soms moet ik misschien laat werken. Als dat het geval is, laat ik je instructies achter over hoe je avondeten kunt maken.'

'Ik weet al hoe ik moet koken,' zei ze, haar stem zonder emotie, alsof het laatste restje ervan uit haar was geslagen door Tomeks aankondiging.

'Als je rapport van mevrouw Shaw een indicatie is...'

'Niet daardoor,' zei ze. 'Ik heb geleerd voor mezelf te koken wanneer mama er niet was. Ze ging soms dagenlang weg. Liet me niets te eten achter, dus ik moest het zelf uitzoeken.'

Dit was de eerste keer dat Kasia over het leven bij haar moeder sprak. Hij had besloten haar niet te veel te pushen over dit onderwerp, maar liever te wachten tot ze dingen in haar eigen tempo zou uitleggen. Nu ze dat had gedaan, voelde hij zich bevoorrecht dat ze hem hiermee vertrouwde.

'Ik zal proberen zo veel mogelijk thuis te zijn,' zei hij tegen haar.

'Mag ik Sylvia na school uitnodigen?'

Tomek aarzelde. Overwoog de beslissing. 'Ja, ik zie daar geen probleem in. Laat me gewoon weten op welke dagen en dan zal ik eraan denken om mijn vuile ondergoed te verstoppen en mijn sokken op te rapen.'

Kasia grinnikte in zichzelf. Even dacht Tomek dat ze hem liefdevol zou aanstoten, een hand affectief op zijn arm zou leggen, maar dat deed ze niet. In plaats daarvan pakte ze haar telefoon en las een bericht.

'Ze heeft gevraagd of ik dit weekend wil komen logeren,' zei Kasia.

'Sylvia?'

'Ja.'

'Hmm.'

Nou, *daar* was Tomek niet zo enthousiast over. Hij vond het niet erg als er een vriendin bij hen thuis kwam. Dat was bekend terrein. Een veilige ruimte. Maar dat Kasia naar Sylvia zou gaan... Dat was een beslissing waarover hij moest nadenken.

'Daar ben ik niet zo zeker van,' vertelde hij haar. 'Als alles zo snel gaat als James - ik bedoel *Jimmy* - zegt, dan zouden we volgende week al kunnen verhuizen. Ik zal alle hulp nodig hebben met inpakken.' Hij pauzeerde even. 'Wat dacht je van... je mag alleen bij haar logeren als je je wiskundecijfer verbetert?'

Dat zou het moeten doen. Omkoping. Haar aan het eind een beloning geven.

Opvoeden op de enige manier die hij kende.

'Wat?' vroeg ze, met opkomende woede in haar stem.

'Dat doet me eraan denken,' begon hij, terwijl hij naar de uitgang liep. 'Ik heb met juffrouw Holloway gesproken en ze heeft ermee ingestemd om 's avonds langs te komen om je bijles te geven.'

'Wat? Neem je me in de maling?'

Tomek draaide zich om. 'Let op je taalgebruik! Ik had oorspronkelijk gepland dat ze zou stoppen zodra je cijfers verbeterden, maar ik kan haar het hele jaar laten komen als je dat liever hebt?'

Kasia rolde met haar ogen en blies een grote zucht uit. '*Nee*.'

'Mooi. Stop dan verdomme met vloeken.'

HOOFDSTUK
VEERTIEN

De spelletjes waren niet meer leuk. Ze waren niet meer prettig sinds hij haar had geslagen. Hard. Heel, heel hard. Annabelle wist niet waarom hij het had gedaan, maar de sfeer was sindsdien gespannen. Ze maakten veel meer ruzie, schreeuwden naar elkaar, kwamen dicht bij elkaar en zochten confrontatie. Ondertussen bleef Annabelle gewoon op haar stoel zitten zoals haar was opgedragen. Ze wilde niet nog een keer geslagen worden. Nee, meneer. Dat was geen onderdeel van het spel dat ze leuk vond.

Het deed zo'n pijn dat ze haar mond urenlang niet kon bewegen, al voelde het als dagen. En het deed nog steeds pijn, het klopte net zoals die keer dat Will Robbie haar op school in haar arm had geslagen om te kijken of het pijn deed. Ze had hem verteld dat ze geen pijn kon voelen, dat ze bovenmenselijk was, dat ze anders was dan alle andere kinderen op school. Maar het had pijn gedaan. Heel erg zelfs. En haar arm klopte met fantoompijn terwijl ze er nu aan dacht.

Tijd was een lastig iets geworden om bij te houden. Normaal gesproken was ze zo goed in het kijken naar de cijfers die rondjes draaiden. Ze wist niet altijd wat ze betekenden, maar haar lievelingsgetal was twaalf, en wanneer de grote wijzer haar lievelingsgetal bereikte, wist ze dat er een heel uur voorbij was gegaan. Juffrouw Duggan had haar dat verteld. Juffrouw Duggan vertelde haar veel dingen. Annabelle mocht juffrouw Duggan graag, en ze dacht nu aan haar terwijl ze in de stoel zat, starend naar de televisie tegenover haar.

Ze waren nog steeds aan het ruziën, maar ze blokkeerde het. Annabelle keek naar een *SpongeBob SquarePants* aflevering op dvd. Omdat het niet een van haar lievelingsafleveringen was - ze was erg kieskeurig wat betreft haar SpongeBob SquarePants - dwaalde ze af en bleef ze denken aan juffrouw Duggan. De mooiste dame die ze ooit had gezien.

Het was jammer dat ze geen vriend had.

Al was het niet door gebrek aan pogingen, had Amelia haar verteld. Wat dat ook mocht betekenen. Annabelle nam aan dat het iets slechts was, maar kon nog steeds niet begrijpen waarom ze single en eenzaam was.

'U moet zich erg eenzaam voelen, nietwaar, juf?' had ze tijdens een lunchpauze gevraagd. Terwijl de rest van haar klas buiten speelde, was zij druk bezig met Disney Princess Top Trumps.

Haar favoriete kaartspel met haar favoriete lerares.

'Ik voel me niet eenzaam,' antwoordde Amelia. 'Ik heb mijn kat en ik heb veel vrienden met wie ik in de weekenden afspreek. Voel jij je eenzaam, Annabelle, als enig kind?'

Daarop had Annabelle haar hoofd geschud. Ze voelde zich niet eenzaam, *kon* zich nooit eenzaam voelen. Niet wanneer ze haar vrienden aan haar zijde had: SpongeBob, Sandy, Patrick, meneer Krabs. Zelfs Plankton was een van de goeden als je hem leerde kennen. Ze vond hen leuk omdat ze allemaal tegen haar praatten wanneer ze verdrietig was en haar weer opbeurden. Ongeacht haar humeur, was ze altijd blij om haar favoriete mensen te zien.

Haar aandacht werd teruggetrokken naar het heden door een hard geluid. Ze draaide zich naar hen toe. Ze waren nog steeds ruzie aan het maken, behalve dat ze nu tegen elkaar begonnen te fluisteren, praatten op gedempte toon. Annabelle had dat vaak genoeg gezien om te weten dat ze het over volwassen dingen hadden, dingen die ze niet wilde dat zij hoorde.

Toen stopten ze en kwamen naar haar toe. Ze hurkten aan weerszijden van de stoel en keken haar in de ogen.

'Gaat het goed met je, Annabelle?' vroeg *Zij*.

Annabelle knikte.

'Je zit niet in de problemen.'

Dat was goed. Annabelle hield er niet van om in de problemen te zitten.

'Het spijt ons van eerder,' begon *Hij*. 'Het was een ongeluk. Doet het pijn?'

Annabelle schudde haar hoofd. Nu was het tijd om dapper te zijn, zoals die keer dat ze niemand had verteld toen Will Robbie ook had geprobeerd zijn hand onder haar rok te steken.

'We gaan nu een wandeling maken. Wil je meekomen?'

Annabelle aarzelde even voordat ze knikte. Haar benen waren erg moe. Ze had ze al in geen weken meer gestrekt, zo voelde het. De ruimte was zo krap en benauwd. In het begin vond ze het spannend om daar te zijn, knus als een bug in een tapijt, maar nu was ze niet meer zo zeker.

'Pak je jas en dan gaan we.'

Annabelle hoefde het geen twee keer te horen. Ze sprong van de stoel, greep haar lievelingsjas van de rugleuning, en stond bij de deur te wachten voordat zij klaar waren.

Het eerste wat ze opmerkte was de kou. Winter was niet haar favoriete seizoen - behalve Kerstmis, ze *hield* van Kerstmis - en ze keek nooit uit naar de koude temperaturen en de duisternis.

De duisternis was het engste deel.

En vanavond was niet anders. Het was pikdonker buiten. Zelfs de straatlantaarns waren niet sterk genoeg om tegen de naderende envelop van wanhoop te vechten.

Terwijl ze langs de weg liep, met beide handen vastgehouden, stelde ze zich de duisternis voor in een gevecht met de straatlantaarn. Twee lange figuren met grote metalen armen die elkaar sloegen en schopten en beten.

Toen namen ze allemaal een bocht door een hek en de lichten verdwenen. Het veld dat ze net waren binnengegaan, kende een ander niveau van duisternis. Donkerder dan het donkerste donker dat ze ooit had gezien.

Het beangstigde haar, en ze klemde zich stevig vast aan de handen die om de hare waren gewikkeld.

'Maak je geen zorgen,' kwam een stem van boven, maar ze was zo bang dat ze niet kon uitmaken wie het had gezegd. 'Kijk omhoog naar de lucht. Zie je al die mooie sterren?'

Annabelle strekte haar hoofd naar de hemel en knikte. Tientallen gaten verschenen in de deken over de hemel, alsof God een speld had gepakt en er voor de lol in had geprikt. Misschien had hij ook wel een spelletje gespeeld, vroeg ze zich af.

God moet wel heel veel spelletjes hebben gespeeld. Vooral met mensen. Zoals toen Mason Jones over lucht was gestruikeld op het schoolplein en iedereen hem had uitgelachen.

God moest de beste spelletjes hebben. En terwijl ze het veld overstaken, vroeg ze zich af of hij ook haar favorieten had.

Ze wedde van wel.

Na wat voelde als uren, kwamen ze uiteindelijk tot stilstand bij een speeltuin. Annabelle was al bij veel speeltuinen geweest, maar nog nooit bij deze. Deze had alles. Een schommel, een glijbaan, hobbelpaard, wip, draaimolen. Al haar favorieten.

Maar de ene favoriet waar ze het meest van hield was de schommel. De manier waarop ze op en neer kon gaan, op en neer, op en neer. De manier waarop ze dicht bij de sterren kon komen en dicht bij God en zijn spelletjes.

'Ga maar naar binnen,' instrueerde *Hij* haar.

Als een windhond die net van de lijn was losgelaten, sprintte Annabelle naar de schommel, sprong erop en begon zichzelf naar achteren en naar voren te duwen, waarbij ze elke keer haar vaart vergrootte.

Hoger en hoger...

Op en neer...

Kijkend naar de sterren. De punten met elkaar verbindend en doend alsof ze ze inkleurde. Deze keer had ze geen moeite om binnen de lijntjes te blijven.

En toen stopte het. Op de weg terug naar beneden botste ze tegen iets hards en viel bijna van de schommel. Voordat ze kon reageren, begon de ketting die ze ooit in haar hand had vastgehouden zich om haar keel te wikkelen, als een python die zijn prooi vangt. De dikke, metalen kettingen sneden in haar huid en begonnen haar ademhaling af te knijpen.

De greep van de python werd strakker, strakker...

De greep van de dood...

Strakker, strakker, nog steeds...

Annabelle probeerde haar vingers tussen de ketting en haar keel te wringen, om een opening te creëren tussen leven en dood, maar het was tevergeefs. Het was te strak.

En al snel begon de wereld te verduisteren. De speldenprikjes van licht begonnen te vervagen. Het geluid van de wind begon te dempen.

En binnen wat aanvoelde als minuten werd de wereld van Annabelle Lake volledig zwart. En terwijl haar ogen zich sloten, was de laatste gedachte die door haar hoofd ging er een van opwinding. Want nu zou ze in ieder geval dezelfde spelletjes kunnen spelen als God.

HOOFDSTUK
VIJFTIEN

Toen Amelia Duggan die ochtend het huis verliet, had ze geen idee dat haar leven op zijn kop zou worden gezet. Net als elke andere ochtend werd ze ruw gewekt door Mister Whiskers, die erop stond om om 4 uur 's ochtends te krijsen; om vijf uur op het hoofdeinde te klimmen en aan de zijkant van het bed te krabben; en haar vervolgens om 6 uur te verstikken door op haar gezicht te gaan zitten. Haar kattenwekker. De egoïstische pelsbabyschoft maakte haar alleen op zo'n manier wakker omdat hij honger had en om eten bedelde. En Amelia was niet in de positie om hem te weigeren - ze kon hem moeilijk toestaan om door te gaan met haar verstikken. In het verleden had ze geprobeerd hem op de vloer te gooien en haar gezicht in het kussen te rollen, zich in het kussen te begraven zodat haar gezicht buiten bereik was. Maar dat leek Mister Whiskers alleen maar te ergeren, die vervolgens elk stukje blote huid op haar lichaam dat onder het dekbed vandaan was gekomen, begon te krabben en te bijten.

De egoïstische pelsbabyschoft.

Toen ze het huis verliet, zat hij voor de deuropening en smeekte haar met zijn ogen om te blijven. Om de eindeloze toevoer van nat en droog voer voort te zetten die zijn uitpuilende maag niet nodig had.

'Ik ben zo snel mogelijk terug,' vertelde ze hem. 'Wees een brave jongen. Ik hou van je.'

Elke ochtend dezelfde routine, zonder mankeren. Het was een wonder dat ze ooit slaap kreeg. En toen ze vertrok, wierp ze nog een laatste blik op zichzelf in de spiegel. De donkere kringen onder haar ogen waren genoeg om haar de beslissing om hem te kopen te doen betreuren. Het gebrek aan slaap, de constante behoefte aan aandacht. De egoïstische pelsbabyschoft putte haar langzaam uit, en in combinatie met haar toenemende werkdruk was ze niet zeker of ze het nog aankon. Maar toen keek ze op de tijd op haar telefoon en zag de afbeelding van Mister Whiskers op zijn eerste verjaardag verschijnen op haar achtergrond, en alles was weer goed.

Hoe zou ze ooit van hem af kunnen komen?

Ze vroeg zich vaak af of het bij ouders hetzelfde was. Of ze hun kind zo irritant, zo frustrerend vonden, dat ze zich gedwongen voelden om ze af en toe een schop in het gezicht te geven. Maar dan was er een schattig moment nodig - een glimlach, een giechel, het oppakken van het krijtje en het vervolgens neerleggen in plaats van ermee op de muren te tekenen of het in hun neus te duwen - en ze werden meteen weer verliefd op ze.

Op school was ze maar een paar uur per dag bij de kinderen, wanneer ze zich meestal van hun beste kant lieten zien, gevangen in de mindset van leren, waar afleidingen en technologische apparaten buiten het klaslokaal werden gehouden. Voor het grootste deel waren de kinderen die ze in haar lessen tegenkwam geweldig. Natuurlijk boden ze soms weerstand en maakten ze ruzie, maar ze waren in een andere omgeving. De ongeschreven regels die voor elk kind golden vanaf het moment dat ze het schoolplein opkwamen, waren volledig van kracht. Ze hadden een bepaald niveau van respect, een mate van professionaliteit. Zelfs de kleine racistische kinderen uit groep 8 die met hun sneakers en vape-sigaretten binnenkwamen en ruzie zochten met de Oost-Europeanen.

Het zou een mooi dilemma zijn geweest, kinderen hebben. Ze dacht niet dat ze ooit haar eigen kind zou kunnen haten, ooit zou kunnen verachten of pijn zou willen doen. Sterker nog, ze verlangde ernaar om ze te hebben. Dat deed ze al sinds ze lerares werd. Ze waren allemaal uniek, speciaal op hun eigen manier. En ze hield ervan, en ze zou er graag een willen hebben.

Het enige probleem was iemand vinden die dapper (of was het dom?) genoeg was om er een met haar te hebben. Dát was een oorlog waar ze al vele malen in was gestapt en had verloren. Online daten, speeddaten, mensen ontmoeten tijdens het uitgaan - ze had het allemaal geprobeerd. Maar zonder resultaat. Geen man was bereid zich te binden. In plaats daarvan waren ze allemaal achter één ding aan, en één ding alleen. Iets wat zij niet bereid was hun te geven. Ze had die fout in het verleden te vaak gemaakt en was al eerder pijn gedaan. Nee, ze had de juiste man nodig, de perfecte man.

Zoals Mister Whiskers... wanneer hij zich niet als een complete klootzak gedroeg.

Amelia sloot haar voordeur en begon aan de veertig minuten durende wandeling naar school. Het was nog donker buiten en met een beetje geluk zou de lucht al wat lichter zijn tegen de tijd dat ze bij de schoolpoort aankwam. Om er te komen, bestond haar reis uit een twintig minuten durende wandeling over een veld bij de golfbaan, een tien minuten durende wandeling door een buitenwijk van de stad, gevolgd door het laatste stuk langs de drukke straat. Ze genoot van de wandeling, en weer of geen weer, ze deed het altijd. Het was goed voor de ziel, goed voor het lichaam en goed voor de geest. Het gestage ritme van haar voeten op de verschillende ondergronden stelde haar in staat om tot rust te komen, de gebeurtenissen van gisteren te verwerken en de dag die voor haar lag te plannen.

Eerst kwam het engste deel van de wandeling. Ze vreesde het zowel 's ochtends als 's avonds, vooral in de donkere maanden. Het park. Ze had horrorverhalen gehoord over jonge vrouwen die daar waren aangevallen en verkracht, en als gevolg daarvan had ze de petitie ondertekend om ervoor te zorgen dat er meer straatlantaarns (of verlichting van welke aard dan ook) werden geïnstalleerd langs het pad dat door het veld liep. Dat was tien maanden geleden, en er was nog steeds niets aan gedaan.

Deze ochtend was de grond vochtig, doorweekt door een regenbui die 's nachts was gevallen. In het donker kon ze slechts vijftien meter voor zich uit zien. Voor dit deel van de reis deed ze haar oordopjes uit en versnelde ze haar pas, bijna tot een drafje - een tempo dat snelwandelaars het nakijken zou geven.

Halverwege kwam ze bij de speeltuin die een paar jaar geleden was aangelegd. Zoals gebruikelijk op dit tijdstip in de ochtend was het er verlaten. Maar Amelia was er zelfs midden op de dag geweest, of kort na school, en het was nog steeds leeg. Alsof er een aura rond de plek hing dat mensen verbood om binnen te komen. Een onzichtbare waarschuwing die ze afschrikte.

Haar ogen dwaalden naar de glijbaan. Het torenhoge gevaarte, vaag zichtbaar als silhouet in de duisternis, was de plek waar, enkele maanden eerder, een vierentwintigjarige was aangevallen. Gelukkig was de vrouw gered door een voorbijganger en was de aanvaller gepakt.

Maar het zorgde er niet voor dat ze langzamer ging.

In plaats daarvan deed ze precies het tegenovergestelde.

Totdat iets haar aandacht trok.

Iets vreemds, iets dat daar niet hoorde te zijn.

Een gedaante, zittend op de schommels...

Nee, ze zaten niet. Ze... bungelden?

Ja, bungelden. Maar wie? Een kleine gedaante. Misschien een kind.

Onmiddellijk kwam Amelia in actie en sprintte het speelplein op. Haar jas bleef haken aan de hendel van het hek en trok haar terug, waardoor ze een fractie werd vertraagd. Ze vloekte hardop, rukte toen haar jas los en haastte zich naar de gedaante.

Zelfs in het schaarse licht hoefde ze niet te zien wie het was om het te weten.

Ze zou die vlechtjes overal herkennen. En die jas. En die kleine Converse-schoentjes waarvoor de school een uitzondering had gemaakt.

Amelia's hart schoot naar haar keel toen het besef haar als een klap in het gezicht trof.

Voordat er iets anders in haar brein kon doordringen, vulde haar schreeuw de lucht en rolde over het veld waar het werd overstemd door het verkeer aan de andere kant van het hek.

HOOFDSTUK
ZESTIEN

Tomek probeerde Canvey Island zoveel mogelijk te vermijden. Het was grijs, deprimerend, vol met tieners in Nikes en idioten die in Vauxhall Corsas en Ford Focuses raceten, en werd algemeen beschouwd als het achterste gat van Essex. Door de jaren heen hadden lokale ondernemers en de gemeente geprobeerd meer mensen naar het eiland te lokken met de toevoeging van een bioscoop, een bowlingbaan, een klein pretpark aan de kust en een winkelcentrum dat pronkte met winkels als B&M, M&S, en een Costa Coffee - het kenmerk van zondagmiddag winkelen. Maar ondanks dat was het niet genoeg geweest om hem te verleiden.

Het eiland liep een voortdurend en toenemend risico op overstromingen en was berucht omdat het onder zeeniveau lag. In de zestienhonderd had de regering een Nederlandse ingenieur genaamd Cornelius Vermuyden (die ze later hadden geëerd met een school die zijn naam droeg) aangetrokken en hem de taak gegeven om de zeeweringen rond het eiland te ontwikkelen om het te beschermen tegen de stijgende waterlijn. Tot nu toe hadden de verdedigingswerken het vier eeuwen lang overleefd en de aanval van het getij doorstaan, maar als de wetenschappers en experts geloofd mochten worden, was het slechts een kwestie van tijd tot de muren het zouden begeven en de zee het land zou opeisen.

Het veld waar Tomek zich nu bevond, was echter een van de mooiere stukjes groen waar hij op het eiland had rondgelopen.

Het slechte deel ervan was echter het dode negenjarige meisje dat aan de schommel bungelde.

Tomek twijfelde er niet aan dat het kleine meisje Annabelle Lake was. Hij herkende de vlechten en het litteken op haar wang van de foto's die hij de avond ervoor had bestudeerd.

'Wat een manier om je eerste dag terug te beginnen.'

Tomek voelde een klap op zijn rug toen Sean, de beminnelijke reus, naast hem kwam staan.

'Het is bijna net zo erg als op Canvey moeten zijn,' merkte Tomek op.

'Toch zou het erger kunnen zijn.'

'O ja?'

'We zouden dit in Tilbury kunnen doen.'

Tomek huiverde bij die gedachte.

'Dat hoorde ik!' De hoge schelle stem kwam van Lorna Dean, de patholoog van het ministerie van Binnenlandse Zaken die aan de zaak was toegewezen. Tomek had bij verschillende gelegenheden met haar samengewerkt en had er telkens van genoten. Ze was een van de meest nuchtere, bescheiden en intelligente mensen die hij kende. En voor iemand die dagelijks met lijken te maken had, wat haar standaard tot een vreemd persoon maakte, had ze een relatief positieve kijk op het leven.

'Kan ik je helpen?' vroeg Tomek speels.

'Let op wat je zegt over Tilbury,' riep ze vanaf de andere kant van het afzetlint. 'Daar kom ik vandaan.'

Tomek en Sean wisselden een blik uit die zei: "dat verklaart alles".

'Misschien moet je dat soort nieuws niet rondstrooien,' zei Tomek tegen haar. 'Mensen zouden kunnen denken dat je niet gekwalificeerd bent voor je werk.'

Lorna stak haar middelvinger naar hem op. 'Wil je nog iets weten over het dode meisje of niet?'

Daar kon Tomek niets tegenin brengen, dus gebaarde hij naar haar om dichterbij te komen. Enkele ogenblikken later dook ze onder het afzetlint door en schuifelde naar hen toe.

'Goed om je weer te zien, Tomek,' zei Lorna terwijl ze het gezichtsmasker onder haar kin liet zakken. 'Hebben ze je eindelijk vrijgelaten?'

'Uiteindelijk wel.'

'Ik hoop dat ze gelijk hadden. Ik heb een tienerdochter die die foto's van jou heeft gezien.'

Christus op een fiets. Het was niet bij hem opgekomen dat de ongevraagde naaktfoto's die Charlotte van hem had gemaakt terwijl hij sliep, nu op internet stonden, beschikbaar voor de hele wereld om te zien. Inclusief Lorna's dochter.

'Waar? Hoe?'

'Instagram.'

'Godverdomme...' zei hij. 'Herinner me eraan dat ik nooit in contact kom met je dochter. Nooit. Alsjeblieft.'

'Met verdomd veel plezier.' Lorna trok haar capuchon omlaag en onthulde een bos vlammend rood haar. Op een heldere dag was het fel genoeg om door de stof van haar pak heen te branden, maar in het zwakke licht was Tomek bijna de kleur ervan vergeten. Het was een tijdje geleden dat hij voor het laatst met haar te maken had gehad.

'Dus...' zei hij, verlangend om verder te gaan.

'Dus, je kleine meisje.' Lorna duwde een lok haar opzij. 'Heb je enig idee wie het zou kunnen zijn?'

Tomek knikte. 'Annabelle Lake. Negen jaar oud. Bijna een week geleden ontvoerd van haar school.'

'Uitstekend. Nou, niet *uitstekend*. Maar het is goed dat je een idee hebt wie ze is. Dat bespaart me wat tijd.'

'Hoe is ze gestorven?'

Lorna draaide zich om en wees naar Annabelles kleine gestalte. 'Ik denk dat ze misschien de kunst van het zweven probeerde te beoefenen... Voor zover ik kan zien, was de ketting om haar nek voldoende om het te doen. Er lijken geen andere tekenen van wurging te zijn, hoewel ik pas meer zal weten als ze op de tafel ligt. En zelfs dan kan het te moeilijk zijn om te zeggen - de afdrukken van de ketting op haar nek hebben diepe groeven in haar keel achtergelaten, dus het is misschien niet mogelijk om iets anders te zien.'

'Hoe lang ligt ze daar al?'

Terwijl hij het zei, openden de onheilspellende grijze wolken boven hen zich en begon het hard te regenen. Perfect. Precies wat zijn indruk van Canvey nog verder kon verpesten.

'De hele nacht,' antwoordde Lorna. 'Ik zou zeggen in de vroege uren van de ochtend. Onder het dekmantel van de duisternis.'

'Het wordt al donker rond vijf uur 's middags...' merkte Tomek op.

'Maar deze plek is meestal leeg,' voegde Sean toe.

Tomek draaide zich naar hem toe. 'Hoe weet je dat?'

'Ik heb vrienden die hier wonen.'

'Vrienden? Anders dan... ik?'

Een grijns verscheen op Seans gezicht en hij klopte Tomek bescher-mend op zijn rug.

'Hebben jullie twee even een momentje nodig?' vroeg Lorna.

'Nee. Het gaat prima. Ga door...' zei Tomek, terwijl hij Sean van zich af schudde.

'Zoals ik al zei, ze is hoogstwaarschijnlijk vermoord in de vroege ochtenduren. Toen ik hier aankwam was haar lichaam nat, en volgens de meteorologische rapporten die ik las, heeft het 's nachts geregend. Stopte rond een uur of vier.' Ze keek naar het veld om haar heen, knij-pend met haar ogen tegen de wind en regen die haar recht in het gezicht sloegen. 'Sindsdien niets meer... Behalve nu natuurlijk.'

'Inderdaad,' zei hij.

Bewust van de regen en met het verlangen er zo snel mogelijk uit te komen, vroeg Tomek of ze op dit moment nog iets anders te melden had.

Lorna schudde haar hoofd. 'Helaas niet nu, jongens. Dat feestje komt later als ik haar op tafel heb.'

Tomek kon niet wachten. Voordat hij vertrok, stond hij even stil om te kijken hoe de forensisch onderzoekers gehaast het veld in en uit liepen om zoveel mogelijk bewijsmateriaal te bewaren.

Na Lorna te hebben bedankt voor haar tijd, liepen Tomek en Sean terug naar de auto. Terwijl ze over het modderige pad liepen dat door het veld sneed, gleed Tomeks voet weg en belandde hij met zijn gezicht in een plas. Modderig, vies water spatte in zijn haar en op zijn kleren. Om hem heen hoorde hij gelach.

Toen kwam Lorna: 'Eigen schuld,' zei ze, haar stem snel meegevoerd door de wind. 'Dat krijg je ervan als je Tilbury afkraakt.'

HOOFDSTUK
ZEVENTIEN

H et geluid van Tomeks kloppen op de deur echode door de kleine doodlopende straat waar Steven en Elizabeth Lake woonden. Vanaf hun drempel kon hij een van de gebouwen van de Canvey Beck basisschool zien en het rode metalen hek dat eromheen liep, achter de heg.

Het was tijd voor het afzetten van de kinderen op school, en hordes kleine mensjes met overmaatse rugzakken die over de stoep leken te slepen, werden door hun ouders richting het hek getrokken.

Een moment later ging de voordeur open en Tomek draaide zich om, waar hij een vrouw in de dertig aantrof die hem aanstaarde. Ze droeg een dunne hoodie die van één schouder af hing, met ongelijke trekkoorden en een rits die tot haar borst open stond, waardoor meer huid te zien was dan Tomek om 9 uur 's ochtends had verwacht.

'Mevrouw Lake?' vroeg Sean.

'Ja...?' Haar stem was schor, diep, alsof ze al dertig sigaretten had gerookt voordat zij waren gearriveerd. En toen daalde het besef neer in de poriën van haar huid en sloeg er zijn tenten op. Haar mond werd wijder en onthulde een set tanden met de kleur van modder, en ze deinsde terug het huis in. Brabbelend, ontroostbaar, de klinkers en medeklinkers die uit haar mond kwamen onbegrijpelijk.

'Mevrouw Lake,' begon Tomek, 'is het goed als we binnenkomen?'

Maar toen ze niet reageerde, te druk bezig met hyperventileren als een vierjarige, keek Tomek naar Sean. Ze haalden hun schouders op naar elkaar en zetten toen hun zet. Tomek beet de spits af en stapte als eerste naar binnen. Hij had een verbale aanval verwacht, een stroom van met speeksel gevulde scheldwoorden die hem vertelden te vertrekken en nooit meer terug te komen. Alsof ze in een huiselijk conflict waren beland. Maar dat gebeurde niet. In plaats daarvan strompelde Elizabeth achteruit naar de onderkant van de trap, wild in de lucht klawend voor steun alsof ze in het donker zocht. Toen ze uiteindelijk de trap vond, trok ze haar knieën op tegen haar borst en rolde zich op tot een bal.

Tomek deed een poging om dichterbij te komen, maar Sean hield hem tegen. 'Jij maakt de thee,' zei hij. 'Ik regel dit. De waterkoker staat daar.'

Zonder tegenspraak liep Tomek naar de keuken en nam deze vluchtig in zich op voordat hij de waterkoker aanzette. Er was niets direct opmerkelijks. Geen kabelbinders of touw of een stoel in het midden van de vloer met bloed erop. Geen potentiële moordwapens of martelwerktuigen. Alleen een verzameling afschuwelijke tekeningen die eruit zagen alsof ze door een tweejarige waren gemaakt, en een collectie brieven van de overheid. Toen hij klaar was met de thee, verliet hij de keuken en hurkte voor Elizabeth Lake in de hal.

'Alstublieft,' zei hij, terwijl hij de Minnie Mouse-beker overhandigde. Toen gaf hij de Mickey Mouse-mok aan Sean. Tomek had de collectie in de kast gezien - een uitgebreid assortiment van Disney-drinkgerei - en koos zijn favoriet voor zichzelf. Pluto.

'Klopt het dat deze allemaal van Annabelle zijn?' vroeg Tomek, terwijl hij met zijn vinger tussen hun mokken gebaarde.

'Ja...' zei Elizabeth, met een brok ter grootte van een honkbal in haar keel. 'Ze houdt van Disney. Aanbidt het.'

Welk negenjarig kind niet? Sterker nog, welke *persoon* niet? De franchise bestond al meer dan honderd jaar om een reden.

Tomek stelde voor om het gesprek in de woonkamer voort te zetten. Met een tegenzinnig knikje stemde Elizabeth toe en leidde hen naar de kleine ruimte. Het grootste deel van de kamer werd in beslag genomen door twee grote banken die erin waren geperst, en de eerste hindernis die Tomek moest nemen was het wringen van zijn dikke dij door de smalle opening. De volgende uitdaging was ervoor zorgen dat hij zijn drankje niet op het tapijt morste. Maar het was in ieder geval niet zo erg als Seans poging: na tevergeefs geprobeerd te hebben zijn been erdoor te passen, tilde hij uiteindelijk zijn andere been over de bank en sprong zo in de ruimte. Toen ze beiden achter vijandelijke linies waren, namen ze plaats op het uiteinde van de bank dat het dichtst bij het raam stond. Elizabeth, met de behendigheid en gratie van een turnster, strekte haar benen over de zijkant van de stoel en gleed met gemak op de bank.

'Mevrouw Lake,' begon Tomek.

'Beff. U kunt me Beff noemen.'

Beth met een F. Alsof de paar ontbrekende tanden in haar mond haar beletten om goed te spreken.

Tomek legde haar vervolgens uit dat het lichaam van haar dochter was gevonden. Het duurde geen moment voordat de tranen weer begonnen, en na een paar minuten haalde Elizabeth haar telefoon uit haar zak en begon te typen. Alsof ze het uit haar systeem had gekregen en was overgegaan op de volgende gedachtegang.

'Is er nog iemand anders die we moeten informeren?' vroeg Tomek. 'Wat met Steven?'

'Hij is op zijn werk.'

'Zou u willen dat we iemand sturen om het hem te vertellen?'

Ze stak een vinger naar hem op, hem instruerend om te wachten. 'Ik stuur mijn broer een berichtje. Hij moet het weten.'

Tomek herinnerde zich de aantekeningen uit de dossiers die Nick hem had gegeven. Vincent Gregory. De broer van Beth met een F. Er was opgemerkt dat hij tijdens de eerste dagen van het onderzoek onuitstaanbaar was geweest. Een vervelend stuk werk dat leden van het team had lastiggevallen en uitgescholden, ze incompetent had genoemd en met juridische stappen had gedreigd als ze Annabelle niet zouden vinden. Vooral tegen Sean.

'U vertelt het hem vóór uw man?'

'Hij heeft er evenveel recht op om het te weten. Net als iedereen.'

Tomek dacht niet dat dat helemaal waar was. Het van de daken schreeuwen zou niets opleveren.

Toen ze klaar was, richtte ze eindelijk haar aandacht op Steven en belde hem voor een gesprek dat binnen dertig seconden voorbij was.

'Hij komt eraan,' zei ze. 'Hij maakt net een klus af.'

Terwijl Tomek luisterde, kon hij niet anders dan denken dat ze Steven Lake had laten klinken als een soort huurmoordenaar.

De huurmoordenaar arriveerde tien minuten later, stormend door de deur. Hij zag er totaal niet uit als een contractkiller, maar was in plaats daarvan gekleed in een elektricienbroek, droeg een vies marineblauw poloshirt, en zijn armen en vingers waren bedekt met vuil en smeer. Als de woorden 'Lake Electrical Services' niet op de borst van zijn shirt hadden geprijkt, zou Tomek hebben gedacht dat hij een soort bouwvakker was.

Steven Lake negeerde Sean en Tomek terwijl hij rechtstreeks naar zijn vrouw liep. Ze gaven elkaar een korte omhelzing en toen ging hij naast haar zitten. Hij plaatste beide handen op zijn knieën en leunde naar voren, alsof hij naar de climax van een actiethiller op het grote doek keek.

'Zeg alsjeblieft dat het niet waar is,' zei hij. 'Ik ben zo snel mogelijk gekomen, zeg alsjeblieft dat het niet waar is.'

Sean slikte voordat hij antwoordde. Voordat ze met de familie waren gaan zitten, hadden ze afgesproken dat het nieuws beter kon komen van iemand die ze eerder hadden ontmoet, iemand die ze hadden leren kennen, in plaats van de vreemdeling die met hem was meegekomen. Terwijl hij luisterde, bestudeerde Tomek de ouders van Annabelle Lake. Hun bewegingen, hun reacties. In theorie zouden ze meer ontspannen, meer open, meer *vertrouwend* zijn tegenover het nieuws dat van Sean kwam - en daardoor eerder iets verraden als er iets was.

Maar dat was niet het geval. Beiden barstten in tranen uit, eerst huilend in hun eigen handen, om vervolgens troost te vinden bij elkaar. Steven was voorover gebogen en snikte in Beth's schoot, omhuld door haar armen.

'We gaan alles doen wat we kunnen om te achterhalen wie dit heeft gedaan,' zei Tomek. 'Ik weet dat we elkaar nooit hebben ontmoet, dus ik denk dat dit het beste moment is om mezelf voor te stellen.' Tomek wachtte even; ze keken beiden op naar hem, ontsteld door de verschrikkelijke timing. 'Ik ben DS Tomek Bowen,' zei hij. 'Ik werk samen met Sean en de rest van het team en ben erbij gehaald om-'

'*Tomek?*' vroeg Beth.

'Ja. Dat is mijn naam.' Hij wendde zich tot Sean en vroeg: 'Dat is toch wat ik zei, toch?'

'Ja,' bevestigde Sean met een knikje.

'Dat is geen Engelse naam, toch?' zei Beth.

'Nee. Wat scherpzinnig van u.' Hij voelde zijn ergernis opkomen. 'Ik ben half Pools.'

Een blik van verbazing, gevolgd door angst, vestigde zich in Beth's grijze ogen. 'U kunt hier niet zijn...'

'Pardon?'

'Het is al erg genoeg dat jij hier ook bent...' vervolgde Beth, terwijl ze Sean recht in de ogen keek.

'Wat?' vroeg Tomek, zijn rug verstijfde met de seconde.

'Het is haar broer,' voegde Steven toe.

'Wat is er met hem?'

'Hij... Hoe kunnen we dit zeggen? Hij...'

'Hij heeft bepaalde opvattingen over bepaalde dingen...'

'O, u bedoelt dat hij een racist is?'

Dat woord verraste Beth, alsof niemand het ooit over haar broer had gezegd. Of misschien hadden ze dat wel, en negeerde ze het gewoon. Als er één ding was dat hij wist over onbeschofte klootzakken zoals haar broer, was het dat dat specifieke woord voor hen niet bestond.

'Mijn broer is geen racist...'

Tomek kon zien dat het gat dieper werd naarmate het langer duurde voordat ze haar zin afmaakte.

'Hij heeft gewoon een uitgesproken mening over deze dingen.'

'Over *welke* dingen?'

'Mensen die niet... je weet wel, Engels zijn.'

'En wat is *uw* mening?'

'Ik... Ik heb er geen.'

'Nou, ik ben half Engels, dus telt dat nergens voor?'

Beth trok haar lippen samen en schudde bijna onmerkbaar haar hoofd.

De stok in Tomeks rug stond nu volledig overeind. Zelfs een aardbeving kon hem niet omver krijgen.

'Heeft uw broer hakenkruizen in zijn huis? Wilt u ook weten of ik Joods ben?'

Beth brabbelde, haar bovenlip trilde.

Kom op, daagde Tomek haar in gedachten uit. *Doe het.*

Zeg het.

Ik daag je uit.

'B-Bent... Bent u Joods?'

Een glimlach sprong op Tomeks gezicht. 'Nee. Nee, dat ben ik niet.'

Hij was niet Joods. Hij beoefende geen enkele religie - tot wanhoop van zijn moeder - maar dat zou hem er niet van weerhouden om haar te laten geloven dat hij dat wel deed.

Tomek wierp een snelle blik op Steven, die niet langer met zijn hoofd op Beth's schoot zat. Inmiddels rustte het in zijn handen, beschaamd, zijn lichaam van haar afgewend. Hun lichaamstaal leek alsof ze in het kantoor van een relatietherapeut zaten, verwikkeld in een gesprek over waarom ze elkaar haatten.

Waar was Steven in getrouwd? vroeg Tomek zich af.

En aan de blik op zijn gezicht te zien, had de elektricien zich hetzelfde afgevraagd.

'Mensen...' bemiddelde Sean, de vriendelijke reus. 'Dit is niet waar we hier voor zijn. We zijn hier om over Annabelle te praten.'

'Je hebt gelijk,' zei Tomek. 'En terwijl we wachten tot uw broer hier komt, hebben we enkele vragen voor u.'

'Zoals wat?' vroeg Beth.

'Waar u gisteravond was?'

'Hier. Allebei. We lagen rond een uur of tien in bed. Steve moest vroeg aan het werk.'

'Echt? Waar?'

'Ik begin de meeste ochtenden rond een uur of zeven, acht. Ik ben zelfstandig, dus tijd die ik niet werk is verspilde tijd.'

'En wat doet u voor werk, Elizabeth?'

'Ik ben parttime verkoopmedewerker bij Dorothy Perkins in de stad. De rest van de tijd zorg ik voor Annabelle.'

Tomek wist dit natuurlijk allemaal al, hij wist bijna alles over hen, maar hij wilde het rechtstreeks horen. Hij wilde het uit de eerste hand horen.

Toen verlegde hij het gesprek naar de gebeurtenissen voorafgaand aan Annabelles dood. Hun bewegingen, hun gedrag, of ze iets vreemds hadden opgemerkt buiten het huis.

Dat hadden ze niet. Ze hadden niets gezien.

En ten tijde van Annabelles ontvoering had Steven in Southend gewerkt, terwijl Elizabeth in de winkel was geweest.

'Steve krijgt de laatste tijd veel werk in Southend. De zaken gaan goed. Ik ben zo trots op hem.'

Afgaande op de blik op zijn gezicht was Steven trotser op zichzelf dan zij was. Sterker nog, hij keek alsof hij liever had gehoord dat Tomek trots op hem was.

'Gefeliciteerd,' antwoordde Tomek.

De glimlach op Stevens gezicht bewees zijn punt. 'Bedankt. Het heeft een paar jaar en veel hard werk gekost, maar ik kom er eindelijk. Hier en daar wat extra opzij leggen...'

De man glimlachte, maar zijn glimlach verdween snel en onthulde zijn ware gevoel. Dat hij gebroken en gekwetst was - of het nu door de dood van zijn dochter kwam of door de constante druk om financieel voor zijn gezin te zorgen, of hoogstwaarschijnlijk beide. Tomek wist het niet. Hoewel hij kon voelen dat deze gevoelens niet snel zouden verdwijnen. Hij had het eerder zien gebeuren. De vader van het slachtoffer die het lijden en de pijn van de dood verinnerlijkte. Het opzoog als een kwaadaardige spons die aan hem vastgelijmd zat en de enige manier om het eruit te krijgen was door het open te scheuren.

En dat was de manier waarop sommige mannen ermee omgingen. Zichzelf openscheuren op de enige manier die ze kenden: het probleem uitroeien zodat het niet langer een zorg was voor hun familie.

Kort daarna arriveerde Elizabeth's broer. Vincent Gregory was precies zoals Tomek had verwacht. Op basis van het ene (en eerlijk gezegd essentiële) stukje informatie dat hij over de man wist, vermoedde hij dat zijn haar kort geknipt zou zijn zodat er nog maar weinig van over was op zijn hoofd, zijn gezicht zou net zo rond zijn als zijn buik, en hij zou minstens één, zo niet twee, tatoeages in zijn nek hebben. Tomek had gelijk met de eerste twee. Wat de derde betreft, zat hij er eentje naast. Vincent Gregory had drie tatoeages in zijn nek. De eerste was van een slang die zich om zijn keel wond. Tussen de linten van huid en schubben zat een kleine boot die eruit zag alsof hij was gestencild uit de film *Pirates of the Caribbean*. Het ontbrekende deel van de collage was de naam 'Annabelle', met zijn gekartelde lijnen en povere poging tot bubbelletters. Er zat geen identiteit achter, geen duidelijke stijl, en het zag eruit alsof Annabelle het zelf had getekend. In dat geval, prima. Maar zo niet, dan vond Tomek dat het hoog tijd werd dat Vincent een nieuwe tatoeëerder zocht.

'Vinnie,' zei Elizabeth tegen hem zodra hij de woonkamer binnenkwam.

'Oh, Beth, schat, het spijt me zo.'

De twee omhelsden elkaar, hun lichamen botsten met een doffe *plof,* en ze bleven daar langer staan dan sociaal acceptabel was. Terwijl de rest van hen aan de rand van de kamer stond, ongemakkelijk starend terwijl ze toekeken hoe Elizabeth en Vincents handen de plooien in elkaars huid masseerden.

'Het spijt me zo...' zei Vincent terwijl hij zich van haar losmaakte en in haar gezicht staarde, zich niet bewust van de rest van de kamer.

'Ik weet het,' antwoordde Elizabeth, en draaide zich toen naar Sean en Tomek. 'Dit zijn de rechercheurs die gaan helpen haar moordenaar te vinden.'

Het kostte minder dan een fractie van een seconde voordat de afkeer zich registreerde op Vincent Gregorys gezicht. Niet vanwege Tomek - die er niet anders uitzag dan Steven Lake - maar vanwege Sean. De enige zwarte man in de kamer. Zijn gezicht vertrok en zijn mond ging open, maar hij herstelde zich op het laatste moment. Hij deed een stap naar voren en zette zijn borst op, alsof hij het tegen Sean opnam.

'Jullie *twee* zijn degenen die verantwoordelijk zijn voor het vinden van wie mijn nichtje heeft vermoord? Wat is er gebeurd - niemand anders beschikbaar? Ik weet niet wat jij hier doet...' zei hij tegen Sean. 'Dacht dat ik je had verteld over terugkomen...'

Sean verstijfde terwijl hij de drang onderdrukte om de man bij zijn keel te grijpen en zijn dikke hoofd tussen de opening van de banken te rammen.

'Meneer Gregory,' zei Tomek, die in het gesprek sprong voordat er enig conflict kon ontstaan. 'Vincent... Vinnie... Er is iets dat u moet weten over ons.'

'Oh ja - wat dan?'

Tomek legde zijn handpalm op zijn borst. 'Mijn naam is Tomek. En wat u ook zegt of doet, we zullen niet stoppen totdat we uitvinden wat er met Annabelle is gebeurd.'

Toen Tomeks naam in Vincents kleine hoofd doordrong, verwijdden zijn pupillen zich en ging zijn mond wijder open.

'Dat klopt,' vervolgde Tomek. 'U hebt een Poolse man en een zwarte man op de zaak. De besten van de besten, als ik eerlijk ben. Ik weet niet hoe het met jou zit, Sean, maar ik kan niemand anders bedenken met wie ik liever kleine Annabelle zou helpen.'

'Absoluut,' beaamde Sean.

Ze hielden beiden hun blik stevig gericht op Vincent Gregory die, voor hen staand, aanzienlijk leek te zijn gekrompen.

'Wij zijn de beste kans die je hebt,' voegde Sean toe.

'Wat met de... wat met de vrouw die hier de andere dag was? Anna, toch?'

Triple Word Score? DC Anna Kaczmarek? De agent met de meest Poolse naam die mogelijk is?

'Zij is onze familieverbindingsofficier. Ze zal nog steeds langskomen om u indien nodig bij te praten.'

'Kan zij niet... meer doen? Ik mocht haar. Ik vond haar... behulpzaam.'

Natuurlijk vond je dat, jij racistische fascistische klootzak, omdat ze je niet haar volledige naam vertelde.

Of misschien ben je geen racistische fascistische klootzak als het om vrouwen gaat, jij racistische fascistische klootzak.

In plaats van de gedachten in zijn hoofd te uiten, bood hij de man een warme glimlach en keerde terug naar zijn positie op de stoel. 'Als u het niet erg vindt, hebben we wat vragen voor u, Vincent.'

'Het is Vinnie.'

'Oké,' begon Tomek. 'Nou, Vincent, ten eerste zou ik graag-'

'Ben je doof?'

'Pardon?'

'Ik zei dat het *Vinnie* is.'

'En ik zei *o-ké*. Alleen omdat ik begreep wat u zei, betekent niet dat ik ermee moet instemmen.'

Net als met uw meningen...

'Als u het niet erg vindt,' vervolgde Tomek voordat Vincent kon protesteren, 'we hebben veel te doen.'

'Zoals onze banen afpakken?'

En daar was het. Tomek voelde de neiging om op zijn horloge te kijken. Om te zien hoe lang het had geduurd voordat de man zichzelf in al zijn naakte pracht had onthuld. Hij vermoedde dat het minder dan een paar minuten was, een nieuw record.

'Welke banen zouden dat zijn, Vincent?'

Vincent wiebelde met zijn vinger naar hen. 'Jullie soort...' zei hij uiteindelijk. 'Die onze banen afpakken.'

'Welke banen hebben we afgepakt, meneer Gregory?'

Dit was een onderwerp waarover de man ongetwijfeld lyrisch kon uitweiden. De meeste racisten konden dat. Ze konden argumenteren en argumenteren, maar het was allemaal vaag, overbodig gewauwel dat nooit met feiten of voorbeelden kwam. Het was allemaal een kwaadaardige haat, aangewakkerd door een groeiende kloof in sociale en economische omstandigheden.

'Eh... Nou, ik werk in Southend Hospital, toch? De vloeren schoonmaken en de pis van mensen opvegen, en zo. En alle mensen met wie ik werk zijn buitenlanders, toch? Ze zijn hiernaartoe gekomen en zijn hier gaan werken...'

'Ja. Oké. Maar hebben ze uw baan afgepakt?'

'Eh... Nee, maar ik kan geen andere banen meer krijgen omdat de rest van hen die hebben ingenomen.'

En natuurlijk had het absoluut niets te maken met zijn capaciteiten, zijn vaardigheden. Het was altijd iemand anders zijn schuld.

Tomek besloot dat hij het gesprek niet langer wilde voortzetten. De beste manier om een pestkop te verslaan was door weg te lopen en hem zijn energie te laten verspillen. Op die manier was er geen confrontatie en geen risico om zijn baan te verliezen. Dat zou Vincent Gregory niet alleen heel gelukkig hebben gemaakt, het was ook pas zijn eerste dag terug en hij kon het zich niet veroorloven om weer thuis te zitten niksen. Tenminste niet voor lange tijd.

'Ik denk dat we voor nu alles hebben,' zei Tomek tegen hen, maar sprak direct tegen Steven Lake. 'We nemen contact op als we op korte termijn nog iets nodig hebben.'

Op weg naar buiten liep Tomek langs Vincent Gregory en kreeg hij een verontschuldigende glimlach van Beth met een F. Terwijl ze terug naar de auto liepen, voelde Tomek aan dat Vincent de gordijnen opende en hen door het raam aanstaarde. Hij was half van plan om zich om te draaien en te zwaaien, gewoon als kleine herinnering dat hij niet van plan was om weg te gaan, maar bedacht zich toen.

Zo kinderachtig was hij niet.

Misschien...

'Wat vond je van dat alles?' vroeg Sean terwijl ze in de auto stapten. 'Hij is een vervelend stuk vreten, niet?'

'Nee,' antwoordde Tomek, terwijl hij zijn veiligheidsgordel vastmaakte. 'Er is niets vervelends aan hem. Hij is gewoon een klootzak.'

HOOFDSTUK
ACHTTIEN

Tomek sloot zachtjes de deur van het kantoor van DCI Cleaves, waardoor het zachte gezoem van de meldkamer werd afgesloten. Nick had hem ontboden zodra hij op de parkeerplaats was aangekomen. Vanochtend droeg de hoofdinspecteur een bezorgde uitdrukking op zijn gezicht, een gezichtsuitdrukking die Tomek nog nooit eerder had gezien en, hoewel het nog geen week geleden was, was Tomek ervan overtuigd dat de man wat was aangekomen sinds hij hem voor het laatst had gezien.

'Is er iets aan de hand, chef? U ziet eruit alsof u net slecht nieuws hebt gehad.'

'Dat is één manier om het te zeggen, Tomek.'

Tomek vond dat geen prettige opmerking. Absoluut niet. Er kwam iets op hem af, en zijn ervaring leerde hem dat het geen promotie-aanbod zou zijn.

'Ik denk dat ik eerst maar eens welkom terug moet zeggen. Niets zo fijn als je meteen weer in het diepe gooien, toch?'

'U hebt me midden in Canvey gegooid, chef. Dat is veel erger.'

'Ik hoorde over je kleine valpartij...' De mondhoeken van Nick trilden even in een grijns, hoewel hij zijn best deed om het te onderdrukken. 'Dat je omging als een zak stront.'

'Overkomt de besten.' Tomek keek naar zijn arm en veegde een stuk opgedroogde modder van zijn colbert.

'Die arme kleine Annabelle...' vervolgde Nick, terwijl zijn blik op de tafel viel. 'Verwoestend...'

Het was voor het eerst in lange tijd dat Tomek enige emotie bij Nick zag over een zaak. Normaal gesproken was hij stijf, onverschillig, een meester in het verbergen van zijn ware gevoelens. Maar dit was anders. En Tomek wist niet goed hoe hij moest reageren.

'Gaat het wel, chef?' zei hij. 'Moet ik een zakdoek voor u halen?'

De blik die hij van Nick gewend was - de sinistere blik, de opgetrokken neusgaten, de gefronste wenkbrauwen - keerde met verve terug.

'Krijg de klere. Het gaat prima. Het is gewoon triest om te zien. Dat begrijp jij toch ook, nu je Kasia in je leven hebt?'

Tomek had er niet op die manier over nagedacht. Sterker nog, hij had het geprobeerd te vermijden. Het leeftijdsverschil tussen Annabelle en Kasia had hem tot de conclusie gebracht dat het *niet* hetzelfde was en dat het *niet* mogelijk was dat zoiets vergelijkbaars met zijn dochter zou kunnen gebeuren.

'Ik denk het,' antwoordde hij met een schouderophalen. 'Maar ik probeer er niet aan te denken.'

'Waarschijnlijk maar beter ook.'

Een lang moment van stilte wandelde door het raam naar binnen en nestelde zich tussen hen. Tomek verschoof ongemakkelijk op zijn stoel en inspecteerde de kamer om de tijd te vullen - de kamer die hij talloze keren had gezien en waarvan hij het gevoel begon te krijgen dat hij elke vierkante centimeter kende. Het bevatte de gebruikelijke inrichting van een kantoor: een stoel, een bureau, planken, een whiteboard, zelfs een ladekast gereserveerd voor de zeer geheime delen van het werk die Nick niet met hem zou delen, hoe veel hij ook smeekte. Maar er waren geen persoonlijke spullen, niets om het een warme en uitnodigende plek te laten voelen. Hoewel Tomek niet dacht dat hij het veel beter had kunnen doen als hij een eigen kantoor had gehad. Behalve misschien een plant. Zeker een plant. Misschien zelfs een bonsai...

Dat was nog eens een idee. Nicks verjaardag kwam eraan over een paar maanden.

Uiteindelijk, na wat aanvoelde als een minuut, ging Nick verder: 'Als onderdeel van je terugkeer naar het werk moet je wat saaie welzijnsdingen doen. De mensen van HR helpen je met dat alles, maar ik kan me niet voorstellen dat het je te lang zal kosten. Je bent al meteen aan de slag gegaan en het is nog maar twee minuten geleden.'

'U kunt me misschien Usain Bowen gaan noemen,' zei hij. 'Snelste man van het team.'

'Alleen je kont moet al zo'n vijftig kilo wegen. Denk eens aan de luchtweerstand.'

Tomek was nooit iemand geweest die het toegaf, maar in het team was er een lopende grap dat hij, van alle mannen, de grootste kont had. Hij schreef het toe aan zijn ochtendlijke hardloopsessies, maar in werkelijkheid was zijn achterwerk altijd al groot geweest, en hij had vaak moeite om een spijkerbroek of broek te vinden die comfortabel genoeg was voor zowel zijn kont als zijn nog dikkere dijen.

'Zelfs met de weerstand, nog steeds sneller dan u met die buik van u,' antwoordde Tomek.

'Waar heb je het over?' Nick keek naar beneden naar zijn buik met een sprankje triomf in zijn ogen. 'Ik heb het lichaam van een god.'

'Jammer dat het Boeddha is.'

'Goeie, maar Boeddha is geen god... *eigenlijk*.'

Tomek stak zijn handen op in overgave. 'Ik wist niet dat we twee Kapitein Eigenlijks in het team hadden...'

Nog een moment van stilte, dit keer korter.

Er was iets waar Nick aan dacht, maar hij was te bang om het te zeggen. De gaten van besluiteloosheid vullend met ongemakkelijke stilte. En Tomek wilde weten wat het was. Hij opende zijn mond om erachter te komen, maar werd voor.

'Hoe vind je het onderzoek tot nu toe? Ideeën? Ik neem aan dat je de kans hebt gehad om alle aantekeningen door te nemen voordat je terugkwam.'

Tomek knikte. 'Niets beters te doen met mijn tijd, chef. Ik kan maar zo veel dagtelevisie kijken voordat ik begin te denken aan mezelf ophangen.' Tomek stopte een vinger in zijn oor en wiebelde ermee, trok hem er toen uit en veegde de inhoud af aan zijn broek zonder te kijken. 'Maar ik wilde vragen: wie heeft het onderzoek tot nu toe geleid?'

'Inspecteur Orange.'

'Orange...?'

'Ja. Heb je daar een probleem mee?'

'Dat is echt haar achternaam?'

'Ik weet dat je het moeilijk te geloven vindt, maar ja.'

Tomek zoog op zijn onderlip. 'In ieder geval denk ik niet dat we moeite zullen hebben om een bijnaam voor haar te verzinnen. Hoewel het lastig wordt als we iets willen vinden dat erop rijmt.'

'Je zult niets van dien aard doen. Ze is net begonnen, en ik sta niet toe dat je haar irriteert door haar belachelijk te maken.'

'We zullen *met* haar lachen, chef. Niet *om* haar.'

'Het kan me geen reet schelen. Het komt op hetzelfde neer.'

Tomek kon daar weinig tegen inbrengen. Als bedenker van veel van de bijnamen op kantoor - Kapitein Eigenlijk, Lauwe Tony, Chey-enne Pepper, om er maar een paar te noemen - vroeg hij zich soms af of hij te ver ging, of hij misschien een grens overschreed. Maar aangezien niemand hem hierop had aangesproken of bij hem had geklaagd, had hij het nooit als een probleem beschouwd.

'Ik zal je na dit gesprek aan haar voorstellen,' zei Nick, waarmee hij Tomek uit zijn gedachten trok. 'Ze is geweldig en weet wat ze doet.'

'Weet je dat zeker?'

Nicks wenkbrauw ging omhoog en hij leunde naar voren op zijn stoel. 'Sergeant? Wil je even goed nadenken over je volgende woorden?'

Tomek wilde niet nog een inspecteur binnen het team tegen zich in het harnas jagen. Vooral niet een die hij nog niet had ontmoet. Maar er waren dingen die hij moest zeggen.

'Niets, sir. Nou ja, niets ergs. Alleen dat... ik denk dat sommige dingen wat beter hadden gekund, dat is alles.'

'Beter?'

'Sneller. Efficiënter. Annabelle Lake was al twee dagen vermist toen u mij het dossier gaf, en op basis van de informatie erin, zou ik zeggen dat er maar half zoveel werk was verricht als mogelijk was om haar te vinden.'

'En jij bent de expert in het vinden van kleine kinderen?'

Een scheve glimlach verscheen op zijn lippen. 'Zoals u zelf al zei, sir, ze hebben de neiging zichzelf op mijn stoep te vinden.'

Meteen wenste hij dat hij dat niet had gezegd. Niet omdat het egoïstisch of arrogant was, maar omdat het hem deed lijken op iets wat hij niet was. En hij was niet bereid om weer die kant op te gaan.

'Wat zou jij anders hebben gedaan?'

'Ik... ik weet het niet. Ik zou gewoon... proactiever zijn geweest. Ik heb haar gezicht niet eens voorbij zien komen op onze sociale kanalen...'

'Dat komt omdat je die niet hebt.'

Tomek negeerde de opmerking en ging verder. 'Ik durf te stellen dat ik het gevoel heb dat ik beter werk had kunnen leveren.'

'Echt waar?'

'U hoeft niet zo verbaasd te klinken, sir.'

'Dat ben ik niet. Het is gewoon dat ik je nog nooit zoiets heb horen zeggen. Voel je je wel goed? Moet ik het HR-terugkeergesprek over vijf minuten inplannen?'

'Nee.'

'Kom op dan, slimmerik. Eruit ermee.'

Tomek masseerde zijn handpalm met zijn duim van de andere hand, om de stress weg te wrijven. 'De afgelopen weken hebben me veel tijd gegeven om na te denken, te reflecteren. Ik weet dat u in het verleden geprobeerd heeft me die kant op te duwen, en om de een of andere reden was ik altijd terughoudend. Sommigen zouden zeggen uit angst, zenuwen. Ik zou zeggen uit comfort. Ik ben gewend om iemand anders te volgen, in plaats van zelf initiatief te nemen. Daarom heb ik nage-dacht over het inspecteurs-examen.'

'O, echt?'

'En daarom dacht ik dat ik op de een of andere manier zou kunnen helpen met het leiden van dit moordonderzoek. Het stuur overnemen.'

Een blik van verbazing, alsof iets wat Nick nog nooit eerder had gezien net over zijn bureau was gekropen. 'Voor het eerst sinds ik je ken, ben ik sprakeloos. Je wordt volwassen,' zei hij. 'Kasia moet je op meer manieren hebben veranderd dan je je kunt voorstellen.'

'Vooral mijn bankrekening, Nick. Ik moet de komende vijf jaar aan make-up, telefoonrekeningen, kleding en uitgaansavonden bekostigen. Om nog maar te zwijgen over het zwarte gat waarin mijn geld zal verdwijnen als ze aan de universiteit gaat denken.'

'Ze worden alleen maar duurder naarmate ze ouder worden,' zei Nick, als een man die uit ervaring sprak.

'Je wilt me niet toevallig wat van jouw geld geven?'

Nick dacht van niet. Maar hij dacht wel dat hij het zou overwegen. Het enige probleem was dat er een addertje onder het gras zat.

'Daarom heb ik je hierheen gehaald..'

O mooi. Daar gaan we.

'Wat heb ik nu weer gedaan?'

'Nadat je het huis van de familie Lake had verlaten, kreeg ik een tele-foontje van Vincent Gregory...'

Nick hoefde niets meer te zeggen; Tomek kon al zien waar dit naartoe ging.

'Om redenen die hij heel duidelijk maakte tijdens het telefoongesprek, wil hij je niet meer bij het onderzoek betrekken.'

'Welke redenen zijn dat?'

'Ik ben niet bereid om dat te zeggen, maar hij maakte zijn gedachten over de kwestie heel duidelijk.'

'En nu?'

'Ik denk niet dat ik je dit onderzoek kan laten leiden. Als de familie je er niet bij wil hebben, kan ik daar niets aan doen.'

'Welke redenen gaf hij op?'

Tomeks gedachten zwollen op met een rode mist die snel zijn woede begon te vertroebelen.

'Je houding,' antwoordde Nick. 'En daar laten we het bij.'

'Onzin. Ik ken de *echte* reden. En jij ook. Heeft hij ook gevraagd om Sean uit het team te halen?'

Nick vermeed Tomeks blik.

'Geweldig,' snauwde hij. 'En nu?'

'Je krijgt een beperkte rol. Meer backoffice dan frontoffice.'

'Dus ik word binnengehouden als een fokking hond?'

'Niet anders dan wat je de afgelopen vier weken gewend bent geweest.'

Tomek ademde zwaar door zijn neus, en liet alle frustratie uit zijn lichaam stromen. Maar niet alles verliet zijn lichaam. Niet helemaal. Niet zolang hij bleef denken aan die gedrongen, arrogante, kleine klootzak.

'Die kerel is een racist,' zei hij, zijn woordkeuze censurerend.

'Dat weten we niet.'

Tomek hapte geschokt naar adem. 'Dat weten we wel, en dat weet jij ook.' Hij schudde zijn hoofd en wendde zijn aandacht af van Nick. 'Ik kan niet geloven dat we doen wat hij wil. Bekijk het, die schoft!'

Nick hield zijn handpalm in de lucht om Tomek te kalmeren. 'Als je zo doorgaat, mag je zeker niet in zijn buurt komen.'

'Ik ben net terug, en nu dit... Nu *dit*!'

'Het is niet alsof je zonder werk zult zitten. Je zult alleen niet persoonlijk met de familie te maken hebben.'

Tomek sloeg zijn armen over elkaar en snoof. Hij had alles gezegd wat hij moest zeggen - zonder verder het risico te lopen zijn baan te verliezen - en besloot zijn mond te houden. Er was niets meer wat hij kon doen of zeggen om Nick van gedachten te doen veranderen. De man was soms koppig, en daar had hij alle recht toe.

'En nu?' vroeg hij als een kind.

'Ik denk dat het tijd wordt dat je je nieuwe collega's ontmoet.'

Tomek was in de minst aangename, minst open en vriendelijke stemming toen hij werd voorgesteld aan Detective Inspector Victoria Orange en Detective Constable Martin Brown. Zo erg zelfs dat hij niet eens de moeite had genomen om te verwijzen naar het feit dat hun achternamen allebei kleuren waren, en dat het kantoor slechts één kleur van de regenboog verwijderd was van het completeren van de samenstelling van een Jaffa cake.

Victoria Orange was jonger dan Tomek en had zich via een sneltraject tot inspecteur opgewerkt. Haar doel was om de rang te bereiken voordat ze veertig werd. Na slechts tien jaar in dienst had ze het bereikt. Tomek hoopte dat de rol haar niet naar het hoofd was gestegen. Hij had haar type eerder ontmoet: rang stond niet altijd gelijk aan ervaring, en soms waren er gaten tussen die twee. Gaten die hij al had opgemerkt.

DC Martin Brown daarentegen was een onopvallende man van begin dertig. Gemiddelde lengte, gemiddelde bouw, met een baard waarvan Tomek alleen kon dromen dat hij die zelf zou kunnen laten groeien. Als gevolg daarvan werd hij een beetje jaloers, en dacht hij dat Martin Brown het type man was dat zijn biefstuk doorbakken bestelde. Hij droeg een blauw-wit flanellen hemd en een chinobroek. Niet echt het standaarduniform, maar als Nick er geen probleem mee had, dan had Tomek geen poot om op te staan. Martin was vanuit Colchester overgeplaatst, dankzij de betere verbindingen en ook de nieuwe uitdaging, en was iets meer dan twee weken bij hen.

'Welkom bij het team,' zei Tomek kort

'Bedankt.'

'Hoe gaat het met de inwerkperiode?'

'Goed. Hoewel ik wist dat ik het betere toetsenbord had moeten kopen. Begrijp me niet verkeerd, deze is goed, maar het is wel belastend voor de polsen.'

Het was pas toen Tomek naar het bureau van de man keek dat hij besefte dat hij zijn eigen computertoetsenbord gebruikte. Een draadloos exemplaar met kleine toetsen.

Even vroeg hij zich af of hij echt een gesprek ging voeren met een volwassen man over toetsenborden, maar toen besefte hij dat het logisch was - dat Martin het neurotische type leek dat er eentje in zijn rugzak had liggen, een draagbaar exemplaar klaar voor elke gelegenheid.

Hij voelde een bijnaam aankomen...

Nadat hij klaar was met meneer Toetsen, richtte Tomek zijn aandacht op DC Anna Kaczmarek - of Scrabble Jackpot zoals ze bekend stond vanwege haar lange en voor sommige mensen onuitspreekbare achternaam. De familieverbindingsofficier was druk bezig op haar computer toen hij haar vond, terwijl ze met een rietje aan een blikje Cola nipte om te voorkomen dat haar lippenbalsem zou afgeven.

Hij trok de stoel onder het bureau naast haar vandaan en liet zich erin zakken.

'Hoop dat ik je nergens van afhield,' zei hij.

'Dat heeft je eerder ook nooit tegengehouden,' antwoordde ze.

Als de enige twee Polen in het team hadden ze een bijzondere connectie, een band die hij met niemand anders deelde. Hij beschouwde haar vaak als een oudere zus, en ze paste goed in het stereotype van een Pools persoon - no-nonsense, serieus, en voor het grootste deel, hield ze zich graag op de achtergrond. Ze ging zelden mee naar de pub, en zodra haar dienst erop zat ging ze naar huis naar haar man en zoon. Maar wanneer ze met Tomek sprak, was het alsof ze tot leven kwam, uit haar schulp kroop en Tomek de echte zij liet zien. Wanneer ze spraken was het meestal in het Pools - de taal waarin ze zich het meest comfortabel voelde. En het andere bijkomende voordeel was dat ze konden roddelen en andere teamleden afkraken.

'Ik heb één woord voor je...' begon hij.

'Ja?'

'Vincent.'

Anna rolde met haar ogen achter haar zwaar aangebrachte make-up.

'Hij is een beetje een smeerlap, nietwaar?'

'Wil je dat ik dat op zijn profiel schrijf?' vroeg ze.

'Als je zou willen... Zorg er gewoon voor dat je het niet aan mij toeschrijft. Ik kan toch niet de enige zijn die die indruk heeft?'

'Nee, je hebt alle recht om dat te denken.'

'Hij lijkt jou wel te mogen,' zei Tomek, terwijl hij terugdacht aan het gesprek dat hij in de woonkamer had gevoerd. 'Wat ik niet kan begrijpen, voor een man die *ons soort* niet mag.'

'Ik vertelde hem dat ik getrouwd was met een Poolse man. Hij vindt het niet leuk, maar het is... *beter*.'

'Beter dan een geboren Pool en een zwarte man?'

Anna knikte ernstig. 'Je had moeten zien hoe hij op me afkwam toen ik daar de eerste keer langskwam. Het was alsof hij me ging wurgen.'

Tomek dacht even na over de interessante woordkeuze.

'Hij was agressief?'

Ze knikte opnieuw.

'Op welke manier?'

'Op een manier die suggereerde dat hij gewelddadig zou worden. Welke andere manier zou er zijn?'

Goed punt.

'En dit was de eerste keer dat je hem zag?'

Nog een knik.

'En hij liet je voelen dat je tegen hem moest liegen om jezelf te beschermen? Hem vertellen wat hij wilde horen?'

En nog een. Als iemand hem maar had gewaarschuwd, had hij misschien hetzelfde kunnen doen. Hen vertellen dat zijn naam Tom was in plaats van Tomek.

'En toen je hem voor het eerst zag, was hij toen al in het huis?'

Ze haalde haar schouders op. 'Ja en nee. Hij was onderweg toen ik daar aankwam. Beth had Vincent gebeld en hem gevraagd om van zijn werk naar huis te komen.'

'En haar man?'

'Weet ik niet zeker. Ik denk dat ze daarna Steven probeerde.'

'Dus ze belde haar broer over haar vermiste dochter voordat ze haar man belde?'

'Ja, ik denk het wel.'

Tomek nam even de tijd om hierover na te denken. Beelden van de omhelzing die de twee broer en zus hadden gedeeld, waarbij Steven Lake als een verloren kind op de bank zat, verschenen in zijn gedachten. De handen die verloren gingen in de plooien van elkaars rug. De manier waarop ze eruit zagen alsof ze ervan *genoten*.

'Ik neem aan dat ze een hechte familie zijn?'

'Hecht is nog zacht uitgedrukt. Vincent en Elizabeth waren pleegkin-

deren. Ze groeiden op in verschillende tehuizen. Ze waren onafscheide-
lijk van elkaar - haar woorden, niet de mijne.'

'Groot woord voor haar,' merkte Tomek op. 'Ze lijkt me niet het type
dat weet wat het betekent.'

'Blijkbaar wel. En ze zijn tot op de dag van vandaag nog steeds onaf-
scheidelijk. Vincent is altijd daar, komt langs voor een praatje, luncht,
dineert. Het is vreemd. En ik ben er vrij zeker van dat hij zelfs een
sleutel heeft.'

'Dus hij komt en gaat wanneer hij wil?'

'Hij komt meer dan dat hij gaat.'

Nog een interessante woordkeuze.

'Wat met Vincents vrouw?' vroeg hij.

'Een ongelukkig huwelijk, voor zover ik kan zien.'

'Hoezo?'

'Waarom zou hij anders de hele tijd daar zijn?'

Waarom inderdaad?

Tomek stak zijn hoofd over het computerscherm en knikte in de
algemene richting van DI Orange, die in haar kantoor zat en naar de
muur staarde.

'Wat zegt zij over hem?'

'Niets. Ik denk niet dat ze hem als verdachte beschouwt.'

'Hmm. Nou, misschien wordt het tijd dat ze dat wel doet.'

HOOFDSTUK
NEGENTIEN

H et was bijna zes uur toen Tomek de meldkamer verliet. Spitsuur. Wat een ritje van twintig minuten veranderde in een tocht van bijna een uur. Terwijl hij zich langzaam door het stop-start verkeer bij de verkeerslichten van Southend worstelde en ineenkromp elke keer als de vering van zijn auto in en uit een gat in de weg stuiterde, controleerde hij herhaaldelijk zijn telefoon. Hij had de hele dag niets van Kasia gehoord. Hij had haar 's ochtends een berichtje gestuurd om te vragen of ze goed op school was aangekomen; hetzelfde weer tijdens de lunch (en of ze het eten had meegenomen dat hij voor haar had gemaakt); en toen nog een keer om vier uur, wanneer ze thuis zou moeten komen. En toch had hij geen woord, geen antwoord, geen reactie op zijn telefoontjes ontvangen. Zeggen dat hij zich zorgen begon te maken was nog zacht uitgedrukt.

Ze zat aan dat verdomde ding vastgeplakt, dus het was onmogelijk dat ze de berichten of gemiste oproepen niet had gezien. Ofwel was er iets ernstigs met haar gebeurd, ofwel had ze ze gezien en ervoor gekozen om ze te negeren.

Als het dat laatste was, kon hij niet bedenken waarom ze hem zou willen negeren. Had hij iets verkeerds gedaan? Iets ongepasts gezegd dat haar misschien van streek had gemaakt? Het was mogelijk, maar hij kon niets bedenken. Of was ze meer overstuur over zijn terugkeer naar werk dan ze had laten merken?

En nog steeds, tegen half acht, nadat hij bijna een uur thuis was geweest, door het huis ijsberend en haar verschillende keren bellend, had hij niets van haar gehoord.

Totdat de deurbel een paar minuten voor achten ging.

Bij het geluid ervan sprong Tomek de trap af, steeds twee treden tegelijk nemend. Beneden rukte hij de deur open, waarbij hij bijna zijn greep verloor en hem tegen de muur smeet. Het licht uit het trappenhuis baadde de drie vrouwen die voor hem stonden in een bijna zuiver wit. Eén herkende hij. De andere twee waren hem onbekend. Het meisje links van Kasia was van dezelfde leeftijd en zag er bijna identiek uit, met haar bruine haar, jonge gezicht en schooluniform. De vrouw die achter hen stond was ouder, volwassener, en leek blijer om hem te zien dan Kasia.

'Waar ben je geweest?' vroeg hij haar, de andere twee negerend.

'Dat is mijn schuld,' zei de vrouw. Ze wrong zich tussen de twee meisjes door en stak haar hand uit. 'Sorry daarvoor. Ik ben Louise... ik ben Sylvia's moeder.'

Sylvia. Het meisje over wie hij nu al zoveel had gehoord. Degene die de kat had die het schattigste ding ter wereld was. Degene die met vier verschillende jongens tegelijk sprak en hen allemaal in spanning hield. Degene die veel beter was in sport dan Kasia. Degene die echt grappig was en de enige die aardig genoeg was om zichzelf aan Kasia voor te stellen op haar eerste dag.

Tomek wist hoe dat was. Om eenzaam en geïsoleerd te zijn zonder vrienden op een nieuwe school. Als vijfjarige was hij gedwongen naar een Britse school te gaan zonder de taal te spreken, zonder iemand op het schoolplein te kennen, en in een hoekje van de klas te zitten. Het was pas toen de kleine Saskia Albright naar hem toe was gekomen en had gevraagd of hij vrienden wilde worden. Het kostte slechts één daad van willekeurige vriendelijkheid om het traject van iemands leven te veranderen.

'Aangenaam kennis te maken. Ik ben Tomek, Kasia's vader.'

De woorden voelden nog steeds vreemd aan om te zeggen - nog vreemder om te horen - en hij wist niet of hij er ooit aan zou wennen.

'Ik weet wie je bent,' zei ze, hem warm toelachend met haar ogen. 'Ik vroeg me af of we binnen mochten komen?'

Tomek stapte opzij en liet de meisjes eerst binnengaan, daarna Louise. Tomek volgde en sloot de deur achter hen. Toen ze boven aan de trap kwamen, stelde Louise voor dat de meisjes naar de slaapkamer zouden gaan, terwijl de volwassenen bleven om te praten.

'Kopje thee?' vroeg Tomek, meer uit beleefdheid dan iets anders.

'Graag,' zei ze. 'Melk, geen suiker.'

Zodra hij klaar was met het maken van de thee, overhandigde Tomek haar de mok en leunden ze beiden tegen het aanrecht, op het verste punt van de slaapkamer.

Ook het schoonste.

'Sorry voor de rommel,' zei hij. 'Ik had geen bezoek verwacht.'

'Geeft niet. Kasia vertelde me dat jullie een ongewone slaapregeling hebben.'

Dat kon ze wel zeggen.

'Ik heb Kasia wat te eten gegeven,' begon Louise. 'Gewoon een pizza. Het was het enige wat we in de vriezer hadden. Dus daar hoef je je geen zorgen over te maken.'

'Dank je. Ik waardeer het.'

Hoewel ik het meer zou waarderen als je me zou vertellen waarom ik de hele dag niets van haar heb gehoord, dacht hij, maar hij kon het niet over zijn hart verkrijgen om zo tegen haar te praten.

Louise nam voorzichtig een slokje van haar thee en keek uit het keukenraam. 'Sorry dat ik haar niet eerder thuis heb gebracht,' zei ze.

'Ik heb haar wel vijftig keer geprobeerd te bellen.'

'Je wist niet waar ze was?'

Tomek schudde zijn hoofd. 'Geen idee. Ik dacht dat er iets met haar gebeurd was.'

'O. Nou, ze vertelde me dat je wist waar ze was en dat je er geen probleem mee had.'

Tomek gaf haar een glimlach die zei dat hij er absoluut wel een probleem mee had.

'Nou, het spijt me daarvan.'

'Het is oké. Het is niet jouw schuld.'

'Hoewel we wel eerder hier zouden zijn geweest. Het kostte ons alleen al twintig minuten om een parkeerplaats te vinden.'

'Vertel mij wat. Je hebt meer kans om in Londen te parkeren en terug te lopen dan hier een plekje te vinden. Het is een nachtmerrie.'

'Ik wed dat je blij zult zijn om te verhuizen...'

O. Dus dat wist ze dan, hè?

Dus niet alleen had Kasia gelogen over waar ze was, maar ze had ook laten doorschemeren dat ze gingen verhuizen. Tomek vroeg zich af hoeveel meer Kasia haar had verteld.

'Het zal fijn zijn. Een nieuwe start voor ons beiden,' antwoordde hij, zich ervan bewust dat hij terughoudend overkwam. 'Ik kijk er vooral naar uit om mijn eigen ruimte te hebben.'

'Een kamer voor jezelf...'

De verwijzing ging aan Tomek voorbij, maar hij wilde niet over-komen als dom, dus in plaats daarvan stemde hij in en knikte hij, terwijl hij zijn korte verlegenheid verborg achter de mok.

'Ik neem aan dat je je afvraagt waarom Kasia vanavond bij ons langs-kwam,' zei Louise, met zachte stem.

'Die gedachte is inderdaad bij me opgekomen, ja...'

Ze zette haar mok op het aanrecht. Tomek bereidde zich voor. Zijn gedachten raceten. Hij dacht aan de ergst mogelijke scenario's. Dat ze spijbelde, dat ze in een vechtpartij verwikkeld was geraakt, dat ze op de een of andere manier van school was gestuurd.

'Ze heeft een zware dag gehad,' vervolgde Louise. 'Niets ernstigs. Sylvia heeft hetzelfde pas nog meegemaakt, dus wij waren erop voorbe-reid om te helpen.'

'Wat meegemaakt?'

'Kasia is vandaag voor het eerst ongesteld geworden.'

Tomek voelde alsof de wind uit hem was geslagen. Dit had hij totaal niet verwacht. Natuurlijk wist hij dat ze nog niet was begonnen, dat het de komende maanden zou moeten gebeuren, maar hij was er nog steeds niet op voorbereid. Spijbelen, vechtpartijen, in de problemen komen - met dat soort dingen kon hij omgaan, daarvoor voelde hij zich gekwali-ficeerd. Maar dit... hij had geen idee waar hij moest beginnen.

'Sylvia belde me tijdens hun lunchpauze en vroeg of Kasia met haar mee naar huis mocht. Ik zei natuurlijk dat dat kon, dat ze altijd welkom was. Toen ze er waren, heb ik Kasia apart genomen en uitgelegd hoe het allemaal werkt. Ik weet dat ze tegenwoordig dit soort lessen op school hebben, maar het is niet hetzelfde totdat je het zelf hebt meegemaakt. Gelukkig hadden we alle benodigdheden in huis, dus we waren uitge-rust om haar te helpen. Heb jij... heb jij maandverband of tampons in huis?'

De uitdrukkingsloze blik op Tomeks gezicht beantwoordde haar vraag.

Glimlachend haalde ze een pakje tampons uit haar tas.

'Ik weet dat het ongemakkelijk is, vooral gezien... nou ja, alles, maar dit zijn degene die ze zei het prettigst te vinden.'

Tomek nam het doosje van haar aan en hield het op armlengte vast, alsof hij zojuist een bom had gekregen om vast te houden.

'Hoe...? Hoe...? Dank je.'

'Graag gedaan,' zei Louise met nog een warme glimlach. 'Ze vroeg of ik langs wilde komen zodat we het samen konden bespreken. Ik denk dat ze het op dit moment een beetje ongemakkelijk vindt, wat heel natuurlijk is.'

Ze was niet de enige.

'Het wordt een vreemde tijd voor haar. Met alles wat er al speelt. Nu zullen ook al haar hormonen in de war zijn. Op dit moment voelt ze zich wat kwetsbaar.'

'Wat kan ik...? Hoe moet ik...?'

De woorden kwamen er gewoon niet uit.

'Hoe je haar kunt helpen?'

Tomek knikte. Hij kon wel merken dat hij zoveel mogelijk begeleiding nodig zou hebben.

'Ik merk dat chocolade mij erdoorheen sleept,' zei Louise. 'Heel veel chocolade. Hetzelfde geldt voor Sylvia. Hoe goedkoper, hoe beter.'

'Dat verklaart waarom ze er zoveel van kocht toen we laatst boodschappen deden.'

'En daar heb je je eerste les.'

'Hoeveel zijn er nog meer?' vroeg hij hoopvol.

'Als ik het antwoord daarop wist, zou ik je kunnen helpen.' Ze deed een stap dichter naar hem toe, legde een hand op zijn onderarm. Tomek keek ernaar, op zoek naar een trouwring. Die was er niet. Louise vervolgde: 'Denk niet dat je jezelf hier iets te verwijten hebt. Het is voor iedereen ooit nieuw. Je komt er wel, uiteindelijk. En zij ook. Geef haar gewoon tijd.'

HOOFDSTUK
TWINTIG

Tomek bevond zich de volgende ochtend om 8 uur in de ruimte voor ernstige incidenten, na een onrustige nacht op de omgekeerde slaapbank. Tot zijn verbazing merkte hij bij aankomst dat hij een van de eersten was. In de kamer trof hij zijn twee nieuwe collega's, DI Orange en DC Brown, in gesprek met iemand die Tomek niet kende. Nieuwe namen en gezichten waren heel gewoon onder de bredere teams op het bureau, maar niet voor hun team bij de recherche. Ze vormden een hechte groep, dus het voelde vreemd om iemand te zien die mogelijk probeerde binnen te dringen. Dat gezegd hebbende, hij wist niet wie de onbekende vrouw was, en het kon hem ook niet echt schelen om erachter te komen. Hij liet dat liever over aan de halve Jaffacakes en zou het later wel horen.

Terwijl hij hen zag giechelen en fluisteren tegen elkaar, vertelde de cynicus in hem dat hij aandacht had moeten besteden, maar hij was te moe om erover na te denken. Het was een verschrikkelijke nacht geweest, een van de slechtste in tijden. Er was weer een nachtmerrie geweest. Dit keer nieuw, anders. De duisternis nam verschillende vormen aan. Tot Tony's dood werd Tomek geplaagd door nachtmerries over de dood van zijn broer - het park, de duisternis, de speeltuin, het bloed - maar nu waren ze vervangen door beelden van water, van moeras, van Tomek die in een kajak peddelde, op zoek naar de verlaten hut in de verte, van Tony die daar bungelde...

Elke nachtmerrie was een ander verhaal. Een nieuwe verteller. Een nieuwe plotwending.

Die van afgelopen nacht was bijzonder gruwelijk geweest. In plaats van aan een touw te bungelen, hing Tony daar aan een dikke ketting. En het bloed. Er was meer bloed geweest - veel meer. Het had de muren van de hut gesierd, sijpelde door het hout en in het moeras buiten. Spatte bij elke stap op zijn benen en in zijn schoenen. En toen had Tony's hoofd zich opgeheven, een demonische blik verspreid over zijn bloederige en gehavende gezicht. Lippen die bewogen, hijgende lucht die over zijn tanden viel. En toen werd het leesbaar, hoorbaar.

Waarom heb je me niet gered?

Je had me kunnen redden.

Je had dit kunnen voorkomen.

En toen, tijdens de nachtmerrie, was Tony's gezicht veranderd in een soort metamorfose van Kasia en Annabelle Lake. Hetzelfde bruine haar, dezelfde kleur ogen. Maar de gelaatstrekken waren anders, samengesmolten. Kasia's grotere, meer uitstekende neus, met Annabelle's kleine lippen.

Tomek was geen droomexpert - hij had slechts een handvol keren zijn dromen gegoogeld om er zeker van te zijn dat hij niet compleet gek werd - maar hij was ervan overtuigd dat de gebeurtenissen van de dag ervoor hem dwars zaten en ravage aanrichtten in zijn onderbewustzijn.

Het geluid van de deur die achter hem openging, bracht zijn aandacht terug naar het heden. DC Rachel Hamilton en DC Chey Carter kwamen binnen, wensten hem goedemorgen en liepen rechtstreeks naar de koffiemachine - met Tomeks bestelling. Ze kwamen een paar momenten later terug en troffen hem aan met zijn ogen half gesloten.

'Rustig aan, tijger,' zei Chey, terwijl hij hem het drankje overhandigde. 'Kalmeer jezelf, oké? We kunnen je niet zo opgewonden hebben vroeg in de ochtend. Je beschaamt de rest van ons.'

'Zegt degene wiens moeder hem nog elke ochtend wakker maakt.'

Chey werd stil en nam een slok van zijn drankje. Hij wist wanneer hij verslagen was. Wat meestal het geval was.

Tomek wendde zich tot Rachel. Haar make-up was die ochtend haastig aangebracht, en haar ogen waren bloeddoorlopen en gezwollen.

'Voel je je zo slecht als je eruitziet?' vroeg hij.

'Charmant.' Ze snoof en nam een grote slok van haar drankje, meer om haar gezicht te bedekken dan uit echte dorst.

'Laat geworden, was het?'

'Maar een paar.'

'Dat heb ik eerder gehoord. Waar ben je geweest?'

'Gewoon naar de Last Post.'

'Met wie ben je uitgegaan?' vroeg hij nieuwsgierig.

Rachel aarzelde voordat ze antwoordde. 'Sean... Chey... hoewel zijn moeder hem voor achten terug wilde hebben-'

'Hou je mond!'

'-Nadia kwam voor een Cola, en Martin ook.'

'De hele groep was er dus...'

'Ja. We wilden je uitnodigen, maar je zei dat je weg moest. We dachten dat je terug moest voor Kasia.'

Tomek kon die logica niet betwisten. Eigenlijk kon hij helemaal niets betwisten. Ze hadden absoluut gelijk gehad door hem niet uit te nodigen. Zijn prioriteiten waren veranderd. Als dit gesprek zes maanden eerder had plaatsgevonden, had hij misschien een woedende aanval van FOMO gehad, de angst om iets te missen. Maar nu... nu maakte het hem niet zoveel uit. Natuurlijk zou het leuk zijn geweest om een uitnodiging te krijgen (alleen zodat hij het voorrecht had gehad om het af te wijzen en zijn trots voor een latere datum te bewaren), maar hij voelde zich niet zo overstuur als normaal. Er waren nu belangrijkere dingen om je zorgen over te maken dan dronken worden met zijn vrienden.

Zoals zich zorgen maken over Kasia op school. Ervoor zorgen dat ze alles had wat ze nodig had om zich zo comfortabel mogelijk te voelen tijdens haar lessen.

———

Een paar minuten later was iedereen van het team gearriveerd. Sean en Nadia waren beiden te laat binnengekomen en door de deuropening geglipt zonder verdere berisping. Het was interessant om te zien dat inspecteur Orange nog niet bereid was om de wet te handhaven. Hoewel als ze zichzelf wilde vestigen als een strenge baas die geen gevangenen nam, dan had ze volgens Tomek al wat geloofwaardigheid verloren. Als ze was binnengekomen met alle wapens in de aanslag, dan zou het team misschien meer de lijn volgen, het precedent volgen. Maar nu was hij daar niet zo zeker van. In plaats daarvan gaf ze hen beiden hun laatste waarschuwing voordat ze de vergadering voortzette.

'Goed allemaal,' begon ze, snel de controle over de kamer herne-mend. 'Ik wil vandaag beginnen met het bespreken van de gebeurte-nissen van gisteren en ideeën met elkaar uitwisselen. Dan kunnen we onze prioriteiten voor vandaag beter aanpassen.'

Toen de discussie begon, schoof Tomek wat heen en weer in zijn stoel en begon hij beter op te letten. Chey was als eerste aan de beurt. Hij veegde wat kruimels weg van een eerder gebakje en kuchte.

'Ik ben bang dat ik geen goed nieuws heb,' zei hij. 'De twee wegen die rond de plaats delict lopen hebben geen CCTV. Nou ja, die hebben ze wel - maar niet bij de twee ingangen. Ze staan in plaats daarvan bij de rotonde. Ook hebben we geen bewakingsbeelden van huizen omdat het dichtstbijzijnde huis ongeveer tien minuten lopen verderop staat.'

'Dus je had een behoorlijk rustige middag, hè?' merkte Tomek op.

Chey koos ervoor niet te antwoorden, hoewel zijn beschaamde gezichtsuitdrukking de waarheid bevestigde.

'Weten we wat Annabelle's laatste bewegingen waren?' vroeg Victo-ria. 'Hebben we werkbare theorieën?'

Terwijl ze sprak, werd haar gezicht een diepere tint rood die, in combinatie met haar make-up, Tomek deed denken dat ze Orange heette en oranje was van aard.

Chey reikte in zijn tas en haalde zijn laptop tevoorschijn. Vervolgens stuurde hij het scherm naar de monitor aan de andere kant van de kamer, een technologische prestatie die Tomek pas enkele maanden geleden onder de knie had gekregen. Op de televisie was een kaart te zien van het park waarin Annabelle was gevonden en de omgeving. Bovenaan was de rivier die het eiland van Benfleet scheidde, aange-geven door een blauwe lijn die zich een weg kronkelde door de moeras-sen. Daaronder lag een jachthaven en scheepswerf in grijs. Daaronder lag een park, een grote vlakte in lichtgroen. En door de rest van de afbeelding liepen donkergrijze lijnen die wegen aangaven. Chey bewoog de cursor naar een kleine cluster van smalle lijnen, vervolgens naar een andere kleinere cluster.

'Dit zijn de twee dichtstbijzijnde woonplekken vanwaar ze volgens mij zou kunnen zijn gekomen. Ze liggen beide ongeveer tien minuten lopen van het veld. Mijn vermoeden is dat ze in een van de huizen in deze gebieden werd vastgehouden en vervolgens naar haar dood werd geleid.'

'We denken niet dat ze met de auto is gebracht of afgezet?'

Chey schudde zijn hoofd. Hij verplaatste een rode pin naar het midden van een donkergrijze lijn, en herhaalde de beweging verder naar beneden op de kaart.

'Dit is de hoofdweg die rond het park loopt, en daar is de rotonde. Deze punten zijn waar de CCTV-camera's staan. Ik heb ze bekeken en er zijn geen auto's die komen of gaan op het tijdstip van overlijden.'

'Dus ze verscheen gewoon uit het niets?' vroeg Sean.

'Misschien. Of zoals ik al zei, iemand in een van deze huizen heeft haar daar naartoe gebracht...'

Victoria dacht even na. Ze draaide zich naar het scherm en liet haar vinger langs de witte lijnen gaan.

'Waar woont de lerares, Amelia Duggan?'

Chey wees haar huis aan met een andere rode markering. Hij plaatste die op de woonstraat links van het park.

'Interessant...' zei Victoria. 'Goed werk, Chey. Ik ben onder de indruk.'

Cheys gezicht straalde met de onschuld van een kind, toen ging hij zitten.

'Wat denkt u, mevrouw?' vroeg Tomek. 'Heeft Amelia Duggan er iets mee te maken?'

'Mogelijk. Misschien. Het is gewoon dat zij er is wanneer de kleine Annabelle verdwijnt - ze ziet de auto maar niet de persoon. En dan is zij degene die haar op de speelplaats vindt. Wat is de kans dat beide dingen gebeuren?'

'In Canvey... waarschijnlijk helemaal niet zo klein,' merkte Sean op. 'Maar ik begrijp je punt.'

Het was een goed punt, maar één waar Tomek niet zeker van was of hij het mee eens was. Ja, de kansen dat zij betrokken was bij zowel de verdwijning als de plotselinge terugkeer van Annabelle Lake waren astronomisch, maar Canvey was een kleine plaats, met een bevolking van ruim dertigduizend, en de kans bestond dat de moordenaar op de hoogte was van Amelia's nauwe relatie met Annabelle en die informatie had kunnen gebruiken om haar erin te luizen, om het te laten lijken alsof zij een rol had gespeeld. Meestal waren deze ontvoeringen en moorden gerelateerd - het slachtoffer kende de moordenaar en vice versa - en hoewel het misschien niet Amelia Duggan was, zou het iemand kunnen zijn die hen beiden kende.

Tomek opperde dit idee.

'Komen er namen bij je op?' vroeg rechercheur Martin Brown terwijl hij wat haar achter zijn oren streek.

Tomek haalde zijn schouders op. 'Jullie weten meer over dit onderzoek dan ik.' Hij aarzelde. 'Is er een verband tussen Amelia Duggan en Vincent Gregory?'

Tomek had gewacht om die naam sinds het begin van het gesprek te kunnen noemen. Meer uit wrok dan wat anders. Die kleine racistische fascistische klootzak...

'Niet dat we hebben kunnen ontdekken,' mompelde Rachel, terwijl ze zich omdraaide om hem aan te spreken. 'Maar we kunnen zeker dieper graven als u denkt dat het de tijd waard is, mevrouw?'

Victoria plukte aan haar nagels terwijl ze luisterde. De zenuwen van het spreken voor een nieuw publiek hadden duidelijk nog steeds vat op haar. Toen besefte hij dat ze al twee weken met het team had gewerkt, en dat de enige afwijking in die groep hijzelf was. Misschien was hij degene die haar nerveus maakte...

'Ik denk van niet... nog niet. Hij staat zeker op onze radar, net als de rest van de familie, dus we houden ze scherp in de gaten totdat ik het zinvol acht om anders te handelen.'

Er klonk een klop op de deur aan de andere kant van de incidentkamer. Alle hoofden in de kamer draaiden zich ernaartoe. Langzaam ging de deur open en Lorna Dean, de patholoog van het ministerie van Binnenlandse Zaken, stak haar hoofd om de hoek, vuurrood haar dat langs haar schouders hing.

'Ik val toch niet in de rede?'

'Jawel,' zei Tomek. 'Wat onbeleefd van je. Zou je over ongeveer dertig seconden terug kunnen komen?'

Beseffend dat de opmerking van hem kwam, en dat ze die onder geen enkele omstandigheid serieus moest nemen, stapte Lorna de kamer binnen en sloot de deur achter zich.

'Ik heb mijn rapport als jullie zin hebben om ernaar te luisteren,' zei ze.

'Absoluut. Had niet op een beter moment kunnen komen.' Victoria ging opzij om Lorna door te laten. De opgewonden blik op haar gezicht suggereerde dat ze blij was met de onderbreking. Ofwel omdat het een belangrijk onderdeel van het onderzoeksproces was, ofwel omdat het iemand anders de kans gaf om te spreken en wat aandacht van haar wegnam.

Of misschien beide.

Aan het hoofd van de kamer scande Lorna al hun gezichten voordat ze begon te spreken.

'Annabelle Lake,' begon ze. 'Negen jaar, vier maanden en vijfenvijftig dagen oud. Neergehaald in de bloei van haar leven. Hoe? Nou, ze werd gewurgd. Gewurgd door dezelfde kettingen waarmee ze wellicht ooit heeft gespeeld. Ze werd opgehangen, een paar meter boven de grond laten bungelen. Hoe lang duurde het voordat ze stierf? Fijn dat je het vraagt: niet lang. Het duurde helemaal niet lang voordat de kettingen haar kleine hersenen uiteindelijk van zuurstof beroofden. Minder dan een minuut, zelfs. In die tijd had onze moordenaar ruim de tijd om van de plaats delict te vluchten en de arme Annabelle Lake over te laten aan de zwaartekracht. Nog vragen tot zover?'

Tomek wist niet waarom ze op zo'n manier tegen hen sprak, alsof hij getuige was van een theatervoorstelling, maar hij genoot ervan, en voelde zich overweldigd om zijn hand op te steken.

'Heb je het tijdstip van overlijden kunnen vastleggen?'

'Goede vraag! Hoewel ik die zal beantwoorden met een andere vraag: wanneer denk je dat ze stierf? En niet Tomek of Sean - zij hebben dit allemaal al gehoord.'

'Op een bepaald moment midden in de nacht,' zei Chey, met duidelijk opwinding in zijn stem. 'Dat is wanneer deze dingen meestal gebeuren. Verbaasd dat het niet een hondenbezitter was die haar vond...'

'Net als de hondenbezitter ongetwijfeld is. Helaas, je zou het mis hebben. Ik schat haar tijdstip van overlijden op ongeveer vijf tot zes uur 's ochtends.'

Een collectief gekreun en een paar 'Oooo's' rolden door de kamer. Ze deden in ieder geval allemaal mee met Lorna's optreden. Iets om de somberheid van de dood wat op te vrolijken.

'Interessant, nietwaar? Wat betekent dat ze nog relatief warm was tegen de tijd dat we daar aankwamen. Hoewel het weer al zijn invloed op haar begon te hebben...'

Tomek, die de spreekwoordelijke angel voor zich zag bungelen, was de volgende die sprak.

'Als we het daar toch over hebben,' zei hij, 'waren er tekenen van seksueel misbruik of aanranding?'

De woorden, die hij ooit zonder verdere gedachte of overweging zou hebben uitgesproken, kwamen er nu uit als groentesoep. Onhandig en een hele mondvol.

'Fijn dat je dat oppikt, Tomek,' begon Lorna, en vroeg toen: 'Hoe was de trip gisteren? Ben je niet te modderig geworden?'

Tomek wierp haar een sarcastische glimlach toe en wachtte tot ze verder ging.

'Ik heb geen bewijs gevonden dat erop wijst dat Annabelle Lake was aangerand of gepenetreerd, nee.'

De kamer nam dit even in overweging. Als ze niet gewond was geraakt of beschadigd tijdens haar ontvoering, en als ze niet seksueel was misbruikt of geschonden, en als er geen losgeldeis aan de familie was gesteld - wat was er dan in godsnaam aan de hand? Wat was het motief? Wat was de redenering achter haar ontvoering? Kon het zo simpel zijn als iemand die haar had meegenomen en vermoord? Kon het zo zwart-wit zijn? In Tomeks ervaring had hij geleerd dat het nooit zo eenvoudig was.

'Is er nog iets anders dat we moeten weten?' vroeg Victoria van achteren.

'Een paar dingen. Ten eerste heb ik wat zand en vuil in haar schoenen en op haar voeten gevonden dat voor onderzoek is weggestuurd. En, ik weet niet of het van enig nut voor u is, maar de inhoud van Annabelles maag bevatte veel visproducten. Visvoeding. Zoals zalm... tonijn. Het stonk verdomd hard, dat kan ik je wel vertellen, maar-'

Het geluid van frenetiek geritsel van papier bracht Victoria abrupt tot stilstand. Zij, samen met iedereen in de kamer, richtte haar aandacht op de bron van het geluid.

Anna, die als laatste binnenkwam voor Sean en Nadia, pakte een vel van haar stapel en zwaaide er triomfantelijk mee in de lucht.

'Vis!'

'Zei de holbewoner,' merkte Chey op. Toen voegde hij toe: 'Of holbewoonster.'

Anna wierp hem een Poolse blik van spot toe, veel feller en intimiderender dan iemand anders in de kamer kon opbrengen. 'Ja, bedankt daarvoor, Chey. Maar wat ik bedoel is, vis. Annabelle houdt van vis.'

'Kan niet zeggen dat ik dat ooit deed,' ging Chey door, zonder de sfeer in de kamer aan te voelen. Hij realiseerde zich toen snel dat ze allemaal gretig op het puntje van hun stoel zaten, wachtend om te horen wat Anna te zeggen had.

'Elizabeth Lake vertelde me dat Annabelle van vis houdt. Maar ze mag het niet eten als ze thuis is... Steven vindt het niet lekker en denkt dat de visindustrie corrupt is en de planeet aantast.'

Een maatschappelijk bewuste elektricien, dat was nieuw voor Tomek.

'Maar wanneer Annabelle naar haar oom, oom Vincent, gaat, zegt ze dat ze zoveel vis kan eten als ze wil. Hij koopt zelfs speciaal voor haar pakjes zalm en tonijn.'

Anna liet dat even bezinken terwijl ze de ernst ervan verwerkten.

'Ik denk dat het misschien betekent dat we meneer Gregory moeten uitnodigen voor een gesprek,' zei Victoria terwijl ze terugkeerde naar het hoofd van de kamer. 'Vinden jullie niet?'

HOOFDSTUK
EENENTWINTIG

Tomek mocht vanwege de klacht die tegen hem was ingediend niet in de buurt komen van Vincent Gregory. Sean evenmin. Iets waar beide mannen diep ongelukkig over waren.

Tomek wilde niets liever dan aan de andere kant van de tafel tegenover die gezette kleine klootzak zitten en hem helpen zijn eigen graf te graven. Hij wilde het gezicht van de man zien verkreukelen en verwelken wanneer hij besefte dat zijn tijd erop zat.

In plaats daarvan zou hij genoegen moeten nemen met het volgen van de situatie in de incidentkamer via een live verbinding. Het enige probleem was echter dat het team hem niet kon vinden. Ze konden hem niet vinden op zijn werkplek in het ziekenhuis van Southend, noch in zijn huis of bij zijn zus. De man was ondergedoken of negeerde gewoon hun vele pogingen om contact met hem op te nemen. Hoe dan ook, een team van agenten in uniform was met Martins hulp op zoek naar hem gestuurd.

Terwijl hij wachtte, had Tomek besloten de tijd te vullen door nogmaals naar Canvey te gaan om met mevrouw Amelia Duggan te spreken.

Hij hoopte dat dit de laatste keer zou zijn dat hij gedwongen was het eiland te bezoeken, maar iets in zijn achterhoofd vertelde hem dat dit niet zo zou zijn. Dat hij hier de komende dagen en weken nog veel vaker zou komen. Misschien was het niet het eiland zelf dat hij haatte, maar gewoon de mensen erop. En als de rest van hen zoals Vincent

Gregory was, dan had hij alle recht om het zo veel mogelijk te willen vermijden.

Amelia Duggan had een vrije dag gekregen van haar werk, terwijl de rest van de week haar eigen keuze was. Ze had veel meegemaakt, en het was niet meer dan billijk dat ze tijd kreeg om daarvan te herstellen.

'Dat is aardig van de school,' merkte Tomek op.

'Dat weet ik,' zei ze terwijl ze een kopje thee op zijn knie zette. 'Het was het laatste wat ik had verwacht. We hebben toch al zo'n enorm personeelstekort. Ze kunnen het zich eigenlijk niet veroorloven dat ik de rest van de week vrij neem, maar ik denk dat ze geen keus hadden.'

Tomek bracht het kopje naar zijn mond en nam een slokje. Hij proefde al de extra lepel suiker die hij niet had gevraagd, die zijn smaakpapillen prikkelde. En hij moest toegeven dat het mogelijk een van de beste koppen thee was die hij ooit had gehad. Hij had in zijn tijd veel leraren ontmoet - ook hoofdleraren - en er was één ding dat hij over hen had geleerd, één ding dat Amelia Duggan zojuist had bewezen, en dat was dat ze verdomd goede thee zetten. Een van de beste die hij ooit had gedronken. Alsof ze probeerden zoveel mogelijk cafeïne en smaak eruit te persen, op dezelfde manier als ze hun leerlingen onder druk zetten voor inzet en hard werken.

'Denk je dat je deze week nog teruggaat?' vroeg hij, terwijl hij het kopje weer op zijn knie zette.

'Waarschijnlijk wel. Ik kan de afleiding wel gebruiken, eerlijk gezegd. Ik heb de afgelopen vierentwintig uur niets anders gedaan dan hier zitten staren naar de muur.'

'Ik weet hoe dat is,' merkte Tomek op. 'Het is alleen de moeite waard als je iets leuks hebt om naar te kijken. Het beste is om er zo veel mogelijk op uit te gaan. Zelfs praten met vrienden of buren of familieleden kan helpen.'

'Die hebben het allemaal druk. Vooral mijn vrienden die leraar zijn.'

'En ik neem aan dat een wandeling maken geen optie is...'

De opmerking kwam niet over zoals hij had gehoopt, en aan haar niet-geamuseerde gezichtsuitdrukking was duidelijk te zien dat ze nog lang niet had verwerkt wat er was gebeurd.

'Ik denk dat ik de volgende keer een taxi neem - of me laat brengen.'

'Dat is waarschijnlijk het beste.'

Tomek paused terwijl hij nadacht over een manier om het gesprek te sturen naar het onderwerp van Annabelle Lake en haar familie zonder dat het te abrupt en schokkend zou zijn.

'Ik begrijp dat je... close was met Annabelle,' begon hij, in de hoop dat hij voorzichtig genoeg was voor haar.

Amelia knikte langzaam en richtte haar blik op het raam dat uitkeek op de drukke woonstraat beneden. Het duurde even voordat ze haar mond opende om te spreken. 'Ze was de beste. Ze... ze was anders. Ze was bijzonder. Ik aanbad haar alsof ze van mij was. Het liefste kleine ding.'

'En had je veel contact met de familie? Of had je eigenlijk niet veel interactie met hen?'

'Ja en nee,' zei ze, terwijl ze geleidelijk haar aandacht op hem richtte, als een langzaam draaiende vuurtoren. Omdat ze zo dicht bij school woonde, zag ik hen nauwelijks. Ze kwam altijd veilig thuis, dus was er geen reden voor hen om haar op te halen.

'En op de zeldzame keren dat iemand dat wel moest doen, wie was dat dan meestal?'

Ze draaide zich nu helemaal naar hem toe. 'Haar oom. Oom Vinnie, noemde ze hem. Hij was er altijd, wachtend buiten de schoolpoorten, of wachtend aan de overkant van de straat tot ze terugkwam. Ik weet zeker dat hij haar ook een paar keer 's ochtends heeft afgezet.'

Voor en na hij begon te werken in het ziekenhuis, misschien.

Tomek slikte. 'En hoe zou je hun relatie omschrijven?'

'Vreemd.'

Dat was alles wat hij nodig had. Vreemd. Hetzelfde woord dat in hem was opgekomen toen hij de man de woonkamer van Steven en Elizabeth had zien binnenkomen.

'Vreemd in de zin van hecht? Of vreemd in de zin van verkeerd?'

'Een combinatie van beide. Ik ken de details niet, maar ik denk dat Vincent en zijn vrouw geen kinderen konden krijgen - Annabelle had het er altijd over dat Vincent haar een "speciaal klein meisje" noemde - dus ik denk dat hij haar altijd behandelde als zijn eigen dochter. Maar toch... het was gewoon een beetje... *vreemd*.'

Dat woord weer.

'Was er ooit reden tot bezorgdheid? Enige reden om hun relatie bij de kinderbescherming te melden, voor zover jij weet?'

Amelia schudde haar hoofd. 'Ik kan niet zeggen dat ik ooit iets verkeerds heb gemerkt in dat opzicht. Ik weet het niet... het was gewoon...' Ze pauzeerde om van haar thee te nippen. 'Je weet wel, wanneer je naar iets kijkt en denkt dat het er niet helemaal juist uitziet.'

'Zoals een vijftigjarige die uitgaat met een twintigjarige?'

Amelia glimlachte en giechelde in zichzelf. Waarschijnlijk voor het eerst sinds de dag ervoor.

'Ja. Zoiets, denk ik. Ik bedoel, hij was wel haar oom, dus hij zou niets hebben gedaan... hij zou *dat* niet hebben gedaan, toch?'

'Er was geen bewijs dat ze seksueel was misbruikt, maar dat betekent niet dat het niet op andere manieren is gebeurd.'

En dat plaatste Vincent Gregory bovenaan Tomeks lijst.

'Op dit moment hebben we niet veel bewijs om mee te werken,' vervolgde hij. 'Daarom wordt je hulp enorm gewaardeerd.'

Amelia's gezicht leek op te lichten, alsof de gedachte of het idee dat ze kon helpen de eerste stap was op haar weg naar volledig mentaal herstel.

'Is er nog iets anders dat je wilt weten?' vroeg ze, dit keer met meer kracht en gretigheid in haar stem.

'Alleen of je je nog iets anders herinnert over de dag van Annabelles verdwijning? Soms duurt het even voordat deze dingen naar boven komen, als alle chaos is gaan liggen.'

Hij was niet zeker of hij dat volledig geloofde. Het was dertig jaar geleden sinds de dood van zijn broer en, hoewel het stof al heel lang geleden was gaan liggen op die gebeurtenis in zijn leven, was hij nog steeds niet dichter bij het *zien* van wie er verantwoordelijk was.

Maar Amelia hoefde dat niet te weten. Zij zou dat zelf moeten ontdekken.

Zoals verwacht schudde ze haar hoofd. 'Sorry... Niets. Ik heb je team al alles verteld wat ik me kan herinneren.'

'Wat dacht je van iets vóór haar verdwijning?' vroeg Tomek.

Verwarring verspreidde zich over haar gezicht. 'Wat bedoel je precies?'

'Als dit een gerichte ontvoering was, specifiek gericht op Annabelle, dan zou dat enige planning hebben gevergd - heel veel zelfs. Dat betekent dat er misschien ongebruikelijke en onbekende gezichten rond de school waren, ofwel bij de start, tijdens de lunch of bij het uitgaan. Mensen die rondhingen, Annabelles bewegingen in de gaten hielden. Ze zouden meer dan waarschijnlijk in een auto hebben gezeten of goed uit het zicht. Ik vroeg me gewoon af of je zoiets hebt gezien?'

Amelia richtte haar aandacht weer op het raam, alsof het antwoord buiten stond.

'Het spijt me,' zei ze met een schudden van haar hoofd. 'Er schiet me niet meteen iets te binnen, maar als ik aan iets denk, bel ik je. Heb je een visitekaartje?'

Tomek had er een, en hij gaf het aan haar. Toen hij naar de woonkamerdeur liep, zei hij: 'Trouwens, bedankt voor de thee. De beste die ik in tijden heb gehad.'

'Graag gedaan. Geheim van het vak. We doen er gewoon een hoop cocaïne in. Helpt ons de dag door te komen.'

Er was een grijns teruggekeerd op Amelia's gezicht. Een oprechte glimlach. Van vroeger. Vóór de verdwijning, vóór de dood. Vóór... toen alles nog goed was met de wereld.

'Bedankt voor de tip. Ik denk dat je daar wel eens gelijk in zou kunnen hebben...'

Terwijl hij in zijn auto stapte en gedag zwaaide, wist hij dat het goed met haar zou komen. Dat kwam het uiteindelijk altijd. Over een paar maanden zou ze eroverheen zijn. Misschien zelfs een jaar.

Maar niet iedereen had zoveel geluk.

Vooral niet het kleine meisje dat op haar rug op een metalen tafel in het mortuarium lag.

HOOFDSTUK
TWEEËNTWINTIG

Tomek was net op tijd terug op het bureau voor de hoofdact.
Vincent Gregory's ophanging.

Of wat daar zo goed als op neer zou komen.

Chey en Rachel begeleidden Vincent door dit verhoor. Ondertussen zaten Tomek en de rest van het team in de meldkamer, starend naar de tv. De stoelen waren in een halve cirkel geplaatst, allemaal gericht op het scherm, en Tomek had zich een weg naar voren gevochten voor de beste plaatsen in het huis. Hij had zelfs tijd gehad om nog een kop thee te zetten (hoewel lang niet zo lekker als die van Amelia).

'Ik denk dat we nog maar één zak magnetronpopcorn verwijderd zijn van de beste bioscoopervaring die ik ooit heb gehad,' zei hij.

'Wil je dat ik de lichten uitdoe en alle computerspeakers aansluit voor de volledige ervaring?' vroeg Victoria Orange met een vleugje speelsheid in haar stem.

Tomek draaide zich op zijn stoel om en zag dat ze naar hem glimlachte. Dat was goed. Een stap in de goede richting. Ze daalde af naar zijn niveau en voelde zich meer op haar gemak bij hem en de rest van het team. En als domme humor de manier was om dat te bereiken, dan wilde hij haar maar al te graag ter wille zijn.

Vijf minuten later begon de hoofdact. Het was Chey die de procedure aftrapte.

'Meneer Gregory,' begon hij, zijn stem schel over de luidsprekers van de tv, 'dank u voor uw komst vanochtend. We hebben met uw werkgever gesproken en ze hebben u vrijgegeven voor de rest van de dag.'

'Ik heb niks gedaan,' antwoordde hij, plotseling met een platter accent.

'Dat kan zo zijn, maar de reden waarom we u hebben uitgenodigd voor dit vrijwillige gesprek is omdat we u een aantal vragen willen stellen over de gebeurtenissen die leidden tot de dood van Annabelle.'

'Ik heb niks gedaan,' ging Vincent door. 'Jullie kunnen me niet zomaar arresteren als ik niks gedaan heb.'

Tomek rolde met zijn ogen en kneep zijn vuist samen tot zijn knokkels krijtwit werden. Dit was pijnlijk om naar te luisteren; hij wilde door het scherm reiken en die gedrongen kleine racistische fascistische klootzak bij zijn nek grijpen. Hij kon zich alleen maar voorstellen hoe het voelde voor Rachel en Chey, die het voorrecht hadden om slechts een paar meter van de man te zitten. Ze konden gemakkelijk over de tafel reiken en zijn irritante gezicht herhaaldelijk tegen de tafel slaan totdat-

'U bent niet gearresteerd,' vervolgde Chey, waardoor Tomek werd afgeleid van zijn gedachten. 'Zoals ik zojuist heb vermeld, is dit gesprek vrijwillig, wat betekent dat u hier uit eigen beweging bent, en u bent vrij om op elk moment te vertrekken, maar het is waarschijnlijk in uw eigen belang om te blijven. Begrijpt u dat?'

Vanuit de hoek van de camera kon Tomek net de blik van wanhopige verwarring op Vincents gezicht onderscheiden.

'Begrijpt u wat ik zojuist heb gezegd, meneer Gregory?'

Ofwel hij begreep het niet, ofwel probeerde zijn geest snel een achtergronverhaal te verzinnen, een versie van de gebeurtenissen die hem goed uitkwam en die Tomek en het team op een dwaalspoor zou brengen.

'Ik begrijp het,' zei hij voorzichtig. 'Maar waar gaat dit allemaal over? Hebben jullie de persoon gevonden die dit mijn nichtje heeft aangedaan?'

'Nee,' kwam het botte antwoord van Rachel. 'Het onderzoek loopt nog. Daarom bent u hier...' Ze haalde diep adem, het geluid kwam over de tv-luidspreker toen ze uitademde. 'We willen u gewoon een paar vragen stellen, dat is alles.'

'Ik heb nog steeds niks gedaan.'

Tomek was dankbaar dat hij niet bij hem in de kamer zat, anders zou zijn gezicht misschien al lang geleden zijn ingeslagen.

'Is hij high of zo?' vroeg hij aan de kamer.

'Dat of hij mist een paar hersencellen...' antwoordde Sean met venijn in zijn stem.

'Praat je altijd tijdens films, verdomme?' vroeg Nadia, die direct naast hem zat. 'Ik moet er niet aan denken hoe je bent in een *echte* bioscoop.'

'Dan gedraag ik me voorbeeldig,' zei hij. 'Altijd.' Daarna stak hij drie vingers in de lucht en legde een hand op zijn borst. 'Scoutseer.'

Toen hij zijn aandacht weer richtte op het interview, ving hij het einde van een vraag van Rachel op.

'Ik vertrek soms rond zes uur naar mijn werk, soms later,' was het antwoord.

'En je rijdt naar je werk?'

'Ik kan moeilijk lopen, toch? Ik zou kunnen proberen een van die kortere routes langs de boulevard te nemen, maar ik heb de kunst van het over water lopen nog niet onder de knie, snap je.'

Chey haalde een paar vellen uit een map en legde ze voor Vincent. 'Dit zijn stilstaande beelden van bewakingscamera's langs de weg die rond het park loopt waar Annabelle is gevonden...'

Tomek keek naar de kaart die was afgedrukt en op een prikbord aan de andere kant van de kamer was geplaatst. De twee rode stippen die de bewakingscamera's aangaven, stonden er nog steeds.

'Deze beelden zijn gemaakt om precies 6:13 uur 's ochtends.'

'En? Ik was op weg naar mijn werk.'

'We denken dat dit dezelfde tijd was waarop Annabelle werd vermoord. En toch zien we u voorbij de plaats delict rijden?'

'Bedoel je dat ik langs Annabelle reed terwijl ze *vermoord* werd?'

Vincents gezicht vertrok tot een warboel. Hij liet zijn hoofd in zijn handen zakken en begon zachtjes te snikken in zijn stoel. Er viel een stilte in de kamer terwijl ze wachtten tot hij zou stoppen.

'Ik kan het niet geloven...' fluisterde hij, nog steeds met een brok in zijn keel. 'Ik had haar kunnen redden... Ik had haar kunnen helpen...'

'Dus u ontkent dat u hier iets mee te maken hebt?'

Vincent sloeg met zijn handpalm op tafel. Het verdriet in zijn stem was net zo ver te zoeken als de mogelijkheid dat hij over water kon lopen. 'Natuurlijk heb ik dat verdomme niet! Ik ben haar oom, toch? Waarom zou ik ooit zoiets doen? Ik hield van haar...'

'Weet u zeker dat u die liefde niet te ver hebt doorgetrokken?'

Het duurde even voordat de insinuatie tot Vincents bewustzijn doordrong. Uiteindelijk zei hij: 'Waar heb je het verdomme over? Waar beschuldig je me verdomme van?'

'Niets, meneer,' zei Rachel, die deze route afsloot voordat het te zeer uit de hand liep. 'Kunt u uitleggen wat u bedoelde toen u zei dat u van haar hield?'

Vincents hoofd draaide tussen Chey en Rachel. 'Zijn jullie achterlijk? Hebben jullie nog nooit van iets gehouden? Ik heb het jullie al gezegd, ze was mijn nichtje. Maar ik hield van haar alsof ze mijn dochter was. Arm klein ding... Mijn vrouw en ik kunnen geen kinderen krijgen, dus ik... ik behandelde haar altijd alsof ze van mij was.'

Tomek vertrok zijn gezicht bij het gebruik van de verleden tijd door de man.

'En hoe zit het met uw relatie met uw zus? Kunnen jullie twee goed met elkaar opschieten?'

'Wat voor vraag is dat? Weet je hoeveel wij samen hebben meegemaakt? We kunnen beter met elkaar opschieten dan jullie ooit zouden kunnen begrijpen.'

De intonatie in Vincents stem suggereerde dat dit alles was wat hij over dat specifieke onderwerp wilde zeggen. Tomek hoopte dat ze beiden verder zouden doorvragen, maar uiteindelijk deden ze dat niet.

'Vertel ons over uw relatie met Steven...' Chey benaderde dit pad met voorzichtigheid. Tot nu toe had hij Tomek geïmponeerd; hij had langzaam, zelfverzekerd en welbespraakt gepraat. Hij was niet geïntimideerd of onder druk gezet door Vincents uitbarstingen. Hij zou ooit een goede rechercheur worden.

En misschien zou Tomek hem dat ooit vertellen.

'Begin me niet over die waardeloze vent. Hij is een fucking nietsnut, een luiwammes die niks goeds is voor mijn zus of mijn nichtje.'

'U bent erg beschermend over hen, nietwaar?' vroeg Chey, voorzichtig peilend.

'Natuurlijk ben ik dat... ze zijn mijn vlees en bloed. Ik ga ze toch niet verwaarlozen? Moet voor ze zorgen.'

'Waarom de afkeuring van Steven? Voor zover we hebben kunnen achterhalen zorgt hij voor hen beiden en geeft om hen... Wat missen we?'

'Het feit dat hij er nauwelijks is. Hij is altijd aan het werk, toch?'

'Dat is meestal hoe het zorgen voor je familie werkt, meneer Gregory.'

'Ja, maar het is gewoon de manier waarop hij het doet, snap je? Ik mag zijn werk niet. Hij is een oplichter. Die brutale klootzak wilde me de volle prijs laten betalen voor een cv-ketel waar ik helemaal niet voor hoefde te betalen - de gemeente zou het fixen. Die brutale klootzak.'

'Hoe lang kent u meneer Lake al?' vroeg Rachel deze keer.

'Sinds hij met mijn zus begon te daten.'

'U kende hem niet van daarvoor?'

Vincent schudde zijn hoofd. 'Nooit die lul ontmoet.'

'Wanneer zou u zeggen dat uw relatie verslechterde?'

'We hebben elkaar nooit gemogen. We kunnen gewoon niet met elkaar opschieten. Zo simpel is het. Hij mag mij niet en ik mag hem niet. Hij zegt altijd dat ik te dicht bij mijn zus sta, dat ik er altijd ben. Maar laat ik je vertellen, als je wist wat wij in ons leven hebben meegemaakt, dan zou je precies weten waarom dat zo is. Kun je geloven dat die kleine lul probeerde te voorkomen dat ik mijn zus en mijn nichtje zou zien?'

En daar was het. Eindelijk. De kern van hun kwaad. De echte reden waarom Steven en Vincent niet met elkaar overweg konden. Een bange en onzekere vader die alles deed wat hij kon om zijn dochter en vrouw te beschermen tegen de vreemde en overheersende zwager.

Tomek voelde de parallel.

Minus de vreemde oom.

Rachel schraapte haar keel via de microfoon. 'Als u het niet erg vindt, meneer Gregory,' begon ze, 'dan zouden we graag onze aandacht willen richten op vis voor een moment.'

'Vis?'

'Ja.'

'Wat is daarmee?'

'Tijdens het post-mortemonderzoek bleek Annabelles maag veel vis te bevatten, wat impliceert dat haar laatste maaltijden, terwijl ze in gevangenschap werd gehouden, vis waren. Voornamelijk zalm en tonijn.'

'Je moet verdomme een grapje maken.'

'Voor zover wij begrijpen, bent u de enige in de familie die haar vis laat eten.'

Vincent gooide zijn handen in de lucht en liet ze met een luide klap op de tafel neerkomen. 'Ik heb niks gedaan. Ik heb mijn nichtje niet van school ontvoerd, ik heb haar niet ergens vastgehouden, ik heb haar geen vis gevoerd, ik heb haar niet vermoord. Ik... heb... niks... gedaan.'

HOOFDSTUK
DRIEËNTWINTIG

Op weg naar huis die avond maakte Tomek een snelle tussenstop bij de plaatselijke supermarkt om wat essentiële boodschappen te doen. Alle essentiële dingen waar Sylvia's moeder hem over had verteld. Namelijk chocolade, chocolade en nog meer chocolade. Maar terwijl hij naar het schap staarde en keek naar het overweldigende aantal verschillende merken, voelde Tomek zich overspoeld door keuzes. Dat, en omdat hij geen idee had wat hij voor haar moest kopen. Hij was helemaal vergeten te vragen welke chocolade Louise haar had gegeven, en hij had er nooit aan gedacht om het aan Kasia zelf te vragen. Natuurlijk gooide ze de merken in het winkelwagentje als ze bij Aldi met hem was, maar hij lette nooit op wat hij kocht - dat was een strijd die hij al snel had opgegeven. Bovendien moest dit een verrassing zijn... Een mooie verrassing zou het worden als hij haar zou bellen om te vragen wat ze lekker vond.

"Hé, met je vader. Zoals je weet ben ik hopeloos in dit soort dingen en ben ik helemaal vergeten welke chocolade je lekker vindt. Zou je het me misschien kunnen vertellen en daarna verrast doen als ik het je geef? Ik probeer iets aardigs te doen, maar ik ben bang dat het verkeerd uitpakt..."

Uiteindelijk koos hij voor een assortiment van *zijn* favoriete merken. Galaxy, Kit Kat, Aero en een Freddo (nou ja, zes ervan). In de hoop dat, omdat ze van hetzelfde vlees en bloed waren, ze vast enkele dezelfde smaken zouden hebben, dat er een zekere overlap in chocoladesmaak-voorkeur zou zijn.

Toen hij in zijn auto stapte, nam hij stiekem een Freddo. Hij was geschokt dat twee ervan evenveel kostten als de Galaxy-reep. Uit pure wrok had hij de andere vier gekocht en de extra kosten geslikt. Het kikkervormige rotding was enorm in prijs gestegen sinds Tomek er voor het laatst een had gehad. Hij herinnerde zich nog dat ze een paar centen kostten, en dat hij en zijn broers met hun zakgeld naar de buurtwinkel werden gestuurd en de snoeptoonbank plunderden, om als koningen naar huis terug te keren met uitpuilende zakken.

Nu was Freddo volwassen geworden, had hij een gezin van vijf, een dure auto en een hypotheek, en gaf hij de schuld door aan de klant.

En hij was er zeker van dat het kleine rotding ook nog eens gekrompen was.

Tegen de tijd dat hij thuiskwam, was de Freddo verdwenen. Toen hij de woonkamer binnenkwam, riep hij naar Kasia. Een grom kwam uit de slaapkamer aan de andere kant van de kamer. Hij slenterde ernaartoe en klopte zachtjes. Het zachte geluid van muziek van haar laptop weer-klonk achter de deur.

'Je kunt binnenkomen,' zei ze.

Tomek greep de deurklink en stak zijn hoofd door de opening. Kasia zat op haar bed, gekleed in een joggingbroek en een dikke hoodie die haar lichaam deed verdwijnen. De capuchon was over haar hoofd getrokken en daaronder was haar gezicht nauwelijks zichtbaar. Haar knieën waren opgetrokken tegen haar borst, met haar laptop erop rustend. De lichtjes waar ze ruzie over hadden gemaakt in Primark (Kasia wilde ze, terwijl Tomek resoluut had geweigerd omdat hij ze een totale geldverspilling vond) hingen op verschillende plekken langs de achterwand. Rechts van hem stond het bureau dat ooit van hem was geweest en nu was omgetoverd tot make-uptafel, helder verlicht, en hij zag zijn spiegelbeeld in de spiegel, wat hem de stuipen op het lijf joeg. Zijn slaapkamer - *haar* slaapkamer - was onherkenbaar. Wat ooit een vrijgezellenflat was geweest met alleen het hoognodige, was nu vervangen door dingen waarvoor hij winkels moest betreden waar hij nog nooit een voet had gezet.

Een compleet nieuwe wereld voor hem.

'Hoe was je dag?' vroeg hij, terwijl hij ongemakkelijk in de deuropening bleef staan en probeerde de Co-op-tas zoveel mogelijk uit het zicht te houden.

'Prima...' zei ze.

'Nog iets leuks geleerd?'

'Nee...'

'Veel huiswerk gemaakt?'

'Beetje...'

'Hoe was je bijles met mevrouw Holloway?'

'Oké...'

'Was het nuttig?'

'Ja...'

Oké, dus zo zat het. Antwoorden van één lettergreep. Dat kon hij aan. Zolang ze maar niet boos op hem was om de een of andere reden...

'Hoe... hoe voel je je?'

Ze haalde haar schouders op. 'Prima.'

'Wil je... wil je erover praten?'

'Niet echt.'

'Oké, mooi.' Tomek slaakte een diepe zucht van opluchting. 'Vond je de pizza lekker die ik had achtergelaten?'

'Het was wel oké, bedankt.' Ze reikte naar het nachtkastje en pakte een kopje thee. Vers gezet, de sliertjes stoom stegen nog op. 'Ik heb er net een gemaakt, dus de waterkoker is nog warm als je er zelf een wilt.'

Tomek grijnsde. 'Bedankt.' Toen hief hij de Co-op-tas in de lucht, waarbij hij zich voelde als een dronkaard die over straat loopt met al zijn bezittingen erin, en liep naar het voeteneinde van het bed. 'Ik heb iets voor je gehaald. Het is niet veel, maar... Sylvia's moeder zei dat chocolade het beste medicijn is voor je... je weet wel.'

'Ik weet het.' Haar open glimlach en uitdrukking gaven aan dat hij verder kon gaan.

'En ik was vergeten welke je lekker vindt, dus ik heb een assortiment gehaald...' Tomek legde de tas voor haar neer en liet haar die openmaken.

Met aarzeling vouwde ze haar benen op het bed en opende voorzichtig de tas. Toen stak ze haar hoofd erin. Keek naar hem op. Grijnzend.

Tomek kon niet bepalen of het een oprechte "dankjewel, dit zijn de beste chocolaatjes ter wereld en je bent de beste vader ter wereld"-glimlach was, of meer een geforceerde "ik vind geen van deze lekker maar ik ga glimlachen en doen alsof ik ze leuk vind"-glimlach. Zoals een kind dat een kerstcadeau opent dat het niet wilde of waar het niet om had gevraagd.

Ondankbare ettertjes.

'Dank je,' zei ze, terwijl ze in de tas greep en een Freddo tevoorschijn haalde.

'Rustig aan met die dingen,' zei hij tegen haar. 'De belastingdienst komt achter me aan als ze te snel op zijn.'

Ze bestudeerde het kleine kikkertje alsof het de Kristallen Schedel was die Indiana Jones in zijn vierde film in de franchise had gevonden. Een kostbaar en waardevol relikwie dat met de grootste zorg en respect behandeld moest worden.

'Wat... wat is het?'

Tomeks mond was nog nooit zo ver opengezakt als op dat moment.

'Je hebt... je hebt *nog nooit van Freddo gehoord of hem zelfs geproefd?*'

Kasia schudde onbeschaamd haar hoofd.

'Het is gewoon de beste chocolade ter wereld. Als kleine klompjes genot. Ze smaken zo...' Hij onderbrak zichzelf, terwijl het speeksel in zijn mond tot een onnatuurlijk hoog niveau steeg. 'Je moet er gewoon eentje proberen.'

Sinds Kasia bij hem was ingetrokken, was hij gedwongen om alle nootproducten en hun nootverwante derivaten volledig uit zijn dieet te verwijderen - pinda's, cashewnoten, pistachenoten en zelfs de Thaise zoete chillinoten die hij op een middag had ontdekt tijdens het struinen door de gangpaden van Lidl (niet doorvertellen aan Aldi). Ze was er extreem allergisch voor en kon niet binnen een straal van drie meter zijn. Hij kon er niet eens van genieten op zijn werk en uren later thuiskomen, omdat de geur nog steeds op zijn adem zou hangen en het gif uit zijn poriën zou blijven sijpelen. Sindsdien had Tomek verschillende ontwenningsverschijnselen ervaren en worstelde hij om een vervanger te vinden, een zak snacks die hij op zijn bureau op het werk kon hebben of in de kast kon laten liggen voor als hij trek kreeg.

Tot nu toe.

Terwijl hij toekeek hoe ze voorzichtig de bovenkant van het pakje openscheurde en als een hamster aan het uiteinde van Freddo's haarlijn knabbelde, overwoog hij serieus de mogelijkheid om de kleine zakenman en familieman in bulk te kopen.

Dat kon hij toch niet doen? Dat was toch geen ding? En als het dat wel was, dan zou hij zeker de tijd moeten vinden om weer te gaan hard-lopen. Of hij zou zich gewoon kunnen volproppen met al dat chocola-degenot.

Fuck it. *Je leeft maar één keer*, dacht hij. YOLO. Dat was toch wat de kinderen tegenwoordig zeiden?

'Wat vind je ervan?' vroeg hij, zonder de opwinding in zijn stem te kunnen verbergen.

Ze knikte terwijl ze de poten van de kikker in haar mond stopte. 'Niet slecht,' mompelde ze. '*Echt* goed eigenlijk.'

Het was besloten. Nu had hij geen andere keuze dan ze in bulk te kopen. Als het niet voor hemzelf was, dan tenminste voor haar.

'Dank je,' zei ze terwijl ze de wikkel van nog eentje afscheurde.

'Rustig aan, tijger!' riep hij. 'Had ik nu maar meer dan één meegenomen!'

Kasia gniffelde. Vervolgens scheurde ze de bovenste helft van het kikkerlichaam af en gaf hem de onderste helft.

'Je bent een wilde,' zei hij.

'Ik ben niet gewend om te delen,' antwoordde ze. 'Maar alsjeblieft.'

Tomek voelde zich bevoorrecht.

'Het is prima,' zei hij, en duwde haar terug. 'Neem jij het maar. Ik maakte een grapje. Ik moet op mijn gewicht letten. Je begint deze dingen te merken als je de veertig hebt bereikt.'

'Ik wilde er niets van zeggen...'

Tomek deed alsof hij beledigd was en griste de rest van de choco-laatjes bij haar weg. 'Je krijgt deze pas morgen weer. Gefeliciteerd. Ik hoop dat je blij bent!' Hij keek in de zak. 'Vind je hier überhaupt iets van lekker?'

Ze schudde haar hoofd. 'Alleen de Galaxy. Ik *hou* van Galaxy.'

'Sorry.'

'Het is oké. Het was leuk. Attent van je. Dank je.'

Tomek nam een moment om die woorden tot zich te laten doordrin-gen. Zijn lichaam werd warm en een combinatie van trots en ego stroomde door zijn aderen. Ze had zijn gebaar erkend, gewaardeerd. Hij had iets gedaan wat zijn ouders nooit voor hem hadden gedaan, niet sinds Michałs dood.

Hij had laten zien dat hij om haar gaf.

Misschien was dat de weg vooruit. Breken met wat hij kende en rogue gaan, buiten de gebaande paden.

Opvoeden op de manier die hij *niet* kende.

'Gaat het wel met je?'

Ze zwaaide met haar hand voor zijn gezicht.

'Ja. Waarom?'

'Je zag eruit alsof je een beroerte kreeg.

'Bijna.'

'Waarom glimlach je?'

'Geen reden,' zei hij, zijn schouders ophalend. Toen maakte hij aanstalten om weg te gaan, maar stopte bij de deur toen Kasia hem terugriep.

'Tomek...' begon ze terwijl ze nerveus met de wikkel in haar handen begon te friemelen. 'Ik weet dat je zei dat we een avond naar Sylvia zouden gaan wanneer ik klaar ben met mijn examens en zo. Maar ik dacht...' Ze nam een lange pauze. Tomek bereidde zich voor op wat zou komen. 'Ik vroeg me af of ik... of ik misschien mama zou kunnen bezoeken. In de gevangenis. Een keer in het weekend of misschien tijdens een schooldag. Ik mis haar, en ik zou haar graag willen zien...'

Tomeks eerste reactie was om nee te zeggen. Maar er kwam alleen lucht uit zijn mond en hij bevroor in de deuropening, genageld aan de grond. Alsof iets hem daar vasthield. Hij kende het antwoord op de vraag al, maar hij wilde geen overhaaste en oneerlijke beslissing nemen.

Het was alleen jammer dat zijn hersenen niet konden communiceren met de rest van zijn lichaam.

'Je krijgt weer een beroerte,' zei ze.

Dat bracht hem bij zinnen. Hij schudde zachtjes zijn hoofd en floot tussen zijn lippen door.

'Het is... Dat is een lastige,' zei hij. 'Ik zal... ik zal erover moeten nadenken, oké? Geef me wat tijd om erover na te denken en ik laat het je weten.'

Terwijl hij de deur achter zich sloot, herinnerde hij zich de talloze gemiste telefoontjes die hij de afgelopen weken had gehad van Anika Coleman vanuit de gevangenis. Dezelfde telefoontjes die in frequentie waren toegenomen.

Dezelfde telefoontjes die hij even consequent had genegeerd.

HOOFDSTUK
VIERENTWINTIG

De motor van de auto draaide stationair, tikkend, zachtjes brommend onder zijn voeten. Warme lucht blies uit de ventilatie-roosters, streelde zachtjes zijn gezicht en deed hem spijt hebben van zijn beslissing om een trui te dragen. Een T-shirt was meer dan genoeg, maar hij bleef hem dragen omdat hij iets nodig had om de zweet-vlekken te verbergen.

De zweetvlekken van angst en spijt.

Dit was niet zijn beslissing. Niet helemaal. Maar hij had nu geen keuze meer. Hij was te ver gegaan om nog terug te kunnen.

Bovendien had een deel van hem ervan genoten de vorige keer. Het 'niet helemaal'-deel. Een leven nemen was eenvoudig geweest, een plot-selinge toevoer van energie en macht. Macht over een klein meisje dat het had verdiend.

En dat was hetzelfde voor vanavond.

Ze *verdiende* het.

Door de voorruit zag hij haar daar staan, halfnaakt, letterlijk *smekend* op de hoek van de straat. Ze droeg een kort rokje dat minder van haar kont bedekte dan een van zijn onderbroeken zou hebben gedaan, en een kort topje dat erbij paste. Meer huid zichtbaar dan in een Nederlandse seksshow. Haar haar was in een knot gebonden en verschillende lagen make-up waren op haar gezicht gesmeerd.

Zeventien was ze. Zeventien en ze was hiertoe vervallen. Zichzelf verkopen voor het plezier van mannen, uitschot zoals hijzelf.

Maar dit was niet het moment voor een identiteitscrisis.

Nu was het tijd om te handelen.

Hij schakelde de auto in de versnelling en reed langzaam naar de weg naast haar. Ze stond verscholen achter een gesloten fish-and-chipszaak, net buiten de hoofdstraat. Moeilijk te vinden. Maar niet als je wist waar je moest zoeken...

Toen hij naderde, liet hij het raam zakken en legde zijn arm op het kozijn.

'Alles goed, schatje?' vroeg ze, terwijl ze naar hem toe waggelde op die hoge laarzen die veel te hoog waren voor wie dan ook, laat staan voor een zeventienjarig meisje. 'Ben je verdwaald of zo?'

Hij schudde zijn hoofd. 'Ik zoek een goede plek om vannacht te slapen.'

Het codewoord was hem gegeven door een vriend van een vriend van een vriend, verschillende lagen diep in de sociale kring. Niet te traceren, voor zover hij wist. En hoopte

'Wat voor soort plek zoekt u?' vroeg ze. 'All-inclusive of alleen bed en ontbijt?'

'All-inclusive, als dat goed is?'

Hij gaf zichzelf een mentale schop. *Als dat goed is.* Als dat goed is! Wie in de geschiedenis van de prostitutie had ooit die vraag gesteld? Het was onderdeel van de deal. Het was allemaal een ongeschreven overeenkomst. Alles wat tussen hen gebeurde was *goed* - zolang hij ervoor bleef betalen.

'Oké, schatje,' zei ze zachtjes. 'Dat kan ik voor u regelen.'

Zonder iets anders te zeggen liep ze om de motorkap heen, terwijl ze met haar rode acrylnagels over het plaatwerk sleepte, en stapte in de passagiersstoel naast hem.

'U weet hoeveel het gaat kosten?'

Hij had het niet opgemerkt, maar ze kauwde op een stuk kauwgom. Luid. Het ondraaglijke geluid versterkt door de beperkte ruimte. Hij kon het ruiken, die geur die uit haar adem kwam. Dat en alle pikken die ze daar al had gehad. Hij wilde er niet eens aan denken.

'Ja, ik weet hoeveel het gaat kosten.'

Helaas wist *zij* niet wat de werkelijke kosten waren.

Haar leven.

Hij schakelde de auto in zijn achteruit, reed de steeg uit en keerde terug naar de hoofdweg, terug in de richting waar hij vandaan kwam.

Terwijl hij in het holst van de nacht over de straat reed, met het oranje licht van de straatlantaarns dat met tussenpozen op hun gezichten weerkaatste, wreef hij herhaaldelijk met zijn handen over het stuur. Te bang om ze eraf te halen, bang dat ze de zweetvlekken eronder zouden tonen.

'Heeft u tot nu toe een goede avond gehad, schatje?'

Hij kromp ineen bij het geluid van haar stem. Zo jong, maar er zat een tintje in, een toon die getuigde van de ervaring die ze had opgedaan. Hij wist alles over wat er in haar leven was gebeurd, en het verbaasde hem niet dat ze ouder klonk. Veel ouder.

'Het ging wel,' zei hij, niet wensend om in te veel gesprek verwikkeld te raken.

'Het wordt nu nog beter,' zei ze. 'Heeft u ooit eerder zoiets gedaan?'

'Kan niet zeggen van wel.'

'Maak u geen zorgen.' Ze legde een hand op zijn dij en kneep er zachtjes in. 'Ik kan voorzichtig zijn als dat nodig is.'

Hij maakte een zacht geluidje en richtte zijn aandacht weer op de weg. Inmiddels bevonden ze zich aan de zuidkant van het eiland, en reden ze geleidelijk met de klok mee terug naar het safehouse. De wegen waren nog steeds leeg, op een enkele auto hier en daar na, maar het belangrijkste was dat er geen teken van de politie was geweest. Hij had zich zorgen gemaakt dat ze misschien in de buurt zouden patrouilleren, op zoek naar meisjes zoals zij om ze te beschermen en van de straat te houden.

Maar dat gebeurde natuurlijk niet. De politie had al bewezen dat ze net zoveel om meisjes zoals zij gaven als om Annabelle Lake. Helemaal niets.

Uiteindelijk stopte hij aan de Northwick Road. De plek waar hij ooit had leren rijden. Een lange, rechte weg die enkele honderden meters verderop naar een recyclingcentrum en een steengroeve leidde. De weg was pikdonker, op de koplampen na die alle kuilen en kleine hoopjes grind en stof verlichtten die zich in de loop der jaren hadden opgehoopt. Het was lang geleden sinds hij hier voor het laatst was geweest, en het was de perfecte plek voor wat hij moest doen.

Hij zette de motor uit en doofde de lichten, waardoor ze in het donker werden ondergedompeld.

'U hoeft zich nergens voor te schamen, lieverd,' zei ze. 'Ik heb het allemaal al eerder gezien.'

'Dat zal wel, ja.'

Zonder dat het haar hoefde te worden gezegd, verplaatste ze haar hand van zijn dij naar zijn kruis en begon de knopen los te maken. Een voor een. Totdat ze zijn spijkerbroek lostrok, en daarna zijn boxershort. Ze liet ze bij zijn knieën zitten. Toen nam ze zijn penis in haar handen en begon te masseren totdat hij op aandacht stond.

In het begin had hij het gehaat, haatte hij zichzelf omdat hij dit liet gebeuren, omdat het zo ver was gekomen. Maar nu hij hier was, nu dit gebeurde, begon hij ervan te genieten.

Want dit was niets vergeleken met wat ze later met haar van plan waren.

HOOFDSTUK
VIJFENTWINTIG

Tomeks eerste vrije dag sinds zijn terugkeer naar werk.

Het onderzoek naar de verdwijning en moord op Annabelle Lake zat muurvast. Zonder echt forensisch bewijs of aanknopingspunten die ze met enige overtuiging konden onderzoeken, was er weinig voor het team te doen behalve hun administratie bijwerken en hopen dat er iets zou binnenkomen.

En met Tomeks gedeeltelijke uitsluiting van het onderzoek was er voor hem nog minder te doen.

Als gevolg daarvan had DCI Cleaves, met hulp van Victoria en een zachte duw van de aardige mensen van HR, Tomek een vrije dag gegeven. Om te herstellen, hadden ze hem verteld. Blijkbaar was hij weer aan het werk gegaan na weken afwezigheid midden in een onderzoek. Een schok voor het systeem, zeiden ze. De beslissing verbaasde hem. Het was niet alsof hij terugkwam van de rand van de dood en zes maanden nodig had om weer in het team te integreren. Hij had alleen een paar weken op zijn luie kont gezeten. De enige 'rust en herstel' die hij nodig had, was van het hele dag rondhangen en niets doen.

Gelukkig voor hem had hij een tienerdochter om hem in het weekend bezig te houden. Later in de middag zou hij haar naar een karateles in Hadleigh brengen. De lokale dojo had een introductieaanbieding waarbij de eerste les gratis was en open voor iedereen - mannen, vrouwen, kinderen van alle leeftijden. Blijkbaar was het iets wat ze altijd al had willen doen en waar ze al een tijdje over nadacht, maar had ze nagelaten om het hem te vertellen tot op het allerlaatste moment - namelijk in de late uurtjes van de avond ervoor. Toen hij vroeg waarom ze het niet eerder had vermeld, zei ze dat ze zich er niet prettig bij had gevoeld, en dat ze in eerste instantie niet zeker wist of ze het wel wilde doen. Dus in plaats daarvan had ze ervoor gekozen om wekenlang op de beslissing te broeden, het te internaliseren, zoals wachten met het bellen van de huisarts over die pijn waarvan je weet dat die niet goed is.

Tomek was blij om te zien dat ze opener tegen hem werd (ook al duurde het maar een paar uur). Het betekende dat ze vooruitgang boekten en dat zijn inspanningen een positieve invloed hadden op haar leven. Hij was ook blij te horen dat ze iets nieuws wilde proberen, iets anders. Iets waarvan hij verwachtte dat niemand anders op haar school het deed. Dat ze zich openstelde en nieuwe mensen ontmoette, in plaats van de hele dag binnen te blijven en hersencellen te verliezen terwijl ze bleef scrollen, scrollen, scrollen...

Maar dat was voor later.

Nu moest hij nadenken over wat hij zou zeggen.

Voor hem stond de grafsteen van zijn broer.

Zijn tweede bezoek in evenveel maanden. Tijdens zijn schorsing was Tomek van plan geweest om vaker te komen, daar te zitten en zijn broer te gebruiken als klankbord voor zijn gedachten en zorgen over Kasia, zijn carrière... alles. Maar hij was niet gekomen.

Angst. Schuld. Schaamte.

Ze hadden hem allemaal voor de gek gehouden door thuis te blijven en zijn dochter als excuus te gebruiken. Het leek erop dat hij maar in één ding tegelijk slecht kon zijn: slechte broer terwijl hij probeerde een goede ouder te zijn; of slechte ouder terwijl hij probeerde een goede broer te zijn. Ondertussen moest hij zijn carrière zo goed mogelijk managen. Het was niet makkelijk, maar wie zei dat het leven dat zou zijn?

Tomek ging op het bankje in de buurt zitten en keek toe hoe een zwerm meeuwen vanaf de kust kwam aanvliegen, luidruchtig krijsend. Waarschijnlijk scholden ze hem in hun eigen taal uit omdat hij zijn broer zo lang had verwaarloosd. Of omdat hij een waardeloze vader was.

Of omdat hij in het algemeen een waardeloos persoon was.

'Het is een tijdje geleden, hè maat?' zei hij, niet in staat zijn ogen op dezelfde hoogte als de steen te brengen. 'Er is veel veranderd sinds ik je voor het laatst zag. Je zou het niet geloven als ik het je vertelde, maar ik heb ontdekt dat ik een dochter heb. Gestoord, ik weet het. Nou ja, *zij* is dat niet... maar de situatie wel. Ik zou zeggen dat het grappig is, maar dat is het eigenlijk niet. Het is allemaal behoorlijk fucked up, om eerlijk tegen je te zijn.

'Ik ben er niet voor gemaakt, dit hele ouderschap gedoe. Niets ervan heeft ook maar een greintje logica, maar we zijn nu hier, en dit zijn de kaarten die ik heb gekregen. Ik moet ze ofwel spelen ofwel opgeven - en ik wil niet zien wat voor schade *die* beslissing kan aanrichten.'

Een roodborstje, met opgezette borst en vol gezang, landde op de armleuning van het bankje naast hem. Tomek was nooit iemand die geloofde in geesten of bovennatuurlijke tekenen, maar iets aan die vogel vertelde hem dat het zijn broer was, die hem kwam bezoeken.

'Ik waardeer het dat je tijd vrijmaakt in je drukke schema om met mij te praten,' zei hij sarcastisch. 'Er moeten daarboven wel een miljoen-en-één dingen te doen zijn op elk moment. En je hebt ervoor gekozen om die tijd met mij door te brengen.'

De vogel piepte, terwijl hij verwachtingsvol naar hem opkeek.

'Bedankt, maat. Waardeer het. Als je Tony daarboven ziet, of tijdens je reizen, zou je dan een boodschap aan hem kunnen doorgeven voor mij?'

De vogel aarzelde voordat hij reageerde. Deze keer was de boodschap kort en bondig, en Tomek wist dat het zijn broers manier was om te zeggen: "Vertel het hem zelf, jij luie klootzak." Klassieke Michał die, zelfs op zijn elfde, al aardig wat grove taal had geleerd. Al die woorden waren natuurlijk naar beneden gerold en hadden Tomek in veel problemen gebracht. Michał en Dawid, zijn oudste broer, waren vaak degenen die hem de scheldwoorden leerden en hem uitdaagden om ze voor mam te gebruiken. Op de twee keren dat hij het had gedaan (hij had zijn lesje daarna snel geleerd), was hij telkens twee weken huisarrest opgelegd. In totaal vier weken die hij nooit meer terug zou krijgen. Allemaal zodat zijn broers hem als een van hen zouden behandelen.

Helaas was dat niets vergeleken met het leven dat Michał nooit zou hebben. Het leven dat hem veel te vroeg was ontnomen.

De gedachte zette hem aan het denken. Dat het leven te kort was. Dat Kasia kon doen wat ze wilde. Dat hij haar misschien niet zou moeten tegenhouden om haar moeder te zien, hoezeer hij het ook oneens was met dat idee. Want hij wilde niet dat ze spijt zou krijgen. Als ze erheen ging en elke minuut haatte, dan kon ze tenminste zeggen dat ze het had geprobeerd en moeite had gedaan. Maar als ze aan de andere kant op bezoek ging en de moeizame relatie met haar moeder nieuw leven inblies, wie was hij dan om tussenbeide te komen? Het was een win-win voor iedereen.

De gedachte zette hem aan het denken. Over spijt. Over hoe hij ervoor moest zorgen dat hij zelf ook geen spijt zou krijgen...

Net toen hij zijn hand in zijn zak stak om zijn telefoon te pakken, merkte hij dat het roodborstje was weggevlogen. Zijn broers werk zat erop voor vandaag.

'Hallo, mam?'

'Ja,' kwam het enigszins warme antwoord. 'Is alles in orde?'

'Ja. Het gaat prima. Ik wilde alleen even checken - geldt de uitnodiging voor vanavond nog steeds?'

'Natuurlijk. Dat weet je toch.'

'Geweldig. Maak dan maar plaats voor nog iemand. Er is iemand die ik je graag wil voorstellen.'

HOOFDSTUK
ZESENTWINTIG

De afspraak stond al maanden in zijn agenda, jaren zelfs als je meetelde dat het al meer dan dertig jaar een jaarlijks evenement in de familiekalender was. De verjaardag van Michał. Een gebeurtenis die hij vaak had verwaarloosd en tegen elke prijs had vermeden. Maar vanavond was hij bereid het te proberen. Vooral na de laatste keer dat ze als familie samen waren geweest om de sterfdag van Michał te herdenken. Hij had Charlotte meegenomen, en de avond was geëindigd in een ruzie en had bij iedereen een nare nasmaak achtergelaten. Sindsdien had hij nauwelijks contact gehad met zijn broer, maar de relatie met zijn ouders was verbeterd.

Hopelijk zou dat zo blijven.

Naast hem, op de passagiersstoel, zat Kasia, die er net zo zenuwachtig uitzag als hij zich voelde. En waarschijnlijk was ze nog nerveuzer dan hij.

Hij had haar het nieuws medegedeeld dat ze zouden gaan nadat ze klaar was met karate. Ze had net de training verlaten met een stralende glimlach op haar gezicht, die verdween op het moment dat hij het haar vertelde.

'Gaat het?' vroeg Tomek.

'Het gaat prima,' antwoordde ze.

Wat betekende dat het absoluut niet prima ging.

'Je hoeft niet bezorgd te zijn,' zei hij. 'Het is je familie. Je grootouders. En als je je op enig moment ongemakkelijk of bang voelt, of misschien gewoon genoeg hebt, dan laat je het me weten en gaan we meteen naar huis, oké? En als het allemaal uit de hand loopt en je je dapper voelt, kun je altijd die karatetrucjes laten zien die je net hebt geleerd.'

Ze draaide zich naar hem toe. 'Grappig.'

'Dit gaat voor mij net zo ongemakkelijk zijn als voor jou, dat weet je toch?'

'Waarom?'

En toen vertelde Tomek haar. Eerst over hoe zijn ouders niet wisten van haar bestaan. En toen over de dood van zijn broer. Over de ontbrekende tweede verdachte. Over hoe hij degene was die zijn moeder hoop had gegeven dat de moordenaar nog steeds vrij rondliep, terwijl de identiteit van de moordenaar nog steeds in zijn brein opgesloten zat, voortdurend buiten bereik. Over hoe het een kloof tussen hen had veroorzaakt. Over hoe hij nauwelijks met hen had gesproken of op één lijn had gestaan sindsdien. Over hoe ze geen echte familie meer waren geweest.

'Het... het spijt me van je broer,' zei ze aan het eind ervan, en draaide zich om naar de voorbijgaande bomen buiten het raam.

'Het is lang geleden gebeurd, en het is gewoon een van die dingen waar je nooit helemaal overheen komt, denk ik. Je oma, vooral. Dus als ze een beetje vreemd of afstandelijk doet, probeer het dan niet persoonlijk op te vatten. Alleen *ik* mag dat doen.'

Een glimlach. Kort, slechts een flikkering. Maar een begin.

'En als je iets wilt om je bezig te houden terwijl we daar zijn...' hij leunde over de middenconsole tussen hen in, 'tel dan hoe vaak je oom zijn neusvleugels optrekt...'

'Wat?'

'Hij heeft een zenuwtic. Begon toen hij ongeveer vijftien was, denk ik. Werd er erg onzeker over toen het pas begon. Het hielp natuurlijk niet dat ik hem er constant mee bleef pesten. Hij heeft veel hulp gehad van artsen en psychologen, maar het is nooit gestopt. We noemden hem altijd *świnia*, dat betekent varken in het Pools.'

Nog een glimlach. Deze keer groter.

'En als je een topsecrete missie wilt ondernemen, tel dan hoe vaak de drie jongens - je neefjes - aan hun broek trekken en op en neer springen voordat ze naar de wc gaan. Ze zijn maar een paar jaar jonger dan jij, maar ze kunnen er niet mee stoppen, en ik denk dat ze het nog zullen doen tot ze ongeveer zo oud zijn als ik. En ik ben vrij zeker dat ze nog steeds in bed plassen.'

'Ieeeuw...'

'Te ver gegaan? Oké, je pest dan alleen je oom maar. Laat de drie jongens maar aan mij over...'

———

Ze kwamen iets minder dan veertig minuten later aan. De rit had hun de kans gegeven om bij te praten over belangrijke dingen. Zoals hoe Kasia haar eerste poging met karate had ervaren, of ze het nog eens wilde doen: ze had ervan genoten, en dat wilde ze. Op wekelijkse basis, elk weekend, om 2 uur 's middags. Samen zouden ze de logistiek moeten uitwerken, maar hij was bereid om het te laten werken.

'Wie was die vrouw met wie ik je zag praten toen je me afzette?' had Kasia gevraagd nadat hij klaar was met het ophalen van herinneringen aan die ene keer dat hij Frankie Hargreaves in de vijfde klas buiten het schoolplein in elkaar had geslagen omdat die racistisch tegen hem was geweest - een verhaal waar ze niet al te geïnteresseerd in leek.

'Ik vroeg me al af of je dat had gezien,' had hij geantwoord, zuchtend. 'Amber Wilson. Ze was een oude schoolvriendin. Van heel, heel lang geleden. Zo lang dat ik probeer de datum te vergeten. We zaten samen in een paar klassen, denk ik. Wiskunde en natuurkunde.'

'Is er ooit iets gebeurd tussen jullie twee?'

Voordat hij daarop antwoordde, had Tomek haar een bezorgde blik gegeven met opgetrokken wenkbrauw. 'Nee. Er is nooit iets gebeurd tussen ons.'

'Misschien zou je contact moeten opnemen.'

Tomek had gesnoven. 'Ik heb geen relatieadvies nodig van een dertienjarige, dank je wel.'

'Zoals het eruitziet, heb je dat wel.'

'Pardon?'

'Juffrouw Holloway... zag je niet hoe ze naar je keek tijdens de ouderavond? Ze kon haar ogen niet van je afhouden.'

Tomek had het niet gemerkt. Hij was zo bezig geweest met op tijd komen - met daadwerkelijk *komen opdagen* - dat hij alle tekenen of signalen die Bridget Holloway hem had gestuurd volledig had genegeerd.

'Misschien moet je...' was Kasia begonnen, maar toen stopte ze zichzelf. 'Eigenlijk nee. Ik neem het terug. Je mag onder geen enkele omstandigheid met mijn lerares uitgaan. *Alsjeblieft.*'

Tomek grijnsde zelfvoldaan naar haar.

'Nee. Alsjeblieft. Dat kun je niet maken. Ik denk niet dat ik dat op school zou aankunnen. Jij die uitgaat met een van mijn leraressen...' Ze rilde zichtbaar van angst. Of was het afschuw?

'Ik zal het in gedachten houden,' zei Tomek ret toen hij bij het huis van zijn ouders parkeerde.

Een relatie aangaan was niet iets waar hij nu naar op zoek was. Niet wanneer hij steeds aan Charlotte bleef denken en wat er tussen hen was gebeurd. Niet wanneer hij steeds de 'wat als?' kaart bleef spelen en zich afvroeg wat er had kunnen zijn. Zijn hart keek nog steeds naar het verleden, en hij was niet zeker wanneer het vooruit zou beginnen te kijken.

Kasia hield afstand achter hem terwijl hij naar de voordeur liep en aanklopte. Toen de deur uiteindelijk openging, verborg ze zich in zijn schaduw, met haar hoofd gebogen.

'Hoi, mam,' begon hij.

De vrouw voor hem was drastisch veranderd sinds hij haar voor het laatst had gezien. Ze had haar haar lichtroze geverfd - passend bij haar nagelkleur - en ze had het kort geschoren. Voor een vrouw ruim in de zestig was het het laatste wat hij had verwacht te zien. Maar hij vond het mooi.

'Je ziet er goed uit,' zei hij tegen haar. 'Funky. Niet zeker of het mij zou staan, maar ik vind het leuk.'

'Dank je.' Ze sprong de trede af en omhelsde hem langer dan ze in tijden had gedaan.

Toen ze zich terugtrok, zei ze: 'Waar is je date?'

Glimlachend deed Tomek een stap opzij en sloeg zijn arm om Kasia's schouders. Hij kon haar kleine gestalte onder zijn greep voelen trillen.

'O, Tomek... Nee. Nee, je kunt niet...' Ze legde haar hand op die van Kasia. 'Hoe oud ben je, lieverd?'

'Hou op, mam. Het is helemaal niet zoals je denkt. Kasia is mijn vriendin niet, verdomme!'

'*Kurwa mać.* Je bezorgde me bijna een hartaanval! Als ze je date niet is dan... wie is ze?'

Tomek gaf Kasia een zacht duwtje in haar rug en gebaarde haar om het huis binnen te gaan.

'Ik denk dat we allemaal naar binnen moeten gaan,' zei hij. 'Er is iets wat ik jullie moet vertellen.'

―――――

De glimlach was niet van zijn gezicht verdwenen sinds het moment dat hij Izabela en haar nieuwe haar had gezien. En die was ook niet minder geworden nadat hij zijn familie over zijn dochter had verteld en hun gedempte, bezorgde blikken had ontvangen. Eerst wisten ze niet hoe ze met de informatie moesten omgaan, hoe ze het moesten verwerken. Maar na een spervuur van politie-achtige vragen - wanneer gebeurde dit, met wie was het, waar was je op dat moment - begonnen ze er geleidelijk mee om te gaan en het te begrijpen. Hij wist dat het lang zou duren voordat ze het als feit konden accepteren.

'Het heeft me zelf ook even gekost om het te verwerken,' vertelde hij hen. 'Maar we wennen langzaam aan elkaar. We verhuizen zelfs naar een groter appartement met meer ruimte.'

'We krijgen eindelijk ieder een eigen kamer,' zei Kasia. Hoe langer ze daar bleef, hoe zelfverzekerder ze zich voelde. En, af en toe, had Tomek gezien hoe ze naar zijn broer Dawid staarde, wachtend tot zijn tic zou opspelen.

'Heeft hij je op de bank laten slapen, die egoïstische klootzak?' vroeg Dawid.

'Hou je mond,' zei Tomek, die voor zichzelf opkwam. 'Ik ben geen monster. Ik heb op de bank geslapen terwijl zij mijn fijne tweepersoonsbed had.'

Dawid legde zijn hand naast zijn mond, alsof hij discreet met haar sprak zodat niemand anders het kon horen. 'Maar hij stinkt nog steeds, toch?'

Kasia giechelde daarom. Tomek rolde met zijn ogen.

Dit was de eerste keer in meer dan tien jaar dat ze allemaal zo goed met elkaar overweg konden. De laatste keer met Charlotte was anders geweest, het ijs volledig bevroren. Maar nu... nu begon het te ontdooien en kwamen de liefdevolle kwaliteiten van het zijn in een familie door te schijnen. Tomek merkte zelfs dat hij voor de verandering de drieling,

Kristian, Patryk en Jakub, kon verdragen. Al had hij nog geen van hen naar het toilet zien gaan.

Het was 9 uur 's avonds toen het diner klaar was en ze allemaal aan tafel zaten. Op het menu stond vanavond een van Tomeks favorieten: *pierogi*.

'Je kent ze als dumplings,' zei Tomek tegen Kasia terwijl hij een flinke portie jus op haar bord schepte.

'Dat is genoeg,' zei ze tegen hem, terwijl ze de lepel wegduwde.

Hij negeerde haar en schepte er nog een half schepje bij op haar bord. 'In deze familie moet je er snel bij zijn en met alle mogelijke middelen. Toen we opgroeiden, deelden we nooit - vooral niet als het om eten ging - en we vochten altijd om de laatste restjes.'

'Is dat waarom je altijd mijn restjes opeet?'

'Deels. Deels dat, en deels omdat ik niet graag goed eten verspil.'

'Dat komt omdat hij altijd verloor,' zei Dawid, die zich ermee bemoeide, met zijn kleine neus trillend. 'Je vader was altijd de laatste bij alles, dus hij had altijd minder te eten.'

Op dat moment richtte Kasia haar blik naar de tafel en speelde met haar eten. Tomek wierp zijn broer een boze blik toe en schudde toen zijn hoofd.

Het P-woord was nog niet tussen hen beiden gevallen. Het gesprek was moeilijk voor hem om aan te gaan. Hij had zichzelf nooit haar papa genoemd en zij had hem dat ook nooit genoemd Altijd 'vader'.

Ik ben haar vader. Zij is mijn dochter.

Maar nooit *papa*. Papa was informeel. Papa maakte het echt, een solide, tastbaar iets dat niet kon worden teruggenomen, zoals een gebroken vaas die nooit meer kon worden gerepareerd.

Inspelend op de ongemakkelijke sfeer die aan tafel was neergedaald, zei Dawids vrouw Kristina: 'Hoe bevalt je nieuwe school, Kasia? De jongens gaan binnenkort naar de middelbare school. Heb je advies of tips voor hen?'

'Ga niet,' zei ze bot. 'De lessen zijn saai, ze zijn veel moeilijker, en de leraren zijn veel strenger. Maar het kan soms wel leuk zijn.'

'O... Dus het klinkt alsof je het wel naar je zin hebt?'

"Natuurlijk heeft ze dat verdomme niet" was de boodschap die Tomek hoopte over te brengen met zijn gezichtsuitdrukking. Kristina leek het op te merken en richtte haar aandacht weer op haar eten.

Naarmate de avond vorderde, kwamen en gingen de gespreksonderwerpen, van Kasia's schoolleven naar Tomeks werk en de heropleving van zijn carrière; van het nieuwste project waar zijn vader in de garage aan werkte (een truc waarvan Tomek vermoedde dat hij die gebruikte om zo lang mogelijk bij zijn moeder weg te blijven) tot Kristina's carrière in de advocatuur. Het was allemaal zeer interessant en beschaafd. Er waren geen ruzies, geen meningsverschillen, niemand hoefde boos weg te lopen, en er was geen teken van Kasia dat ze zich ongemakkelijk voelde en vroeg weg wilde. In feite was ze na het eten met haar neefjes naar de woonkamer gegaan terwijl Tomek in de eetkamer bleef om met de volwassenen te praten.

'Ga je gang dan,' zei hij, terwijl hij zijn glas cola bijvulde. 'Laat het verhoor maar beginnen!'

De uitdrukking op hun beschaamde gezichten suggereerde dat ze niet wisten waar te beginnen, noch wie dapper genoeg zou zijn om als eerste te gaan.

Uiteindelijk was het zijn vader. Perry Bowen was altijd de complete tegenhanger van zijn moeder geweest. Terwijl Izabela kort en nonchalant was in haar woorden en houding ten opzichte van bepaalde dingen, was Perry gevoeliger, begripvoller. Elke relatie had licht nodig om het donker in balans te brengen, en dat was zijn vader.

Maar vanavond leek het alsof de rollen waren omgedraaid.

'Je bent toch niet serieus van plan voor dit meisje te blijven zorgen, hè?' vroeg Perry.

'Jawel.'

'Waarom? Ze is jouw probleem niet.'

'Natuurlijk wel. Ze is mijn dochter. We hebben een DNA-test gedaan en alles. Ik heb de e-mail op mijn telefoon als je het wilt lezen?'

'Maar wat met je werk, je privéleven?'

'Wat daarmee? We hebben de afgelopen weken prima overleefd, ik denk dat we het ergste achter de rug hebben.' Tomek nam een slokje van zijn drankje om zichzelf te kalmeren. 'Ik heb haar hier in goed vertrouwen meegebracht, denkend dat ze in de familie zou worden opgenomen. Het is niet zoals de vorige keer toen ze een seriemoordenaar bleek te zijn. Dit is anders. Dit is mijn *dochter*.'

Perry opende zijn mond maar werd gestopt door een hand op zijn onderarm.

'Ik denk dat wat je vader probeert te zeggen - *vreselijk* slecht geformuleerd, trouwens,' begon zijn moeder, terwijl ze snel een boze blik in

Perry's richting wierp, 'is dat we allemaal een beetje geschokt zijn. En namens de hele familie, we zijn allemaal een beetje teleurgesteld en gekwetst dat je het ons niet eerder hebt verteld. Het heeft je meer dan een maand gekost om ons te vertellen dat ze bestaat.'

'Omdat ik bang was voor precies deze reactie.'

'Nou, je hebt in ieder geval mijn stem,' voegde Kristina toe met een zwakke glimlach.

Tomek gaf haar een halve knik om zijn waardering te tonen, maar het was niet haar steun waar hij naar op zoek was. Hij wendde zich tot zijn ouders.

'Ik wil gewoon weten dat ik *jullie* steun hierin heb. Ik weet dat ik er nooit eerder om heb gevraagd, maar in de afgelopen maand heb ik veel volwassener moeten worden. En ik wil dat jullie deel uitmaken van haar leven, en ik wil dat zij deel uitmaakt van dat van jullie...'

Het duurde niet lang voordat ze reageerden.

'Natuurlijk zouden we dat geweldig vinden,' zei Izabela, terwijl ze een hand op de zijne legde. 'We zouden verheugd zijn om haar in de familie te verwelkomen. Ze is een Bowen. Wij zorgen ervoor dat niemand achterblijft.'

Als dat waar was, zou dit hele gesprek in de eerste plaats niet plaatsvinden.

HOOFDSTUK
ZEVENENTWINTIG

Tomek verliet het huis van zijn ouders met gemengde gevoelens. Hoewel ze hadden gezegd dat ze Kasia graag in de familie zouden verwelkomen, voelde hij daar een terughoudendheid achter. Alsof het geforceerd was. Dat ze zich verplicht voelden om te zeggen wat ze dachten dat hij wilde horen. Maar aan de andere kant kende hij zijn ouders beter dan de meesten en dat was iets wat ze nog nooit eerder hadden gedaan. Ze waren altijd rechtdoorzee geweest, meedogenloos eerlijk (dat was de Poolse kant van de familie) en nooit dubbelhartig. Dus hij wist niet wat hij ervan moest denken.

Misschien zat hun hart op de juiste plaats, maar hun hoofd nog niet.

Nog niet, tenminste.

Ja, dat leek juist. Ze hadden gewoon tijd nodig om het nieuws te verwerken.

God wist dat het hem lang genoeg had gekost. En hij was er zelf nog niet eens helemaal aan toe.

'Heb je vanavond plezier gehad?' vroeg hij aan Kasia terwijl hij wegreed van hun oprit en de duisternis van de landweggetjes indraaide.

'Ja, het was leuk, bedankt.'

Ze keek niet op van haar scherm terwijl ze antwoordde, en ze zat erop sinds ze het huis hadden verlaten. Hij probeerde het niet persoonlijk op te vatten.

'Is het je gelukt om te tellen hoe vaak het Kleine Biggetje knorde?'

'Te vaak. Ik denk dat ik op een gegeven moment de tel kwijt was. Hoewel je moet weten dat de jongens jou ook Kleine Biggetje noemen.'

Tomeks greep op het stuur verstevigde. 'Is dat zo? Van wie heb je dat gehoord?'

'De jongens. Ze vertelden het me toen we in de woonkamer waren. Ze zeiden dat Dawid je altijd zo noemt tegen hun moeder.'

Hij probeerde zijn lach te onderdrukken, maar dat lukte niet.

Die kleine deugniet. Dawid de held, die de naam van zijn eigen broer zo belachelijk maakte. En nog wel in het bijzijn van zijn eigen kinderen. Hij vroeg zich af welke andere dingen hij tegen zijn familie zei, maar besloot daar niet verder naar te vragen Als het iets was zoals de opmerking die Kasia net had gedeeld, dan kon hij zich de rest wel voorstellen. Niets wat hij niet eerder had gehoord.

Toen ze de A12 opdraaiden, een verraderlijke weg die berucht was om zijn drukte en verantwoordelijk was voor verschillende dodelijke ongelukken, zette Tomek de radio uit en liet zijn gedachten afdwalen naar Annabelle Lake en haar moordenaar. Voor zover hij wist - hij had zijn e-mails een handvol keren gecontroleerd terwijl hij deed alsof hij even naar het toilet ging - was het team geen stap dichter bij het vinden van de moordenaar. Ze hadden alle aanwijzingen uitgeput, en er was nog steeds geen reden voor hem om terug te komen. Dus Nick had goedgekeurd dat hij nog een dag 'rust' zou nemen.

Ik weet dat dit een persoonlijke tijd voor je is, dus neem morgen vrij. We zien je maandagochtend weer.

En toen dwaalden zijn gedachten af naar Kasia.

'Zou je morgen willen gaan winkelen?' vroeg hij. 'We moeten een hoop dozen en spullen halen voor de verhuizing.'

Kasia streek een lok haar weg van haar gezicht en knikte. 'Ja, dat lijkt me leuk.'

'Lakeside, is dat goed?'

'Dat is voor tienjarigen.'

'Je bent pas dertien...'

'Moeten we daar echt heen?'

'Er zit daar een IKEA...'

'IKEA boeit me niet.'

'Wat? Ik dacht dat kinderen van jouw leeftijd *dol* waren op IKEA. Tienjarigen houden niet van IKEA. Maar kinderen van jouw leeftijd *houden van* IKEA. IKEA is helemaal het einde!'

Kasia schudde haar hoofd vol minachting. 'Zeg dat alsjeblieft nooit meer. Sterker nog, denk er niet eens aan om ooit nog zoiets te zeggen!'

'Ben ik te cool voor je?'

Ze rolde met haar ogen. 'Was het maar zo. Ik heb duiven op straat gezien die cooler zijn.'

'Auw. Die was raak. Je hebt me echt geraakt, homie. Je hebt me echt diep geraakt.'

Ze liet haar gezicht in haar handen zakken. 'O mijn God! Hou op!'

Het gelach verstomde een paar momenten nadat Kasia's telefoon had gepiept. De luide *ping* echode zo hard door de cabine van de auto dat Tomek ervan schrok en bijna de andere rijbaan op schoot.

'Wie is dat?' vroeg Tomek. Op dit tijdstip - 23.00 uur - kon Tomek maar aan één ding denken. Jongens. Het andere geslacht. Het gevreesde "J"-woord. Hij had dat mijnenveld van een gesprek nog niet aangesneden, en hij hoopte dat hij dat nog heel, heel lang niet hoefde te doen. Zelfs de gedachte aan het moeten geven van het "bloemetjes en bijtjes"-gesprek bezorgde hem buikpijn. Niemand had het hem gegeven, en kijk hoe dat was afgelopen - het product van zijn naïviteit en onervarenheid en domheid zat nu naast hem.

Er verstreken een paar momenten voordat Kasia uiteindelijk reageerde. In die tijd keek Tomek verschillende keren naar haar, en zag hij haar gezichtsuitdrukking geleidelijk veranderen, totdat ze de telefoon uitschakelde en met het scherm naar beneden op haar schoot legde.

'Niemand,' zei ze.

Hoewel het er niet uitzag als niemand.

'Het was gewoon een van die meldingen die je krijgt wanneer iemand die je volgt net iets heeft gepost op Instagram.'

Tomek keek haar licht ongelovig aan. 'Je kunt daar meldingen voor krijgen? Ik bedoel, ik weet dat de term "volgen" is, maar het voelt alsof we als samenleving allemaal één stap verwijderd zijn van bij iemands deur verschijnen en over hun schouder meekijken terwijl ze iets posten - en dan ze een high-five geven in plaats van hun foto liken.' Tomek richtte zijn aandacht weer op de weg. 'Ik denk niet dat ik ooit zoveel high-fives zou kunnen uitdelen...'

Kasia had net zo goed een andere taal kunnen spreken. Het was een wereld waar hij totaal niet bekend mee was. Hij kende de basisprincipes van elk platform, hoe ze werkten, hoe ze misbruikt konden worden en gebruikt voor criminele procedures - maar verder was hij ongeveer zo onwetend als een baby achter het stuur. Hij had alleen profielen aangemaakt zodat hij Kasia op alle platforms kon volgen om haar veiligheid te waarborgen. En nu ze het had genoemd, maakte hij een mentale notitie om de berichtmeldingen voor haar in te stellen. Op die manier zou het gemakkelijker zijn dan sporadisch controleren en wanneer hij eraan dacht.

'Als we het er toch over hebben...' zei hij, en realiseerde zich toen dat hij de gedachten in zijn hoofd helemaal niet had uitgesproken. 'Heb je nog nagedacht over Pools leren? Eerlijk gezegd ben ik verbaasd dat je oma het niet genoemd heeft.'

'Dat heeft ze wel.'

'Oh. Wanneer?'

'Toen we met z'n tweeën waren. Ik ging naar de keuken om een glas water te halen en ze kwam achter me aan.'

'Juist. Oké. En wat heb je haar verteld?'

'Ik zei dat ik er nog over nadacht.'

HOOFDSTUK
ACHTENTWINTIG

Tomek schrok wakker. Hijgend, zwetend.

De nachtmerries, die hem ooit bijna elke avond plaagden, waren volledig gestopt sinds Kasia bij hem was ingetrokken.

Behalve gisteravond.

De bloederige en brute beelden van zijn dode broer die daar in het veld lag, waren vervangen door nietszeggende kartonnen dozen gevuld tot de rand met de inhoud van zijn kledingkast. Van overal rommel. Van het leven dat hij de afgelopen dertien jaar had geleid dat voor zijn ogen afbrokkelde. De realiteit van de verhuizing werd steeds prominenter in zijn hoofd. Een van de meest stressvolle dingen in het leven, had men hem verteld. Nou, wie dat ook had bedacht, had duidelijk nooit een moordzaak geleid, was nooit alleenstaande ouder geweest en had nooit het briljante idee gehad om midden in een angstaanjagende huizenmarkt te verhuizen.

Dát was pas stressvol.

Om nog maar te zwijgen van tijd vinden voor dit alles, dat was een deel van het probleem. En daarom was hij Nick en de sufferds van HR enorm dankbaar dat ze hem nog een dag vrij hadden gegeven.

Lakeside Shopping Centre was een van de beroemdste en populairste plekken in Essex. Wat voor Tomek totaal geen logica had. Het was in godsnaam een winkelcentrum. Er waren tientallen van die centra verspreid over het hele land, elk met dezelfde verzameling winkels. Maar toch stroomden er jaarlijks miljoenen mensen naartoe op zoek naar iets nieuws om hun zuurverdiende geld aan te verspillen.

Daardoor was het een van de weinige plaatsen in Essex die hij meer probeerde te vermijden dan de rest. Hij haatte alles eraan. Het zat vol met hangjongeren en tienjarigen die dachten dat ze de grote jongens waren, rondscharrelend door de winkels met hun vrienden, rotzooi trappend, zichzelf tot lastpakken makend, allemaal onder het misplaatste idee dat ze grappig waren.

Het was echter een overgangsritueel voor elke tiener die opgroeide in Essex om daar minstens één volle acht uur met hun vrienden te hebben doorgebracht. En Tomek kon niet al te veel zeggen. Hij was ooit ook een van die tienjarigen geweest. Proberen de nieuwste kleren en schoenen te betalen terwijl hij probeerde enorme hoeveelheden fastfood te eten, allemaal met het kleine budget dat zijn ouders hem hadden gegeven.

Het was inderdaad een overgangsritueel.

En nu had Kasia het voorrecht om het hare te voltooien met een veertigjarige man zonder gevoel voor mode.

'Je bent zo gênant,' zei ze, terwijl ze liep met haar hoofd laag en schouders gebogen. Het laatste wat ze wilde was iemand van school tegenkomen en de schaamte ondergaan om met hem in het openbaar te zijn. Er was niets vernederender voor iemand van haar leeftijd. Maar helaas voor haar had ze geen keuze.

'Ik heb niks gedaan,' antwoordde hij verdedigend.

'Gewoon... jij. Ik kan niet geloven dat je ervoor hebt gekozen om dát te dragen.'

Tomek keek naar zijn lichtgroene Polo-shirt dat in de was een paar maten was gekrompen.

'Het is mijn favoriet.'

'Het moet weg.'

'Oké dan,' zei hij. 'Wat dacht je ervan als we allebei onze garderobes uitdunnen voor de verhuizing?'

'En nieuwe dingen kopen?'

'Nee.'

De hoop op Kasia's gezicht verdween. 'Oh...'

Tomek rolde met zijn ogen. Hij werd snel een softie. 'Goed dan. Je mag vandaag *twee* nieuwe outfits. *Twee.*

Om zijn punt te benadrukken stak hij het V-teken voor haar gezicht.

Of hij genoeg geld op zijn bankrekening had om ervoor te betalen was een heel ander verhaal. De verhuizing financieren en al die klote advocaten- en makelaarskosten betalen - die add-on na add-on leken te hebben - was hem aan het leegzuigen, en hij dacht dat het niet lang zou duren voordat hij Kasia de grote wijde wereld van werk in zou moeten sturen om haar eigen kosten te betalen. Plekken zoals Lakeside, of elke andere winkelketen, waren perfect voor iemand van haar leeftijd. Een plek om een dikke huid te krijgen terwijl ze verbaal misbruik kreeg van depressieve en ongelukkige shoppers voor iets wat niet haar schuld was. Het belang leren van stiptheid en hard werken.

Een van de grootste lessen van het leven. Jammer dat ze nog een paar jaar te gaan had voordat ze het wettelijk mocht doen...

Tot die tijd zou hij de rest van zijn spaargeld moeten uitgeven om haar gelukkig te houden.

De eerste winkel waar ze binnengingen was Zara. Het wereldwijde Spaanse modebedrijf was gevuld met een overweldigend assortiment kleding. Veel te veel keuze. En zodra Kasia er voet zette, lichtten haar ogen op voordat ze naar een van de afdelingen in de verre hoek sprintte. Tomek, verblind door alle lichten en luchtspiegelingen van klanten die langs hem haastten, verloor haar snel uit het oog en raakte gedesoriënteerd. Overweldigd, duizelig omdat hij elke halve seconde op zijn hielen moest draaien, deed hij een stap naar buiten om zijn leven te heroverwegen.

Hier was een man die dode mensen had gezien, criminelen had achtervolgd en gevangen, en bij verschillende gelegenheden bijna was gestorven. En toch kon hij een simpele modewinkel niet aan.

Wat werd er van hem?

Buiten vond hij een kostbare vrije plek op een bankje bij de rest van de mannen die ofwel verdwaald, gedesoriënteerd of verveeld waren geraakt, en pakte zijn telefoon. Toen stuurde hij Kasia een bericht om te vertellen waar hij was.

Net toen hij zijn e-mails wilde checken, werd het scherm zwart en verscheen de naam "HMP East Sutton Park" bovenaan. Eronder stonden twee grote knoppen. Een rode en een groene.

Zijn duim zweefde een moment boven de rode knop, en bewoog toen aarzelend naar de groene.

'Hallo?' zei hij langzaam, terwijl hij zijn vinger in zijn andere oor stak om het geluid van schreeuwende kinderen en werklozen die hun voeten voortsleepten te dempen.

'Tomek, ben jij dat?'

'Hallo, Anika.'

'Waarom neem je mijn telefoontjes niet op? Ik heb zo vaak geprobeerd je te bereiken.'

'Ik ben bezig geweest. Met het zorgen voor onze dochter. Of was je dat vergeten toen je haar naar me stuurde?'

'Daarom bel ik juist. Ik wil haar zien. Ik mis haar.'

'Dat zal wel ja.'

'Alsjeblieft, Tomek. Ik smeek je. Ik moet mijn kleine meisje zien.' Een pauze. 'En ik denk dat we ook even moeten praten.'

Tomek wilde niet eens nadenken over een ontmoeting met haar. Sterker nog, hij wilde er niet eens aan denken om Kasia met haar te laten spreken. Tot dat moment was hij bereid en open geweest om Kasia haar moeder te laten ontmoeten. Maar na het horen van haar stem... na het horen van haar woorden, kwamen er veel emoties naar boven en herinnerde hij zich de redenen achter zijn aanvankelijke bedenkingen bij het idee. De pijn en het verdriet die ze hem had aangedaan. Hoe ze haar moordenaar van een oom op hem had afgestuurd en medeplichtig was geweest aan het bungelen van hem boven een treinspoor.

Dat zijn niet het soort dingen die je gemakkelijk vergeeft of vergeet.

'Ik moet erover nadenken,' vertelde hij haar. 'Bel me alsjeblieft niet steeds. Ik neem contact met je op wanneer de tijd rijp is.'

En toen hing hij op.

Daarna voelde hij zich tegenstrijdig. Maar voordat hij er te lang bij kon stilstaan, verscheen Kasia voor hem, naar hem neerkijkend met haar hondenogen.

'Wie was dat?' vroeg ze.

Tomek keek naar zijn telefoon alsof die het antwoord voor hem zou geven. Zijn hoofd was leeg. 'Het was een Instagram-melding,' begon hij. 'Die me vertelde dat iemand net iets had gepost...'

'Wat?'

'Laat maar... Heb je iets leuks gevonden?'

De kortstondige verwarring verdween van haar gezicht en werd vervangen door opwinding. 'Oh mijn God, er is *zooooo* veel.'

'Genoeg voor twee outfits?'

'Drie...?' Het smeken in haar stem ontging hem niet.

Tomek zuchtte en krabde aan een jeukende plek op zijn rug. De afweging tussen het kopen van drie outfits of haar haar moeder laten zien sloeg zwaar door naar één kant. Als hij voor het eerste koos, zou ze hem misschien vergeven voor het laatste.

'Goed,' zei hij, hopend dat de tegenzin in zijn stem haar deze keer niet ontging. 'Maar die extra telt als een vroeg kerstcadeau...'

'Prima. Absoluut. Ik begrijp het.'

Toen pakte ze zijn hand en sleurde hem terug de nachtmerrie in.

HOOFDSTUK
NEGENENTWINTIG

Tomek kreeg het nieuws over de verdwijning van Jenny Ingles de volgende ochtend meteen op zijn bureau.

'Zeventienjarig pleegkind uit Canvey,' begon Victoria. 'Achtenveertig uur geleden vermist geraakt. Ze is voor het laatst vrijdagavond gezien. Ze ging uit... en kwam niet meer thuis.'

'En ze hebben tot nu gewacht om het te melden?'

'De indruk die ik kreeg van de pleegzorgouder was dat ze het alleen meldde omdat ze wist dat het de juiste actie was.'

Tomek bestudeerde het document voor hem.

'Canvey. Weer?'

'Wow, wow, wow,' zei Victoria. 'Je zult je opwinding voor me moeten beheersen, brigadier.'

Tomek snoof. 'Denken we dat het op een of andere manier verband houdt met Annabelle Lake?'

'Weet ik niet.' Victoria haalde haar schouders op. 'Dat is aan jou om uit te zoeken.'

'Oké... Maar waarom? Als in, waarom wordt dit aan *mij* gegeven?'

DCI Cleaves, die tijdens het hele gesprek achter Victoria had staan hangen, stapte naar voren. 'Omdat Vincent Gregory zijn standpunt in deze zaak heel duidelijk heeft gemaakt. Jij en Sean werken hieraan, terwijl de rest van het team doorgaat met het onderzoek naar de moord op Annabelle Lake. Jullie doel is om Jenny Ingles te vinden terwijl ze nog in leven is.'

Aangenomen dat ze dat nog was.

Tomek schudde zijn hoofd. 'Kan niet geloven dat u hem er nog steeds mee laat wegkomen, sir.'

'Ik ook niet. Misschien moet je er een boek over schrijven. En dan iemand vinden die het interessant vindt en het laat lezen. Want op dit moment wil ik geen gezeur meer horen.' Nick wuifde de opmerking weg met een achteloze handbeweging en haastte zich terug naar zijn kantoor. En daarmee was de kwestie afgedaan. Niets meer te zeggen, niemand meer om naar te luisteren.

Het was goed om te zien dat Nare Nick weer terug was bij zijn oude, gemene gewoontes. Vriendelijk en charmant via e-mail, een echte koppige en ellendige klootzak in persoon. Maar dat was Nick, zo was hij nu eenmaal. Iets, ergens in zijn verleden, had hem zo gemaakt, en daar was geen verandering in te brengen. En een deel van Tomek dacht dat het team nooit meer hetzelfde zou zijn als hij wel zou veranderen.

Victoria gaf Tomek een verontschuldigende glimlach en haalde haar schouders op.

'Je raakt uiteindelijk aan hem gewend,' zei Tomek, hoewel hij niet wist waarom hij haar troostte terwijl het andersom had moeten zijn. 'Soms denk je dat hij een echte teringlijer is, maar andere keren-'

'Pardon?'

'Welk deel begrijp je niet?'

'Het teringlijer-deel. Wat betekent dat eigenlijk?'

'Je weet wel...' Tomek pauzeerde. Dacht na waar hij de uitdrukking eerder had gehoord. Kwam niet op de herkomst. 'Je weet wel wanneer iemand een teringlijer is...'

'Nee, helaas. Dat weet ik niet. Daarom vroeg ik het.'

'Nou, je weet wel, een lijer...'

'Een kipnugget? Een stukje poep?'

Tomeks lichaam spande zich aan. 'Ik heb het gevoel dat het moment nu voorbij is. Zullen we vergeten dat ik dat woord heb gebruikt en hem gewoon een klootzak noemen?'

Victoria's ogen werden groot. '*Nu* begrijp ik wat je bedoelt. Dat had je meteen moeten zeggen. Maar ik begrijp volkomen waar je vandaan komt.' Ze keek over haar schouder om te controleren of Nick de kamer had verlaten. 'Hij kan soms echt een verschrikkelijke teringlijer zijn.'

Tomek knipte met zijn vingers en maakte een vingerpistool naar haar. Ze waren nu verenigd in hun sporadische afkeer van Nare Nick. 'Nu zitten we op dezelfde golflengte, Vicky.'

Toen draaide hij het document in zijn vingers om, en las de informatie die erop was gekrabbeld: de naam, het adres en het mobiele nummer van de pleegzorgouder van Jenny Ingles. Hij stond op uit zijn stoel, rekte zijn nek over zijn bureau en zocht naar DS Campbell.

Toen hij hem in het oog kreeg, floot hij tussen zijn lippen door, waardoor de hele kamer werd gestoord in hun ijverige werk.

'Ga je mee, grote man?'

'Waarheen?' Sean was zo groot dat hij zijn hoofd niet over de monitor hoefde te steken; zijn hoofd stak uit boven de horizon van computers als een wolkenkrabber in de verte.

'Canvey.'

'Weer?' zei Chey Carter, die zich in hun gesprek mengde. 'Weet u zeker dat u daar niet stiekem huizen aan het bekijken bent en werk alleen als excuus gebruikt, sir?'

Tomek wierp de jonge man een venijnige blik toe. 'Ik kan daar tenminste een huis kopen, meneer Pepper. Het duurt nog zeker twintig jaar voordat je moeder je eindelijk uit huis laat gaan.'

De brede grijns op Cheys lippen verdween.

Tomek liep naar Seans bureau.

'Ga je mee, of moet ik je meeslepen?'

'Ik ben bang dat je daar de middelen niet voor hebt, kleine man. Je bent zo gewend geraakt aan het huisvaderschap de afgelopen vier weken dat dat buikje van je het niet meer toelaat...'

Tomek was sprakeloos terwijl zijn vriend zijn logge lichaam uit de stoel hees.

'Ik hanteer dagelijks een SAS-mentaliteit, dank je de koekoek.'

'Op welke manier?'

'Eet zoveel je kunt, want je weet nooit wanneer je volgende maaltijd komt.'

'Dat geldt alleen in de wildernis, of als je wordt beschoten in de woestijn. Niet als je de hele dag met je reet op de bank hebt gezeten met een McDonald's twintig meter verderop.'

HOOFDSTUK
DERTIG

Alison Jones was het soort vrouw dat je niet in de buurt van een volwassene zou willen hebben, laat staan een tiener. Ze had iets gestoords over zich, alsof ze in haar leven te veel crackpijpen had gerookt en met genoeg hemellichamen had gesproken om haar hele bestaan te heroverwegen. De muren van haar huis waren behangen met satijnen lappen met patronen erop, en de geur van een eclectische verzameling wierookkaarsen hing door het hele pand – er stonden er minstens drie alleen al in de woonkamer. Ondertussen lagen de vloerkleden in de woonkamer vol met oude kranten en *Hello!*-tijdschriften die er niet uitzagen alsof ze gelezen waren. In haar hand hield Alison een sigaret, zonder dat er een asbak in de directe omgeving te bekennen was. Tomek keek naar beneden bij haar voeten en zag de zwarte houtskoolplekken op haar tapijt waar de as was gevallen en een gat had gebrand.

Ze was slechts één sigaret verwijderd van het in brand steken van de hele boel. En hij was er zeker van dat, als zij er niet waren geweest, ze vrijwel zeker iets sterkers zou hebben gerookt. Misschien was dat waar de wierookkaarsen voor waren – een ontoereikende poging om de geur van wiet te maskeren voor onverwachte bezoekjes van de politie of kinderbescherming.

Hoe het haar ooit was toegestaan een kind in pleeggezin te nemen, ging zijn verstand te boven. Al hoopte hij wat meer te ontdekken over haar dynamiek met Jenny.

'Willen jullie twee thee?' vroeg Alison nadat ze al waren gaan zitten.

'Nee. Bedankt,' antwoordde Tomek voor hen beiden. Hij was bang voor wat ze misschien zouden aantreffen op de bodem van de mokken. Of wat er misschien door de theezakjes gemengd zou zijn.

'Zoals je wilt. Jullie zijn hier voor Jenny?'

'Precies,' zei Tomek, terwijl hij de neiging onderdrukte om zijn vingergeweer op haar af te vuren. Misschien zou hij dat voor later bewaren. 'We wilden gewoon een paar vragen stellen over de laatste keer dat je haar zag en waar je denkt dat ze zou kunnen zijn.'

'Nou, als ik dat wist, had ik jullie lui toch niet gebeld?'

Jullie lui...

Die woorden zetten Tomek meteen op scherp. Hij hoopte dat ze niet nog zo'n klein racistisch fascistisch rotjoch aan hun handen hadden.

'Natuurlijk niet. We houden niet meer van tijdverspillers dan de volgende agent,' zei Sean, zijn diepe stem weerkaatste tegen het meubilair. 'Toch, Tomek?'

'Nee, Sean. Zeker niet. U zou toch niet onze tijd aan het verspillen zijn, Alison?'

Ze nam een trek van haar sigaret en hield het even vast, voordat ze de grijze rookwolk in de lucht uitblies, zonder enige moeite te doen om het van hun gezichten weg te blazen. 'Wat geeft je dat idee? Jenny ging vrijdagavond weg maar is niet teruggekomen. Ze is sindsdien niet meer terug geweest.'

'Waarom heeft u zo lang gewacht om ons te bellen?' vroeg Tomek.

'Omdat dit niet de eerste keer is dat ze het heeft gedaan, snap je wat ik bedoel?'

Nog een trek, nog een wolk van muffe, ranzige rook.

'Hoe vaak heeft ze dit in het verleden gedaan?'

'Vier of vijf keer, ongeveer.'

Ongeveer... alsof ze het over haar leeftijd had.

Zeventien jaar en vijf maanden, ongeveer.

Ze is maar vier en een kwart keer weggelopen, ongeveer, want die ene keer telde eigenlijk niet mee.

'En is ze altijd teruggekomen, elke keer dat ze dit in het verleden heeft geprobeerd?' vroeg Tomek terwijl hij in zijn zakboekje reikte en aantekeningen begon te maken.

'Nou, natuurlijk, anders zou ze deze keer niet vermist zijn, toch?'

Daar had ze hem te pakken, en om hem te redden van schaamte, sprong Sean hem bij.

'Wat mijn collega bedoelt, is of u zich ooit zorgen om haar maakte? Was ze altijd bereikbaar? Wist u altijd waar ze was?'

Alison haalde haar schouders op, onverschillig. 'Meestal was ze in de kroeg, werd dronken en ging dan naar een vriend. Ze was altijd bij een vriend.'

'Kent u een van deze vrienden?'

Weer een schouderophaling. 'Kan niet zeggen dat ik er een herken, maar ik zou er wel een paar willen hebben...'

Jenny Ingles' leeftijd flitste door zijn hoofd. Zeventien. Wat betekende dat ze boven de wettelijke leeftijd voor toestemming was, en hopelijk waren haar vrienden dat ook...

'Had ze normaal gesproken haar telefoon bij zich?' vroeg hij, om het gesprek verder te brengen.

'Godverdomme, natuurlijk had ze die. Je hebt toch wel tieners gezien tegenwoordig? Die verdomde groep kan niet leven zonder die klotedingen.'

Tot op dat moment had hij geprobeerd om de verdwenen Jenny Ingles te scheiden van de Kasia Coleman die op school zat. Maar zij had dat net veranderd. Nu waren ze verwisselbaar geworden, en de beelden in zijn hoofd van Jenny die ergens gevangen zat - mogelijk met haar gezicht naar beneden in een greppel ergens bij of in de Thamesmonding - waren vervangen door Kasia. Er zaten maar vier jaar tussen hen, en ze was dichter bij Jenny's leeftijd dan bij die van Annabelle. Wat betekende dat de Bezorgde Gedachten hem met volle snelheid naar Paranoia Centraal brachten.

Hij vond het niet prettig om te denken dat deze verschrikkelijke dingen haar zouden overkomen. Niet nu, niet ooit.

'Hebben jullie nog meer vragen?' vroeg ze.

'Ja,' zei hij, plotseling zijn zelfbeheersing terugvindend. Hij deed alsof hij zijn aantekeningen raadpleegde, alsof zijn volgende vraag voor hem geschreven stond terwijl die al in zijn hoofd zat. 'Wat is de kroeg waar ze altijd naartoe ging? Ik neem aan dat u daar al heeft gekeken?'

'Ik ben even langsgelopen maar kon haar niet zien. Ik ken de eigenaar, daarom laat hij haar altijd blijven voor een paar drankjes. Houdt graag een oogje op haar.'

'Wat is de naam van het café?'

'Windjammer.'

Tomek maakte een aantekening, hoewel hij wist dat Sean dezelfde informatie in zijn hoofd opsloeg naast hem. De stille, die daar zat, oordelend.

Toen besloot hij van richting te veranderen.

'Hoe lang is Jenny al onder uw zorg?'

'Zeven jaar,' antwoordde Alison. Ze antwoordde zo snel dat het klonk alsof ze het getal zomaar uit haar mouw had geschud. Het maakte Tomek wantrouwig.

'En hoe heeft uw relatie zich ontwikkeld in die laatste zeven jaar?'

'Weet je...' Ze pauzeerde nog langer om een trek van haar sigaret te nemen. Waarschijnlijk bedacht ze meer van wat ze dacht dat ze wilden horen. 'Het heeft zijn ups en downs gehad. Ze kan soms een verschrikkelijk vervelend nest zijn. Verwend meisje, ondankbaar...'

Tomek had gelijk. Dit was precies wat hij wilde horen. Of ze nu wist dat ze dit zou moeten zeggen of niet, was een andere kwestie. Haar woorden waren voldoende voor Tomek om de kinderbescherming te bellen en haar weg te laten halen. Dat, en de wiet en andere drugsparafernalia die waarschijnlijk ergens in huis rondslingerde. Het enige probleem was dat Jenny al hetzelfde idee had gehad; ze had zichzelf weggehaald voordat iemand anders dat kon doen.

'Is Jenny naar uw beste weten recentelijk in contact geweest met haar biologische ouders?'

Alison snoof. '*Naar uw beste weten*? Is dit een of ander juridisch drama ofzo?'

Inmiddels had ze de sigaret opgerookt, maar bleef erop zuigen, om er zoveel mogelijk waar voor haar geld uit te halen.

'Beantwoord de vraag alstublieft,' zei Tomek vastberaden.

'Niet dat ik weet. Maar ze vertelt me tegenwoordig niet veel. Het enige wat ik weet is dat ze binnenkomt, weggaat, weer binnenkomt en dan is ze weer weg.'

'Wat met school... vrienden?'

'Wat is daarmee?'

Dit was pijnlijk, maar Tomek was dankbaar dat het snel voorbij zou zijn.

'Gaat ze naar school, en heeft ze vrienden?'

Hij voelde de behoefte om het pijnlijk duidelijk voor haar uit te spellen.

Alison drukte de sigaret eindelijk uit op de knie van haar jogging-broek en veegde het restje weg met een handbeweging. Nu begreep hij waarom ze het stokje tot op de laatste millimeter had leeggezogen, hoewel Tomek niet kon helpen te denken dat het minder een gezond-heids- en brandgevaar zou zijn geweest als ze de moeite had genomen om een mok of zelfs een glas te gebruiken om haar as in te verzamelen.

Nou ja, het was haar begrafenis.

Misschien was dat waarom Jenny zichzelf had weggehaald voordat iemand anders dat kon doen. Om de ondraaglijke pijn van levend verbranden te vermijden. Of om de vrouw zichzelf per ongeluk op dezelfde manier te laten doden.

'Jenny is al een tijdje nie' naar school geweest,' zei Alison, waardoor hij terugkeerde naar de kamer en wegdreef van gedachten over een vuurzee die in het donker woedde.

Tomek drukte de pen diep in het papier van zijn notitieboekje terwijl hij een punt zette achter zijn zin.

'En wat betreft u, mevrouw Jones...? Waar was u vrijdagavond?'

Als ze de insinuatie achter de vraag doorhad, liet ze het niet merken. Hoewel, Tomek dacht niet dat ze dat zou kunnen, zelfs als ze het wilde; wat voor cocktail van drugs ze ook had genomen voor hun komst, die begon effect te hebben.

'Wa' bedoel je?' zei ze, haar woorden werden langzamer, haar stem dikker, als stroop. 'Bedoel je da'k er iets mee te maken had?'

'Nee. Ik stel gewoon een vraag, mevrouw Jones. Allemaal onderdeel van het proces.'

Ze schudde haar hoofd, maar haar bewegingen waren zo traag en moeizaam dat het leek alsof ze heen en weer werd geslingerd in gewichtloosheid. 'Ik was uit met wat van m'n vrienden...' zei ze. 'We waren in 't café... Quizavond in 't centrum...'

'Een ander café dan waar Jenny meestal naartoe gaat?'

Een knik. Eentje die minstens dertig seconden duurde om te voltooien. Tomek maakte vervolgens een notitie van het café voordat hij nog wat vragen stelde. Hij wilde zo snel mogelijk weg. De stank - en de achtergebleven geur van wiet - maakte hem ziek. En hoe minder tijd hij in de aanwezigheid van Alison Jones doorbracht, hoe beter.

'Denk dat een goed ouderwets telefoontje op zijn plaats is, vind je niet?' zei Tomek terwijl hij terug naar de auto liep.

'Naar wie?' vroeg Sean.

'De SS.'

'Ik denk niet dat je terug wilt bellen naar de jaren veertig, maat. Dat is gevaarlijk terrein.'

Tomek grinnikte. 'Ik wed dat Vincent Gregory het geweldig zou vinden als ze terugkwamen, nietwaar?' De gedachte aan de man deed zijn cortisolniveau onmiddellijk stijgen. 'Niet *die* SS,' vervolgde hij. 'Social services. Kinderbescherming. Ik denk niet dat ze voor zichzelf kan zorgen, laat staan voor iemand anders. Ze is niet geschikt voor zorg en moet uit het register worden geschrapt.'

'Misschien kunnen ze bij jou komen wonen...' zei Sean met een brede grijns op zijn gezicht.

Tomek greep de handgreep van de auto. 'Iemand is vandaag aan de grappige kant van het bed opgestaan, hè?'

'Iemand moest de humor gaande houden terwijl jij weg was. En het is gewoon niet meer hetzelfde sinds je terug bent.'

Voordat Tomek zijn mond kon openen om te reageren, scheurde een witte bestelwagen langs hem en reed door een plas. Een vloedgolf van water spatte de lucht in en bespatte Tomeks benen en kont, doorweekte hem.

Zijn natuurlijke reactie was om te vloeken, maar toen hij een jong kind zag dat door zijn moeder over straat werd getrokken, hield hij zich in en keek in plaats daarvan naar de troep die de bestelwagen had veroorzaakt. En de ongemakkelijke dag die hij voor zich had.

Christus, wat haatte hij Canvey.

HOOFDSTUK
EENENDERTIG

De Windjammer lag aan de zuidkant van het eiland, verscholen achter de zeemuur die langs de kust liep en zijn best deed om de bewoners te beschermen tegen de beukende wind en stijgende zeespiegel. Sean stuurde de auto het onverharde parkeerterrein op en manoeuvreerde hem naar een geïmproviseerde parkeerplaats, naast een Audi Q7. Voor 11 uur 's ochtends was het verrassend druk in de pub, met een stuk of zes auto's die zo dicht mogelijk bij de ingang geparkeerd stonden. Het was de eerste keer dat Tomek in de Windjammer kwam, en hij was niet erg onder de indruk. In zijn tijd was hij in verschillende bars en pubs geweest (en had zijn favorieten), dus hij mocht denken dat hij er wel wat van wist. Het gebouw was een bakstenen huis van twee verdiepingen dat meer op een feestzaal leek dan een pub. De onderste verdieping was van baksteen, terwijl de bovenste helft bestond uit zwarte panelen die van de ene kant naar de andere liepen. Een vergaderzaal boven, pub beneden.

Boven om te denken, beneden om te dansen, zoals zijn vader altijd zei. Herhaaldelijk.

Zelfs wanneer Tomek hem had gevraagd ermee op te houden.

Het eerste wat hij opmerkte toen hij binnenkwam was de geur. Die typische Engelse pubgeur. Van gebroken dromen, verloren hoop, en een vleugje extase gecombineerd met de bedwelmende mix van alcohol en gemorst bier. Toen viel zijn oog op de vloer. Het schreeuwerige patroon van het tapijt dat niet vervangen was sinds de oorspronkelijke installatie in de jaren zeventig, en dat meer morsen had gezien dan klanten. Dan waren er de houten balken aan het plafond waar Sean bijna tegenaan stootte toen hij de deur sloot.

De bar zelf stond in het midden van het gebouw, omsloten door vier balken die meer voor de structurele integriteit dienden dan als een of ander cool ontwerpelement. Tafels en stoelen waren als een hoefijzer eromheen geplaatst, sommige op een verhoogd platform. Boven de bar hing een bord, geschilderd in verschillende tinten krijt, dat klanten een reeks dubbele shots aanbood voor slechts £2. Wodka, gin, rum, tequila.

Allemaal drankjes waar Tomek vroeger voor ging. Zelfs nog in zijn midden-dertig. Uitgaan, drinken met zijn oude schoolvrienden, zich de volgende ochtend dood voelen. Beloven nooit meer te drinken maar zich dan de volgende dag toch weer aan wodka-Red Bulls te buiten gaan. En toen was er iets veranderd. Hij werd een beetje volwassener, en plotseling begon hij smaak te krijgen voor bier. Verfijnd, de volwassenheid intreden. Sindsdien had hij nooit meer omgekeken.

Maar hij begreep de aantrekkingskracht: twee pond was belachelijk goedkoop voor een dubbele, en het was een wonder hoe de pub zo lang had kunnen overleven. Maar nu begon het duidelijk te worden waarom Jenny hier regelmatig te vinden was.

Dat, en de clientèle. Mannen die ergens op een bouwplaats hadden gewerkt, bouwvakkers nog gekleed in hun fluorescerende hesjes en laarzen, die jonge vrouwen aandacht gaven die ze nergens anders zouden hebben gekregen.

Sean liep als eerste naar de bar. Hij plaatste beide handen op de toonbank en leunde naar voren, trok de aandacht van de barman met zijn aanwezigheid in plaats van een hoorbare roep.

'Wat kan ik voor jullie inschenken, heren?'

Sean liet zijn legitimatiebewijs zien en zei: 'Twee glazen cola en een momentje van uw tijd, als dat goed is?'

Bij het zien van de politiepas werden de ogen van de barman groot en zijn bewegingen werden moeizaam. Hij opende zijn mond maar enkele seconden kwam er niets uit.

'Is er... is er iets mis?' Zijn ogen gleden naar een groep mannen die tegen de bar leunden, luidruchtig in gesprek met elkaar.

'Zegt de naam Jenny Ingles u iets?' vroeg Sean.

Tomek hielp het geheugen van de man op te frissen door een foto van Jenny voor zijn gezicht te houden.

'Ja, ik ken haar. Dat is Alisons meisje. Nou ja... niet echt een *meisje*. Ik neem aan dat jullie...'

Sean knikte. 'We weten van haar adoptie, ja.'

'Oh. Oké. Goed. Dan...' Hij draaide zijn hoofd naar de andere kant van de bar en wees naar een lege zithoek in de hoek. 'Willen jullie daar gaan zitten, dan kom ik zo bij jullie?'

Tomek en Sean gingen naar de zitplaatsen terwijl ze op hun drankjes wachtten. Toen de barman ermee arriveerde, was er niets meer over van de uitbundigheid waarmee hij hen oorspronkelijk had begroet. In plaats daarvan was zijn gezicht vlak geworden, en de kraaienpootjes rond zijn ogen verdiept.

'Wat is uw naam?' vroeg Tomek.

'Terry Simpson.'

Hoewel de manier waarop hij het zei hem onzeker deed lijken over zijn eigen naam.

'Gaat dit... gaat dit lang duren? Want ik... ik ben de enige die de bar runt. Moet ik even sluiten?'

'Het zou niet te lang moeten duren,' antwoordde Tomek met een glimlach bedoeld om Terry op zijn gemak te stellen.

'Oké. Goed. U zei dat dit over Jenny ging. Is ze in orde? Is er iets met haar gebeurd?'

'We denken dat ze vermist is,' zei Sean, die de leiding nam. 'Ze is voor het laatst gezien door Alison Jones op vrijdagavond. Ze is sinds-dien niet thuis geweest. We hebben vernomen dat ze hier meestal komt en we wilden weten of u haar op enig moment sinds vrijdag hebt gezien?'

Terry doorzocht zijn geheugen, terwijl hij naar de tafel keek. Toen schudde hij zijn hoofd. 'Ze komt hier meestal een paar keer per week. Niets geks. Soms is ze alleen, soms is ze met vrienden.'

'U weet dat ze minderjarig is?'

'Ja. Maar ik liet haar binnen als een gunst. Alison is een oude vrien-din. En op deze manier kan ik haar tenminste in de gaten houden, voor-komen dat ze betrokken raakt bij al die drugshandel die de laatste tijd toeneemt.'

'Heb je haar ooit drugs zien verkopen?'

Terry schudde zijn hoofd. 'Niet *verkopen*. Maar ik betrapte een paar van haar vrienden een keer toen ze lijntjes snoven op het toilet. Ik denk dat ze ook wat heroïne bij zich hadden. Ik zweer het, ik heb nog nooit iemand zo hard geslagen in mijn leven. Heb hem bijna terug naar zijn verdomde kindertijd geslagen. Verbazingwekkend dat ik jullie niet heb gebeld, ik was zo...' Hij balde zijn vuist en trilde zichtbaar terwijl hij de gebeurtenissen in zijn hoofd herbeleefde. 'De meeste gasten die hier komen zijn in de vijftig, toch, misschien midden tot eind veertig. Het enige wat ze willen is hier komen na een lange werkdag, even weg van huis en wat drinken. Maar wat ze niet willen - en wat ik niet wil - is dat die lui hier binnenkomen en problemen veroorzaken.'

'Was Jenny bij hen toen je ze betrapte op het toilet?'

'Ja.'

'En hoe lang geleden was dit?'

'Ongeveer twee weekenden geleden.'

'En was dat ook de laatste keer dat je Jenny hebt gezien?'

'Min of meer...'

Tomek kromp ineen toen hij deze woorden hoorde en werd teruggeworpen naar Alison's woonkamer.

Min of meer.

Ze is maar viereneenkwart keer weggelopen, min of meer, want die ene keer telde eigenlijk niet mee.

Het gesprek ging vervolgens over wat voor meisje Jenny Ingles was. Om de een of andere reden dacht Tomek dat ze een beter beeld van het meisje zouden krijgen van de man die haar op haar meest authentieke zag, met vrienden en drank in haar maag. Volgens Terry was Jenny een losbandig soort meisje, flirterig. Altijd kwam ze naar de mannen aan de bar en flirtte met hen, om te kijken hoever ze kon gaan om een drankje te krijgen. Hoewel het bij enkele gelegenheden te ver was gegaan en Terry had verhalen gehoord dat ze mee naar huis was gegaan met mannen die twee keer zo oud waren als zij. Hij had hen vervolgens de toegang ontzegd en ervoor gezorgd dat hij sindsdien beter op haar lette. Als ze niet flirtte met oudere mannen, zat ze altijd te lachen en te drinken met haar vrienden, of soms gewoon alleen. Ze zag er altijd opgedoft uit en minstens twee keer zo oud als ze was (wat het typische verweer was van sommige mannen die terug hadden geflirt en haar een drankje hadden gekocht).

Terry's afscheidsverklaring aan her was: 'Hoezeer ik ook probeerde haar op het rechte pad te houden - ik heb haar zelfs aangeboden om boven te komen wonen, maar ze wilde er niets van weten - ik denk dat ze in iets slechts terecht is gekomen. Heel erg slecht.'

Tomek voelde aan waar dit naartoe ging, maar wachtte tot Terry verder zou vertellen.

'Er kwam laatst iemand binnen... donderdag, moet het zijn geweest, want de Europa League was op tv... en die zei dat hij dacht Jenny op een straathoek te hebben gezien. Dat ze... dat ze naar mannen in auto's ging en ze naar beneden wenkte.'

Terry's gezicht betrok terwijl zijn blik op tafel viel, de pijn en de angst op zijn gezicht zichtbaar voor hen allemaal om te zien.

'Je bent een enorme hulp geweest,' zei Sean tegen hem met een warme glimlach. 'Ontzettend veel zelfs. Bedankt voor je tijd.'

Toen Tomek het café verliet, voelde hij zich iets beter over de plek, en net een beetje zekerder over hun kansen om Jenny Ingles te vinden. De plaats was in zijn schatting van een vier naar een zeven gegaan, grotendeels dankzij Terry zelf en zijn warme ontvangst.

HOOFDSTUK
TWEEËNDERTIG

Tomek had die middag op vele plaatsen kunnen zijn, maar de laatste plek waar hij verwachtte te belanden - en ook de laatste plek waar hij wilde zijn - was voor het huis van Vincent Gregory. Maar de wereld werkt op mysterieuze wijze, en moordonderzoeken ook. Ze hadden iets eigenaardigs, iets toevalligs, waardoor alles op een gegeven moment weer in een cirkel terugkwam.

En nu stonden ze hier, de twee mannen die door de sympathisant waren verbannen, op de stoep van Vincent Gregory, in afwachting van de vijandigheid en het venijn dat ongetwijfeld uit zijn mond zou vallen zodra hij hen zou zien.

De deur ging open, en tot hun verrassing was het niet Vincent Gregory die opendeed. Het was mevrouw Gregory, de nog niet nader omschreven vrouw van Vincent. Ze zag er prachtig uit, met een gezicht vol plastic bedekt met make-up, en een stel wenkbrauwen die zodanig waren getatoeëerd dat ze er voortdurend verrast uitzag. Tomek kon haar met zo'n gezicht niet serieus nemen en vroeg zich af of ze dezelfde overtuigingen deelde als haar man.

'Wie zijn jullie? Jullie soort kan hier niet zijn.'

Hij had het mis. Ze was net zo erg, zo niet erger.

'Is Vincent thuis?' vroeg Tomek. Hij had geen zin in beleefdheden. Die waren al lang geleden het raam uit gevlogen bij deze kant van Annabelle Lake's familie.

'Hij wil jullie hier niet hebben...'

'Jammer. We zijn er toch. Is hij thuis? We willen alleen maar praten.'

En toen verscheen de messias. Achter zijn vrouw, geleidelijk in het licht komend terwijl hij dichter bij de voordeur kwam.

'Wie is het, schat? Oh. *Jullie*. Wat doen jullie hier? Jullie kunnen hier niet zijn.'

'Dat weet ik. Uw vrouw heeft het ons al verteld. Twee keer.'

'Wat doen jullie dan nog steeds hier?'

'We zijn hier voor de lol, totdat een van ons in zijn broek plast... Waar denkt u dat we hier voor zijn? We willen praten.'

Vincent vouwde zijn armen over zijn borst als een dwars kind. 'Nou, ik wil niet met jullie praten. Ik heb niks te zeggen. Misschien als je wat van die andere agenten van je team meeneemt, dan wil ik wel.'

Een scheve grijns verscheen op Tomeks gezicht. Hij had op dit moment gewacht. Het moment waarop de racistische verdedigings-werken die Vincent om zich en zijn familie had gebouwd, zouden instorten.

'We zijn hier niet vanwege uw nichtje, meneer Gregory,' zei hij, terwijl hij de zelfvoldaanheid in zijn stem onderdrukte. 'We zijn hier om u een paar vragen te stellen over de verdwijning van een zeventienjarig meisje, dat voor het laatst is gezien toen ze vrijdagavond in *uw* auto stapte.'

Boem. Daar was het.

De klap in het gezicht. De waarheid die hem de adem had ontnomen.

En het moeder aller laxeermiddelen waardoor hij zich ongetwijfeld in zijn broek had gedaan.

Lange tijd zei Vincent niets. De kleur was uit zijn wangen wegge-trokken, en ze leken hol te worden, alsof het leven er voor hun ogen uit werd gezogen.

'Zullen we binnen praten, of bespreekt u dit liever hier buiten?'

Vincents gezicht bewoog niet, alsof het vol plastic was gepompt, net als dat van zijn vrouw.

'Nee... Ik denk... Alstublieft, komt u binnen.'

Alstublieft.

Tomek vroeg zich af of dat de eerste keer was dat de man dat woord ooit had gebruikt. Nu hij zichtbaar gekalmeerd was, gingen Tomek en Sean het huis binnen en begaven zich naar de woonkamer waar ze geduldig wachtten tot Vincent de drankjes zou maken, terwijl ze de kwaadaardige - en verbaasde - blikken van zijn vrouw trotseerden. Nadat Tomek beleefd had gevraagd, snauwde ze dat haar naam Georgia was.

Georgia Gregory.

Objectief gezien was ze veel aantrekkelijker dan Vincent - zeker een paar klassen hoger, mede dankzij de meerdere operaties die ze had ondergaan - en ze zag eruit alsof ze die last elke dag droeg. De last om hem overal mee te moeten slepen, om die nutteloze ruimteverspiller overal mee naartoe te nemen. De twee vormden een mismatch die hij niet meteen kon plaatsen. Maar, net als de wereld en moordonderzoeken, werkte de liefde ook op mysterieuze wijze.

Vincent kwam even later terug met een dienblad thee.

'Rechercheurs...' begon Vincent. 'Ik wil alleen zeggen, ik weet niets over een zeventienjarig meisje... Eerlijk waar. Ik heb geen idee waar u het over heeft.'

'Dus u bent vrijdagavond niet gaan rijden?' vroeg Tomek. Nu waren de rollen omgedraaid en legde hij de vijandigheid en het venijn in zijn stem. Nu moest hij alleen nog een stukje huid vinden dat sappig genoeg was om het in te injecteren.

'Nee. Ik was thuis. De hele avond.'

'We waren allebei thuis.' Georgia reikte over de bank en wikkelde haar hand in die van Vincent, de twee samen, verenigd.

Tomek reikte in zijn binnenzak en haalde zijn telefoon tevoorschijn. Na het ontgrendelen van het apparaat en scrollen tot hij de afbeelding vond die hij zocht, hield hij deze voor Vincent op om te pakken. De man bekeek de foto een tijdje.

'Herkent u dit gebied?' vroeg Tomek.

'Het is de snackbar... op de hoofdstraat.'

Bingo.

'En herkent u de auto?'

'Hij lijkt op de mijne, maar...' Hij draaide de camera voor een beter zicht. 'Maar hij is het niet. Kijk - kijk naar de velgen. Die van mij zijn niet zwart zoals die. Die wel. Dat is iemand anders zijn auto. Iemand anders die rijdt. Heeft niets met mij te maken.'

Verdomme. Hun enige hoop op een gemakkelijke overwinning was net de deur uit gevlogen. En Tomek wist dat Vincent vanaf nu een zelfgenoegzaam klein rotjoch zou zijn en erop zou staan hun leven nog ellendiger te maken dan hij al had gedaan.

Tomek deed zijn best om het feit te negeren dat ze geen recht meer hadden om daar te zijn, en besloot het gesprek voort te zetten.

'Zegt de naam Jenny Ingles u iets?'

'Zou dat moeten? Ik heb jullie net bewezen dat ik het niet was.'

'Dat maakt niet uit. Het is allemaal onderdeel van ons routineonderzoek.'

Vincent schoof ongemakkelijk op zijn stoel. Gevangen in de balans tussen de waarheid bekennen voor zijn vrouw of liegen tegen de politie.

Hoewel Tomek in dit stadium geen idee had welke van de twee waar was.

'Nee. Sorry. Ken de naam niet.'

Aan de manier waarop hij het zei, kende hij de naam wel, en hij kende hem goed. Afgaande op hoe Terry in de Windjammer over haar had gesproken, kenden veel mannen op het eiland haar. En, als hij eerlijk was, had een klein alarmpje in Tomeks hoofd geroepen dat Terry haar ook beter kende dan hij liet blijken.

'U hebt haar nog nooit gezien?' drong Tomek aan.

'Nee. Nooit.'

Tomek wendde zich tot Georgia Gregory. 'En u?'

De vrouw die duidelijk meer tijd besteedde aan haar make-up en uiterlijk dan met haar echtgenoot in het algemeen, wierp vluchtig een blik op de foto voordat ze zich weer tot Tomek richtte.

'Nee.'

'En u bent zeker?'

'Ja.'

'Op een schaal van één tot tien?'

'Duizend.'

'Niet mogelijk, maar bedankt voor het meedoen-'

Voordat hij verder kon gaan, klonk er een geluid bij de voordeur, een geluid dat de stilte doorbrak als een zweepslag. Alle vier schrokken ze op en wachtten tot de voetstappen en het geschuifel dichterbij kwamen.

Een fractie van een seconde later zagen ze wie het was.

Elizabeth Lake.

Beth met een F.

Ze kwam de woonkamer binnen met evenveel kracht en vertrouwdheid alsof het haar eigen woonkamer was, en ze verstijfde zodra ze Tomek en Sean zag.

'Oh... *jullie* zijn hier.'

Dames en heren, racist nummer drie is zojuist het gebouw binnengekomen.

'Waarom bent u hier?' vroeg ze, terwijl ze Tomek recht in de ogen keek.

'Ik word ervan beschuldigd weer een meisje te hebben ontvoerd,' siste Vincent.

'Niemand heeft u beschuldigd van iets dat te maken heeft met Annabelles verdwijning, meneer Gregory,' zei Tomek streng, in een poging de beginnende ruzie zoveel mogelijk te ontmijnen.

'Nee, jullie probeerden het alleen zo te laten lijken alsof ik haar verdomme had vermoord!'

'*Ontvoering*?' vroeg Elizabeth, die zich twintig seconden te laat in het gesprek mengde.

'Nee,' zei Tomek met een zucht. 'Geen ontvoering, mevrouw Lake.'

'Ja, ontvoering. Ontvoering van een zeventierjarig meisje.'

'Wie?'

'Jenny Ingles,' antwoordde Georgia Gregory.

Het laatste wat dit gesprek nodig had voordat het onvermijdelijk bergafwaarts zou gaan, was nog een lid van de familie Lake-Gregory dat zich ermee bemoeide.

'Ken ik niet,' zei Elizabeth. 'Wie is dat?'

Tomek zuchtte. Wat ooit een hoopvol bezoek was geweest, begon nu in chaos te ontaarden. Hij hief zijn handen in een schijnbare overgave.

'Goed. Laten we een paar dingen duidelijk maken. Niemand beschuldigt iemand van wat dan ook,' begon hij, hoewel ze dat wel deden. 'De beschrijving van een auto die overeenkomt met Vincents Ford Fiesta werd op CCTV gezien terwijl deze een jongvolwassene oppikte. We vermoeden dat de bestuurder de laatste persoon is die haar heeft gezien voordat ze verdween. Het enige wat we wilden doen was uw broer enkele vragen stellen om hem uit te sluiten van ons onderzoek.'

'Nee, dat waren jullie niet!' schreeuwde Vincent. 'Jullie klootzakken probeerden het op mij te schuiven! Alwéér!'

'Hebben jullie deze familie al niet genoeg pijn gedaan?' vroeg Elizabeth.

De uitspraak verbaasde Tomek. En hij wist niet zeker of hij midden in een aflevering van *EastEnders* was beland.

'Waar hebt u het over?' vroeg hij bot. Zijn geduld raakte snel op. Ze hadden nog een minuut of dertig voordat hij hem volledig zou verliezen.

'Steven...' zei ze, alsof dat alles verklaarde.

'Wat is er met hem?'

Elizabeth stak haar hand in haar zak en haalde er een verfrommeld briefje uit waarop was gekrabbeld.

'Hij is weg...' fluisterde ze, alsof een emotie die ze was vergeten te tonen eindelijk doorbrak. Om de boodschap kracht bij te zetten, vertrok ze haar gezicht in een snik. 'Ik denk dat hij... Ik denk dat hij iets heel doms heeft gedaan. Ik denk dat hij zelfmoord heeft gepleegd.'

Bij het horen van die woorden sprong Tomek uit zijn stoel, griste het briefje uit haar handen en las.

Ik kan dit niet meer aan. Het spijt me, maar zonder Annabelle... kan ik niet meer.
Geef jezelf alsjeblieft niet de schuld. Het spijt me.
S x

Tomek las de woorden verschillende keren, draaide ze om en om in zijn hoofd.

'Wanneer hebt u dit gevonden?'

'Net nu.'

'Wanneer hebt u hem voor het laatst gezien?'

Ze zocht in haar geheugen. 'Vanochtend. Hij vertrok vroeg naar zijn werk terwijl ik nog in bed lag.'

'En hoe leek hij toen?'

Ze haalde haar schouders op, alsof er geen enkele urgentie was. Alsof haar man niet op het punt stond zelfmoord te plegen.

'Geen idee. Ik heb hem niet gehoord. Ik slaap diep.'

'En gisteravond dan?'

'Hij leek prima... normaal.'

'En daarvoor? Tijdens het weekend?'

Ze aarzelde, terwijl ze met haar vinger over haar vergrote lippen streek. 'Hij is de afgelopen dagen niet zichzelf geweest. Geen van ons beiden. Maar hij... ik betrapte hem onlangs op huilen.'

'Huilen? Wanneer? Waar?'

'Thuis. In de badkamer.'

'Zei hij wat er mis was?'

Ze schudde haar hoofd, hoewel je geen genie hoefde te zijn om het te begrijpen. De dood van zijn dochter zou meer dan genoeg zijn geweest om hem over de rand te duwen van welke klif hij ook bewandelde.

'Weet u waar hij is? Weet u waar hij zou kunnen zijn?'

Weer geschud met het hoofd. Deze keer leek de urgentie van de situatie haar te grijpen en haar tot onderwerping te dwingen.

'Hebt u geprobeerd hem te bellen?' vroeg Sean van achteren.

'Ik kwam eerst hierheen. Ik vroeg me af of Vincent of Georgia iets wisten...' Ze wendde zich tot haar broer en schoonzus, die beiden langzaam hun hoofd schudden.

'Hij is waarschijnlijk ondergedoken,' zei Vincent.

'Waarvoor?' vroeg Tomek voordat iemand anders dat kon doen. Hij wilde het gesprek onder controle houden en ervoor zorgen dat hij de enige was die aan het woord was.

Toen werd Vincent plotseling verlegen, bang, terwijl hij over zijn achterhoofd wreef. Hij keek meerdere keren naar zijn zus, terwijl zijn ogen heen en weer schoten tussen haar en de salontafel in het midden van de woonkamer.

'Ik... ik... ik wil het eigenlijk niet zeggen waar Beth bij is... Ik-'

'Het spijt me, maar uw zwager wordt vermist. U moet het ons vertellen. U kunt niet zoiets zeggen en verwachten dat we het negeren. Waar vlucht Steven voor?'

Meer gekrab, deze keer harder. Het geluid was hoorbaar in de stilte van de kamer. Vincent was niet zo'n grote man als hij onder druk werd gezet.

'Hij had een affaire. Ik kwam er onlangs achter.'

De woorden manifesteerden zich op Elizabeths gezicht en duwden haar terug tegen de deur. Haar lichaam wiebelde, alsof het levenloos was. Ze was compleet van haar stuk gebracht.

Net als Tomek.

Het was niet wat hij had verwacht te horen. Een deel van hem had verwacht te ontdekken dat Steven Lake verantwoordelijk was geweest voor de verdwijning en dood van zijn dochter, niet dat hij was betrapt op een smerige affaire.

'Die verdomde klootzak...' fluisterde Elizabeth, terwijl ze met een lege blik naar het midden van de bank voor haar staarde. 'Hoe kon hij dit doen... Bij mij, bij *ons*...'

Tomek had hier geen tijd voor. Sinds hij in de buurt van de familie Lake was geweest (al was het zeer kort), was zijn radar voor 'naderende huiselijke ruzie' fijngevoelig geworden, en hij voelde aan waar dit naartoe ging. Het was tijd om daar weg te komen voordat ze een pop van Steven zouden maken en die in de achtertuin in brand zouden steken. Want op dit moment was het belangrijkste om Steven Lake en Jenny Ingles te vinden, twee personen die het meer verdienden om in leven te zijn dan de drie die voor hem stonden.

HOOFDSTUK
DRIEËNDERTIG

S teveral uren later was er nog steeds geen spoor van Steven Lake. Er was echter wel een kleine zeilboot gevonden op de Theems, die lui op het water dreef en steeds verder het estuarium in werd getrokken door de eb die hem van de kust wegsleepte. Volgens zijn vrouw had Steven de *Annabelle* geërfd na de dood van zijn vader iets meer dan tien jaar geleden en bracht hij vaak zijn vrije tijd door op de waterwegen van Essex, waar hij door de rivieren en kanalen zwierf, soms met Annabelle aan boord. Steven was opgegroeid op het water en hij had gewild dat Annabelle dezelfde ervaringen zou opdoen. Op dit moment was een team van experts, met hulp van de kustwacht, naar Steven Lake aan het zoeken in het water, in het donker en midden in de nacht.

De kans om hem levend te vinden leek steeds kleiner te worden.

Met niets meer te bieden, verliet Tomek het bureau met een leeg gevoel. Eén dood kind, een ander vermist, en een mogelijk suïcidale vader die spoorloos was verdwenen. Niet bepaald de perfecte start van zijn terugkeer naar werk, dat moest hij toegeven. Sterker nog, hij vond het een van de zwaarste weken die hij had meegemaakt.

En zoals hij nog zou ontdekken, zou het nog veel zwaarder worden.

Gelukkig had Tomek vanavond een parkeerplaats kunnen vinden op slechts een paar stappen van het appartement, iets wat hij nooit als vanzelfsprekend beschouwde. En terwijl hij naar het appartement slenterde, rammelend met de sleutels in zijn hand, op zoek naar de juiste tussen de twaalf of zo die hij bij zich had, viel zijn oog op een figuur, verderop in de straat. Eerst negeerde hij het en liep verder naar de voordeur; hoe sneller hij binnen kon komen, hoe sneller hij in veiligheid zou zijn.

Sinds zijn confrontatie met de vreemdeling voor zijn huis had Tomek niemand anders stiekem rond de straat zien hangen - gelukkig maar - maar dat betekende niet dat ze er niet waren geweest. Kijkend vanuit de schaduwen, hun bevindingen rapporterend.

Waren ze teruggekomen voor ronde twee? Hij wilde niet lang genoeg blijven om daar achter te komen.

Terwijl hij met de deursleutel worstelde, moeite had om hem in het slot te krijgen - dat verdomde slot! - hoorde hij het geluid van voetstappen die luider werden. Alleen waren ze deze keer lichter, delicater.

'Meneer Bowen?' klonk de stem. Licht, delicaat, net als de voetstappen.

Hoewel hij hem niet kon plaatsen.

Voorzichtig, aarzelend, draaide hij zich om en zag Bridget Holloway voor hem staan. Gekleed in dezelfde kleren waarvan Tomek aannam dat ze die naar school had gedragen - een ensemble van jeans, een donkerblauwe blouse en een spijkerjack. Eerst lag er een duidelijke blik van bezorgdheid op haar gezicht, alsof zijn aanwezigheid haar meer had geschrokken dan de hare hem had geschrokken. Alsof ze een fout had gemaakt en een crimineel was tegengekomen die probeerde in te breken. Maar toen het besef tot haar doordrong, werd haar gezicht warmer en veranderde in een glimlach.

'Christus te paard, je liet me de stuipen op het lijf jagen,' zei hij.

'Sorry. Ik benader niet vaak mensen in het donker.'

'Dat is waarschijnlijk maar goed ook...'

Tomek keek haar met lichte verwarring aan. Alsof de reden voor haar aanwezigheid hier voor hem duidelijk had moeten zijn, terwijl het een compleet raadsel was.

'Sorry,' begon hij. 'Ik was het helemaal vergeten. Kasia... wiskunde. Sorry, kom binnen.'

Tomek stapte door de deur, maar Bridgets arm hield hem tegen.

'Daarom ben ik nog hier. Het is negen uur...'

De radertjes in Tomeks vermoeide en uitgeputte brein waren vastgelopen.

'Ik zou een uur geleden klaar zijn, maar ik heb haar niet gezien. Ik heb geprobeerd aan te bellen, maar ik heb niets gehoord.'

'Ze heeft waarschijnlijk haar oordopjes in of zoiets. Bedankt dat je zo lang bent gebleven.'

Uiteindelijk, na een moment in de leegte te hebben gestaard, duwde Tomek de deur volledig open en beklom de trap. Toen hij boven kwam, riep hij Kasia's naam. Geen reactie. Toen ging hij rechtstreeks naar zijn slaapkamer - *haar* slaapkamer - en opende de deur zonder te kloppen, een actie die onder normale omstandigheden heiligschennis zou zijn. Maar iets nieuws, iets wat hij nog nooit eerder had gevoeld - iets *instinctiefs* - vertelde hem dat dit geen normale omstandigheid was.

De kamer was leeg. Het bed was opgemaakt maar was sinds de ochtend niet aangeraakt. Haar laptop was dichtgeklapt op de ladekast en haar oordopjes, die hij haar had verboden mee naar school te nemen omdat ze te veel geld kostten en hij bang was dat ze er muziek mee zou luisteren tijdens de lessen, hingen aan de muur (blijkbaar had ze het ontwerpelement ergens op TikTok gezien en stond ze erop een gat in de muur te boren om zijn kamer - *haar* kamer - er meer *esthetisch verantwoord* uit te laten zien).

'Esthetisch verantwoord, m'n reet,' had hij gezegd. 'Het is allemaal leuk en aardig tot je er tegenaan stoot en dat gat een probleem wordt van tweehonderd pond om te repareren.'

En er was nu niets esthetisch verantwoords aan. Niet wanneer hij niet wist waar Kasia was.

'Wanneer heb je haar voor het laatst gebeld?' vroeg hij aan Bridget die in de woonkamer stond en haar best deed om niet nieuwsgierig naar het meubilair en de berg dozen overal te kijken.

'Ongeveer twintig minuten geleden,' antwoordde ze.

'En niets?'

'Nee. Misschien verstopt ze zich achter een van die dozen...'

Tomek gromde. 'Dat zou ze wel willen, nadat ik haar gevonden heb.'

Hij haalde zijn telefoon uit zijn zak en probeerde haar mobiel te bellen. Drie keer. Elke keer zonder succes, direct doorgeschakeld naar voicemail. Ofwel haar telefoon stond uit, of ze had geen bereik.

'Ging het eigenlijk over toen je haar probeerde te bellen?' vroeg hij.

Bridget bevestigde dat dit het geval was. Dat betekende dus dat de telefoon uitstond, dat ze geen bereik had, of dat ze zijn nummer had geblokkeerd.

Weer.

Terwijl hij heen en weer door de woonkamer liep, probeerde Tomek Sylvia's moeder, Louise, te bellen. Ze nam op bij de eerste ring.

'Louise, met Tomek, Kasia's vader. Ik neem aan dat ze niet bij u is?'

'Nee. Ik heb haar niet gezien,' antwoordde ze. 'Laat me even kijken of Sylvia iets weet.'

Tomek wachtte enkele ogenblikken die leken te rekken als de weerstand van een elastiekje.

'Sylvia weet ook van niets. Ze heeft net een berichtje gestuurd naar Kasia, dus ik laat het je weten als ze iets zegt.'

'Dank je. Ik waardeer het.'

Tomek hing op en gooide toen zijn telefoon op het aanrecht. Het apparaat gleed over het oppervlak en net toen het in de afgrond van de stenen vloer dreigde te vallen, sprong Bridget naar voren en ving het op. Daarna hield ze de telefoon triomfantelijk omhoog alsof ze net olympisch goud had gewonnen.

'Bedankt,' zei hij. 'Je bent er goed in.'

'Oefening,' antwoordde ze. 'Kinderen gooien altijd met hun telefoons in de klas. Bovendien laat ik de mijne altijd vallen.'

'Jij kunt hem tenminste vangen, terwijl bij mij alle motorische functies verdwijnen en mijn vingers in slaolie veranderen.'

Bridget deed een kleine stap dichter naar hem toe. Toen nog een, totdat ze naast hem stond met slechts enkele millimeters tussen hen in. Beslist te dichtbij voor zijn gemak.

'Heeft ze ooit eerder zoiets gedaan?' vroeg ze, terwijl ze haar handen langs haar lichaam liet zakken.

'Nee. We hebben hier pas... *hiermee* te maken sinds vijf weken. Dat is een verschrikkelijke verhouding. Als ze zo doorgaat, kan ik verwachten dat ze minstens tien keer per jaar wegloopt. Misschien zelfs elf na een tijdje... Het zal regelmatig terugkomen als een schrikkeljaar.'

Bridget hief haar hand op en bracht die naar de zijne, vervolgens bewoog ze geleidelijk naar boven, centimeter voor voorzichtige centimeter, tot ze bij zijn schouder kwam. 'Wees niet zo hard voor jezelf. Deze dingen gebeuren. Ik weet zeker dat het goed met haar gaat. Ik weet zeker dat ze elk moment thuis kan zijn-'

Als door een wonder klonk het geluid van de voordeur die openging de trap op, gevolgd door een luide klap en het zware gestommel van voetstappen op het tapijt.

Kasia verscheen even later. Nog steeds ir. haar schooluniform. Stropdas halverwege haar borst, bovenste knoopjes los, rok te hoog, blouse uit de broek. Zoals ze er altijd uitzag. Behalve dan de zwarte vlekken over haar hele gezicht en het slangennest dat haar oogballen had overwoekerd.

Tomeks eerste gedachte was dat er iets met haar was gebeurd. Dat ze was aangevallen. Dat ze was verkracht op weg naar huis.

Maar toen zag hij haar telefoon. Werkend en wel.

Wat betekende dat ze voor optie drie was gegaan.

Wat betekende dat ze hem had geblokkeerd.

Wat betekende dat hij iets had gedaan om het te verdienen.

'Kasia...' begon hij. 'Waar ben je geweest?'

Voordat ze antwoordde, vielen Kasia's ogen op Tomeks arm. 'Zijn jullie twee... zijn jullie twee aan het nek-?'

'Let op je taal!' Zich plotseling bewust van Bridgets aanhoudende aanraking op zijn arm, verplaatste hij zich weg van het aanrecht en bewoog naar de andere kant. 'Dat? Nee. Dat was- Wij- Niets. Er gebeurde niets.' Toen realiseerde hij zich dat hij degene zou moeten zijn die boos op haar was, niet andersom. 'We waren bezorgd om *jou*. Waar ben je geweest? Wat heb je gedaan?'

Kasia's ogen vernauwden zich en haar voorhoofd rimpelde. Hij was niet zeker, maar hij dacht een ader te zien kloppen op haar voorhoofd.

'Wat is deze shit?' schreeuwde ze, terwijl ze haar telefoon voor hem heen en weer zwaaide.

'Let op je taal!' zei hij tegen haar. 'Stop met dat gevloek!'

'Het kan me niks schelen!'

Ze stormde op hem af, ontgrendelde de telefoon en duwde het scherm in zijn gezicht. Daar, starend naar hem, was een foto die hij maar al te goed herkende. Eentje die zonder zijn toestemming was genomen. Eentje die was gedeeld met een minderjarig meisje. En eentje waarvan hij hoopte dat zijn dochter die *nooit* zou zien.

HOOFDSTUK
VIERENDERTIG

'Wat in godsnaam doe je daarmee?' vroeg Tomek, terwijl hij moeite had zijn stem onder controle te houden.

'Let op je taalgebruik!' zei Kasia spottend.

Tomek stak een vinger op om haar terecht te wijzen, maar besefte meteen dat hij geen poot had om op te staan.

'Waar heb je dat vandaan?'

De foto van zijn penis was gemaakt door Charlotte Hanson terwijl hij op een ochtend lag te slapen. Ze had de foto met haar telefoon genomen en naar een zestienjarig meisje gestuurd via een nep-Instagramaccount dat ze onder zijn naam had aangemaakt zonder dat hij ervan wist. Het was begonnen als een poging om het meisje in de problemen te brengen bij haar ouders, maar was al snel geëindigd met een formele klacht tegen hem. Om nog maar te zwijgen van het feit dat de afbeelding nu op internet stond, iets waarvan hij - dankzij zijn werk - nu pijnlijk bewust was dat het vrijwel onmogelijk was om te verwijderen. De afbeelding van zijn slappe penis zou voor altijd blijven bestaan, en zolang mensen hem nog hadden en ervan wisten, zou ook Tomeks pijn bij het zien ervan blijven bestaan.

En nu ook die van Kasia.

'Iemand op school heeft hem naar me gestuurd,' zei ze kortaf. 'Ze zeiden dat het jouw lul was. Wat de fuck?'

Tomek stamelde even. Hij probeerde te bedenken wat hij moest zeggen. Hij had nooit verwacht dat Kasia het zou zien, dat het op haar telefoon zou belanden. Wat betekende dat hij geen logische en volledige uitleg had, een die hem niet als een seksueel roofdier deed klinken. Er was geen manier waarop hij hier licht vanaf kwam.

'Ja,' zei hij. 'Het is wat je denkt dat het is. Maar het is niet zoals het klinkt. Iemand die ik ken heeft het genomen en naar iemand op een andere school gestuurd. Je hebt nog steeds niet uitgelegd hoe jij eraan komt.'

'Ik heb het je al verteld. Iemand heeft het naar me gestuurd.'

'Wie?'

'Ik weet het niet. Ze hebben het "*AirDropt*" naar me.'

Tomek wist genoeg over de technologie in zijn iPhone om te begrijpen dat ze het had over de functie die werkte als Bluetooth, waardoor gebruikers alles naar iedereen konden sturen die bereid was het te ontvangen zonder telefoonnummers in te voeren of links in een app te kopiëren.

'En je weet niet van wie het komt?'

'Nee. Zo werkt AirDrop. Ze hebben de naam van hun telefoon veranderd zodat ik niet kon zien van wie het kwam.'

Hij wist duidelijk toch niet alles erover.

'Geef hem aan mij,' zei hij, terwijl hij zijn hand uitstak naar haar mobiel. 'Ik neem hem morgen mee naar mijn werk. Zij kunnen de bron traceren.'

Kasia trok het toestel weg voordat hij het kon pakken. Vervolgens drukte ze het tegen haar borst. 'Je krijgt mijn telefoon niet! Dat laat ik niet toe.'

'Jawel. Ik wil weten wie het naar je heeft gestuurd, ik wil weten waarom.'

Ze stopte haar telefoon in de borstzak van haar blazer. 'Jij-krijgt-mijn-telefoon-niet!'

Tomek besefte al snel dat dit een gevecht was dat hij ging verliezen. Tenzij hij haar hand afhakte en het op die manier terugkreeg. In plaats daarvan zou hij aan andere, creatievere manieren moeten denken om de bron van de afbeelding te vinden. En toen herinnerde hij zich plotseling dat Bridget achter hem had gestaan, stilletjes luisterend naar hun gesprek. Hij draaide zich langzaam om naar haar.

Haar gezicht was rood, bewolkt door plaatsvervangende schaamte. Ze was getuige geweest van een van de meest bizarre en ongemakkelijke ruzies ooit door op het verkeerde moment op de verkeerde plaats te zijn.

'Sorry dat je dit allemaal hebt moeten horen,' begon hij ongemakkelijk. 'Dit is een ongelooflijk gênante situatie die me in de afgelopen weken is overkomen, en het is iets dat ik je later zal uitleggen-'

'Is dat wat er zou gebeuren nadat mevrouw klaar was met mijn bijles? Zou je het persoonlijk aan haar laten zien?'

'*Kasia! Genoeg!*' Tomeks uitbarsting echode door de woonkamer en tot in de keuken. Hij was eindelijk geknapt. De eerste keer dat hij zo tegen haar had geschreeuwd. Schuldgevoel viel hem onmiddellijk aan en overtuigde hem ervan dat hij een slechte ouder was. 'Alsjeblieft,' voegde hij eraan toe, hoewel de schade al was aangericht. 'Er is niets gebeurd tussen ons, en er ging ook niets gebeuren. Je moet ermee ophouden.'

'Of wat?'

Het venijn in haar stem maakte hem bang. Dit was een compleet andere kant van haar, een die hij nog niet eerder had meegemaakt. Het werd snel een avond van eerste keren.

Om de situatie te ontladen, stapte Bridget in zijn gezichtsveld, aarzelend op haar tenen lopend.

'Ik denk dat ik maar ga...' begon ze. 'Ik zie je morgenochtend op school, Kasia. Als je na het eerste lesuur naar mijn kantoor kunt komen, kunnen we bespreken wie je dit heeft gestuurd. En, meneer Bowen, ik weet zeker dat we hier achter komen, maakt u zich geen zorgen. Ik weet dat het uw werk is en ik weet dat u het graag zelf zou doen, maar laat het eerst aan ons over.' Ze keek zachtjes tussen hen heen en weer, haar heldere ogen ontlaadden de spanning en stelden Kasia gerust. 'Ik weet dat dit voor jullie beiden een beetje een schok is - net als voor mij - maar ik denk dat als jullie allebei even diep ademhalen en kalmeren, jullie kunnen gaan zitten en bespreken wat er aan de hand is. Ik hoef niet meer te weten dan wat jullie bereid zijn te delen. Oké? Geniet... geniet van de rest van jullie avond.'

Tomek bedankte haar en liet haar vervolgens uit. Onderaan de trap legde hij een hand op haar arm - vergelijkbaar met de manier waarop zij dat slechts minuten eerder had gedaan - en bedankte haar nogmaals. Terwijl hij haar uitzwaaide, dacht hij aan de volgende stappen. Aan de beste manier om verder te gaan. Aan de beste manier om de woelige wateren tussen hen te kalmeren.

Hij keek omhoog naar de treden en stelde zich voor dat elke trede een zin of uitspraak was die hij kon gebruiken om zichzelf te verklaren. En toen besefte hij dat het zinloos was. Geen enkele voorbereiding of planning kon hem voorbereiden op *dit* gesprek.

Toen hij eindelijk de bovenste trede bereikte, klaar om de muziek te staan, kwam hij een lege kamer binnen. Kasia was verdwenen; het enige wat was achtergebleven was haar tas, scheef leunend op de harde vloer, de inhoud verspreid over de grond, en haar jas die over de rugleuning van de bank was gegooid zonder dat hij het had gemerkt. Tomek negeerde de rommel en liep naar zijn slaapkamer - *haar* slaapkamer.

Hij drukte de klink naar beneden en duwde zonder te kloppen. Er was geen tijd om te kloppen. Geen tijd voor beleefdheid. Niet nu.

Toen de deur volledig openging, zag hij niets. De kamer was precies zoals die was geweest toen hij en Bridget hem eerder hadden doorzocht. Het onaangeroerde bed, de make-uptafel, de oorjes...

Alles was precies hetzelfde. Behalve het raam. Zijn slaapkamerraam - *haar* slaapkamerraam - stond wijd open, en een koude windvlaag blies naar binnen, waardoor de gordijnen als dansers in de nacht bolden. Hij sprintte ernaartoe en stak zijn hoofd naar buiten, draaide zijn nek snel naar links en rechts terwijl hij de straat op en neer afspeurde. In het pikkedonker zag hij niets. Zelfs het donkeroranje van de straatlantaarns was niet genoeg om de bomen of omringende voertuigen te verlichten. Of de silhouet van een dertienjarig meisje.

'Kasia!' riep hij naar haar, maar er kwam geen antwoord.

Ze was weg.

HOOFDSTUK
VIJFENDERTIG

Toen Tomek zijn autosleutels pakte, besefte hij dat hij ze niet nodig zou hebben. Ze kon niet ver zijn gegaan. In ieder geval niet ver genoeg om ze nodig te hebben. De kans was groot dat ze zich binnen een paar honderd meter bevond, hooguit een halve kilometer als ze er echt haar zinnen op had gezet. Hij had haar gebrek aan atletisch vermogen gezien telkens als ze de boodschappen naar boven droeg, en hij had voortdurend verhalen gehoord over hoe ze de gymles en elke vorm van lichamelijke inspanning haatte, dus hij wist dat het zoekgebied niet al te groot hoefde te zijn.

De eerste beslissing waarmee hij geconfronteerd werd toen hij zijn huis uitstapte, was echter welke kant hij op moest gaan. Links of rechts.

Welke kant was Bridget opgegaan? Had hij opgelet? Had hij het gezien, of dacht hij alleen maar dat ze naar links was gegaan, richting de kustlijn?

Hij draaide zich de andere kant op, in de richting van het stadscentrum. Toen richtte hij zijn blik naar boven, naar het slaapkamerraam. Het was op het noorden gericht, naar de stad toe. Als ze was weggeglipt terwijl hij afscheid aan het nemen was - wat wel moest, want hij was maar een paar seconden beneden geweest - dan zou ze die kant op zijn gegaan, naar het licht en de beschaving.

Vijftig-vijftig.

Links of rechts.

Toen nam hij zijn beslissing.

Rechts. Richting Leigh Broadway.

Op dit tijdstip begon het kleine stadscentrum langzaam tot rust te komen. Stellen en families die uit waren gegaan voor een lekkere maaltijd waren klaar en maakten zich langzaam op weg naar huis, arm in arm, op weg naar de taxistandplaats. Laatste aankopen waren gedaan in de Co-op en werden haastig de straat afgedragen. Zelfs de kroegbezoekers begonnen het voor gezien te houden.

Terwijl hij door de straat stormde, probeerde hij Kasia's mobiele nummer.

Niets.

Zijn nummer was nog steeds geblokkeerd. En als dat al niet het geval was geweest, dan zou het dat nu zeker zijn.

Geen probleem. Tomek had een oplossing voor het probleem. Nee, twee oplossingen.

De eerste was typisch, niet-opdringerig. De tweede was meer twijfelachtig.

Eerst ontgrendelde hij zijn telefoon en opende de app 'Zoek mijn vrienden'. Zodra de software was geladen, verscheen er een kleine kaart van Leigh-on-Sea, gevolgd door een kleine bubbel boven zijn exacte locatie. Hij kneep in het scherm om uit te zoomen, en terwijl er meer van Essex verscheen, kwamen er ook meer bubbels tevoorschijn. Zijn broer in Chelmsford. Zijn ouders precies boven elkaar in hun huis. Hetzelfde gold voor Sean en Chey, die zich beiden nog in de incidentkamer bevonden. Zelfs Bridget die op weg was naar huis.

Maar geen spoor van Kasia.

Hij overwoog de mogelijkheden. Ofwel had ze de app uitgeschakeld, haar locatie-instellingen uitgezet, of haar telefoon volledig uitgeschakeld.

Hij gaf de voorkeur aan de eerste twee mogelijkheden. De laatste verafschuwde hij.

Maar er was een manier om erachter te komen.

Na het afsluiten van de app scrollde hij naar zijn adresboek en vond Seans nummer.

De telefoon ging over en over. Tot zijn vriend uiteindelijk opnam.

'Sorry, maat,' begon Sean. 'We kunnen nog niet komen spelen. Cheys moeder zegt dat het zijn bedtijd is en dat hij moet gaan slapen zodra hij thuiskomt.'

Het geluid van Chey die naar Sean schreeuwde dat hij moest oprotten, echode door de luidspreker in Tomeks oor.

'Kun je me helpen?' vroeg Tomek. 'Ik heb hulp nodig.'

Sean voelde de urgentie in Tomeks stem en verlaagde de zijne. 'Natuurlijk, maat. Wat is er gebeurd?'

'Kasia is vermist. Ze is net het huis uit gegaan en er vandoor gegaan. Kun je haar telefoon traceren om te zien waar ze zou kunnen zijn?'

'Ehmm...'

'Kom op, vriend. Help me. Ik heb geen flauw idee waar ze is en met wat er met Annabelle Lake en Jenny Ingles is gebeurd, wil ik niet dat ze te lang buiten is.'

Tomek wist dat het inspelen op Seans gevoel zou werken. Maar het was een wanhopige tijd. Nood breekt wet, en al dat soort dingen. En het verontrustende was dat hij zich er niet eens schuldig over voelde.

Even later bevestigde Sean dat hij zou doen wat hij kon, en nadat Tomek Kasia's mobiele nummer telefonisch aan hem had doorgegeven, ging hij verder met zijn zoektocht door het stadscentrum naar zijn dochter. Hij had nog nooit zo'n angst en kwelling gevoeld, zo'n wanhoop. Hoewel hij het misschien niet liet zien in de manier waarop hij sprak of in de manier waarop hij bewoog, voelde hij het diep vanbinnen. Het brandende verlangen om een dierbare thuis te brengen, zoals de pijn en schok die je voelt wanneer je je telefoon kwijtraakt.

Nu begon Tomek te begrijpen hoe Steven en Elizabeth Lake zich hadden gevoeld.

Sean belde hem een paar minuten later terug.

'Ik heb haar gevonden,' zei hij. 'Ze is aan de kustlijn. Old Leigh. Ergens tussen het strand en de Ye Olde Smack.'

Tomek wist precies waar ze was. Hij bedankte zijn vriend, hing op en haastte zich toen naar de kustlijn.

Old Leigh, zo genoemd omdat het enkele eeuwen geleden de drukke hoofdstraat van de stad was voordat deze verder landinwaarts verhuisde, lag op tien minuten lopen - en een zeer steile afdaling - afstand. Dit deel van de stad was beroemd om zijn prachtige wandelingen langs het estuarium; de verschillende dokken gevuld met boten die eruitzagen alsof ze al honderden jaren onbewoond waren; de pubs die er al even lang stonden als de boten; een kleine strook zand waar de lokale bevolking naartoe stroomde zodra de zon verscheen en de temperatuur vijftien graden bereikte; en het belangrijkste, de fish-andchipswinkels met eten gemaakt van verse vis uit de plaatselijke vismarkt langs de boulevard. Tomek had er als kind vele middagen doorgebracht en als tiener vele avonden. Het was een van zijn favoriete plekken geweest om naartoe te vluchten na een ruzie met zijn ouders. Soms bleef hij er de hele nacht en kwam hij in de vroege ochtenduren thuis, waarbij zijn ouders volkomen onwetend waren van zijn afwezigheid.

Het was dan ook een wonder dat hij er niet als eerste aan had gedacht. Dat Kasia daar misschien terecht was gekomen. Misschien kwam het omdat zij tweeën nog nooit samen langs dat pad hadden gelopen. Ze hadden nooit de tocht gemaakt van Old Leigh naar Chalkwell helemaal tot aan de boulevard van Southend.

Toen hij de voetgangersbrug overstak die naar Bell Wharf Beach leidde, pingelde Tomeks telefoon. Sean had hem een foto gestuurd van Kasia's laatste locatie. Op slechts een paar honderd meter afstand, gezeten aan de rand van het zand.

Onderaan de trap sloeg hij linksaf en haastte zich naar het water. Daar vond hij haar, een figuur in het zand, opgerold als een bal. Haar lichaam gloeide in een engelachtige witte tint terwijl het maanlicht weerkaatste op haar schoolblouse. Het zachte geluid van golven die tegen de kust klotsten echode en stelde hem onmiddellijk gerust. Alle stress en angst stroomden uit hem weg terwijl hij diep uitademde.

Voorzichtig deed hij zijn schoenen en sokken uit en stapte het strand op. Het was lang geleden dat hij voor het laatst het gevoel van zand onder zijn voeten had gevoeld, tussen zijn tenen, dat tintelende en brandende gevoel. Het bracht hem direct twintig jaar terug in de tijd. Daar zittend, met zijn vrienden, flirtend, lachend, drinkend, schreeuwend, zingend. Het was een wonder dat niemand de politie had gebeld of had geklaagd.

Nu was het anders. De plek was verlaten. Misschien was het te koud, te nat, te triest. Of misschien was het te vroeg voor de jongeren en feestvierders om hun opwachting te maken. Misschien genoten ze nog van het avondeten met hun ouders voordat ze eropuit gingen en de wetten op het drinken onder de toegestane leeftijd overtraden. Of misschien was het gewoon iets wat ze niet meer deden. Nu waren ze te druk met hun videospelletjes, reality-tv, en hun vingers die verbonden waren met de digitale eenentwintigste eeuw, hadden ze geen behoefte meer aan iets zo roekeloos en enigszins asociaals als de avond doorbrengen weg van hun ouders. Niet wanneer ze dat konden doen vanuit het comfort van hun eigen huis.

'Hé...' zei hij zachtjes en van een afstand, om haar niet te storen.

Kasia, zittend op haar schoolblazer om te voorkomen dat er zand in haar panty kwam, ineengedoken met haar benen tegen haar borst gedrukt, bleef volkomen stil.

'Mag ik erbij komen zitten?'

Ze zei niets, maar Tomek vond toch een plekje een paar meter van haar vandaan en ging zitten met zijn benen in een vergelijkbare positie. Voor een lange tijd zei hij niets. Luisterde alleen naar het geluid van het water, van de wind, van de vogels in de verte, van de trein die vanuit Benfleet richting Shoeburyness reed.

Daar ging het om. Pauzeren, al de chaos en waanzin stoppen om een pauze te nemen, op adem te komen. Hij had het niet gewaardeerd als twintigjarige. Het enige waar hij om gaf was cool zijn, erbij horen, en meisjes versieren. Maar nu, nu waren het momenten als deze die hem in staat stelden om te reflecteren.

'Wil je erover praten?' vroeg hij terwijl hij naar een kleine scheepscontainer keek die gestaag over de Theems richting het Kanaal en verder dreef.

'Nee...'

'Oké,' antwoordde hij. 'Wil je het verhaal erachter weten?'

Ze aarzelde. Overwoog het.

'Nee.'

'Prima.'

Tomek veranderde zijn greep op zijn knieën terwijl ze in het zand begonnen te zakken. Inmiddels was de scheepscontainer slechts vijf centimeter verplaatst, voortpruttelend. Daarachter waren de nachtlichten van Kent in het zuiden, die fonkelden te midden van de dampen die uit het vaartuig kwamen. Boven hen was de lichte wolkendekking begonnen te verdwijnen en onthulde het tapijtwerk van de nacht.

'Op een heldere nacht, en met een zeer goede camera, kun je de Melkweg zien,' vertelde hij haar.

'Dat kan niet,' zei ze ongelovig.

'Dat kan wel,' vervolgde hij. 'Je hebt alleen een heel *heel* goede camera nodig en veel geduld.'

Met gewekte nieuwsgierigheid draaide Kasia haar hoofd naar de hemel.

'Ik geloof je niet.'

'Nou, misschien moet ik je op een dag een camera kopen zodat je het zelf kunt proberen.' Ze kantelde haar hoofd naar hem toe, met een lichte, zachte glimlach op haar gezicht. 'Je maakt er genoeg met je telefoon. Hoe kom je hier terecht?' vroeg hij. 'Van alle plekken. Ik ben verbaasd dat je überhaupt wist waar je het kon vinden.'

Kasia haalde diep adem voordat ze antwoordde.

'Ik ben hier een keer met mama geweest...' begon ze, maar stopte toen. 'Toen ik tien was. Gewoon voor de middag. Het was mijn eerste keer aan zee. Ze zei dat het was zodat ik de zee en het zand kon ervaren. Maar toen verdween ze voor een uur, liet me precies op deze plek achter. Ik bewoog me niet gedurende de hele tijd dat ze weg was, bleef gewoon hier zitten wachten. Ik huilde niet, ik schreeuwde niet om hulp. Omdat ik wist dat ze terug zou komen.'

'En kwam ze terug?'

Kasia liet haar hoofd zakken. 'Ja... maar pas nadat ze had gekregen wat ze wilde...'

Drugs.

Hij wist niet precies wanneer Anika's verslaving was begonnen - op een bepaald moment na hun breuk, vermoedde hij - maar het was een schok voor hem geweest toen hij het oorspronkelijk had ontdekt. Haar oom, een woekeraar, was verantwoordelijk geweest voor het doden van twee van zijn beste vrienden, en Anika was ternauwernood aan een gevangenisstraf of welke aanklacht dan ook ontsnapt. Haar oom daarentegen was aangeklaagd voor moord en veroordeeld tot levenslange gevangenisstraf. Maar dat had haar er niet van weerhouden om contact met hem te houden en gebruik te maken van zijn contacten in de onderwereld. Als gevolg daarvan had ze een verslaving aan cocaïne en heroïne ontwikkeld, en deed ze alles om eraan te komen. Zoals zichzelf prostitueren, mensen in elkaar slaan, inbreken, en zelfs zware mishandeling plegen - wat allemaal had geleid tot haar onvermijdelijke opsluiting in een van Zijne Majesteits beste inrichtingen, en tot Kasia die onder zijn hoede kwam.

'Wist je destijds wat ze aan het doen was?' vroeg Tomek voorzichtig.

'Ik denk dat een deel van me het wel wist. Dat is waarschijnlijk waarom ik bleef, omdat ik wist dat ze uiteindelijk terug zou komen.'

Tot de dag dat ze niet meer terugkwam. Tot de dag dat de drugs haar hadden verteerd en haar leven hadden overgenomen.

'Maar waarom hier?' ging hij verder. 'Is het omdat je denkt dat ze terugkomt...?'

Ze liet haar benen zakken en strekte ze over het zand, waardoor er kleine groeven ontstonden met haar voeten. 'Nee,' antwoordde ze. 'Ik weet dat dat nooit gaat gebeuren. Ik denk dat het gewoon... toen ik hier stond, wilde ik wegrennen. Ik wilde huilen en rennen en om hulp schreeuwen. Maar ik zei tegen mezelf dat ik dapper moest zijn. Ik zei tegen mezelf dat alles uiteindelijk goed zou komen. En op een bepaalde manier gebeurde dat ook. Ik kom hier om mezelf daaraan te herinneren.'

HOOFDSTUK
ZESENDERTIG

Toen Tomek de volgende ochtend het huis verliet, was het pikdonker. Dat was het al sinds hij was gaan liggen. Geen slaap voor hem, tenzij je die twee uur tussen twaalf en twee meetelde die hem geplaagd hadden. Sindsdien had hij liggen woelen, rusteloos. De gedachten in zijn hoofd maalden door. Beelden van gisteravond speelden zich af in zijn geest.

Hij kon zich alleen maar voorstellen hoeveel beeldender en verontrustender ze voor Kasia waren. Het zou hem niet verbazen als ze therapie of een soort hypnosebehandeling nodig had om alles wat ze had gezien te vergeten. Maar hij wist dat dat onmogelijk zou zijn. Het beeld van zijn penis stond stevig in haar geheugen gegrift.

Een gedachte waarvan hij nooit had verwacht dat die door zijn hoofd zou gaan.

Hij was ook urenlang wakker gebleven, pogend maar niet in staat om uit te vogelen wie het had gestuurd. Eerst had hij geprobeerd haar kamer binnen te sluipen om de telefoon van haar nachtkastje te stelen en het op die manier te bekijken (hij had haar meerdere keren de toegangscode zien invoeren om het apparaat te ontgrendelen, en tot zijn ergernis was het het minst inspirerende nummer ooit - haar geboortedatum). Maar toen hij door de deuropening glipte en op zijn tenen naar het tafeltje liep, merkte hij dat de telefoon tussen haar en het dekbed geklemd zat, met een dun wit snoertje dat uit de plooien stak. Beseffend dat ze in slaap moest zijn gevallen met het ding in haar handen, verwierp hij dat idee en ging terug naar af.

Terug naar af, wat nutteloos was.

Hij kon zich alleen maar voorstellen wat voor een inspirerende gedachte hij zou hebben voor de volgende stap.

En toen had hij het bedacht. Social media. Door Kasia's vriendenlijst spitten en afdalen in het konijnenhol van mensen van haar school. Maar dat was een troebele wereld waar hij niet in wilde duiken. De meerderheid van de kinderen van haar leeftijd die hij op zijn werk was tegengekomen, hadden weinig tot geen privacy- of beveiligingsinstellingen, en het zou raar voelen als hij door afbeeldingen van tieners en minderjarigen zou scrollen - en met zijn onhandigheid in het navigeren door de complexiteit van social media-interfaces wist hij gewoon dat hij per ongeluk iets zou liken of iemand zou volgen. Of onbedoeld een enorme afbeelding van een duim zou sturen. En zichzelf in een stormvloed van problemen zou storten.

In plaats daarvan had hij wakker gelegen, terwijl hij de gedachten en ideeën in zijn hoofd liet broeien. Totdat de druk zo zwaar en onverbiddelijk was geworden dat hij het niet meer aankon en uit bed rolde. Tegen de tijd dat hij naar zijn werk vertrok, had hij Kasia's ontbijt en lunch klaargemaakt, en zelfs een klein briefje geschreven om te zeggen dat hij vroeg was vertrokken en laat thuis zou komen. Hij was zo ouderwets.

Toen hij bij het einde van de straat kwam, sloeg Tomek in plaats van rechtsaf richting het station waar hij om twaalf uur een briefing zou bijwonen, linksaf, in de richting van zijn nieuwe favoriete plek ter wereld.

———

Vincent Gregory was woedend toen hij Tomek vroeg in de ochtend zag. De man was nauwelijks wakker, zijn haar was een puinhoop, evenals zijn ogen, die nog vasthielden aan de restanten van de slaap. Hij droeg een korte pyjamabroek, waardoor zijn borst en een bos krullend haar aan de kou werden blootgesteld. Het duurde niet lang voordat zijn tepels stijf werden, als twee torentjes die uit een ruimteschip staken.

'Wat doe je hier in godsnaam - *weer*? Hoe vaak moet ik je nog vertellen dat ik je hier niet wil hebben! Ik heb al met je baas gesproken en hij zei dat hij het zou regelen - hij doet duidelijk geen reet als jouw stomme kont nog steeds onaangekondigd langskomt!'

Vincents stem had door de lege en stille doodlopende straat gegalmd, en aan het eind ervan had hij Tomek getrakteerd op een blik van zijn vuile tanden met een lange gaap.

'Late avond, was het?' vroeg Tomek, die moeite had om zijn eigen gaap te onderdrukken.

'Wat denk *jij*? Jij bent de agent. Dacht dat jullie allemaal zo opmerkzaam moesten zijn, of zoiets? Beff is de hele nacht gek geweest van bezorgdheid om Steven.'

Voor zover hij wist, volgens de aantekeningen en dossiers, was haar reactie op de verdwijning van haar man heftiger dan die toen ze erachter kwam dat haar dochter was ontvoerd en vermoord. Vreemd... Maar goed, verdriet werkte op mysterieuze wijzen.

'Denk je dat ik binnen kan komen?' vroeg Tomek.

'Nee. Absoluut niet. Rot op! Je hebt geen enkel recht om hier te zijn.'

Tomek vouwde zijn armen over zijn borst en wachtte enkele ogenblikken voordat hij verder ging. 'Het gaat om je auto...'

Dat leek de agressie uit zijn gezicht te zuigen, en hij deed een stap verder terug zijn eigen huis in.

Ondanks het feit dat Vincent had weten te bewijzen dat het niet zijn auto was die was gebruikt om Jenny Ingles op te halen, hadden Tomek en Sean een duo van forensisch specialisten laten komen om het voertuig op vingerafdrukken en DNA te onderzoeken. Voor de zekerheid, hadden ze hem verteld. Allemaal onderdeel van hun routineonderzoek. Om hem uit te kunnen sluiten. Maar ze wisten allemaal dat het uit rancune was. Een kans om die kleine racistische fascistische klootzak te pakken. En wie waren zij om tegen te spreken als Victoria het verzoek zonder discussie had goedgekeurd?

Helaas zou het nog even duren voordat de forensisch onderzoekers niets zouden vinden tijdens hun onderzoek, dus hij had niet het genoegen om Vincent op deze koude en natte novemberochtend te arresteren. In plaats daarvan was de werkelijke reden voor zijn bezoek veel onschuldiger, veel goedaardiger. Maar zolang het druk bleef uitoefenen in de juiste richting, vond Tomek het prima. Het was het minste wat die kleine racistische fascistische klootzak verdiende.

'Wat is er met mijn auto?' vroeg Vincent voorzichtig, alsof als hij het luider zou zeggen, hij schuld zou bekennen.

'Het is beter als we dit binnen bespreken...'

En net zo makkelijk was hij binnen. Het huis lag te slapen, en het geluid van Georgia Gregory's gesnurk dreunde door het gebouw. Tomek liep rechtstreeks naar de woonkamer en liet zich op de bank vallen.

'Nou...?' begon Vincent dringend, zijn stem zacht houdend. Hoewel Tomek dat niet nodig vond. 'Wat is er?'

'We hebben een paar onregelmatigheden gevonden...' begon Tomek. 'Met de papierwerk... Het lijkt erop dat je een paar betalingen aan de DVLA voor je wegenbelasting hebt gemist.'

'Wat zeg je?' Vincents gezicht werd rood.

'Je rijdt al vier maanden illegaal op de weg.'

'Wat is er in godsnaam mis met je? Ben je een of andere Poolse kloot-zak? Je bent helemaal hierheen gekomen om me te vertellen dat ik vergeten ben iets te betalen. Nee... rot op uit mijn huis, man. Je maakt me helemaal gek.'

Tomek koos ervoor de instructie te negeren. In plaats daarvan bleef hij waar hij was en glimlachte alleen maar zelfvoldaan naar Vincent. De reactie verhoogde de agressie van de man, en in een flits stormde hij op Tomek af en reikte naar hem. Maar op het laatste moment hield hij zich in, en besefte dat hij op het punt stond zijn handen op een agent te leggen.

'Je bent toch niet van plan iets doms te doen, hè?' vroeg Tomek. 'Je wilt misschien niet dat ik de dood van je nicht onderzoek, maar ik ben nog steeds een dienstdoende politieagent, en ik kan je nog steeds op je kont gooien en je klote gezichtje in het tapijt duwen en je arresteren als ik dat wil. Dus denk heel goed na over hoe je dit wilt aanpakken...'

Besluiteloosheid speelde op Vincents gezicht. En na een tijdje trok hij geleidelijk zijn handen terug en liet ze zakken langs zijn zijden.

Als teken van dominantie klopte Tomek zichzelf af (hoewel hij niet was aangeraakt) en bleef op zijn plek. Dit was nu zijn zitplaats. Dit was zijn huis. En Vincent was degene die binnendrong.

'Nu ik hier toch ben,' begon Tomek, 'had ik een paar vragen die ik je wilde stellen over je zwager, Steven...'

HOOFDSTUK
ZEVENENDERTIG

Tara Moore woonde alleen in een huis met drie slaapkamers in South Benfleet, om de hoek bij het treinstation. Op de oprit stonden twee auto's geparkeerd: een BMW 4 Serie en een Vauxhall Corsa. Eén voor zakelijk gebruik, één voor vrije tijd. Voordat Tomek op de deur klopte, keek hij op zijn horloge 8:50 uur 's ochtends. Een sociaal aanvaardbaar tijdstip om langs te komen. Tegen deze tijd waren de meeste kinderen op school en hadden alle werknemers de moeizame reis naar de stad gemaakt voor de dag die voor hen lag. Behalve Tara Moore, een van de artsen in het Southend-ziekenhuis.

In een poging om van Tomek zo snel mogelijk af te komen, had Vincent Gregory al zijn vragen in recordtijd beantwoord. Dat hij niets te maken had met de verdwijning van zijn zwager. Dat hij aan het werk was geweest op de ochtend dat Steven was verdwenen. Dat hij pas de afgelopen dagen over de affaire had gehoord en het nieuws eerder aan Beth met een F had willen vertellen, maar gezien de huidige situatie met haar overleden dochter, had besloten dat dit waarschijnlijk niet het beste moment was. De wereld van Elizabeth Lake was zojuist op haar ingestort.

Haar dochter was verdwenen.

Haar dochter was vermoord.

En toen had ze ontdekt dat de man van wie ze hield - of beter gezegd, de man van wie ze had moeten houden - een affaire had.

Hoe lang al, dat wist Tomek niet en Vincent evenmin. Maar hij was van plan dat uit te zoeken.

Even later ging de voordeur open. Aan de slaperige blik op haar gezicht te zien was Tara Moore pas een paar minuten eerder wakker geworden en wreef ze haastig de slaap uit haar ogen. Ze droeg een licht vest en een joggingbroek. Ze had een bos dik bruin haar dat perfect op haar schouders viel, en dikke wenkbrauwen die aan de randen van haar gezicht scherp naar beneden liepen. Tomek had de serie nooit echt gekeken, maar hij vond dat ze eruitzag als een personage uit *Grey's Anatomy* - te knap en gepolijst om een dokter te zijn. Te Hollywood.

'Kan ik u helpen?' vroeg ze, haar stem even zwak en vermoeid als ze eruitzag.

Tomek graaide in zijn zak en liet zijn legitimatiebewijs zien. 'Tara Moore?'

Ze was te druk bezig haar ogen te wrijven om naar de details van zijn kaart te kijken. 'Dat ben ik.'

'Mag ik binnenkomen, alstublieft? Het gaat over Steven Lake...'

Daarop stopte ze met wrijven. 'Is... is alles in orde? Gaat het goed met hem?'

Tomek bracht haar op de hoogte toen ze een comfortabele plek in de woonkamer hadden gevonden.

'Ik heb vernomen dat zijn boot gisteravond is gevonden...' vervolgde hij terwijl hij haar blik ontmoette en deze af en toe door de kamer liet dwalen wanneer ze niet keek. 'Maar helaas was er geen spoor van Steven. Het vaartuig is in beslag genomen en wordt momenteel onderzocht.'

Wat hem eraan herinnerde dat hij nog ruim de tijd had tot de vergadering van twaalf uur.

'Bent u... En u...' Tranen begonnen zich in haar ogen te vormen. Ze vocht ze zo lang mogelijk weg. Totdat ze de woorden uitsprak die ze had ingehouden: 'U denkt dat hij dood is, nietwaar?'

Vanaf dat moment was het niet meer te stoppen. Enkele minuten lang onophoudelijk. In die tijd nam Tomek de vrijheid om beneden door het huis te lopen op zoek naar tissues. Uiteindelijk gebruikte hij toiletpapier uit de badkamer.

'Alstublieft,' zei hij, terwijl hij het haar aanreikte.

Snikkend antwoordde ze: 'Dank u.' En begon toen haar ogen te deppen met het drielaags papier.

Tomek gaf haar een moment om het nieuws te verwerken. Hij liet zijn blik opnieuw door de kamer dwalen, dit keer bestudeerde hij de inrichting en meubels in meer detail. Het huis was aanzienlijk groter en luxueuzer dan hij had verwacht - vooral voor iemand die alleen woonde. Dankzij zijn recente verhuizing beschouwde hij zichzelf nu als een expert op de woningmarkt in het gebied Zuid-Essex, en schatte dat haar huis ergens in de prijsklasse van zeshonderd- tot zevenhonderdduizend pond zat. Een exorbitant bedrag voor een huishouden met twee inkomens, laat staan één. Maar wat hem meer zorgen baarde was de verontrustende hoeveelheid dolfijn-gerelateerde spullen in het huis. Afbeeldingen aan de muren en fotolijstjes op een kast in de woonkamer; glazen en mozaïek ornamenten op de vensterbank; graphics en illustraties op mokken in de keuken. Ze had zelfs een vergroot schilderij van een dolfijn die uit het water springt, gesilhouetteerd tegen de achtergrond van een regenboog en wolkeloze hemel, afgedrukt op een theedoek.

Tomek wist niet waar die specifieke fascinatie vandaan kwam, maar voordat hij kon ingaan op de diepe psychologische moeilijkheden die ze moest hebben doorgemaakt om dit te krijgen, was Dolfijnenvrouw klaar met huilen en keek naar hem op.

'Wanneer ze... wanneer ze zijn lichaam vinden... zult u het me dan vertellen?'

'Natuurlijk.'

Tomek reikte in zijn zak en haalde zijn notitieboekje tevoorschijn. Hoewel hij niet van plan was iets op te schrijven, was het een meesterlijke manier om te suggereren dat hij dat wel zou doen en dat hij enkele lastige vragen moest stellen. Het hielp de getuige zich meestal voor te bereiden op wat er ging komen.

'Ik begrijp dat jullie twee een affaire hadden...' begon Tomek.

Ze knikte zachtjes en streek haar haar uit haar ogen.

'Kunt u me vertellen hoe lang u elkaar al ziet?

'Zo'n vier maanden. Ik... ik ben kinderarts. Ik zorg voor zieke kinderen. Annabelle is het afgelopen jaar een paar keer binnengekomen en ik heb voor haar gezorgd.' Ze pauzeerde, haar gezicht vertrok terwijl ze fijne herinneringen in haar hoofd afspeelde. 'Op een dag raakten Steven en ik gewoon aan de praat. Niets te gewaagds, niets te pikants. Gewoon praten. Vriendschappelijk, zeg maar. Hij kwam op mij over als een zachte, oprechte man, en die zijn er tegenwoordig niet veel - geloof me, ik heb het geprobeerd. Toen vroeg hij of ik een keer koffie wilde drinken of lunchen.'

'En u zei ja?'

'Mhmm.'

'Wetende dat hij een getrouwde man was?'

Ze hield zich in voordat ze antwoordde. 'Ik... Van wat ik hoorde, en van wat hij me vertelde, was het helemaal geen gelukkige relatie. Anders waarom zou hij mij dan hebben uitgenodigd? Ik denk niet dat die twee het goed met elkaar konden vinden. Ze waren altijd aan het ruziën over Annabelle, en Steven wilde weg uit de familie. Hij kon zijn zwager niet uitstaan. Vic... Vin...'

'Vincent-'

'Dat is hem. Kon hem niet uitstaan. Ze waren altijd aan het ruziën. Meer dan hij deed met Elizabeth. Het ging altijd over de kleine Annabelle. Het arme ding zat gewoon gevangen in het midden van alles. Ik denk dat het hem echt raakte.' Ze wreef met haar duim op en neer langs haar vingers, het kraakbeen en bot masserend. 'Je kon het aan zijn gezicht zien. Gewoon... moedeloos, vaak. Nauwelijks aanwezig. Ik praatte tegen hem en ik moest dingen een paar keer herhalen voordat hij echt naar me luisterde, begrijp je?'

Tomek begreep het. Hij kende dat maar al te goed: Kasia was hetzelfde geweest toen ze bij hem was ingetrokken. Daar zat ze dan in stilte, starend in het niets, niets zeggend, eeuwig doend over het antwoorden op een onschuldige vraag zoals of ze wel of geen thee wilde. En 's avonds ging ze zonder een woord direct naar bed, en wanneer hij probeerde een gesprek te beginnen, staarde ze hem onverschillig aan en draaide zich om. De eerste twee weken waren zo geweest, totdat er uiteindelijk iets was veranderd. Misschien was ze tot de verwoestende realisatie gekomen dat dit haar nieuwe realiteit was en dat ze ermee moest leven.

'Hebt u ooit tijd doorgebracht met Annabelle?'

'Niet veel. Niet veel buiten wat nodig was in het ziekenhuis. Meestal kwam Steven hier, onder het mom van werken. Of hij kwam me soms opzoeken in mijn lunchpauze als hij in de buurt was.'

Nu begreep Tomek waarom Steven een extra lading werk in Southend had gekregen.

'Het is verschrikkelijk...' zei ze, alsof het een nagedachte was.

'Wat is dat?'

'Wat er met dat kleine meisje is gebeurd. Het was afschuwelijk. Je had hem moeten zien. Hij was volledig overstuur als hij langskwam. Ik probeerde hem te troosten maar er was niets wat ik kon doen. Hij zat gewoon daar op de bank naar de tv te staren of lag in bed te doen alsof hij sliep. Hij dacht erover om zichzelf bezig te houden met werk, maar hij zei dat hij bij me wilde zijn, met me wilde praten.'

'Had u geen werk?'

Ze schudde haar hoofd. 'Ik ben de afgelopen twee weken met verlof geweest. Morgen ga ik weer aan het werk. Eerste keer dat ik dit jaar vrij heb genomen en ze hebben me gedwongen het te doen. Tenminste ben ik op tijd terug voor al die dronken kinderen op de spoedeisende hulp tijdens de kerstperiode.'

Tomek probeerde zich te herinneren of hij een van die dronken jongeren was geweest. Zo lam zijn dat hij nauwelijks kon lopen en zijn maag moest worden leeggepompt door het gulle volk van de spoedeisende hulp. Hij kon zich geen specifieke avonden herinneren.

'Weet u al wie het gedaan heeft?' vroeg ze.

Tomek schudde zijn hoofd en verontschuldigde zich. 'We onderzoeken alle mogelijke sporen,' zei hij, het standaardantwoord herhalend. 'Voor wat voor dingen kwam Annabelle gewoonlijk naar het ziekenhuis?'

Er was geen melding gemaakt van ziekenhuisbezoeken in Lorna's post-mortemrapport. Ook niet in iemand anders zijn rapport, wat Tomek deed afvragen of ze officieel waren geregistreerd.

'Ze...' Ze aarzelde. 'In het begin was het omdat ze werd getest op leerproblemen. Maar naarmate de tijd verstreek, denk ik dat Steven redenen vond om langs te komen en met me te praten. Vaak klaagde hij dat ze hoofdpijn had of iets anders onschuldigs, dus ik vond het niet nodig om het ergens te registreren.'

Tomek maakte daar een aantekening van, bedankte haar voor haar tijd en verontschuldigde zich voor het verstoren van haar dag. Terwijl ze hem naar de voordeur begeleidde, draaide hij zich om en sprak haar aan. 'Ten slotte...' begon hij. 'En u hoeft niet te antwoorden als u dat niet wilt - maar wat is het met al die dolfijnen?'

Tara grinnikte. 'Dit huis was van mijn oma. Ik heb het geërfd toen ze stierf. Veel ervan waren van haar, maar ik heb de collectie door de jaren heen uitgebreid. Ze werkte met ze als milieuactivist, reisde de wereld rond en hield ze in de gaten. Toen ik jonger was wilde ze dat ik dierenarts zou worden, maar ik kon het niet verdragen om te werken met stervende of gewonde dieren. Dus koos ik ervoor om zieke kinderen te helpen - het op één na beste.'

HOOFDSTUK
ACHTENDERTIG

'Je hebt een drukke ochtend gehad.'

'Sinds wanneer is dat een misdaad, sir?'

Nick vouwde zijn vingers ineen en schraapte zijn keel. 'Helaas voor jou is het dat wel wanneer het woord "intimidatie" ter sprake komt.'

'Onzin.'

'Vincent Gregory denkt daar anders over. Je bent minstens vier keer bij zijn huis geweest in evenveel dagen.'

Tomek haalde zijn schouders op. 'Ik mag hem echt graag. Hij heeft een geweldige persoonlijkheid. Ik denk dat wij vrienden zouden kunnen zijn buiten de professionele sfeer.'

Nick trok een walgende grimas. 'Doe niet zo bijdehand, Tom. Je weet dat je niet in de buurt van zijn huis mag komen. Als hij nog één keer belt, moet ik je op dienst sturen met uniform. Of je in een kamer zetten met Lorna zodat je de komende maand met lijken kunt doorbrengen.'

'Schiet me dan maar meteen door mijn hoofd,' antwoordde Tomek.

'Dat zou ik wel eens kunnen doen. Maar eerst denk ik dat ik Vincent Gregory het pistool zal geven.'

Tomek tuitte zijn lippen. 'Volgens mij heeft hij geen pistool nodig, sir. Geef hem gewoon een metalen ketting en hij is er klaar voor.'

'Wat bedoel je daarmee, Tomek?'

'Ik zou zeggen dat het duidelijk is, sir. Ik denk dat Vincent Gregory zijn nicht heeft vermoord en daarna zijn zwager om het te laten lijken op zelfmoord.'

Nick zuchtte zwaar. Deze keer was de lucht die uit zijn neus kwam sterker dan de stuwkracht van een jumbojet. 'Ik neem aan dat dit niets te maken heeft met het feit dat je Vincent Gregory niet mag?'

'O, het heeft absoluut alles te maken met het feit dat ik hem niet mag.' Tomek stak zijn handen op in overgave. 'Vergis je niet, ik haat die klootzak. Maar ik denk ook dat hij een paar familieleden heeft vermoord.'

'Waarom?'

Tomek fatsoeneerde de mouw van zijn colbert voordat hij sprak. 'Omdat ik denk dat Annabelle en Steven tussen zijn relatie met Elizabeth, zijn zus, kwamen.'

'Je *denkt*...'

'Ja, maar-'

'Nou, daar zit een deel van het probleem, Tomek. Je *denkt*. Totdat je daadwerkelijk iets *weet*, kunnen Victoria en ik er weinig aan doen. En de laatste keer dat ik keek, hoorde je je niet eens bezig te houden met Annabelle of Steven Lake - je zou je moeten concentreren op het vinden van Jenny Ingles. Ben je vergeten dat ze nog steeds vermist wordt?'

Tomeks schouders bogen naar voren terwijl hij in zichzelf kroop. 'Eh... Nee, natuurlijk ben ik dat niet vergeten.'

'Het klinkt alsof je dat wel bent. Je hebt zo'n stijve voor Vincent Gregory dat je volledig hebt nagelaten om de veilige terugkeer van een zeventienjarig meisje te waarborgen. Wat is er in godsnaam mis met je?'

Tomek schudde protesterend met zijn vinger in de lucht. 'Ik vind dat niet eerlijk, sir. Ik heb navraag gedaan naar wie ze was als persoon en geprobeerd haar laatste bewegingen te traceren. We laten zelfs Gregory's auto onderzoeken. Ik weet dat ze een probleemtiener was, die in de wereld van drugs en prostitutie terecht was gekomen, en hoogstwaarschijnlijk is dit een geval van iets... iets dat mis is gegaan.'

Nick zuchtte. Behalve dat het niet zijn gebruikelijke zucht was. Er zat niets van de agressie of wrok in. Deze keer was het vol schok en verbazing.

'Zei je dat echt? Je schrijft haar verdwijning toe aan een ongeluk, een geile junkie die het een beetje te ver heeft doorgedreven?'

Tomek opende zijn mond, maar er kwam alleen lucht uit. Nick had gelijk, het was belachelijk om te denken dat Jenny's verdwijning kon worden toegeschreven aan zo'n willekeurige gedachtegang, en hij schaamde zich dat hij het had erkend door het uit te spreken. Hij liet zijn hoofd zakken en verontschuldigde zich.

'Ik zal me deze ochtend volledig hierop richten, sir,' zei hij.

'Middag,' corrigeerde Nick, en keek toen op zijn horloge. 'Victoria's vergadering is over zeven minuten. Genoeg tijd voor jou om een koffie voor me te halen en er zelf ook een te nemen.'

De zelfvoldane grijns op Nicks gezicht bleef staan terwijl Tomek de deur achter zich sloot en naar het koffietentje om de hoek liep.

———

Tomek kwam acht minuten later terug, met koffie in zijn handen. De barista in de zaak had zijn bestelling verprutst. Twee keer. En dus was hij gedwongen langer te wachten dan verwacht. Bovendien was het bijna lunchtijd en de rij was belachelijk geweest.

Hij verontschuldigde zich voor de vertraging toen hij binnenkwam, overhandigde Nick de koffie (wat onmiddellijk de woede op Victoria's gezicht deed verdwijnen toen ze besefte dat ze geen ruzie met hem kon zoeken), en ging toen achterin de kamer zitten.

Naast Victoria voorin de incidentkamer stond rechercheur Rachel Hamilton. Ze droegen allebei vergelijkbare nette broeken met donkere tops in hun broekband gestoken. Bijna identiek. Alsof ze het hadden gepland. Tomek wilde vragen of dat inderdaad het geval was geweest, maar dacht dat dit absoluut niet het juiste moment was. Misschien nadat mensen waren gestopt met elkaar te vermoorden.

Dat zou eens wat zijn.

Victoria, als hoofdonderzoeker, was de eerste die sprak. Ze schraapte haar keel voordat ze begon, en eiste de aandacht van iedereen in de kamer op.

'Goedemorgen,' begon ze. 'Ik vertrouw erop dat jullie allemaal goed uitgerust zijn - voor zover mogelijk - en ik vertrouw erop dat jullie allemaal voorbereid zijn op wat ik jullie ga vertellen. Zoals jullie allemaal weten, werd Steven Lake's zeilboot gisteravond ontdekt vlak voor de monding van de Theems, doelloos drijvend een paar kilometer uit de kust. Er werd op dat moment geen lichaam gevonden, en de kustwacht - met hulp van onze mariene eenheid - doorzoekt nog steeds het water naar enig spoor van hem.'

'Dankzij Chey's rapport van gisteravond ben ik geïnformeerd dat Stevens telefoon voor het laatst is gebruikt op korte afstand van waar zijn boot is gevonden. Het laatste signaal op de zendmasten was om 05:35. Hij verliet zijn huis vroeg in de ochtend, achtenveertig uur geleden, en is niet teruggekomen. Het anker van de *Annabelle* werd als vermist ontdekt, en daarom denken we dat hij het heeft gebruikt om zijn lichaam onder water te houden. De boot werd in bijna onberispelijke staat aangetroffen, zonder tekenen van lekkage of schade door een aanvaring met een andere boot. En de kans om zijn lichaam in dat water te vinden is vrijwel nihil. Als gevolg daarvan is onze werkhypothese op dit moment dat hij in het water is gesprongen en is verdronken. We zullen echter alles blijven doen wat we kunnen om hem te vinden - dood of levend.'

Victoria pauzeerde om het nieuws tot het team te laten doordringen. Tomek bestudeerde de gezichten van zijn collega's. Sommigen, de meer ervaren leden van de eenheid, droegen uitdrukkingsloze, ingetogen gezichtsuitdrukkingen. Terwijl de jongste leden van het team lijkbleek waren.

'Nog vragen?' vroeg Victoria nadat het moment voorbij was.

Meteen gingen verschillende handen van het team omhoog, alsof ze in een klaslokaal zaten. Het was de ordelijke manier om dingen te doen op kantoor; anders was het complete chaos en werd er nooit iets besproken. Victoria keek de kamer rond, bekeek de opgestoken handen en selecteerde stilletjes haar eerste slachtoffer.

'Tomek...'

Hij verplaatste zich op zijn stoel zodat hij iets rechter zat. 'Weten we waar hij de boot bewaarde?'

'Goede vraag. Ja. Hij hield hem in de jachthaven op Canvey Island. Het is net voor de brug die naar Benfleet leidt.'

'Is er al iemand daar geweest?'

Victoria knikte, maar voordat ze haar mond kon openen om te spreken, nam Rachel het over. 'Een team van forensisch onderzoekers is er gisteravond naartoe gegaan. Ze vonden Stevens auto geparkeerd direct aan de waterkant, naast een enorm gat in de rij boten waar hij de zijne moet hebben gehouden. Ze zullen de komende dag of twee de boot grondig onderzoeken, maar het weer zou dat plan wel eens kunnen dwarsbomen.'

Tomek knikte terwijl hij graag wilde overgaan op zijn laatste vraag: 'Bent u honderd procent zeker dat hij zelfmoord heeft gepleegd?'

Victoria's ogen vernauwden zich en haar stem werd dieper. 'Ja. Nou, ik ben er bijna zeker van. Het bewijs lijkt die kant op te wijzen. Tenzij je iets hebt dat je zou willen toevoegen?'

Hij haalde zijn schouders op. 'Helemaal niets. Wilde alleen zeker weten dat we alle invalshoeken hebben bekeken.'

'Je hebt gelijk. Een frisse blik en frisse oren brengen je een heel eind.' Ze wendde zich tot Sean, die naast Tomek zat. 'Iets dat je wilde oppakken, Sergeant?'

Sean schoof ongemakkelijk op zijn stoel. Tomek wist niet zeker of het een ongemakkelijke reactie was op de vraag of op de persoon die de vraag stelde. Het was niet de eerste keer dat hij de verlegenheid van zijn vriend rond de nieuwe inspecteur had opgemerkt.

'Zijn financiële gegevens...' zei Sean langzaam alsof de woorden zich in zijn mond vormden terwijl hij ze uitsprak. Hebben we... Hebben we...'

'Hebben we die gecontroleerd?'

'Ja.'

'Ja, dat hebben we gedaan.'

'En?'

'Er lijkt niets abnormaals aan te zijn,' voegde rechercheur Rachel Hamilton zachtjes toe. 'Al zijn geld is er nog. Maar er zijn geen grote contante opnames geweest. Geen grote betalingen aan verdachte bankrekeningen. Zoals we meestal zouden verwachten als hij zijn eigen dood probeerde te ensceneren. Alleen een paar betalingen aan een rekening geregistreerd op naam van ene Tara Moore.'

'Zijn buitenechtelijke vriendin,' voegde Tomek toe.

'Pardon?' vroeg Victoria.

'Vanochtend heb ik met Tara Moore gesproken. Arts in Southend Hospital. Ze heeft de afgelopen paar maanden een affaire gehad met Steven. Ik heb haar geïnformeerd over zijn verdwijning en vermoedelijke zelfmoord.'

Victoria wendde zich tot Nick voor steun, voor een uitleg waarom Tomek zich met het onderzoek had bemoeid terwijl hij dat niet had moeten doen. Maar toen die niet kwam, richtte ze haar aandacht weer op Tomek, maar hij was te druk bezig met stilletjes *Ik zei het je toch* te schreeuwen naar Nare Nick met een zelfvoldane grijns op zijn gezicht.

'Ik heb al haar gegevens als u haar wilt bellen of langs wilt gaan voor een bezoek.'

'Waar heb je deze informatie vandaan?' vroeg Victoria.

'Mijn goede vriend, Vincent Gregory.'

'Ik hoorde dat jullie twee gingen samenwonen,' merkte Nadia op.

'Bijna,' antwoordde Tomek, terwijl hij zijn blik nog steeds op Nick gericht hield. 'Maar we konden het niet eens worden over een paar fundamentele verschillen. Namelijk het hele racisme-gedoe. Maar toch, een fatsoenlijke kerel. Geen kwaad woord over hem te zeggen...'

Ik zei het je toch.

Ik zei het je toch.

Ik zei het je toch.

Uiteindelijk wendde Tomek zijn blik af van de hoofdinspecteur en richtte hem weer op Victoria, die stond met één hand op haar heup en de andere vasthoudend aan haar keycord alsof haar leven ervan afhing.

'Dank je, Tomek. Dat is zeer grondig werk.'

'Een genoegen, mevrouw.'

Het team richtte vervolgens hun aandacht op de geestelijke gezondheid van Steven Lake. Een diepgaand onderzoek naar zijn financiële geschiedenis wees uit dat hij had betaald voor privé therapiesessies om te helpen omgaan met wat Tomek vermoedde dat zijn depressie was. En na een kort gesprek met zijn therapeut had het team geleerd dat zij hem had doorverwezen naar een website genaamd *The Man Club*, een online forum voor volwassen mannen om hun gedachten en gevoelens met elkaar te delen in een veilige en vriendelijke omgeving. Volgens zijn therapeut was hij een fanatieke gebruiker, maar was hij onlangs gestopt met delen, en in hun laatste paar sessies was hij helemaal gestopt met posten.

Steven was vier maanden geleden begonnen met zijn therapeut bezoeken. Precies rond de tijd dat hij Tara Moore op een minder professionele basis was gaan zien. Er waren twee conclusies die het team daaruit had getrokken. De eerste was dat de therapeut Steven had verlicht en zijn ogen had geopend voor de ellende van zijn huwelijk met Beth met een F en hem had geïnspireerd om een affaire te zoeken; of zijn affaire met Tara was al begonnen en, toen ze zag hoe ellendig en depressief hij was, had ze hem gediagnosticeerd en aangeraden professionele hulp te zoeken. De voordelen van een medische professional in je leven hebben.

Tomek zat stevig in het eerste kamp. Dat het slechts één gesprek met een buitenstaander had gekost voor Steven om te beseffen dat hij ongelukkig was en dat het gras groener was aan de andere kant - en zeker veel groener weg van Canvey Island. Een massale middelvinger naar Elizabeth. En een nog grotere middelvinger naar Vincent Gregory.

Geen prijs voor het raden waarom Tomek zo veel van de eerste optie hield.

HOOFDSTUK
NEGENENDERTIG

Nadat de middagvergadering was afgelopen, had Nick Tomek zijn kantoor binnengetrokken voor een kort gesprek.

'Wat is je plan van aanpak om Jenny Ingles te vinden?' had hij gevraagd. Geen gevloek. Geen agressie. Geen geschreeuw.

Volkomen atypisch voor de hoofdinspecteur en, eerlijk gezegd, een beetje beangstigend.

Toen Tomek hem had verteld wat hij van plan was de rest van de dag te doen, had Nick zijn mollige vingertjes naar hem gewezen en gezegd: 'Ga het dan verdomme doen. En als ik zie - of hoor - dat je Gregory hebt achtervolgd en door ramen bent geklommen, dan zweer ik bij de heilige Christus...'

Hij had zijn zin niet kunnen afmaken, te overweldigd door frustratie. Maar Tomek kon het niets schelen. Hij had het allemaal al eerder gehoord. En hij verliet de kamer met een brede grijns op zijn gezicht. Nare Nick was terug en er was niets om je zorgen over te maken.

Niets om je zorgen over te maken, behalve het oversteken van de brug naar Canvey Island en weer een flink deel van zijn middag daar doorbrengen.

Terwijl hij in Nicks kantoor was geweest, waar hem werd verteld dat hij zijn vinger uit zijn reet moest halen, was Sean erin geslaagd om de naam te vinden van de grootste drugsdealer van het eiland, degene voor wie Jenny Ingles vermoedelijk was gaan werken.

William Morton.

Een werkloze schoolverlater van een meter tweeëntachtig die de nieuwste auto en alle designerkleding bezat. Alleen al aan zijn uiterlijk - met de kettingen, het horloge en de schoenen die waarschijnlijk meer kostten dan Tomeks maandelijkse hypotheekbetalingen - was duidelijk te zien in welke branche hij werkzaam was. Ze vonden hem op de parkeerplaats van het Knightswick-winkelcentrum in het midden van de stad, leunend tegen zijn Range Rover, rokend.

De parkeerplaats zelf had Tomek altijd overly ambitieus geleken. Veel meer plekken dan nodig, en zelfs meer dan waar ooit iemand om had gevraagd. En het gebouw was nog erger. Vastgeroest in de late jaren zeventig, vroege jaren tachtig, met zijn saaie, rode bakstenen gevel en grauw betegelde vloeren. Het management had geprobeerd de boel op te fleuren met wat kunstlicht en hier en daar wat plantenbakken, maar het had weinig effect. Wat ze echt nodig hadden was de deuren gesloten houden en niemand binnenlaten. Of het helemaal met de grond gelijk maken.

Tomek bracht de auto tot stilstand en stapte uit. Sean zwoegde met zijn zware lichaam een paar momenten later achter hem aan.

'Meneer Morton?' vroeg Tomek.

Zodra hij zijn naam hoorde, gooide William de sigaret op de grond en trapte hem uit.

'De meeste mensen noemen me Billy,' zei hij, zijn handen nonchalant in zijn zakken stekend.

'Goed voor hen. Kunnen we u over iets spreken?'

'Het gaat toch niet over Jezus, hè? Ik had al een klant die me over die motherfucker kwam vertellen.'

'Klant?'

Billy gebaarde met zijn duim over zijn schouder in de richting van het centrum. 'Ik heb daar een kleine kapperszaak, nietwaar?'

Tomek wist het niet - maar nu wel. Een drugsdealer als kapper... Was er iets voor de hand liggenders dan dat? Hij had net zo goed een groot bord op de voorkant van de winkel kunnen zetten met de tekst: *Kom hier alstublieft uw geld witwassen!* Tomek durfde een flink deel van zijn eigen zuurverdiende geld te verwedden dat Billy's kapperszaak meestal stil was, met lange middagen doorgebracht op de stoelen, scrollend op zijn telefoon. Hij durfde ook te wedden dat voor zover de overheid en de belastingdienst wisten, hij inderdaad een zeer winstgevend klein bedrijfje runde.

'We zijn hier niet om over Jezus te praten,' zei Sean. Als man van een los geloof (hij praktiseerde wanneer hij wilde en ging naar de kerk wanneer hij kon), had hij een hekel aan mensen die grappen maakten over dat soort dingen. Hoewel Tomeks gebruik van de uitdrukking "Christus op een fiets" zowel toegestaan als aangemoedigd werd. Wat voor hem weinig tot geen zin had, maar hij schikte zich er toch in.

'We zijn hier om met u te praten over een vriend van u...' vervolgde Sean.

Zijn imposante gestalte en diepe stem begonnen effect te hebben op Billy, en hij begon terug te deinzen, waarbij hij wat van de brutale jeugdige arrogantie verloor die kwam met het denken dat je de koning van de haan was, Heer van het rijk Canvey Island.

'Heb er niet veel van die...' antwoordde Billy.

'Dan zou het niet te lang moeten duren, toch? We vroegen ons af of u onlangs nog iets hebt gehoord van Jenny Ingles.'

Een schok van herkenning flitste over zijn gezicht toen hij de naam registreerde. Maar Tomek wist al welke woorden er als volgende uit zijn mond zouden komen. Hij was bereid er nog meer geld op in te zetten.

'Weet niet over wie u het heeft.'

Tingalingaling! We hebben een winnaar!

'Dat is jammer,' zei Tomek. 'Want we hadden een kleine weddenschap. Kijk, Sean zei dat u dat zou zeggen. Terwijl ik iets meer vertrouwen in u had.'

Billy Morton haalde zijn schouders op. 'Sorry dat ik u teleurgesteld heb. Heeft uw moeder u nooit verteld dat u niet moet gokken?'

'Heeft die van u nooit verteld dat u geen drugs moet verkopen? Oh. Heb ik te veel gezegd?'

Billy's mond ging open en dicht als een vis.

'Doe niet zo moeilijk, maat. We weten dat ze met u samenwerkt. Of moet ik zeggen *voor* u. Dus waarom doe je ons niet allemaal een plezier en vertel je ons wat we willen weten?'

Voordat hij antwoordde, fladderden Billy's ogen verschillende keren over Tomeks schouder. Tomek merkte het op en draaide zich om om te zien waar de drugsdealer naar keek: twee volwassenen, één slordig met zijn broek halfweg zijn kont, terwijl de ander er respectabeler uitzag, gekleed in een poloshirt dat dikke, ronde spieren accentueerde, kwamen op hen af.

'Klanten, zijn het?' vroeg Tomek. Toen keek hij nog eens goed. Er was iets anders aan deze twee. Ze liepen niet met de gebruikelijke depressieve, zombieachtige tred van een junkie die vastzit in de kloof tussen het verlangen naar zijn volgende shot en het vinden ervan, maar ze hadden juist de zelfverzekerde houding van mensen die hoger in de voedselketen stonden. 'Of kijken we naar je leveranciers?'

Billy's ogen schoten heen en weer tussen Sean en Tomek, Tomek en Sean. Zijn borstkas ging heftig op en neer.

'Het lijkt erop dat je niet veel tijd hebt, maat,' zei Sean. 'Grote beslissing om te nemen. Wed dat ze zich afvragen wie die belangrijke gasten in pakken zijn. Niet je doorsnee klanten, toch?'

'Alsjeblieft,' brabbelde Billy. 'Ik heb haar sinds vrijdag niet meer gezien. Ik weet niet waar ze is. En ik weet niet wat ze aan het doen was.'

'Jawel, dat weet je wel. En wij ook.'

'Ehm. Oké. Prima. Ze was aan het werk - maar niet voor mij hoor. Ze werkt niet voor mij. Ze deed haar eigen ding. Zei dat ze op zoek was naar wat mannen om te ontmoeten. Voor seks. Gebeurt de hele tijd in die buurt. Heeft niets met mij te maken. Maar ze had een zakje heroïne bij zich. Dat weet ik wel.'

Billy wist waarschijnlijk niet waarom hij zich genoodzaakt voelde om hen dat kleine beetje informatie te vertellen, maar het goede nieuws was dat hij het had gedaan. De druk van de situatie had de sluizen in zijn hoofd geopend en hij had hen iets meer verteld dan hij misschien van plan was geweest.

En net op tijd ook; toen hij uitgesproken was, kwamen de twee individuen binnen gehoorsafstand.

Tomek besloot de man te redden van een mogelijk gruwelijke dood; de narcoticabrigade zou hem op een gegeven moment wel te pakken krijgen, wat voor mensen zoals hij een lot erger dan de dood was.

'Dus we gaan het einde van deze weg af, links bij de rotonde en dan volgen we die voorbij de arcades, en dan nog een keer links?'

Billy's ogen werden groot van verwarring. 'Ja. Als je bij de kroeg komt, ben je te ver gegaan.'

'Mega,' zei Tomek. 'Bedankt, maat. En als we verdwalen, weten we waar we je kunnen vinden, nietwaar?' Hij barstte uit in een lachbui die over de parkeerplaats rolde, en toen sloeg hij Billy op de arm. 'Nog een fijne dag, maat. En nogmaals bedankt voor de aanwijzingen.'

Terwijl ze zich van hem afdraaiden, nam Tomek de gezichten van de twee individuen in zich op met een knikje, en liep toen terug naar de auto.

Hij wist niet precies wat hij moest doen met de informatie die Billy hem had gegeven. Als de video van haar die 's nachts vanachter een viskraam in de auto van een andere man sprong geen onweerlegbaar bewijs was dat ze zichzelf prostitueerde, dan was Billy's getuigenis dat wel. En nu wisten ze dat ze ook drugs bij zich had gedragen - een upgrade van de cocaïne die zij en haar vrienden in de Windjammer hadden gebruikt. Maar nu bevestigde het Tomeks hypothese, degene die Nick niet wilde geloven: dat haar ontvoerder misschien een heroïne-verslaafde was die op zoek was naar een pleziertje.

Een pleziertje dat verkeerd was afgelopen.

HOOFDSTUK
VEERTIG

Tomek had die avond geen zin om zijn sleutel in het slot van zijn flatdeur te steken. Het was bijna vierentwintig uur geleden dat Kasia was weggerend, en ze hadden helemaal niet met elkaar gesproken. Natuurlijk had hij haar een berichtje op WhatsApp gestuurd om te laten weten dat hij laat thuis zou komen en dat ze zelf haar avondeten moest opwarmen. Maar had ze geantwoord? Absoluut niet. In plaats daarvan had ze het bericht gelezen en hem genegeerd.

Op 'gelezen' gezet, zoals de jongeren het tegenwoordig noemen.

En hij vond het maar niets. Het was niet alleen onbeleefd en respectloos, maar ook kwetsend. Hij had geen idee in wat voor situatie hij zou belanden. Hoe haar humeur zou zijn. Hoe warm of koud ze tegen hem zou doen.

En dit was niet iets waar hij op wilde gokken.

'Kasia?' riep hij tegen niemand.

De woonkamer was leeg, en zijn slaapkamerdeur – *haar* slaapkamerdeur – was stevig dicht. De geur van gekookt eten hing nog in de keuken en de restjes lagen nog op haar bord. Bijna tachtig procent van de opwarmbare chili con carne maaltijd. Hetzelfde als de avond ervoor en de avond daarvoor. Ze at niet goed, en hij vroeg zich af of ze de lunch had gegeten die hij 's ochtends voor haar had klaargemaakt.

Hij wilde de term 'eetstoornis' niet gebruiken, maar één ding waar hij zich steeds bewuster van werd – en waar hij actief stappen ondernam om zich in te verdiepen – was de toenemende druk op jonge meisjes van Kasia's leeftijd om eruit te zien als fitnessmodellen en bijna niets te dragen. De opkomst van sociale media had een voortdurende angst over gewicht en er slank uitzien gecreëerd bij beïnvloedbare kinderen door hen te bestoken met afbeeldingen van dunne, schaars geklede modellen die verschrikkelijk mager waren en er soms uitgemergeld uitzagen. Hij had zelfs gemerkt dat Kasia zelf aan het afvallen was; het meest opvallend aan haar schouders en armen.

Weer iets om je zorgen over te maken als het ging om de zorg voor een tienermeisje. En dan had je nog jongens, drank, drugs, seks. Allemaal dingen waar hij totaal geen idee van had hoe hij ermee om moest gaan.

Vervolgens liep hij naar zijn slaapkamer – *haar* slaapkamer. Het zachte geluid van muziek kwam van de andere kant van de deur. Ze luisterde met haar oordopjes zo hard dat hij het vanaf zijn positie kon horen. Als ze niet oppaste, zou ze deel uitmaken van een generatie die op dertigjarige leeftijd doof zou zijn.

Hij klopte maar kreeg geen reactie.

Hij klopte nogmaals.

Nog steeds niets.

Toen opende hij voorzichtig de deur en stak aarzelend zijn hoofd door de opening, waarbij hij recht naar de kledingkast voor hem keek – voor het geval hij haar in een compromitterende positie zou betrappen.

De werkelijkheid was veel erger.

Eerst merkte hij de geur op. Fruitig. Zoet. Als druiven.

En toen zag hij de grote witte wolk van dampige rook voor haar gezicht zweven, die zachtjes bewoog terwijl de wind door het raam naar binnen blies.

Daar zat ze, op haar bed, nog steeds in haar schooluniform, een vape aan het roken.

'Wat doe je in godsnaam met dat ding!?' Zijn stem weerkaatste door de kamer en door de oordopjes heen.

Zodra ze hem in de deuropening zag staan, trok ze ze van haar hoofd en gooide ze op het bed, waarna ze probeerde de vape onder de dekens te verstoppen.

'Je kunt het verdomme niet verbergen,' zei hij tegen haar. 'Ik heb het verdomme gezien. Wat denk je wel niet dat je aan het doen bent, roken in mijn verdomde huis?'

Kasia opende haar mond, maar hij was te woedend om haar te laten spreken, laat staan te horen wat ze te zeggen had.

'Waar heb je het verdomme vandaan? Wie denk je wel niet dat je bent? Dit is mijn verdomde huis en jij doet zoiets alsof je de eigenaar van deze plek bent?'

Tomek pauzeerde even om op adem te komen. Hij was de tel kwijtgeraakt van hoe vaak hij het woord *verdomme* had gezegd.

'Het is...' begon Kasia. 'Ik... Praat niet zo tegen me.'

'Ik praat tegen je zoals ik wil.'

'Nee, dat kun je niet. Je bent mijn vader niet!'

Tomek balde zijn vuist. Zijn reactie op die woorden zou later komen, als hij de kans had gehad om ze te verwerken.

'Jawel! Maar ik heb er nooit om gevraagd om jouw vader te zijn, toch? Maar kijk waar we nu zijn!'

En zijn reactie op *die* woorden zou hopelijk sneller komen, bad hij. Veel sneller. Bijvoorbeeld in de komende dertig seconden.

Kasia kroop op haar knieën. 'Ik haat het hier verdomme!' schreeuwde ze, en graaide toen naar de vape en nam er herhaaldelijk trekjes van.

Ze haalde het niet verder dan de tweede poging voordat Tomek op haar af kwam. Hij rukte het uit haar mond en stormde de keuken in waar hij het in de vuilnisbak gooide.

'Wat doe je?' schreeuwde Kasia hem achterna, terwijl ze in de keukendeuropening stond. 'Ik heb daarvoor betaald!'

'Met welk geld?'

Voor ze kon antwoorden, haastte Tomek zich naar de boekenkast in de woonkamer en trok zijn favoriete boek open. *The Picture of Dorian Gray*. Binnenin zou een geheime noodvoorraad van honderd pond moeten zitten, maar toen hij het opende, telde hij nog maar vijftig pond, bestaande uit twee briefjes van twintig en één van tien.

'Heb je verdomme van me gestolen?'

Het roken was één ding, maar het stelen was een compleet ander verhaal. Hij zou geen van beide tolereren.

'Ik vroeg je laatst om geld en je wilde het me niet geven!'

Had ze dat? Had hij dat niet gedaan?

Hij kon zich het gesprek waar ze naar verwees niet herinneren, maar dat betekende nog steeds niet dat ze van hem mocht stelen.

'Waar heb je die vapes gekocht?'

'In de winkel,' zei ze met al de brutaliteit die je zou verwachten van een kind dat denkt dat ze gelijk heeft.

'Welke winkel?'

'Eentje om de hoek.'

'Welke hoek? Hier of bij school? Weet je wat? Ik zal met beiden praten en ervoor zorgen dat ze je niet meer bedienen.'

'Wat? Dat is totaal niet eerlijk.'

'Je bent *minderjarig*! Je zou niet eens van deze dingen moeten weten, laat staan ze roken. Ze zijn niet goed voor je. We weten niet eens verdomme wat ze met je gezondheid doen. Ik wil niet dat je ze nog rookt.'

'Je kunt me niet vertellen wat ik moet doen...' Ze sloeg haar armen over elkaar en snoof.

'Omdat ik je vader niet ben? Wel, dat ben ik wel. En dat is de situatie waarin we ons beiden bevinden. Ik doe hier mijn uiterste best en jij geeft niets terug.' Hij plaatste zijn handen op zijn hoofd en zuchtte diep, zijn blik naar de vloer gericht. Terwijl hij uitademde, leek de spanning in de kamer iets af te nemen. 'Weet je wat - ik kan je nu even niet aanzien. Ga uit mijn ogen. Ga naar je kamer.'

Het was geen verrassing dat Kasia dit geen tweede keer hoefde te horen. De deur sloeg dicht een moment nadat hij het had gezegd. En toen herinnerde hij zich - het raam. Het stond open.

'Verdomme!'

Ze was snel; als hij nu niet handelde, zou hij haar opnieuw kwijt kunnen raken. Hij sprong de keuken uit en naar de slaapkamerdeur. Hij stormde er een fractie later doorheen en betrapte haar, terwijl ze in haar blazerzak reikte naar nog een e-sigaret.

'Bijna...' zei hij, aanzienlijk kalmer deze keer, en stak zijn hand uit. 'Maar net niet. Geef hier.'

Op Kasia's gezicht speelden zich enkele beslissingen af: de eerste was of ze het uit het raam zou gooien (het zou immers beter zijn als niemand het had dan dat hij het kreeg), en de tweede was om het voor zijn neus op te steken in een vertoning van pure arrogantie zoals ze een moment eerder had gedaan.

Gelukkig voor hem deed ze er te lang over om te beslissen en zag ze Tomeks uitgestoken hand niet aankomen. Hij pakte het kleine kartonnen doosje en stopte het in zijn zak.

'Hoeveel heb je er nog meer?'

'Geen.'

'Lieg niet tegen me, Kasia. Ik wil je tas niet hoeven controleren.'

'Doe het dan niet.'

Als er ooit een uitnodiging was om het wel te doen, was het dat. Met één grote stap bereikte hij de andere kant van de kaptafel en pakte haar schooltas. Binnenin zat een agenda, een kleine pennenzak, een verzameling schoolboeken en een fles water. En helemaal onderop lag de sandwich die hij voor haar lunch in aluminiumfolie had gewikkeld, hoewel hij besloot er niets over te zeggen. Het vape-debacle was meer dan genoeg voor nu. Dat was een discussie voor een andere keer, iets om in zijn arsenaal te bewaren.

'Hoe lang rook je deze dingen al?' vroeg hij, de vechtlust verdwenen uit zijn stem.

'Niet... niet lang.'

'Een dag? Een week?'

'Een paar dagen.'

'En heeft Sylvia je hierop gebracht?'

Iets in hem was veranderd. Van een boze, razende Rottweiler naar een kalme, zachte Labrador.

'Nee. Ze houdt er niet van.'

'Hoe ben je er dan verdomme aan begonnen?'

Ze antwoordde niet. Er was ook iets in haar veranderd. Net als bij hem was ze van een woeste Jack Russell veranderd in een gematigd gehoorzame Golden Retriever.

Tomek besloot dat het genoeg was voor vanavond. Niets meer te bespreken over dit onderwerp. Geen geschreeuw meer. Maar voordat hij wegging, sloot hij het slaapkamerraam en vergrendelde het met de sleutel.

Geen ontsnappingen in de nacht meer.

Terwijl hij de slaapkamerdeur achter zich sloot, pakte hij zijn telefoon en liep naar de bank. Zijn gedachten waren overspoeld met talloze zorgen. Over de ruzie. Over haar niet-eten. Over haar roken. Over hoe ze een lastige en moeilijke last op zijn tijd begon te worden.

Over hoe ze op hetzelfde gladde pad begon af te glijden dat Jenny Ingles ooit had gevolgd. Over hoe hij niet wilde dat hetzelfde met haar zou gebeuren.

Over hoe hij hier niet voor gemaakt was. Dat hij volkomen uit zijn diepte was. Dat hij compleet en totaal geen idee had wat hij deed.

Over hoe wanhopig hij was voor hulp...

Terwijl hij daar zat, starend naar zijn spiegelbeeld in het zwarte tv-scherm, dacht hij na over dat woord: *hulp*. Over wat het betekende en waar hij het kon vinden.

Toen ontgrendelde hij zijn telefoon en scrollde naar 'Recent' in zijn telefoonboek. Zag de verschillende gemiste oproepen van het ongeregistreerde nummer.

Anika.

Kasia's moeder. De persoon die ze nu waarschijnlijk meer dan wie dan ook nodig had.

HOOFDSTUK
EENENVEERTIG

Te zeggen dat de zaken uit de hand begonnen te lopen, zou een understatement zijn. Ze verloren in rap tempo hun grip op de situatie, en hij wist niet hoe ze hier nog uit konden komen. Maar een deel van hem voelde dat ze het punt van geen terugkeer al waren gepasseerd, dus wat maakte het nog uit als ze op dit roekeloze pad verder zouden gaan? Wat was nog één leven meer?

Hij had nooit gepland dat het zo zou lopen, maar zij had erop gestaan. En nu had hij dingen gedaan waar hij niet trots op was. Dingen waar hij later spijt van zou krijgen.

Het resultaat daarvan lag voor hem op de vloer. Half naakt vanaf haar middel, haar ondergoed aan de kant gegooid in een vieze hoop. Haar huid was bedekt met een laag klam zweet en ze rilde heftig. Ze was half bij bewustzijn, al zou je aan de lege, weggevallen blik in haar ogen denken dat ze dood was.

Als ze dat nog niet was, zou ze het binnenkort zijn.

Op de vloer naast haar lag een naald, het bewijs van gebruik kleurde de punt. Daarnaast lag bewijs van iets anders: hun onkunde.

Of liever gezegd, *zijn* onkunde.

Het vinden van een ader en het injecteren van drugs in haar systeem was een steile leercurve geweest (en zelfs nu was hij niet helemaal zeker of hij het volledig onder de knie had), maar hij had de basis geleerd en wist dat het bij heroïne en soortgelijke drugs vooral ging om het in de bloedbaan krijgen.

Eigenlijk vrij simpel. Behalve dat het niet simpel was geweest. Niet toen zijn handen trilden terwijl hij de naald in haar huid stak, waarbij hij bijna een stuk van haar vlees had afgescheurd toen hij haar raakte.

Nadat hij uiteindelijk de drugs had toegediend, was ze in een coma-achtige trance gevallen, haar geest en ziel lichtjaren ver weg terwijl haar lichaam stevig bij hem bleef.

Open.

Klaar.

Hij was niet trots op wat er daarna was gebeurd (Christus, wie zou dat kunnen zijn?), maar het was desalniettemin gebeurd.

En kort daarna nogmaals.

Sinds ze bij hen was, was het lichaam van de arme Jenny Ingles een speeltje geworden. Een stuk speelgoed waarmee hij - *zij* - konden experimenteren en plezier hebben.

Ze *was* tenslotte een prostituee.

Het enige probleem dat ze nu hadden - het grote dilemma, het grootste verdomde dilemma dat ooit had bestaan - was wat ze met haar moesten doen.

Haar heroïne raakte snel op. En kort nadat het op was, zou ze ontwaken en zijn gezicht herkennen. Dat opende een hele reeks potentiële problemen waar ze niet klaar voor waren.

Hij had geweten dat dit er deel van zou uitmaken - hij had ermee ingestemd - maar niet zo. Er waren betere manieren om het te doen dan dit...

Hij keek omlaag naar Jenny, uitgestrekt over de vloer. Weerzinwekkend. Zou hij de weinige heroïne die ze nog hadden kunnen gebruiken en hopen op een overdosis? Op die manier zouden ze zichzelf de rommel besparen.

Of zou hij haar één laatste keer kunnen gebruiken en dan doen wat gedaan moest worden?

Eén laatste neukbeurt.

Eén laatste teleurstellende en voorspelbare ejaculatie.

Voordat ze overgingen naar de volgende fase.

HOOFDSTUK
TWEEËNVEERTIG

Moo-Moos was al twintig jaar een vaste waarde in de
winkelstraat van Leigh Broadway, en het was ook een van haar
favorieten, dus hij koos dat als een geschiktere locatie om af te spreken.
Om nog maar te zwijgen van het feit dat ze niet het type vrouw was om
mee naar de kroeg te gaan. Te chic. Te beschaafd.

Vanavond was de bar rustiger dan Tomek had verwacht voor een
donderdagavond. Toch bevatte het het gebruikelijke aantal mensen: de
twee vrouwen die er netjes uitzagen, in de hoek zaten met hun gin-
tonics, stilletjes over hun echtgenoten klaagden en even bijpraatten
voordat ze terugkeerden naar de echte wereld; een jong stel dat op zoek
was naar een rustige plek om hun avondje uit af te sluiten voordat ze
naar huis gingen om in stilte naast elkaar te zitten; en als laatste de
groep van vijf mannen, die zich duidelijk hadden opgewarmd voor een
avondje versieren maar hun kansen hadden verpest door al te dronken
te worden voordat ze zelfs maar naar een van de clubs richting het
centrum van Southend waren gegaan.

De smeltkroes van de Essex-elite.

Tomek keek op zijn horloge. Het was net na 10 uur 's avonds.

Laat, maar niet te laat. Sluitingstijd zou over een uur of zo zijn,
misschien iets langer, afhankelijk van hoe gul de eigenaar zich voelde.

Terwijl hij wachtte, draaide hij het glas bier op tafel rond en keek hoe
de vloeistof van de ene naar de andere kant golfde. Totdat uiteindelijk
de deur openging en een oud gezicht, een *vreemd* gezicht, binnenstapte.

Een gezicht dat drastisch was veranderd in de tijd sinds hij het voor het laatst had gezien, en toch helemaal niet veranderd was.

Zijn *hulp*.

Zodra Saskia Albright hem opmerkte, straalde haar gezicht, en werd hij teruggebracht naar de laatste keer dat hij haar had gezien: op de begrafenis van zijn vriend, bijna dertien jaar geleden. Ze waren na de dienst koffie gaan drinken en hadden herinneringen opgehaald over de verhalen tussen hen allemaal. Net voordat ze terugvloog naar Schotland om bij haar ouders te gaan wonen en aan het rouwproces te beginnen over het verlies van haar vriend.

'Tomek...' zei ze met een Schots accent dat een lichte Essex-klank had. 'Het is zo fijn om je te zien.'

Tomek antwoordde niet. In plaats daarvan stapte hij uit zijn stoel, liep naar haar toe en omhelsde haar. Stevig. Hij sloeg zijn armen om haar kleine lichaam en knuffelde haar alsof ze een lang verloren familielid was van wie hij ooit had aangenomen dat ze dood was.

'Je hebt geen idee hoeveel ik je gemist heb,' zei hij toen hij haar eindelijk losliet. Als ze zich gestoord voelde door de duur van de omhelzing, liet haar gezicht dat niet zien.

'Hetzelfde hier, maar er was niets dat je tegenhield om af en toe te bellen of een berichtje te sturen - het was alsof je van de aardbodem was verdwenen!'

Tomek aarzelde terwijl hij een antwoord formuleerde. '*Hetzelfde* geldt voor jou. Schotland ligt niet zo ver van het einde van de wereld.'

Ze wierp hem die kleine frons toe. Die frons die probeerde de glimlach op haar gezicht te verbergen maar daar jammerlijk in faalde. Die frons waar hij van hield, en die hij bij elke beschikbare gelegenheid probeerde uit te lokken.

'Drankje?'

'Graag.'

'Hetzelfde als gewoonlijk?'

'Laten we eens kijken of je het nog weet.'

Dat wist hij. Een Disaronno met cranberrysap. Hij herinnerde het zich alleen omdat het smaakte naar de kersensnoepjes die hij als kind altijd in de buurtwinkel kocht.

'Ik ben onder de indruk,' zei ze terwijl ze aan haar drankje nipte. Haar lippenstift liet een vlek achter op het rietje.

'Er zijn een paar dingen waar ik goed in ben in het leven, en een daarvan is het onthouden van de favoriete drankjes van mijn vrienden.'

'Maar niet het herinneren om te bellen?'

Tomek zuchtte. 'Ga je de hele avond zo doen? Anders stuur ik je nu de rekening voor het drankje en kunnen we het voor gezien houden.'

'Jij bent degene die me hierheen heeft gevraagd,' zei ze.

'Ik begin te wensen dat ik dat niet had gedaan. Wat wil je van me? Een excuus? Prima. Het spijt me dat ik niet heb gebeld. Ik was een klootzak, en een nog slechtere vriend. Maar jij bent zelf ook niet helemaal onschuldig, mijn vriend...'

'Ik weet het, maar het maakt me minder schuldig over het aandeel dat ik er zelf in had.'

'Typisch Saskia,' zei Tomek, terwijl hij spottend met zijn ogen rolde.

De volgende paar momenten zei geen van beiden iets. Om de ruimte te vullen nam Tomek een slokje van zijn drankje en zij deed hetzelfde. Zette het voorzichtig neer, meer oogcontact. Ze zaten vast in die kloof van het vinden van een plek om te beginnen. Om te weten waar ze moesten beginnen om de leegte van de afgelopen dertien jaar te vullen.

Uiteindelijk koos Tomek voor de enige gespreksopener die in hem opkwam.

'Hoe gaat het met je?'

'Is dat het? Bijna vijftien jaar en alles wat ik krijg is: "Hoe gaat het met je"? Kom op, Tomek, je kunt het beter dan dat. Waar is die charme van je gebleven?'

Weggezogen door de tiener die momenteel opgesloten zat in haar kamer en de strikte instructies had gekregen om niets doms te doen.

'Ik was het aan het opbouwen,' vertelde hij haar. 'Zo gaat dat. Je zou niet naar iemand toelopen en meteen vragen of ze met je willen trouwen. Maar ik moet zeggen, je ziet er echt goed uit. Je lijkt helemaal niet ouder geworden.'

'Nou, bedankt... denk ik. Je ziet er zelf ook niet slecht uit.'

'Hoe is het met je ouders?'

'Nog in leven. Net aan. Mam is in en uit het ziekenhuis geweest met een heupprobleem en pap heeft nog steeds zijn zwakke hart, dus het ziet ernaar uit dat ik over ongeveer dertig jaar hetzelfde krijg.'

'Kijk aan de positieve kant,' begon hij, 'je wordt tenminste niet gek daar in de bergen. Al die open ruimte en schone lucht kan je echt problemen bezorgen. Moet verschrikkelijk zijn.'

'Is dat waarom je zo lang hier beneden bent gebleven? Omdat het je met beide benen op de grond houdt?'

Tomek knikte. 'Dat, en omdat ik dat accent niet kan *uitstaan*.'

Ze deed alsof ze naar adem hapte en bracht haar hand naar haar mond. 'Je zei altijd dat je mijn accent leuk vond!'

'Dat vond ik ook dertien jaar geleden. Toen was het subtiel. Nu is het veel prominenter. Ik denk dat dat betekent dat je nog een paar jaar hier beneden moet blijven.'

'Dat is het plan.'

'Hoe lang ben je al terug?'

'Ongeveer zes maanden.'

Nu was het zijn beurt om quasi-geschokt te reageren. 'En je hebt niet gebeld? Je bent al die tijd terug geweest, en niets...? Ik ben gekwetst.'

'Ik probeerde je zoveel mogelijk te vermijden. Maar nu heb je me klem gezet... Ik had geen keus.'

'Zes maanden is behoorlijk lang volgehouden,' zei hij. 'Maar aan mij valt niet te ontkomen. Ik ben als herpes - ik blijf gewoon terugkomen, schatje.'

Saskia wierp hem nog zo'n vernietigende blik toe.

Twee in zo'n korte tijd. Dit ging beter dan hij had verwacht.

Nadat ze klaar was met hem aan te staren, verplaatste het gesprek zich naar het werkende leven, om de hiaten daarin op te vullen. Na haar terugkeer naar Schotland had Saskia besloten docent te worden. Voornamelijk op middelbare scholen, waar ze Engels gaf aan kinderen die er grotendeels niet om gaven. Maar nu zocht ze een nieuwe uitdaging en had ze een vaste aanstelling op een basisschool op Canvey (waarop Tomek had gedreigd weg te gaan). Het was voor haar in eerste instantie al een enorme carrièreswitch geweest, maar na een paar maanden voelde ze zich gesetteld. En nu maakte ze het allemaal weer opnieuw door.

'Het is letterlijk als naar een nieuwe school gaan wanneer je een kind bent,' zei ze. 'Je kent niemand en het duurt even voordat iedereen aan je went. Je weet vast wat ik bedoel...'

Dat wist Tomek. En hij dacht terug aan zijn vroege schooldagen. Hoe hij vooraan in de klas zat met niemand om mee te praten terwijl alle groepjes en kliekjes achterin zaten. Hij had daar gezeten, opkijkend naar de leraar en het whiteboard, pogend de hiërogliefen van de Engelse taal te ontcijferen zonder om hulp te vragen. Zo was het wekenlang gegaan totdat op een dag Saskia naar hem toe was gekomen en tegen hem begon te praten. Complete onzin, in zijn beleving. Maar vriendelijke onzin, beleefde onzin. Ze had altijd volgehouden dat ze zijn vriend wilde zijn omdat ze vond dat hij er vriendelijk en warm uitzag. Maar Tomek kende de echte reden, ook al wilde zij die niet uitspreken. Het was uit medelijden. Een suggestie die haar ouders op een avond hadden gedaan en waar zij naar had gehandeld.

Maar hij was dankbaar dat ze het had gedaan.

En nu begon Tomek te beseffen dat hij dankbaar was dat Sylvia iets soortgelijks had gedaan voor Kasia. Dat ze de sprong had gewaagd en vrienden was geworden met een volslagen vreemde die nieuw was op school.

Sylvia was Kasia's Saskia, en Tomek was er dankbaar voor.

'Er is iets belangrijks dat ik je moet vertellen...' begon hij.

De kleur trok uit haar wangen terwijl haar gedachten het ergste overwogen.

'Nee, ik ga niet dood,' zei hij snel om haar gerust te stellen. 'Tenminste, dat denk ik niet. Nee... het is slechts de kleinigheid dat ik ruim een maand geleden ontdekte dat ik nu de trotse vader ben van een dertienjarige dochter genaamd Kasia.'

Een tijdje leek er niets te gebeuren op Saskia's gezicht. Het was alsof ze bevroren was in de tijd en de radertjes in haar hoofd mee waren bevroren. Zelfs als ze had willen spreken of reageren, kon ze dat niet. Niet totdat alles weer begon te ontdooien.

Terwijl hij wachtte, dronk Tomek zijn bier op en ging naar de bar. Hij kwam terug met nog een biertje voor zichzelf en nog een pakje Cherry Drops voor haar.

'Je ziet eruit alsof je er nog eentje kunt gebruiken...' zei hij.

'Ik...' begon ze, maar kwam niet verder dan de eerste lettergreep. 'Ik denk dat jij degene bent die het extra drankje nodig heeft...' Toen schudde Saskia haar hoofd terwijl ze weer bijkwam. 'Ik heb zoveel vragen.'

'En zo weinig tijd om ze te stellen.'

Terwijl hij aan de bar stond, had de barman hem uitgelegd dat het laatste ronde was en dat ze over een half uur zouden sluiten.

'Ik had nooit gedacht dat zoiets *jou* zou overkomen,' begon ze. 'Ik wist wel hoe je was toen je jonger was, maar ik had je nooit voorgesteld met een kind. Ik dacht altijd dat het zou zijn geweest... Maar als ze dertien is, dan moet ze kort nadat ik vertrok zijn geboren.'

Tomek knikte.

'En rond die tijd was je nog samen met Anika... Wat betekent...'

Tomek knikte weer.

'Weet je, als je deze leraarsbaan niks vindt, dan kunnen we vast wel een functie voor je vinden bij de politie. Je bent behoorlijk scherpzinnig.'

'Maar hoe? Wanneer? Wat? Waar is ze? Zijn jullie twee sindsdien samen geweest? Hoe zit het met al die dingen met haar oom...? Patrick...? James...? De affaire...?'

Tomek reikte over de tafel en legde zijn hand op de hare. Ze kalmeerde onmiddellijk terwijl ze er even naar keek. Nu, terwijl ze in een staat van semi-shock verkeerde, legde Tomek alles uit. Over hoe Anika zwanger was geweest tijdens hun relatie. Hoe ze het nieuws voor hem verborgen had gehouden en Kasia alleen had opgevoed. Hoe ze in haar verlammende drugsverslaving was vervallen. Hoe ze het meisje op een koude middag in november naar hem had gestuurd.

Hoe ze sindsdien bij hem woonde.

Aan het eind stond Saskia's mond open en liet ze haar tong over haar tanden glijden.

'Jezus Christus. Dat is fucked up.'

'Precies. Dus dit is de nieuwe ik: de volwassen Tomek. Omdat ik geen keus heb gehad.'

'En hoe gaat het tussen jullie twee?'

Daar werd het interessant. Tomek legde haar de moeilijkheden uit die ze hadden. Hoe de dingen schijnbaar geweldig gingen in de afgelopen week of zo en hoe ze de laatste paar dagen dramatisch achteruit waren gegaan. Tomek had zoveel respect en bewondering voor Saskia, en zoveel vertrouwen in haar, dat hij open en kwetsbaar was met haar. Hij legde in detail zijn eigen fouten en tekortkomingen uit, en ook die van Kasia. Hij had niet gewild dat het leek alsof hij alle schuld van hun moeilijke relatie bij haar legde.

'Ze heeft veel meegemaakt...' zei hij. 'Maar het is alleen de laatste tijd dat dingen... ze zijn achteruit beginnen te gaan. Ik betrapte haar vanavond toen ik thuiskwam op het roken van vapes.'

'Is dat de reden voor het telefoontje?'

Tomek knikte. 'Ik heb hulp nodig. Jij was de enige aan wie ik kon denken om te bellen.'

'Heel aardig van je. Maar is wat zij doet anders dan wat jij op die leeftijd deed?'

Tomek overwoog dit. Zag de andere kant van de medaille.

'Het is misschien zelfs beter... Afhankelijk van welke medische professional je spreekt.'

'Nou, ze is dertien. Er gebeuren dingen met haar. Haar hele wereld verandert. Nog meer gezien hoeveel het al veranderd is.' Nu was het haar beurt om haar hand op de zijne te leggen. Zacht, vriendelijk, vertrouwd. 'Ze past zich gewoon aan alles aan. Het gaat even duren. Je moet haar gewoon wat tijd geven.'

Tijd was geen probleem. Tijd kon hij doen.

Het was het geduld dat op begon te raken. En hij had snel een snelle oplossing nodig.

HOOFDSTUK
DRIEËNVEERTIG

J enny Ingles' lichaam werd kort na 9 uur 's ochtends gevonden. Het was die ochtend de eerste keer dat iemand moedig genoeg was om door het park te lopen sinds het lichaam van Annabelle Lake daar was ontdekt. Het leek alsof er een onzichtbaar en ondoordringbaar krachtenveld rond het gebied was neergedaald, en het enige moment dat het verdween was zodra de zon boven de horizon verscheen. De dood van de kleine Annabelle was viraal gegaan en had de stad geschokt. Als gevolg daarvan lagen er tientallen bloemen en foto's, die Elizabeth Lake en Georgia Gregory op Facebook hadden gedeeld, verspreid langs de metalen hekken rond de omtrek. Sommigen waren dapper genoeg geweest om de speeltuin in te gaan en hun aandenken achter te laten op de schommel waar ze was gestorven.

Maar nu was het de plek waar nog een lichaam was gevonden, op precies dezelfde plaats en in dezelfde houding als Annabelle Lake.

Hoewel Tomek deze keer niet verwachtte dat er evenveel ophef zou zijn. Jenny Ingles' verdwijning had nog geen zuchtje veroorzaakt op de sporten van de sociale media-ladder. Niemand toonde emotie of leek zich zorgen te maken over een vermist meisje dat drugs verkocht en zichzelf prostitueerde.

Verschrikkelijk, eigenlijk.

Rond het lichaam van Jenny Ingles - dat deze keer van de bovenkant van de schommel hing omdat haar lichaam langer was - stond een team van forensisch onderzoekers. Ze waren er eerder geweest, hadden hetzelfde werk gedaan, en dus hadden ze de tent op dezelfde plaats als voorheen opgezet. Iedereen in het team wist wat ze deden en waar ze naar zochten.

Terwijl Tomek toekeek hoe ze rondliepen en foto's namen van potentiële bewijsstukken, merkte hij een van de teamleden op die gehurkt zat bij de muurschildering naast de schommels. Het persoon in het pak was bezig met het verzamelen van de liefdevolle en rouwende eerbetonen, die voorzichtig in bewijszakjes werden gestopt. Een voor een verstilde het geluid van het ritselende plastic.

Tomek was deze keer alleen gekomen. Alleen omdat hij niet wilde dat iemand hem zou zien uitglijden over hetzelfde stuk modder als de vorige keer.

Hij bekeek die plek aandachtig en zei tegen zichzelf dat hij er niet naartoe moest gaan.

'Goedemorgen, chef,' zei Lorna, de patholoog van het ministerie van Binnenlandse Zaken. Ze was uit haar forensisch pak gestapt en stond bij hem aan de andere kant van het lint. 'U ziet er moe uit,' vertelde ze hem.

'Ja. Bedankt.'

'Als je eenmaal de veertig bent gepasseerd, gaat het allemaal bergafwaarts,' voegde ze toe. 'Je begint dingen wat meer te voelen.'

Tomek trok een wenkbrauw naar haar op. 'Bent u niet midden dertig?'

'Ja. Ik wilde u alleen maar wat beter laten voelen over uzelf, dat is alles.'

Tomek bedankte haar halfhartig en wees toen naar de tent. 'Vertel me alles wat ik moet weten en meer.'

'U weet al alles wat er te weten valt. Gedood op exact dezelfde manier als Annabelle Lake. Dezelfde methode, dezelfde tijd van overlijden - en ik durf te wedden dat ze dezelfde maaginhoud heeft als de kleine Annabelle.'

'Wanneer kunt u dat met zekerheid zeggen?'

'Vanmiddag. Ik kan een paar dingen verschuiven. Uw moordenaar is nog maar één moord verwijderd van een ontbijt. En ik weet gewoon dat ik jullie dan allemáál over de vloer krijg.'

Het duurde even voordat Tomek de grap begreep.

'U bedoelt een "cereal killer"?'

'Ja. Maar als ik het moet uitleggen, klinkt het niet meer zo goed.'

'Nee, inderdaad. Misschien moet u de volgende keer aan de timing werken.' Tomek haalde zijn vingers door zijn haar. 'Maar ja, met een beetje geluk kunnen we hem pakken voordat we bij een derde slachtoffer komen.'

Hoewel er geen hoop in zijn stem klonk, geen hoop in zijn ziel. De moordenaar was er steeds in geslaagd om een stap voor te blijven, en nu begon het te voelen alsof hij verder vooruit liep...

Twee stappen.

Drie stappen.

Tomek kon hem geen vierde laten bereiken.

Met een beetje geluk zou hij uitglijden, een fout maken. En wanneer dat gebeurde, zou Tomek klaar staan en wachten in het natte en modderige gras.

HOOFDSTUK
VIERENVEERTIG

Terwijl hij wachtte tot Lorna haar bevindingen zou doorsturen, besloot Tomek een idee op te volgen dat hij had gehad.

Het was 10 uur 's ochtends en het Knightswick Winkelcentrum was al een uur open. Maar toen hij bij de kapperszaak van Billy Morton aankwam - toepasselijk, en misschien wat lui, Billy's Barbers genoemd - was deze gesloten, zonder enig teken van Billy zelf of een van zijn andere kappers in zicht. Misschien ging het witwassen niet zo goed en was hij gedwongen ondergedoken. Of, aan de andere kant, de zaken gingen zo voorspoedig dat hij vrije dagen kon nemen wanneer hij maar wilde.

Gelukkig hoefde Tomek niet lang te wachten om erachter te komen. Na enkele minuten geduldig buiten de winkel te hebben gewacht alsof hij op een afspraakje wachtte, verscheen de man eindelijk. Hij sjokte het winkelcentrum binnen met een lichte manke gang.

'Had je zin in uitslapen?' vroeg Tomek terwijl de man naderde. 'Gaan de zaken zo goed?'

Toen zag hij de grote zwarte vlekken op zijn gezicht, de schaafwonden op zijn knokkels en vuisten.

'Maak je geen zorgen,' zei Billy, die merkte dat Tomek zijn verwondingen opnam. 'De andere kerel is er slechter aan toe dan ik.'

'Weet je dat zeker? Want je ziet er beroerd uit. Wie heeft dit gedaan? Die twee gasten van de parkeerplaats?'

'Nee,' zei Billy terwijl hij heftig zijn hoofd schudde.

Het besef dat hij met een agent stond te praten in het midden van een winkelcentrum, waar iedereen binnen kon lopen en hen beiden kon herkennen, leek Billy plotseling te overvallen. Hij ging in een oogwenk van even openhartig genoeg om over die situatie te praten, naar volledig afgesloten als een duikbootluik.

'Niemand heeft dit bij mij gedaan,' voegde hij eraan toe, alsof hij het punt wilde benadrukken. 'Ik ben gevallen.'

'Ben je naar het ziekenhuis geweest?'

'Kan ik me niet veroorloven. Heb een zaak te runnen.'

'Niet voor lang meer als ze terugkomen. Of moet ik zeggen als je nog een keer valt...'

'Je hoeft je geen zorgen om mij te maken. Ik kan mezelf beschermen.'

'De blauwe plekken op je gezicht en nek vertellen me om de een of andere reden iets anders.'

Billy haalde zijn schouders op, vertrok van pijn toen hij dat deed, en schuifelde zo stoïcijns mogelijk langs Tomek. Hij liep naar de voorkant van de kapperszaak en opende de deur. Tegen de tijd dat hij de lichten had aangedaan en de muziek en tv in de hoek had aangezet, had zich een kleine rij tienerjongens voor de winkel gevormd. Tomek wist niet of dit deel uitmaakte van zijn drugsoperatie of dat ze gewoon een knipbeurt wilden - hoewel sommigen van hen, als hij ze zo bekeek, dringend beide nodig hadden.

Billy zou toch niet zo stom zijn om die kinderen zijn drugs aan te bieden in het bijzijn van een politieagent?

Anderzijds stonden drugshandelaren niet bekend om hun intelligentie.

'Sorry, maat,' zei Billy even later terwijl hij strompelend dichterbij kwam. 'Maar als je niet hier bent voor een knipbeurt, moet ik je vragen om weg te gaan.'

'Ik ben hier niet voor een fade of een korte coupe, bedankt. Ik ben hier eigenlijk om je te vertellen dat Jenny Ingles vanochtend dood is gevonden in een park, bungelend aan een schommel.'

De schok was duidelijk op Billy's gezicht te lezen.

'Je zou daar toch niets van weten, toevallig?'

Met grote ogen schudde Billy zijn hoofd.

'Nee, man. Ik... ik... ik weet niks...' Hij pauzeerde. 'En je weet zeker dat het Jenny was?'

Tomek knikte.

'Verdorie, man. Fuck. Jenny... Ik... Fuck.'

'Waar was je gisteravond?' vroeg Tomek zachtjes, zodat de mensen om hen heen hun gesprek niet konden horen.

'Ik was in het ziekenhuis, man. Eerste hulp. Dacht verdomme dat ik mijn been had gebroken, toen-'

'Toen je viel?'

'Ja, toen ik viel. Was daar tot een uur of drie, vier. Ging naar huis, regelrecht naar bed.'

Hij knikte opnieuw, dit keer peinzend.

'Waarom zei je dat niet meteen?'

Tomek kende de echte reden al voordat hij het had gevraagd. Verlegenheid. Gezichtsverlies voorkomen. Ego. Proberen te verbergen dat hij in elkaar was geslagen.

Voordat hij Billy alleen liet, vertelde hij de man om in de buurt te blijven terwijl ze hun onderzoek voortzetten.

'Oh, en koop jezelf een paar fatsoenlijke sportschoenen,' voegde hij eraan toe. 'Niet van die designerdingen. Ze hebben veel betere grip en zouden moeten voorkomen dat je nog eens valt. Ook handig voor als je ergens voor moet wegrennen...'

HOOFDSTUK
VIJFENVEERTIG

S inds de verdwijning van Jenny Ingles had Tomek uren besteed aan het uitzoeken van een mogelijk verband tussen haar en Annabelle Lake. Maar hoe hard hij ook zijn best deed, het bewijs leek niet naar elkaar te wijzen. De meisjes hadden verschillende leeftijden, kwamen uit totaal verschillende milieus en voor zover hij had kunnen achterhalen, hadden ze elkaar nooit ontmoet of van elkaar geweten.

Het verband bestond alleen in zijn hoofd. Een ongrijpbaar idee, een hoop. Tot later die middag, in de onderzoeksruimte, waar zijn vermoedens werden bevestigd. Er *was* wel degelijk een verband tussen de dood van de twee meisjes.

'Afgezien van de voor de hand liggende doodsoorzaak,' begon Victoria, terwijl ze zich tot de kamer richtte en uit Lorna's pathologierapport voorlas, 'bevatte de maag van Jenny Ingles veel vis, hetzelfde spul dat in de maag van Annabelle Lake werd gevonden. Ten tweede werd dezelfde samenstelling van modder, zand en vuil aangetroffen op Jenny Ingles' voeten - die ook overeenkwam met wat er op de voeten van Annabelle Lake was gevonden.'

'Dus het lijkt erop dat ze allebei op dezelfde plek zijn vastgehouden en dat ze allebei alleen vis te eten hebben gekregen...' merkte Tomek hardop op, meer voor zichzelf dan voor iemand anders.

'Zalm en tonijn, om precies te zijn,' antwoordde Victoria.

'Jammer dat tonijn mijn favoriet is,' zei Rachel. 'Dit bederft het nu een beetje voor me.'

'Eigenlijk bevat vis in het algemeen een vrij hoog kwikgehalte, dus je zou er sowieso niet te veel van moeten eten,' zei rechercheur Oscar Perez. Toen wendde hij zich tot Nadia: 'Dat is er trouwens ook één om op te letten voor jou. Zwangere vrouwen en pasgeborenen wordt sterk aangeraden geen zalm of enige andere vissoort te eten.'

Nadia gromde en wreef over haar buik. 'Bedankt daarvoor, Kapitein. Ik was van plan haar in de Noordzee te gooien en haar haar eigen maaltijden te laten vangen, maar ik zal het de kleine voorzichtig moeten vertellen als ze komt...'

De glimlach op Oscar's gezicht suggereerde dat hij trots was op zijn advies, ongeacht het sarcasme waarmee het ontvangen was.

'Kunnen we alsjeblieft weer terug naar het onderwerp?' vroeg Nasty Nick, luid genoeg zuchtend zodat iedereen het kon horen.

Ze vielen allemaal stil terwijl ze wachtten tot Victoria verder zou gaan. Voordat ze dat deed, knikte ze licht naar Nick als een manier om hem te bedanken. Toen kuchte ze even.

'De rest van het rapport maakt geen prettige lectuur...' zei ze, haar stem nauwelijks meer dan een fluistering. 'In de periode voorafgaand aan haar dood werd ze volgens Lorna elk wakker moment van de dag volgepompt met heroïne - mogelijk om haar te verleiden en te kalmeren - en ze werd ook verkracht, bruut verkracht, meerdere keren. Ze vond kneuzingen in en rond het vaginale gebied, maar geen sperma. Ofwel droeg onze dader een condoom, of hij... of hij heeft haar goed genoeg schoongemaakt zodat wij het niet konden detecteren.'

Tomeks schouders zakten. Hij had gehoopt op positief nieuws. Hoewel het geweldig was dat ze de twee zaken met elkaar hadden kunnen verbinden, waren ze nog steeds geen stap dichter bij het onthullen van de identiteit van de moordenaar. Het enige wat ze wisten was dat ze naar dezelfde persoon op zoek waren.

En toch bleef één naam in zijn hoofd opkomen.

Vincent fucking Gregory.

Die kleine racistische fascistische klootzak.

'Nog nieuws over die uitstrijkjes uit Vincents Ford?' vroeg Tomek aan Oscar. De Kapitein had het proces van het onderzoek daarvan beheerd.

Hij schudde zijn hoofd, teleurgesteld. 'Forensisch heeft niets gevonden. Geen bewijs dat Jenny Ingles ooit in zijn auto is geweest.'

Tomeks schouders zakten nog verder. Dat betekende dat de Ford

Fiesta die was gebruikt om Jenny Ingles te ontvoeren nog ergens rond-reed, en ze moesten hem vinden.

Het betekende ook dat het misschien tijd was om Vincent Gregory met rust te laten en de zaak vanuit een andere hoek te bekijken.

Zoals Billy de Kapper. En het vinden van een verband tussen de drugsdealer, een zeventienjarige prostituee en een klein meisje. Iets, of iemand die hen verbond.

Maar dat was makkelijker gezegd dan gedaan. Normaal gesproken zou hij deze dingen zien, de verbanden eerder opmerken, maar nu kon hij niet eens de stippen zien die hij moest verbinden, laat staan de nummers die hem zouden helpen ze in de juiste volgorde te plaatsen.

———

De rest van de werkdag, of wat er nog van over was, werd besteed aan het bepalen van de strategie en het formuleren van hun aanvalsplan. Nu de moorden met elkaar in verband waren gebracht, waren Tomek en Sean officieel terug bij de rest van het team, met als enige voorwaarde dezelfde als voorheen: onder geen enkele omstandigheid mochten ze in de buurt van Vincent Gregory's huis komen. Ondertussen was brigadier Anna Kaczmarek, de familieverbindingsofficier van het team, op bezoek geweest bij Alison Jones, de pleegmoeder van Jenny Ingles. Ze had de vrouw geïnformeerd dat het lichaam van haar pleegdochter was gevonden op het speelplein en dat de kinderbescherming de komende dagen langs zou komen om haar geschiktheid als verzorger te onder-zoeken. Tomek en het team waren ervan overtuigd dat haar nooit meer zou worden toevertrouwd om voor iemand anders te zorgen. Daarna had Anna de biologische ouders van Jenny opgespoord, een echtpaar dat in Grays woonde, en hun uitgelegd dat hun dochter was overleden. Tomek kon zich niet voorstellen hoe dat moest voelen. Jarenlang niets van je dochter hebben gehoord, aan de rand van haar leven zijn gebleven en er helemaal niet bij betrokken zijn geweest, om vervolgens op een middag een klop op de deur te krijgen en te horen dat ze dood was. Bij die gedachte werd zijn lichaam koud.

Als laatste op Anna's lijst stond het huishouden van de familie Lake. Voordat ze het voor gezien hield, had Anna Beth-met-een-F bijgepraat en haar meegedeeld dat de moord op haar dochter samen met een andere als onderdeel van een dubbele moordzaak werd onderzocht. Ze rouwde nog steeds om het verlies van haar dochter en echtgenoot, en Anna had gemeld dat ze moedeloos had geluisterd, lichamelijk aanwezig, maar met haar gedachten op een andere planeet. Maar ze had tenminste een sterk ondersteunend netwerk - namelijk Vincent en zijn vrouw, Georgia. Hoewel, als Tomek in haar positie was geweest, had hij liever alleen geleden dan die twee constant om zich heen te hebben.

Hij was zich ervan bewust dat zijn haat voor Vincent zijn oordeel vertroebelde, maar hij vond het volkomen gerechtvaardigd. De man had hem eruit gepikt en hem klein en gemarginaliseerd laten voelen. Dat kon hij niet verdragen.

Evenmin kon hij de houding verdragen die hem die avond thuis te wachten stond. Zodra hij door de deur was gelopen, was Kasia kortaf tegen hem geweest, bits. Ze had hem heel weinig verteld over haar dag en toen hij had gevraagd of er iets was gebeurd, had ze gegromd, de koelkastdeur dichtgesmeten en hem gezegd haar met rust te laten.

De hele situatie verwarde hem. Ze kon toch niet nog steeds overstuur zijn vanwege de expliciete afbeelding die ze had ontvangen, of wel? Of was het omdat ze dacht dat hij te streng voor haar was over het vapen? Of misschien ging het om zijn eerdere opmerking, die per ongeluk uit zijn mond was geglipt, een freudiaanse verspreking van enorme proporties: *Ik heb er nooit om gevraagd om je vader te zijn, maar hier zijn we dan, dus we moeten het gewoon slikken en ermee leren leven.*

Hij had sindsdien voortdurend aan die zin gedacht. Hoe ver hij over de schreef was gegaan en haar gevoelens had gekwetst. Maar op dat moment was het waar geweest. Hij had er niet om gevraagd om haar vader te zijn, had niet om de verantwoordelijkheid gevraagd, niet om de last. Maar nu hij zijn draai begon te vinden, was hij blij dat ze op zijn stoep was verschenen.

Hij had ook nagedacht over zijn excuses aanbieden, over de wijste zijn, het goede voorbeeld geven en de toon zetten voor hun relatie in de toekomst, maar het enige probleem was dat hij een koppige klootzak was en zij het hem extreem moeilijk maakte om het te willen zeggen.

Wat ze nodig hadden was een frisse start. Een uitweg uit de ruzies en het geruzie, al die onvolwassenheid en kwelling. Met de verhuizing die over twee dagen zou plaatsvinden, leek het alsof ze de perfecte gelegenheid hadden. Een kans om weer een band op te bouwen en contact te maken, op dezelfde manier als toen ze met inpakken waren begonnen - sindsdien had Tomek ervoor gekozen om het meeste alleen te doen.

Terwijl hij een flesje bier opende en zich op zijn slaapbank liet ploffen, pakte hij zijn telefoon en stuurde hij een bericht naar Saskia, waarin hij vroeg of ze vrij was om hen in het weekend te helpen met uitpakken.

Ze antwoordde een paar minuten later: ze zou er niet alleen zijn om uit te pakken, maar ze kon ook optreden als bemiddelaar en motivator. En misschien zelfs een luisterend oor zijn voor Kasia om haar hart bij te luchten. Een vriendelijke volwassene om haar zorgen aan te horen.

Want God wist dat hun relatie het nodig had.

HOOFDSTUK
ZESENVEERTIG

Tomek had tot in de vroege uurtjes van de ochtend doorgewerkt terwijl Kasia in haar kamer was gebleven. Hij was ondergedoken in de duistere onderwereld van drugshandel en prostitutie op het eiland, en had de PNC en HOLMES 2 doorzocht op verwijzingen naar Billy Morton. De man speelde een grotere rol in dit alles, maar hij wist niet precies hoe, wat - of waarom.

Natuurlijk, hij kon begrijpen waarom Jenny Ingles erin werd geluisd voor het niet betalen van een schuld of voor diefstal. Maar wat had de kleine Annabelle Lake ermee te maken? Zou het een geval kunnen zijn van op het verkeerde moment op de verkeerde plaats? Had ze iets gezien wat ze niet had mogen zien en was ze daardoor in de vuurlinie terechtgekomen?

Hij had daar een tijdje over nagedacht, gekrabbeld en getekend in zijn notitieboekje, alle gedachten uit zijn hoofd op papier gezet - als een paranoïde schrijver. Totdat hij een naam tegenkwam.

Een naam die hij meende te herkennen maar niet direct kon plaatsen.

Een naam die, tegen de tijd dat hij naar bed ging, hij van binnen en buiten leek te kennen.

Inclusief het thuisadres van de man, wat Tomek helaas de volgende ochtend meteen weer naar Canvey bracht, met een gemarkeerde politie-wagen in zijn kielzog.

Gelukkig was de man thuis en Tomek had hem uitgenodigd voor

verhoor op het politiebureau van Canvey. Iets minder formeel dan helemaal terug naar Southend. Ook een stuk minder gedoe.

Sam Dellas was een man van Griekse afkomst, en dat kon je zien. Toen Tomek hem voor het eerst zag, was hij dankbaar voor de extra ondersteuning - en voor het feit dat hij geen verzet had geboden. Hij was bouwvakker van beroep, maar Tomek kreeg ook de indruk dat hij in zijn vrije tijd als bodybuilder trainde. Niet dat hij dat nodig had - de helpende hand van de genetica en de fysieke arbeid die bij zijn werk kwam kijken, waren meer dan genoeg om hem te laten uitgroeien tot het formaat dat hij nu had. De vormen van zijn schouders en armen deden Tomek denken aan de koepels van het Eden Project, terwijl zijn onderarmen zo groot waren als Tomeks kuiten. Tomek zag zichzelf graag als een grote kerel, gespierd, goed gedefinieerd op alle juiste plekken (behalve zijn buik; hij hield gewoon te veel van bier en slecht eten), maar dit was van een ander niveau. De vent paste nauwelijks in zijn shirt. En ook niet in de stoel trouwens.

'Waarom ben ik hier?' vroeg Sam.

'Omdat we begrijpen dat je een werkrelatie hebt met Billy Morton en Jenny Ingles.'

Een schok van angst flitste over het gezicht van de man.

'Ik neem aan dat je die namen kent?'

'Ik... Ja.'

De innerlijke strijd die op zijn gezicht te lezen was, was snel voorbij: hij had besloten dat hij geen verzet zou bieden, dat hij zou accepteren wat er op zijn pad kwam.

'Ik ken ze, ja,' voegde hij toe. 'Waar gaat dit over?'

'We begrijpen dat je een vaste klant bent in de Windjammer pub. Klopt dat?'

Sam knikte langzaam. 'Ik ga daar een paar avonden per week naartoe. Na het werk. Gewoon een paar drankjes met de jongens.'

'Iets anders?'

'Soms...'

'Vooral wanneer Jenny Ingles er is? Van wat ik hoor is ze een zeer flirterig meisje, altijd lachend en proberend oudere mannen te verleiden. Ooit voor haar charme gevallen?'

Sams wangen werden rood en hij begon ongemakkelijk met zijn duim over de rand van zijn nagels te wrijven. 'Het is wel eens voorgekomen...'

'Ooit zo goed met haar kunnen vinden dat je dacht dat jullie samen naar jouw huis zouden gaan - of misschien het hare?'

Meer blozen, meer wrijven. 'Het is wel eens voorgekomen.'

'Heb je haar ooit betaald voor iets terwijl ze bij je was? Seks, drugs... misschien?'

En toen zakte zijn hoofd. Hij kon Tomeks blik niet langer aankijken.

'Laat me raden,' begon Tomek, 'het is wel eens voorgekomen?'

Een knik. Een enkele, bijna onmerkbare hoofdknik, bevestigde wat Tomek vermoedde.

'Hoe vaak heb je met Jenny Ingles geslapen, Sam?'

De man keek naar hem op, en Tomek zag tranen in zijn ogen opwellen. Tomek had geen medelijden. Hij wist dat wat hij had gedaan verkeerd was, en dat hij misbruik van haar had gemaakt.

'Drie keer, denk ik. Misschien vier.'

'Heb je ook drugs van haar gekocht?'

Sam veegde zijn ogen af met de rug van zijn enorme hand die zijn hele gezicht leek te bedekken.

'Alleen wat cocaïne en heroïne. Dat was alles wat ze bij zich had op dat moment. Ik heb het nooit... ik heb het nooit gebruikt.'

'Heroïne?' vroeg Tomek. De alarmbellen gingen af in zijn hoofd.

'Ja,' antwoordde Sam.

'En wanneer heb je haar voor het laatst gezien?'

Hij haalde zijn schouders op, aarzelde. En toen stopte hij met antwoorden. De tranen waren gestopt en zijn gezichtsuitdrukking was vlak geworden, zijn lippen vormden twee horizontale lijnen.

'Wanneer heb je haar voor het laatst gezien?' vroeg Tomek opnieuw, steeds meer bezorgd over het stilzwijgen van de man.

'Is er iets met haar gebeurd?' vroeg hij.

'Ze is dood, Sam.'

'Wanneer-? Hoe-?'

'Haar lichaam is gisterochtend gevonden.'

'Ik heb er niets mee te maken. Ik zweer het.'

'Dan moet je me vertellen waar je was op vrijdagavond, en waar je gisteravond was.'

'Ik... ik denk dat ik vorige vrijdag in de pub was. Ja. Dat moet wel, want dat ben ik altijd. Je kunt het navragen bij de uitbater, Terry.'

Tomek bevestigde dat hij dat zeker zou doen.

'En wat betreft gisteravond, ik was thuis. Ik was... gewoon tv aan het kijken. Op mijn telefoon, kijkend op Instagram. Ik heb niets bijzonders gedaan.'

'En de vroege uurtjes van vanmorgen?'

'Ik ging rond zes naar mijn werk. We beginnen echt vroeg op de bouwplaats.'

Tomek knikte en pauzeerde even. Op dit moment wezen alle vingers naar Sam Dellas als iemand die betrokken was bij haar dood. Voor iemand die haar in het verleden had betaald voor seks, was het niet ondenkbaar dat hij haar had ontvoerd en haar zo vaak had verkracht als hij wilde zonder een cent te hoeven betalen. En omdat hij de vraag over wanneer hij haar voor het laatst had gezien niet had beantwoord, was het mogelijk dat Sam Dellas nog steeds de heroïne die hij van haar had gekocht in zijn huis had, makkelijk toegankelijk.

Maar veel ervan was omstandig bewijs. Er was geen *echt* bewijs. Dat specifieke bewijs zou tijd kosten om te verzamelen, en met zijn opties en geduld die opraakten, was Tomek niet zeker hoeveel tijd hij kon missen.

En dan was er nog de kleine kwestie van Annabelle Lake. En hoe zij in dit alles paste.

Tomek merkte de stilte in de kamer op, haalde een foto van Annabelle tevoorschijn en schoof die over de tafel.

'Herken je haar?'

Sam bekeek de foto, die klein leek in zijn grote handen. 'Ik herken haar gezicht van de tv. En ik zie het ook op Facebook. Dat is dat meisje Annabelle, toch?'

'Ja. Weet je iets over haar dood?'

Sam schudde zelfverzekerd zijn hoofd. 'Ik weet alleen wat ik op Facebook heb gezien.'

Tomek zuchtte inwendig. Bewijs vinden om hem te veroordelen voor de moord op Annabelle, als dat al bestond, zou langer duren en veel moeilijker zijn. Als de naam van Sam tot nu toe niet was verschenen in een van de onderzoeken van het team, dan was daar waarschijnlijk een reden voor.

Tot nu toe leek het een kwestie van lood om oud ijzer. Tomek had redelijke gronden om hem te verdenken van de moord op Jenny Ingles, maar niets om hem te pakken voor de moord op Annabelle Lake.

Het ene meisje kon gerechtigheid krijgen, terwijl de andere dat niet kreeg. En hij wist wat het publiek te zeggen zou hebben over welk meisje welke uitkomst kreeg.

Hij probeerde niet te denken aan hoe het publiek zou reageren als de moordenaar van de prostituee werd gepakt terwijl de zaak van het onschuldige schoolmeisje onopgelost bleef.

Terwijl hij daar zat, starend naar de man die hem twee tegen één in gewicht en spierkracht overtrof, probeerde Tomek naar zijn intuïtie te luisteren. Om er zoveel mogelijk op af te stemmen. Het was iets wat hij de laatste tijd had verwaarloosd - vooral omdat zijn intuïtie hem had verteld dat daten met Charlotte Hanton een goed idee was. Maar nu was het tijd om dat alles te vergeten en ernaar te luisteren.

En helaas vertelde zijn intuïtie hem dat dit niet zijn man was. Dat Sam noch Jenny Ingles noch Annabelle Lake had ontvoerd of gedood. En als hij dat wilde bewijzen, zou het een enorme hoeveelheid graafwerk kosten om het bewijsmateriaal te vinden dat ze nodig hadden.

Maar het was niet allemaal kommer en kwel. Er was nog wat licht over. Voor Jenny in het bijzonder.

Want als hij hem niet kon arresteren voor haar moord, dan kon hij hem zeker arresteren voor het betalen voor seksuele diensten van iemand onder de achttien jaar. En als er verder bewijs aan het licht zou komen over haar moord, of de moord op Annabelle Lake, dan zou hij de eerste zijn om daar bovenop te springen.

HOOFDSTUK
ZEVENENVEERTIG

Verhuisdag. De belangrijkste dag in het leven van Kasia en Tomek als gezin. Zogenaamd de meest stressvolle dag van het jaar. Behalve dat het dat niet was; het waren al die andere dagen die naar dit verdomde moment hadden geleid die het meest stressvol waren geweest. De papierwinkel afhandelen. De borg regelen - en dat grote bedrag zien verdwijnen van zijn rekening naar iemand anders' portemonnee. De sleutels ophalen. De adressen op *alles* wijzigen - zijn rijbewijs, paspoort, rekeningen, zijn Amazon-account. Alles. En alsof dat nog niet erg genoeg was, was er nog de monumentale taak van inpakken, weggooien, vervangen, nieuw kopen. Het was een eindeloze strijd geweest van to-do's, onvoltooide taken en herinneringen.

Na dit alles kon hij niet wachten om zijn voeten omhoog te leggen en een koud biertje uit de koelkast te pakken. Als de elektriciteit tenminste werkte en hij het appartement niet in duisternis zou hullen aan het begin van de winter.

Ondanks dat het nieuwe huis maar een eindje verderop lag, was Tomeks kleine auto niet groot genoeg om zelfs maar een tiende van de rommel te vervoeren die ze moesten meenemen, en hij had geen zin om twintig keer op één dag heen en weer te rijden. Dus had hij de knoop doorgehakt en het geld neergeteld voor een verhuiswagen om het voor hem te doen.

De vrachtwagen, in al zijn gelede glorie, arriveerde een paar minuten na hen bij het huis. Tomek had gewild dat het moment waarop ze voor het eerst de sleutel in het slot staken speciaal zou zijn, betekenisvol, het begin van een nieuw hoofdstuk. Maar Kasia had er geen zin in. Ze had haar schouders opgehaald en de sleutel terug aan Tomek aangeboden. En nadat hij had besloten dat ze niet van gedachten zou veranderen, had hij de sleutel in het slot gestoken en omgedraaid.

Eindelijk voelde het goed om een slot te gebruiken dat gemakkelijk werkte. Als dat een voorteken was voor de rest van hun tijd in het appartement - dat nog moest worden omgetoverd tot een thuis - dan zou hij dat als een goed teken beschouwen.

Het kostte hen iets meer dan een uur om de dozen en meubels uit de vrachtwagen te laden en een plek in het appartement te vinden om ze allemaal neer te zetten. En tegen de tijd dat ze klaar waren, arriveerde Tomeks helpende hand.

'Fijn om je weer te zien,' zei hij tegen Saskia terwijl hij haar omhelsde.

'Jou ook,' antwoordde ze met een warme glimlach. 'En jij moet Kasia zijn?'

De tiener bromde en richtte haar aandacht weer op de dozen met haar naam erop. Ze droeg ze voorzichtig naar haar kamer en begon uit te pakken, waarbij ze zich eerst op de essentiële dingen concentreerde. Oortjes in, afgesloten van de wereld om haar heen.

'Zie je waar ik mee te maken heb?' merkte Tomek op toen Kasia de deur achter zich dichtdeed.

'Ze is erg mooi,' zei Saskia, afwezig. 'Geen idee waar ze dat vandaan heeft.'

'Waarschijnlijk van Anika,' antwoordde Tomek.

'Oh, zonder twijfel. Zeker niet van jou.'

Tomek fronste naar haar en gaf haar toen de laatste doos. Het gewicht ervan deed Saskia's armen doorbuigen toen hij hem expres liet vallen.

'Waar wil je hem hebben?'

'Ergens. Maakt niet uit waar. Het maakt toch geen verschil. Ze blijven toch allemaal een paar weken staan terwijl ik aan het werk ben.'

Tomek schudde de hand van de chauffeur en zwaaide hem uit.

'Bedoel je dat je geen systeem hebt?' vroeg Saskia.

'Een systeem? Wat voor systeem?'

'Een systeem voor het uitladen en uitpakken...'

'Eén doos per keer was mijn voorkeursmethode,' begon hij. 'Maar nu begin ik te denken dat je daar misschien een probleem mee hebt.'

Saskia schudde haar hoofd in afkeuring en droeg de doos het appartement binnen. Boven aan de trap zette ze hem op een kleine vrije plek op de salontafel, en plaatste toen haar handen op haar heupen en keek de kamer rond. Tomek deed hetzelfde, behalve dat zijn eerste indrukken werden overschaduwd door de monumentale taak die voor hem lag.

Was het nu te vroeg voor een biertje?

'Je wilt beginnen met de belangrijkste dingen,' zei Saskia, hoewel hij niet echt aandacht besteedde. Hij dacht alleen maar aan het koude gevoel op zijn lippen, de bubbels in zijn mond, de smaak in zijn keel.

'Dingen zoals bestek, borden - iets waarvan je kunt eten,' ging Saskia verder. 'Dan je kleren, schoenen, de rest van de garderobe. Maar alleen genoeg voor een paar dagen. Je kunt elke keer wassen als je het nodig hebt - je *hebt* toch wel een wasmachine, hè?'

Tomek opende zijn mond om te antwoorden, maar ze was hem voor en ging door. 'Laat maar. Ik zal het voor je regelen.'

'Wat regelen?'

'Een plan. Ik zal een plan voor je opstellen zodat je weet welke dozen je eerst moet uitpakken en waar je moet beginnen.'

'Ga je nu alle lol eruit halen?' vroeg Tomek.

'*Pardon?*'

'Haal je ook alle lol uit je lessen?'

'Pardon?' zei Saskia speels. 'Mijn lessen zijn leuk voor iedereen. Veel van mijn leerlingen zeggen consequent dat ik de beste leraar ben.'

'Is dat alleen van de tienerjongens of is dat de algemene consensus onder iedereen in je klas?'

Saskia's frons keerde terug, deze keer dieper. '*Iedereen*, eigenlijk! Maar als je mijn hulp niet wilt, dan denk ik dat ik maar ga. Ik heb genoeg andere dingen te doen.'

'Zoals uitvogelen hoe je je leerlingen dood kunt vervelen? Alle lol eruit zuigen-'

Saskia liep naar de deur. Het enige wat haar tegenhield was Tomek. Hij legde zijn handen op haar armen en lachte.

'Rustig! Rustig! Ik maakte een grapje. Kom op, doe niet zo gek. Ik ben erg dankbaar dat je er bent. Daarom heb ik je uitgenodigd - zodat jij het denkwerk kunt doen en ik al het zware tilwerk.'

'Ik kan ook zwaar tillen, hoor.'

'Dat weet ik. Maar als ik het zware tilwerk niet heb, dan ben ik niets. *Niets* zeg ik je!'

Een glimlach. Een zweem van een glimlach. Eentje die de frons met een fractie verminderde.

'Ik denk dat je inderdaad niet veel anders kunt,' zei ze, terwijl haar glimlach breder werd.

'Precies.' Hij richtte zijn vingergeweer op haar. 'Dus hop, aan de slag! Bedenk een plan en ik zit in de hoek met een biertje.'

'Nee, dat doe je niet. Je mag pas drinken als ik dat doe.'

Dus *zij* was de baas. Zo zou het dus gaan.

En zo ging het de volgende vier uur. Saskia die plannen maakte en bedacht, en daarna pakten ze samen de dozen uit. Ze begonnen met de belangrijkste delen van het huis, zoals zij had voorgesteld. Ondertussen bleef Kasia in haar kamer, in stilte. Het enige bewijs dat ze er nog was - en niet was gevlucht uit verveling door Saskia's routine - was het agressieve geluid van scheurend karton en spullen die op de vloerbedekking vielen.

Aan het eind van de dag hadden ze behoorlijk wat bereikt. Een bescheiden twintig procent van het werk, volgens Tomeks bescheiden en volstrekt onervaren inschatting. Gelukkig had Saskia zijn schatting bevestigd - hoewel hij half had verwacht dat ze een paar procentpunten zou aftrekken voor de handvol overbodige theedoeken die hij had weggegooid tijdens het uitpakken van de keuken.

Om het te vieren bestelde Tomek Chinees. Kasia's favoriet.

'Mam heeft me hieraan verslaafd gemaakt,' zei ze, terwijl ze een lepel nasi in haar mond stopte. 'Eerlijk gezegd het beste wat ze ooit heeft gedaan.'

Dat was het meeste dat Kasia de hele dag had gezegd - behalve dat ze had geantwoord dat ze Chinees wilde eten en vervolgens Tomek haar bestelling had doorgegeven - en Tomek was verrast om het te horen. De relatie tussen hen was de afgelopen dagen turbulent geweest. Tomek had meer tijd op kantoor doorgebracht dan ze allebei hadden gewild, en de weinige interacties die ze hadden gehad, waren vol ruzies geweest. Meestal sloot ze zichzelf op in haar slaapkamer, zette haar koptelefoon op en bracht de avond door met Netflix of Disney+.

'Ik denk dat dit waarschijnlijk ook mijn favoriet is,' zei Saskia terwijl ze ook bami in haar mond schepte. 'Niets is beter dan dit.'

'Hoewel Indisch er dicht bij komt.' Dat was Tomeks favoriet, waar hij en Sean zichzelf altijd op trakteerden als ze een zware avond in de kroeg achter de rug hadden en iets nodig hadden om de alcohol op te zuigen.

Kort daarna verschoof het gesprek van eten naar school. Als lerares was Saskia gefascineerd om te leren en te begrijpen wat Kasia leuk vond, wat ze niet leuk vond, en wat haar favoriete vak was.

'Ik heb niet echt een favoriet vak,' zei ze zachtjes.

'Dat is niet waar. Miss Holloway zei dat je Engels leuk vond,' voegde Tomek toe.

'Miss Holloway zegt wel meer dingen...'

Tomek legde zijn mes en vork neer. 'Wat moet dat betekenen?'

'Niets.'

'*Kasia...*'

'Niets, oké! Het betekent niets!'

Tomek beet op zijn tong. Hij wist dat het beter was om geen ruzie te beginnen met een gast erbij. De laatste keer dat dat was gebeurd, was er een foto van zijn penis getoond - en hij wilde zeker niet dat *dat* specifieke gespreksonderwerp ter sprake zou komen in Saskia's bijzijn. Uiteindelijk besloot hij het te laten rusten en het op een ander moment op te pakken.

Maar voordat hij dat kon doen, schoof Kasia haar bord over de tafel - die haastig in het midden van de woonkamer was geplaatst zonder na te denken over de definitieve positie - en vertrok. Voordat ze naar haar kamer ging, pakte ze een leeg glas uit een van de keukenkastjes en vulde het met water. Terwijl de deur van haar slaapkamer dichtsloeg, bleef Tomek zijn eten opeten, en voelde hij dat Saskia hem ongemakkelijk aankeek.

'Goed dat we ons aan jouw lijst hebben gehouden,' zei hij. 'Ik zie nu al dat het zich uitbetaalt...'

'Nu...' begon ze, zich niet bewust van wat hij net had gezegd. 'Nu zie ik wat je bedoelt.'

Tomek gromde. 'Nogal een onvoorspelbaar klein ding, hè?'

'Een tiener, Tomek. Ze is een tiener.'

'Een onvoorspelbare kleine tiener dan. Is dat beter?'

Saskia rolde met haar ogen en keek hem boos aan, maar deze keer was het niet de typische, licht flirterige blik die ze hem gaf. Deze blik droeg een vleugje bezorgdheid met zich mee.

'Tomek...'

Daar gaan we.

Hij wist wat ze ging zeggen nog voordat ze het gezegd had. Dat ze zijn vermoedens ging bevestigen.

'Ik denk dat het beste wat dat meisje nu nodig heeft iemand is die haar kent. Iemand die hierachter kan komen.' Ze legde een hand op zijn bovenrug. 'Ik denk dat dat meisje haar moeder moet zien.'

HOOFDSTUK
ACHTENVEERTIG

Tomek hield niet van gevangenissen in professionele zin, laat staan in persoonlijke zin. Het waren donkere, deprimerende plekken, en ze herinnerden hem maar al te zeer aan zijn werk. Aan de verschrikkelijke daden die mensen hadden begaan, de misdaden die ze hadden gepleegd om daar te belanden.

Vandaag was de eerste keer dat hij er als burger op bezoek ging. De ervaring was vrijwel hetzelfde als wanneer hij in het verleden gevangenen had bezocht, maar niet helemaal. Het enige verschil was dat hij met iets minder respect werd behandeld, alsof hij een van de criminelen was die net als alle andere gedetineerden de bezoekersruimte betrad. Alsof hij deel uitmaakte van de nieuwste lading die als vee werd binnengedreven.

Hij had niet lang hoeven wachten op Anika. Zij was samen met alle andere vrouwelijke gevangenen in HMP East Sutton Park, Kent, een paar minuten na zijn aankomst losgelaten in de bezoekersruimte. Anika was midden uit de groep tevoorschijn gekomen en naar hem toe geschuifeld.

Tomek had niet geweten wat hij vandaag kon verwachten. Hoe ze eruit zou zien sinds hij haar voor het laatst had gezien. Welk effect vijf weken van een gevangenisstraf van zes jaar al op haar had. Hoe gekweld en hol ze eruit zou kunnen zien. Zijn inschatting - van het ernstige gewichtsverlies, het verwarde en rommelige haar, de teint die een paar tinten lichter was geworden in het kunstlicht - was precies juist geweest. Ze stond mijlenver af van de Anika die hij ooit had gekend - opgedoft, vol make-up, iemand die trots was op haar imago, hoe ze eruitzag en de aandacht die ze daarmee kreeg. Ooit was ze het mooiste meisje van school geweest; nu was ze misschien niet eens de mooiste in de gevangenis.

Wat een diepe val.

Nadat ze hem had herkend, slenterde Anika naar hem toe. Ze liep met haar armen over haar borst gevouwen alsof ze het koud had, hoewel de verwarming sinds Tomeks aankomst op volle toeren had gedraaid en het nu warm genoeg was voor hem om zijn jas uit te doen. Ze liep voorzichtig, langzaam, alsof ze de kracht en energie verzamelde om helemaal naar hem toe te komen. Ze leek gereserveerd, beschaamd, verlegen. Niet het luidruchtige, extraverte meisje dat hij ooit had gekend.

Maar hij was waarschijnlijk ook niet meer de verlegen, schuchtere jongen die zij ooit had gekend.

De tijd had hen veranderd. Voor de een was die vriendelijk geweest, voor de ander niet. Hun levens waren verschillende kanten opgegaan, en als er ooit een waarschuwing was om zo lang mogelijk weg te blijven van een criminele achtergrond, dan was het Anika Coleman.

Tomek stond niet op om haar te begroeten toen ze de stoel onder de tafel vandaan trok en haar magere lijfje in de opening liet glijden. In plaats daarvan hield hij zijn handen op tafel, zijn vingers in elkaar gevlochten.

'Hallo, Anika.'

'Hoi, Tom...'

Het woord deed hem ineenkrimpen. Het was een tijd geleden dat ze hem voor het laatst bij die naam had genoemd.

'Waar is Kasia? Ik dacht dat zij hier zou zijn...'

'Niet vandaag. Nog niet. Ik wilde eerst met *jou* spreken.'

Anika's ogen werden groot en ze krabde aan haar achterhoofd als een hond met vlooien. 'Alsjeblieft...' begon ze. Ik mis mijn meisje. Ik moet haar zien. Ik dacht dat ze vandaag zou komen...'

'Dat zal ze ook. Op een dag. Als ze er klaar voor is. Als ik denk dat ze er klaar voor is.'

Meer gekrab. Meer ongemakkelijke, nerveuze bewegingen.

'Je kunt... je kunt haar niet zo controleren. Je kunt haar niet vertellen wat ze moet doen.'

'Eigenlijk kan ik dat wel, als haar wettelijke voogd - als haar *vader* - kan ik precies die dingen doen.'

Tomek pauzeerde om haar te bestuderen. De huid rond haar gezicht en armen was van haar lichaam gevallen. Haar tanden waren begonnen uit te vallen en de overgebleven waren de kleur van steenkool. Ten slotte waren haar neusgaten van binnen begonnen te rotten.

'Bovendien,' begon hij, zijn hoofd schuddend, 'wil ik haar hier niet naartoe brengen terwijl jij... terwijl jij er *zo* uitziet.'

'Hoe dan?' siste ze. Het plotselinge geluid echode door de ruimte en verstoorde de bezoekers en gevangenen naast hen.

'Compleet van de coke. Je gebruikt nog steeds, dat zie ik. Ik ken de tekenen. Als je je dochter wilt zien, moet je van de drugs afkomen. Ik laat haar je niet zien terwijl je in deze toestand bent.'

Anika stak haar hand uit naar Tomek, maar hij trok zich terug, waarbij hij ternauwernood ontsnapte aan haar skeletachtige vingers die hem dreigden te krabben.

'Alsjeblieft...' begon ze. 'Alsjeblieft, Tomek... Alsjeblieft.'

Tomek zuchtte en legde zijn handen op zijn schoot. 'Ik ben hier niet gekomen zodat jij kunt smeken. Ik kwam hier voor wat advies, wat hulp...'

Het was toen dat hij besefte dat hij op het verkeerde moment zijn hand had getoond. Dat hij om het advies had moeten vragen voordat hij haar verbood haar dochter te zien. Dat de macht nu in haar handen lag. Als ze nog enig cognitief vermogen over had, dan zou ze dat misschien hebben opgepikt, maar...

'Wat is er mis? Is ze... is ze oké?'

Misschien toch niet.

'Het gaat goed met haar,' begon Tomek. 'Fysiek gezien. Ze is gezond, voor zover ik weet. Ze werd een paar weken geleden voor het eerst ongesteld, dus dat is allemaal goed. Het is alleen...'

Tomek stopte en keek diep in Anika's ogen. Ze waren wijd, glinsterend onder het licht. Alsof het leven was teruggekeerd zodra ze over Kasia begonnen te praten. En toen besefte hij dat ze de macht die hij in haar handen had gelegd *wel* had opgepikt, maar er gewoon niet naar had gehandeld. Het moederinstinct in haar, het instinct om haar kleine meid te beschermen en te helpen, was genoeg voor haar om dat alles opzij te zetten en te doen wat ze kon om te helpen. Op dit moment was het het enige wat haar in leven hield terwijl ze daar zat.

En toen besefte Tomek dat de macht nog steeds in zijn handen lag. En dat dit nog heel lang zo zou blijven...

'Ze gedraagt zich vreemd,' begon Tomek opnieuw. 'Ze eet niet. Ze heeft een houding waarmee ze hier waarschijnlijk een paar jaar ongeschonden zou overleven. Ze maakt veel meer ruzie met me. Ze sluit zichzelf 's nachts op in haar kamer. Ze praat niet. Ze komt veel later thuis dan gebruikelijk. Ze is... ze is gewoon anders.'

Ondanks de middelen die door haar bloedbaan stroomden, slaagde Anika er nog steeds in om een droge, zelfvoldane glimlach op te zetten zonder dat Tomek het opmerkte. Een kleine overwinning in de strijd om Kasia's liefde en bewondering.

'Het klinkt niet alsof je überhaupt geschikt bent om voor haar te zorgen,' zei ze met venijn en felheid. 'Je verwaarloost haar.'

'Echt niet,' fluisterde Tomek, terwijl hij dichterbij leunde.

Dit dreigde lelijk te worden, en als hij niet oppaste, liep hij weg zonder de informatie of het advies dat hij nodig had.

'Ik ben altijd goed voor haar geweest...'

Behalve dan dat hele dickpic-scenario, maar dat hoefde Anika niet te weten.

'Het klinkt alsof je totaal geen controle over haar hebt,' begon Anika, haar stem werd zuur. 'Het is jouw taak. Het was altijd al jouw taak. Je verwaarloost haar zoals je mij hebt verwaarloosd. Je maakte nooit tijd voor mij, en ik wed dat het bij haar net zo is. Ze voelt zich waarschijnlijk verloren en eenzaam, met niemand om mee te praten.' Ze haalde haar vingers door haar haar en krabde ruw aan haar hoofdhuid. 'Ik wist dat ik haar nooit bij jou had moeten laten blijven.'

'Je had geen verdomde keuze. Of ze kwam bij mij wonen, of ze bracht de volgende vijf jaar door in een tehuis...'

Op dat moment verscheen er een beeld van Jenny Ingles in zijn gedachten, zwaaiend in de wind, met een ketting om haar keel gewikkeld.

Bewijs van wat er met Kasia had kunnen gebeuren als ze die weg was ingeslagen. Bewijs van het worstcasescenario.

En dat zou hij niet laten gebeuren.

'Ik ga je aangeven,' zei Anika, de glimlach nu duidelijker zichtbaar op haar gezicht. 'Ik ga je aangeven bij de kinderbescherming en ze vertellen dat je niet geschikt bent om voor mijn dochter te zorgen.'

Tomek nam even de tijd voordat hij reageerde. Anika had zojuist haar hand gespeeld, en hij was niet zeker of hij bereid was haar bluf te doorprikken. Hij kende het systeem, en hij wist dat gezien de moeite die hij had gedaan om haar onderdak te bieden, zij geen poot had om op te staan. Maar hij was nog steeds niet bereid het risico te nemen.

Tomek duwde zich onder de tafel vandaan, stond op en begon langs haar te lopen. Voor hij verder kon komen, stak Anika een hand uit en hield hem tegen.

'Nee! Nee! Blijf... Alsjeblieft...' Haar stem brak terwijl ze sprak. 'Ik... ik wil niet dat je gaat. Blijf. Alsjeblieft. Kasia, ze is...' Anika liet haar hoofd zakken en verzwakte haar greep op zijn arm. 'Ze is soms zo... Het beste wat je kunt doen is...'

Tomek bleef staan waar hij stond, wachtend.

'Het beste wat je kunt doen is met haar praten. Heb je geprobeerd met haar te praten...?'

Tomek gaf geen antwoord, want het stond op zijn gezicht geschreven.

Nee, hij had niet geprobeerd om met haar te praten of de problemen die ze had direct aan te pakken. In plaats daarvan had hij aan iedereen anders gevraagd hoe hij het probleem moest oplossen. Iedereen behalve de persoon die er het meest door werd getroffen. Het was zo voor de hand liggend dat het pijnlijk was dat hij het had gemist. Misschien was hij te bang geweest, te laf om het onderwerp aan te snijden en uit te vinden wat er mis was gegaan voor haar. Dat hij zou ontdekken dat *hij* haar op de een of andere manier had teleurgesteld. Dat het allemaal zijn schuld was.

Anika verstevigde haar greep op zijn arm en trok hem uit zijn gedachten terug naar het heden.

'Ik... ik kan je niet dwingen om haar hier te brengen, dat besef ik. Maar als je denkt dat het zou kunnen helpen, doe het dan alsjeblieft. Ik weet dat het mij zou helpen. Ik smeek niet - ik wil niet meer zo zijn. Maar ik wil bewijzen aan jou - aan jullie beiden bewijzen - dat ik oké ben, dat het goed met me gaat. Dat ze me kan komen opzoeken. Ik beloof... ik beloof dat ik van de drugs af zal blijven. Ik beloof dat ik...' Ze slaakte een diepe, zware zucht die haar hele lichaam deed leeglopen. 'Ik beloof dat ik het *beter* zal doen. Ik beloof dat ik *beter* zal zijn.'

HOOFDSTUK
NEGENENVEERTIG

Tomek was al thuis toen Kasia van school door de deur naar binnen liep - hij was er al een paar uur. In die tijd had hij nog eens twintig procent van de flat uitgepakt, maar haar slaapkamer had hij met rust gelaten. Dat was haar domein.

Kasia kwam iets na vier uur 's middags thuis. Niet zo laat dat het zou suggereren dat ze iets had uitgespookt wat niet mocht. Maar ook niet zo vroeg dat het leek alsof ze rechtstreeks naar huis was gekomen. Misschien had ze een rustige wandeling gemaakt, de lange route naar huis genomen. Maar hij besloot meteen dat hij er niet naar zou vragen. Hij wilde haar niet irriteren zodra ze door de voordeur stapte.

Toen ze de deur achter zich dichtdeed, liet ze haar tas op de grond vallen en liep ze rechtstreeks naar haar slaapkamer. Ze had haar oordopjes in en staarde naar haar mobiel, dus natuurlijk zag ze hem niet zwaaien en hoorde ze hem haar naam niet roepen.

Pas toen hij van de bank opstond en naar haar toe liep, herkende ze hem. De schreeuw die volgde was zo luid dat het voelde alsof zijn trommelvlies knapte. In een poging zichzelf te verdedigen, gooide Kasia haar telefoon naar hem toe en hief haar vuisten op.

'Jezus, verdomme!' schreeuwde ze. 'Je liet me schrikken!'

'Ik woon hier ook, weet je,' zei hij, terwijl hij over zijn rechterborstspier wreef waar het apparaat hem had geraakt. 'En *niet* vloeken!'

Kasia rolde met haar ogen. 'Laat me dan niet zo schrikken!'

Tomek bukte zich om haar telefoon op te rapen en gaf hem aan haar.

'Hebben ze je dat bij karateles geleerd?' vroeg hij. Maar ze kon de grap niet waarderen en vouwde in plaats daarvan haar armen over haar borst. 'Hoe was school?'

'Prima.'

Net als elke dag dan, dacht hij. Prima. Altijd prima.

Nooit iets anders dan prima.

'Hé...'

Zijn huid begon klam aan te voelen en hij stak zijn handen in zijn zakken, terwijl de zenuwen hem langzaam in hun greep kregen.

'Ik denk... ik denk dat we even moeten praten,' zei hij uiteindelijk.

'Moet dat echt?'

'Ja. Tenzij je vanavond niet wilt eten...'

'Ik heb je kaartgegevens nog opgeslagen op mijn telefoon. Ik kan gewoon voor mezelf eten bestellen wanneer ik maar wil.'

Hij wist zeker dat ze dat kon. Waarschijnlijk ook veel sneller dan hij. Verdomde kinderen met hun technologie. Binnenkort komen ze uit de baarmoeder met een telefoon al in de hand.

'Nou, misschien kunnen we vanavond nog wat bestellen,' zei hij, en voegde eraan toe: 'maar alleen als je nu even met me gaat zitten om te bespreken wat we moeten bespreken.'

De innerlijke strijd in Kasia was duidelijk af te lezen op haar gezicht. Aan de ene kant wilde ze graag een lekkere afhaalmaaltijd. Maar aan de andere kant, wilde ze echt gaan zitten en over dingen praten, nog wel met haar *vader*?

Uiteindelijk trok ze de stoel onder de eettafel vandaan en ging ze op het puntje zitten.

'*Ja*?' zei ze met alle attitude van een tiener.

Tomek was voorzichtig in zijn bewegingen, behoedzaam. Te abrupt en hij zou zijn eigen gedachtegang kunnen verstoren. Toen hij eindelijk bij haar aan tafel kwam zitten, voelde hij zich plotseling erg hoog zitten.

'Zijn deze stoelen altijd zo hoog geweest?' vroeg hij, maar kreeg geen antwoord. Kasia wilde dit gesprek zo snel mogelijk achter de rug hebben. En hij ook...

'Het gaat over jou en mij,' begon hij.

Kom op gang, zei hij tegen zichzelf. *Zeg gewoon iets en de rest volgt vanzelf...*

'Je zit niet in de problemen, maak je geen zorgen. Je gaat ook nergens heen - dus denk maar niet dat je je koffers kunt gaan pakken. Het is alleen... ik heb een verandering in je opgemerkt. Je gedraagt je vreemd de afgelopen paar weken, en dat bevalt me niet. Je eet niet goed, je sluit me buiten, je geeft me veel meer attitude dan toen je hier pas kwam wonen.' Hij haalde diep adem, zodat zijn borst zich helemaal vulde. Hij hield het even vast voordat hij alles weer uitademde. 'Als ik niet beter wist, zou ik zeggen dat er iets is gebeurd, of nog steeds gebeurt op school. Als ik niet beter wist, zou ik zeggen dat je misschien gepest wordt...'

Het inzicht was tijdens de rit naar huis tot hem gekomen. De plotselinge realisatie dat het het 'P'-woord kon zijn, degene die zoveel kinderen treft - nog meer met de komst van sociale media en online anonimiteit. Een snelle online zoektocht naar enkele van de tekenen had zijn vermoedens bevestigd.

Nu was het aan Kasia om het daadwerkelijk te bevestigen.

Maar ze was teruggetrokken geworden. Haar schouders waren ingezakt en haar hoofd was gezakt. Onder de tafel plukte ze aan haar nagels en krabde aan haar knie.

'Kase...' begon hij. 'Je kunt het me vertellen. Ik wil helpen. Ik *zal* helpen. Ik zal met school praten, ervoor zorgen dat juffrouw Holloway-'

'Ze weet het al...'

Die woorden staken hem om vele redenen. Ten eerste had zijn eigen dochter zich niet op haar gemak genoeg gevoeld om het hem te vertellen, en ten tweede had haar lerares ook besloten het voor hem verborgen te houden.

'Wanneer heb je het haar verteld?'

'Vorige week. Ze zei dat ze er iets aan zou doen. Dat ze met het meisje zou praten, maar er is niets gebeurd...'

En nu begreep hij het. Kasia's eerdere opmerkingen de avond ervoor over Bridget.

Juffrouw Holloway zegt veel dingen...

Zoals beloven dat ze het pesten zou aanpakken. Zoals beloven dat ze met de pestkop zou praten.

Maar in werkelijkheid deed ze er niets aan.

'Waarom ben je eerst naar haar gegaan?' vroeg Tomek, terwijl hij probeerde de pijn in zijn stem te verbergen.

'Dat deed ik niet,' antwoordde Kasia. 'Ze zag het gebeuren. Ik had geen keuze.'

'Wat is er gebeurd? Wie is het? Wie pest je? Wat doen ze?'

Tomek realiseerde zich dat de stortvloed aan vragen misschien te sterk was overgekomen, maar hij bevond zich in niemandsland tussen vader en politieagent. Ze wilden allebei hetzelfde, maar er waren verschillende manieren om de antwoorden en informatie te krijgen die hij nodig had.

'Sorry,' zei hij er snel achteraan. 'Ik... ik wil alleen maar helpen.'

Kasia knikte begripvol en hief haar blik een beetje op. Ze stopte met het frunniken aan haar nagels.

'Ze heet Crystal Redknapp. Ze zit bij mij in het jaar. Eerst begon ze me belachelijk te maken in de klas, telkens wanneer ik een vraag stelde of een vraag verkeerd beantwoordde. Maar toen... toen ik ongesteld werd, heeft ze al mijn kleren weggenomen bij gym. Ik had niets om aan te trekken en toen vond ik ze in de prullenbak. Het is niet alleen zij... ze heeft wat vrienden die ook meedoen. Maar het is vooral zij. En toen die foto van jouw...' Ze kon het niet over haar lippen krijgen; en Tomek was dankbaar dat ze het niet kon. 'Toen die *foto* door de school ging, was dat door haar. Zij heeft het naar iedereen gestuurd.'

Tomek was stil en geduldig terwijl hij luisterde, en focuste zich meer op het bewaren van zijn kalmte dan op de betekenis van haar woorden. Hij voelde een knoop in zijn maag. Een knoop van schuld. Hij gaf zichzelf de schuld. Niet alleen voor de foto die op haar school was gedeeld, maar ook omdat hij niet meteen de signalen en symptomen had opgemerkt.

Hij had eerder te maken gehad met gebroken en emotioneel beschadigde kinderen, kinderen die jarenlang misbruikt waren, dus had hij het moeten zien, had hij het moeten opmerken.

Hij reikte over de tafel en omvatte haar handen met de zijne. Hij wachtte tot haar ogen de zijne ontmoetten voordat hij sprak.

'Het spijt me,' zei hij. 'Je had dit nooit mee moeten maken. Ik heb je in de steek gelaten. Ik heb je teleurgesteld. Maar ik ga tot de bodem van deze zaak komen. Ik ga met de school praten, ik ga hen op de hoogte brengen van de situatie en ik ga hen vertellen dat de politie erbij betrokken is.'

'Nee, dat kun je niet doen!'

'Dat kan ik wel, en dat ga ik doen.'

'Nee, alsjeblieft.' Ze trok haar handen uit de zijne en liet ze weer onder de tafel zakken. 'Ik wil niet dat je dat doet.'

'Waarom niet? Ze kan hier niet mee doorgaan-'

'Omdat als je dat doet, iedereen zal weten dat ik een verklikker ben, iedereen zal weten dat ik een rat ben.'

'Ze kan hier niet mee wegkomen, Kase... Pestkoppen moeten gestopt worden.'

'Je kunt niet naar school gaan. Alsjeblieft. Dat kun je niet doen.'

Het smeken in haar ogen was overweldigend, bijna tot het punt dat er tranen gevormd werden.

Tomek grimaste en schudde zijn hoofd. Hij vond het geen prettig idee om Crystal Redknapp door zijn vingers er die van de school te laten glippen, maar als zij niet wilde dat hij de kwestie aanpakte, dan goed. Hij zou haar wensen respecteren.

'Ik zal niet naar de school gaan. Ik zal niet met Miss Holloway praten. Als dat echt is wat je wilt...?'

Ze knikte vastberaden.

'Dan goed,' vervolgde hij. 'Ik zal niet naar de school gaan.'

Maar dat betekende niet dat hij geen creatievere manieren zou vinden om met de kwestie om te gaan.

En hij had er al een in gedachten.

HOOFDSTUK
VIJFTIG

E lizabeth Lake keek neer op het kleine bed voor haar. Het bed waar ze zich tot een paar weken geleden op een avond als deze zou hebben bevonden. Stormachtig, regenachtig, nat. Annabelle zou niet van de regen tegen het raam hebben gehouden. Het zou haar bang hebben gemaakt. Maar alles zou goed zijn geweest met mama naast haar, die haar knuffelde en beschermde tegen de buitenwereld.

Maar nu was er niemand. Haar kleine meisje, weg... Nooit meer zou ze in dat bed slapen. Nooit meer zou ze in welk bed dan ook slapen.

Ze miste het geluid van haar voetjes op het tapijt, die de trap op kwamen. Ze miste het opgewonden geluid dat ze maakte wanneer ze klaar was voor bed, voorafgaand aan het voorleesuurtje. Ze miste de manier waarop ze haar tanden poetste, bijna elke tand afzonderlijk schrobbend met een extreme hoeveelheid zorg en aandacht.

Sinds Annabelles dood had Elizabeth nagelaten haar eigen tanden te poetsen. Eigenlijk had ze nagelaten veel dingen te doen. Ze had haar haar al een week niet gewassen. Ze had haar benen of oksels niet geschoren. En de bos die daar beneden groeide was al weken buiten proportie, dus maakte het niet uit dat die nog wat verder groeide. Ze had haar oren niet schoongemaakt. Ze had haar vingernagels niet geknipt.

Ze had de afwas niet gedaan. Ze had de was niet gedaan. Ze had het appartement niet opgeruimd. Ze was niet naar haar werk gegaan.

In plaats daarvan was ze binnen gebleven, starend naar het televisie-scherm. Kijkend maar niet kijkend. Aanwezig maar niet aanwezig.

Langzaam wegkwijnend.

Elizabeth trok zichzelf weg uit Annabelles slaapkamer en begaf zich naar haar eigen kamer. Naar de plek waar ze haar man liggend op zijn telefoon zou hebben aangetroffen, haar negererd. Als hij al niet sliep, tenminste. De meeste avonden vond ze hem bewusteloos, maar ze wist dat hij stiekem wakker was, net deed alsof. En dat hij, zodra zij haar ogen sloot en begon weg te drijven, naar de andere kant zou rollen en een tijdje op zijn telefoon zou sms'en. Alles om maar niet met haar te praten, alles om maar niet met haar te communiceren.

En nu was hij ook weg.

Net als Annabelle.

Ondanks de leegte waarin hun liefdeloze huwelijk was vervallen, en ondanks de kloof die tussen hen was gedreven, en ondanks de affaire - ondanks dat alles - miste ze hem nog steeds. Miste ze nog steeds zijn aanraking, zijn warmte, het gevoel van zijn lichaam tegen het hare gedrukt.

Nu kwam ze elke avond naar boven naar een koud bed.

Een koud bed in een koud, leeg huis.

Een koud bed voor een koud en kwaadaardig persoon.

Toen ze naar de andere kant van het bed liep, trok ze de gordijnen een beetje dicht en rukte ze de dekens van haar kussen. Toen gleed ze op het matras en lag op haar rug, starend naar het plafond, haar geest leeg, verstoken van gedachten. De kamer baadde in een heldere oranje gloed van de lamp naast haar, maar de energie opbrengen om die uit te doen was moeilijk. Hoewel ze de laatste dagen had gemerkt dat slapen met het licht aan haar hielp. Dat het voorkwam dat de beelden en monsters in het donker verschenen. Dat het het lawaai in haar hoofd tot zwijgen bracht.

Maar vanavond voelde ze zich anders. Vanavond had ze zin om het licht uit te doen. Vanavond had ze zin om zichzelf te straffen voor alles wat ze had gedaan...

Net toen ze zich naar het nachtkastje draaide, hoorde ze een geluid. Een kleine klik. Zacht, ver weg.

Komend van beneden.

Ze hield haar adem in terwijl ze wachtte, wachtte... Haar hart bonzend, borst omhoog.

Toen kwam het geluid dichterbij. Het geluid van haar lot dat haar kwam vinden.

Het verscheen een moment later, de slaapkamerdeur die openging. Staand in de deuropening. Een stel sleutels glinsterend in het licht.

Medische injectiespuit in de andere hand.

Terwijl ze naar de gestalte voor haar staarde, was Elizabeth Lake te bang om te spreken. En haar lichaam bleef volkomen stil op het bed liggen terwijl de figuur over haar heen klom en de injectiespuit in haar nek stak.

HOOFDSTUK
EENENVIJFTIG

Opnieuw een ochtend. Opnieuw een reden om in Canvey te zijn. Dit keer vanwege de verdwijning van Elizabeth Lake.

De melding over de verdwijning van Beth met een F was in de late ochtend binnengekomen van niemand minder dan Vincent Gregory, die op dit moment waarschijnlijk schilderijen aan de muur van de verhoorkamer aan het hangen was, had Tomek gekscherend opgemerkt. Die gast bracht daar zoveel tijd door dat het hem niet zou verbazen als Nick hem een eigen kamer zou aanbieden om in te verblijven.

Met Tomek in de slaapkamer van Elizabeth en Steven Lake waren rechercheur Rachel Hamilton, de plaats delict coördinator en een forensisch onderzoeker, die druk bezig was met het bestuderen van het dekbed en de matras. De injectiespuit die aan de zijkant van het bed was achtergelaten, was al gefotografeerd en als bewijsmateriaal ingediend, terwijl het onderzoeken van de lakens wat langer zou kunnen duren.

'Ik neem misschien een voorschot, maar ik durf te stellen dat ze absoluut is ontvoerd,' merkte Tomek op. 'Tenzij ik het verkeerd heb geleerd en heroïne je een plotselinge energiestoct geeft en je aanzet tot een enorme wandeling.'

'Dat is nogal een wandeling,' antwoordde Rachel.

Achter het mondkapje zag hij aan haar wangen dat ze glimlachte.

'We weten niet zeker of het heroïne is,' zei de plaats delict coördinator.

Tomek draaide zich naar haar toe. 'Gezien het feit dat het in het bloed van ons meest recente slachtoffer is aangetroffen, lijkt het me zeer waarschijnlijk dat het dat wel is.'

'We zullen het nog steeds onderzoeken.'

'Natuurlijk. Dank u.'

De slaapkamer van Elizabeth en Steven Lake was klein, minuscuul zelfs. Nauwelijks groot genoeg om het tweepersoonsbed erin te passen; er was slechts een kleine ruimte van een paar centimeter rond de omtrek van de matras, en als je het raam wilde openen, moest je op je tenen schuifelen langs de zijkant van het bed, of over het dekbed klimmen. Wat helaas voor hen iets was wat ze niet konden doen. Als gevolg hiervan waren Tomek en Rachel gedwongen tegen elkaar gedrukt te staan in de deuropening, ademend in elkaars gezicht.

'Enig teken van inbraak?' vroeg Tomek, de gedachte kwam plotseling bij hem op.

De plaats delict coördinator schudde haar hoofd. 'Niets. Geen sporen van geforceerde toegang aan de voor- of achterkant. We hebben foto's gemaakt van de sloten voor verder onderzoek, maar ik ben ervan overtuigd dat u tot dezelfde conclusies zult komen als wij. Wat betreft aanwijzingen over wie dit heeft gedaan... ik zou zeggen dat dit uw belangrijkste factor is. Het was iemand die zij kende, iemand die ze binnen heeft gelaten, of iemand die toegang had tot het huis.'

Tomek en Rachel keken elkaar aan.

Hun hoofdverdachte, die aan al die voorwaarden voldeed, was precies waar hij moest zijn. Hij werd momenteel aan de tand gevoeld door enkele van de beste agenten in het vak. Hoewel Tomek graag daar had willen zijn om de kleine racistische fascistische klootzak verder onder druk te zetten, begon hij te twijfelen. Hij wist dat Vincent Gregory niet de scherpste was, maar was hij echt in staat om drie personen te ontvoeren en twee van hen te doden, terwijl hij de hele tijd recht voor hun neus bleef, altijd vooraan in het onderzoek? Kon hij werkelijk zó stom zijn?

Of was dat juist waarom hij er zo lang mee weg was gekomen? De perfecte vermomming...

De gedachte verontrustte Tomek, maar voordat hij er verder over kon nadenken, gaf Rachel hem een por in zijn ribben en wierp ze hem een blik toe die aangaf dat het tijd was om te vertrekken. Bij het weggaan bedankte hij de plaats delict coördinator voor haar tijd en vertelde haar dat ze bereikbaar zouden zijn op hun mobiel als ze iets nodig had. Toen keerde hij de kamer zijn rug toe en liep voorzichtig de trap af, waarbij hij zijn handen langs zijn lichaam hield om niet in de verleiding te komen iets aan te raken. Onderaan de trap glipte hij door de voordeur en liep naar de auto, waar hij zijn beschermende kleding uittrok en terugkeek naar het huis. De weg in en uit de doodlopende straat was afgezet, en de toegang van en naar de school werd gecontroleerd door een politieaanwezigheid.

Tomek dacht aan Amelia Duggan, de lerares van Annabelle Lake.

De twee A's.

Hij vroeg zich af of het mogelijk was dat zij erbij betrokken was geweest. Ze was aanwezig geweest ten tijde van Annabelle Lake's verdwijning - had het zelfs *gezien*, wat haar de perfecte getuige maakte om hen op een verkeerd spoor te zetten. En zij was ook degene die Annabelle had *gevonden*. Opnieuw de perfecte dekmantel. Verkeerde plaats op het verkeerde moment.

Of was ze juist op de juiste plaats op precies het juiste moment?

Tomek wist het niet.

Terwijl hij in de auto stapte, dacht hij er nog eens over na.

Natuurlijk zou ze met iemand moeten samenwerken. Maar met wie? En wat was het verband tussen Annabelle Lake en Jenny Ingles? En waarom zou ze Annabelle Lake überhaupt willen ontvoeren en vermoorden? Voor zover hij had begrepen, waren ze de beste vriendinnen (in ieder geval in Annabelle's ogen) en hielden ze van elkaar.

Op dat moment drong het tot hem door dat ze absoluut geen flauw idee hadden van wat dan ook. Ze hadden geen duidelijk motief kunnen vinden voor de dood van Annabelle Lake, afgezien van de wilde mogelijkheid dat ze was ontvoerd en op een lopende band voor mensenhandel was beland, maar zelfs dat was vergezocht. Canvey Island was een gat, maar zo verdorven was het nou ook weer niet.

Ze hadden ook geen motief voor de dood van Jenny Ingles, behalve het idee dat het druggerelateerd zou kunnen zijn. Maar als dat het geval was, waarom dan de link met Annabelle Lake?

Hoe kon iemand ziek genoeg zijn om een arm, onschuldig meisje te ontvoeren, haar onderdak te bieden terwijl ze gevangen werd gehouden, ervoor te zorgen dat ze goed werd gevoed - nota bene haar lievelingseten - en haar dan op zo'n manier te doden? En hoe kon diezelfde persoon vervolgens zijn aandacht richten op een zeventienjarig meisje, haar verkrachten, haar lichaam vol heroïne spuiten en haar dan op dezelfde manier doden?

De behandeling van beide slachtoffers was compleet verschillend.

Er moest ergens een duidelijk verband zijn.

Moest wel.

Tomek was er zeker van.

En nu was Elizabeths verdwijning ook nog in de mix gegooid. Hij twijfelde er niet aan dat ze uiteindelijk hetzelfde zou eindigen als haar dochter. Dood en bungelend. Maar waarom?

Wat was de connectie?

Tomeks blik bewoog langzaam langs de huizen in de doodlopende straat. Van nummer drieëntwintig tot eenenveertig. Totdat hij stopte tussen drieënveertig en zevenenveertig. Daar, op de achtergrond, ingeklemd tussen de opening van de twee huizen, was de achterkant van Vincent Gregorys eigendom.

De ontbrekende schakel? De ontbrekende connectie?

Tomek was nog steeds niet zeker.

De man had geen motief - hij hield van zijn nichtje en zus meer dan van wat dan ook, zo niet meer. Hij was altijd vrijgesproken van Tomeks beschuldigingen en hij had altijd solide alibis voor elk van de moorden. Hij had niets te winnen bij het vermoorden van zijn eigen familieleden. Om nog maar te zwijgen over het gebrek aan bewijs dat hem in verband bracht met de dood van Jenny Ingles.

Vincent Gregory was een doodlopende weg.

Een man die zich op het verkeerde moment op de verkeerde plaats bevond.

Net als Amelia Duggan.

Tomek sloot zijn ogen en plaatste zijn gebalde vuisten op het dashboard. In zijn linkerhand strekte hij twee vingers, waarmee hij het V-teken vormde; en met zijn rechterhand stak hij zijn duim op.

Annabelle en Elizabeth Lake aan de linkerkant.

Jenny Ingles aan de rechterkant.

Toen toverde hij beelden van hen in zijn gedachten, staand voor de auto, op de stoep. De moeder en dochter die elkaar omhelsden terwijl de eenzame tiener zich schrap zette tegen de kou.

Boven hen probeerde hij zich het gezicht van de moordenaar voor te stellen. In al zijn vage en illusoire glorie.

'Twee sets slachtoffers...' fluisterde hij tegen zichzelf, zijn lippen trilden licht terwijl hij sprak. 'Twee uit dezelfde familie. Eén compleet willekeurig.'

En toen trof het hem.

Twee sets slachtoffers.

Twee moordenaars. Die samenwerken.

Eén op zoek naar wraak of vergelding op de familie Lake.

Terwijl de ander handelde uit impuls en lust bij de moord op Jenny Ingles.

'Tomek...'

Eerst herkende hij de stem niet. Hoorde hem zelfs niet.

'Tomek...'

Toen dacht hij dat het de kleine Annabelle Lake was die tegen hem praatte, die naar hem opkeek, de kettingen nog steeds om haar nek.

Maar toen hij een hand op zijn arm voelde, schrok hij op uit zijn mijmeringen. Rachel hield hem vast, met een bezorgde uitdrukking op haar gezicht.

'Sorry,' zei hij, ongemakkelijk lachend 'Vergat even dat je er was.'

'Gaat het?' vroeg ze. 'Je ziet eruit alsof je wat tijd voor jezelf nodig hebt. Je zat daar al een tijdje... Ik dacht even dat je een beroerte kreeg of zoiets.'

Waarom bleef iedereen dat zeggen?

Tomek schudde zijn hoofd. 'Nee... Geen beroerte. Gewoon... diep in gedachten.' Toen voegde hij er fluisterend aan toe: '*Serieus* diep in gedachten.'

'Iets interessants ontdekt?'

Tomek draaide zich naar haar toe en grijnsde. 'Sterker nog, ik denk van wel.'

HOOFDSTUK
TWEEËNVIJFTIG

'Wat zei je daar?'

Nick zuchtte luid genoeg voor de hele kamer om te horen.

Tomek stak zijn handen omhoog in een gespeeld gebaar van overgave. 'Luister even...'

'Oké. We luisteren.'

Voordat hij zijn theorie uitlegde, schraapte Tomek zijn keel. Hij vertelde hen vervolgens dat er *wel* een verband was tussen de slachtoffers, maar niet op de manier die ze aanvankelijk hadden gedacht. Ze waren verbonden door een duo moordenaars. Twee kwaadaardige handlangers die samenwerkten.

'Dat noemen ze in het vak een *folie à deux*, meneer,' voegde kapitein Betweter eraan toe voor het effect. 'Zoals Fred en Rose West.'

'Ja, bedankt daarvoor, Oscar,' antwoordde Nick, terwijl hij probeerde de venijnigheid uit zijn stem te houden.

'Een van hen zal de ander vertellen wat te doen. Het zijn meestal twee mannen, maar het kan ook een man en een vrouw zijn.'

Nick knipte met zijn vingers en wees opgewonden naar Oscar. 'Precies!' zei hij. 'Een man en een vrouw. Vincent en Georgia Gregory. Man en vrouw. Net als Fred en Rose!'

Tomek aarzelde, kauwde op zijn onderlip.

'U zegt dat alsof u hen persoonlijk kent, meneer,' zei hij.

'Wie? Fred en Rose of Vincent en Georgia?'

'Allebei.'

'Onzin. We weten bijna alles wat er te weten valt over Vincent Gregory, maar hoeveel weten we eigenlijk over *haar*?' vroeg Nick aan Tomek, en opende toen de vraag naar de rest van de kamer toen hij besefte dat Tomek weinig te maken had gehad met Georgia Gregory tijdens zijn onderzoek naar de dood van Jenny Ingles. 'Iemand? Iemand?'

Niemand antwoordde. Hoofden draaiden, zoekend naar iemand anders die bereid was de verantwoordelijkheid voor de vraag op zich te nemen. Uiteindelijk viel Rachel op het zwaard van het team.

'Niet zoveel eerlijk gezegd, meneer,' antwoordde ze, wat vastberadenheid in haar stem hoestend. 'Ze stond aan de rand van ons onderzoek.'

'Wat bedoel je met aan de rand? Ze zit midden in het verdomde ding. Hoe is dit niet opgemerkt?'

Akelige Nick richtte zijn woede op Victoria, die voor het eerst zijn toorn zou ervaren.

'Hoe is deze door de mazen van het net geglipt?' vroeg hij, de kalmte in zijn toon verhulde de woede op zijn gezicht. 'Het kan geen vergissing zijn geweest. Jullie hebben allemaal de afgelopen week duimen zitten draaien.'

Net toen ze haar mond wilde openen om te spreken, sprong Tomek ter verdediging. Hij voelde dat hij dat moest doen. Hoewel ze zich op een gegeven moment tot Nicks muziek moest verhouden, wilde hij niet dat het midden in een vergadering zou zijn, voor iedereen - hij was zelf aan de ontvangende kant van zo'n uitbrander geweest, en het creëerde meestal een precedent waardoor Nick dacht dat hij er altijd mee weg kon komen wanneer hij maar wilde. Het was beter om hem bij de bron af te kappen voordat de zaken uit de hand liepen.

'Met alle respect, meneer,' begon Tomek, maar vertraagde toen tot een stop toen hij merkte dat Victoria haar hand naar hem opstak.

'Bedankt, Tomek,' begon ze. 'Maar ik kan voor mezelf antwoorden.' Toen schraapte ze haar keel voordat ze dat deed. 'De reden dat het team Georgia Gregory heeft gemist in ons onderzoek is omdat ik hen daartoe opdracht heb gegeven. We hebben die tijd besteed aan het focussen op het bewijsmateriaal.'

'Welk bewijsmateriaal?'

'Precies. Er is zeer weinig. Maar van het bewijs dat we *wel* hebben, wijst niets in de richting van Georgia Gregory. U kunt mij zoveel berispen als u wilt, maar laat het niet uit op mijn team. Dat was mijn fout, en ik neem daar de volledige verantwoordelijkheid voor.'

Verbijsterde stilte dreef door de open deur, klom over de hoofden van iedereen die zat en kwam uiteindelijk tot stilstand voor Nick, die er schaapachtig uitzag. Tomek voelde zich alsof hij staand applaus wilde geven en Victoria wilde salueren. Velen hadden in het verleden geprobeerd tegen Akelige Nick op te staan, maar zeer weinigen slaagden. Victoria had zojuist haar naam toegevoegd aan die illustere en minuscule lijst. En daarvoor vermenigvuldigde Tomeks respect voor haar enorm.

Voordat Nick kon reageren, ging Victoria verder, en verplaatste het gesprek van haar kleine vertoning van onbekwaamheid naar de taak die voor hen lag.

'Rachel, na deze vergadering wil ik dat je naar het eiland gaat en Georgia Gregory vindt. Breng haar mee als je kunt. Zoek uit wat ze weet en waar ze is geweest.'

Rachel knikte en maakte een notitie van de instructie in haar telefoon. Terwijl Tomek Victoria van de ene naar de andere kant van de kamer zag lopen aan het hoofd van de ruimte, starend naar het incidentenbord voor haar, stak Tomek zijn hand op.

Zei: 'Kunnen we nu terugkomen op mijn theorie?'

'Wat heeft dat voor zin?' vroeg Nick. 'We hebben hem al ontkracht.'

'Nee, dat hebben we niet, meneer. We weten net zoveel over Georgia's betrokkenheid als over die van Vincent. Ik denk nog steeds niet dat ze erbij betrokken zijn. Ik denk dat Vincent erin wordt geluisd.'

'Je bent wel van gedachten veranderd...'

'Begrijp me niet verkeerd, hij is nog steeds een racistische klootzak, maar sinds dit hele gedoe begon, is het zo gemaakt dat het op hem lijkt. En nu ik erover nadenk, waren de tekenen er vanaf het begin - ik was alleen een beetje verblind door het feit dat ik hem haatte.'

'En nu niet meer?'

Tomek haalde zijn schouders op. 'Zoals ik al zei, hij is nog steeds een klootzak. Maar ik denk niet dat hij een crimineel is of verdient om als een behandeld te worden.'

Maar aan de andere kant, Tomek ook niet... Sean ook niet. Beiden waren behandeld als criminelen - van het team gegooid vanwege hun huidskleur en hun nationaliteit - en ze waren gedwongen om het te accepteren. Dus hoe was het anders? Misschien was het wat de man verdiende...

Maar dat was niet de juiste manier om dingen aan te pakken. Dat was niet waar hij voor had getekend.

Hij voelde zich verscheurd. Aan de ene kant verafschuwde hij de man om zijn standpunten en meningen, maar aan de andere kant vond hij niet dat hij behandeld had moeten worden zoals hij werd behandeld, zelfs als Tomek grotendeels verantwoordelijk was geweest voor zo'n behandeling in de eerste plaats.

'Vanaf het begin is hij als zondebok neergezet,' vervolgde Tomek. 'De auto die was gestolen en gebruikt om Annabelle Lake te ontvoeren - dezelfde auto als die van Vincent Gregory. Zelfs de auto die was gebruikt om Jenny Ingles te ontvoeren - zijn exacte verdomde auto! En toch geen greintje bewijs dat hij degene was die het had gedaan.'

'Is dat alles waar je dit op baseert?' vroeg Nick. Hij was niet bereid dit te laten rusten, en Tomek ook niet.

Twee bakstenen muren die op een impasse stuiten. Uiteindelijk zou er één moeten toegeven. En hij zou het niet zijn.

Hij wendde zich tot DC Carter. 'Laat ik u dit vragen, Chey. Heeft hij tijdens het verhoor beneden details gegeven over waar zijn zus wordt vastgehouden?'

Chey schudde zijn hoofd. 'Nee. Hij is er eigenlijk behoorlijk overstuur van. Echt heel overstuur. Smeekt ons. Pleit bij me om hem te laten helpen. Het is een beetje vreemd.'

'Ze zijn erg close...' zei Anna, Triple Word Score, die zich in het gesprek begon te mengen.

'Precies,' vervolgde Tomek. 'Ze zaten samen in een pleeggezin. Ze zijn samen opgegroeid. Ik kan me geen seconde voorstellen dat hij zoiets zijn eigen zus zou aandoen. En hij behandelde Annabelle als zijn eigen dochter - waarom zou hij haar doden als dat het geval was?'

Nick pauzeerde voordat hij reageerde 'Ik kan zo een dozijn redenen bedenken waarom...'

Tomek overwoog om de hoofdinspecteur uit te dagen, maar wist dat de subtiele straffen daarna het niet waard zouden zijn.

'Wat met die vis in haar maag?' Nick greep nu duidelijk naar strohalmen.

'Het is mogelijk dat we op zoek zijn naar iemand die de familie kent.

Die Annabelle kent. Die hen goed genoeg kent om een sleutel te hebben...'

'Wie?'

Tomek dacht terug aan Amelia Duggan. De lerares die elke middag Annabelle Lake van school naar huis zag gaan. Die haar gadesloeg terwijl ze haar sleutel in het huis stak. Die haar tijdens de pauze zag lunchen. Die bijna elk deel van elke dag met haar doorbracht.

'Ik weet het nu nog niet zeker,' gaf Tomek toe. 'Maar ik zal het snel weten. *Wij* zullen het snel weten. Alles wat ik *nu* vraag is dat we Vincent Gregory laten gaan. En als je je zo zorgen om hem maakt, zet dan surveillance op hem. Laat iemand al zijn bewegingen in de gaten houden. Breng ondertussen Amelia Duggan en Georgia Gregory in voor verhoor. Ik denk dat zij misschien meer weten dan ze laten blijken.'

HOOFDSTUK
DRIEËNVIJFTIG

Vincent Gregory was het spoor bijster van de emoties die momenteel door zijn lichaam gierden.

Wanhoop omdat hij zijn zus was kwijtgeraakt.

Verdriet over de dood van zijn geliefde nichtje.

Woede en frustratie omdat hij voor de derde keer in evenveel weken naar het politiebureau was gesleept.

Wrok jegens de mensen die probeerden Elizabeth te vinden.

Schuldgevoel omdat hij er niet was geweest om haar te beschermen, om te voorkomen dat dit haar in de eerste plaats zou overkomen.

Verwarring omdat hij de politie zo goed mogelijk wilde helpen maar niet wist hoe, en omdat hij ze niet vertrouwde dat ze het goed zouden doen zonder hem om de vijf minuten te verhoren.

Haat voor de persoon die zijn familie dit aandeed.

Spijt dat hij dingen niet had gezegd die hij eerder had willen zeggen.

Hij was een smeltkroes van menselijke emotie. En hij begon zich weer een tiener te voelen. Terug naar toen hij dezelfde soort gevoelens had ervaren. Toen Elizabeth er was geweest om hem erdoorheen te helpen. En toen hij haar dezelfde gunst had bewezen.

Hij herinnerde zich haar aanraking in die nacht. Te midden van de duisternis van de kamer. Omringd door de gedempte geluiden van kinderen in het pleeghuis die diep sliepen. De manier waarop het hem volledig had ontspannen, de gespannen spieren in zijn lichaam had verzacht.

Wat wenste hij dat ze terug konden gaan naar toen. Terug naar de tijd dat dingen... eenvoudiger waren.

Vincent stapte uit zijn auto en smeet de deur dicht. Over de schuttingen naar zijn huis zag hij de forensische busjes en politievoertuigen nog steeds voor Elizabeth's huis staan. Hij worstelde hevig met de beslissing om ernaartoe te gaan en te kijken wat ze aan het doen waren. Als er één ding was dat hij had geleerd van deze hele beproeving, was het dat de politie het niet waardeerde dat hij zo dicht bij alles stond, dat hij op de voorgrond van het onderzoek stond. Dat maakte hen achterdochtig.

Bovendien wist hij niet of hij zou kunnen verdragen wat hij zou zien. Wat ze misschien uit het huis zouden halen.

In plaats daarvan ging hij zijn eigen huis binnen en liep rechtstreeks naar de keuken, waar hij zichzelf een kop thee maakte. Wit, twee suikers. Alles minder zou gewoon niet goed smaken.

Terwijl hij de drank de woonkamer in droeg, werd hij zich plotseling bewust van de persoon die in de hoek stond, gekleed in een wit forensisch pak, met zijn gezicht verborgen achter een masker.

'Wie de fuck ben jij?' vroeg Vincent langzaam, terwijl hij voelde hoe zijn lichaam zich spande door de adrenaline - nog een toevoeging aan de smeltkroes.

De figuur zei niets.

'Ik vroeg wie de fuck ben jij?'

Nog steeds niets.

Beiden stonden daar, gescheiden door een paar meter - gemakkelijk binnen handbereik, schatte hij - elkaar alleen maar aanstarend. Beiden wachtend tot de ander de eerste zet zou doen.

Vincent schatte de bouw van de indringer in: tenger, klein, dunner dan hij. Toch waren ze even lang, en er was *enige* definitie aanwezig. Hij kon dat feit niet onderschatten.

Hij verstevigde zijn greep op de koffiemok, en voelde het keramiek glippen tegen zijn zwetende huid. Dacht erover om de inhoud over de persoon in zijn woonkamer te gooien.

Overwoog het serieus.

Maar voordat hij zelfs maar kon handelen naar die gedachte, hoorde hij een geluid. Het geluid van de achterdeur die openging. Toen het geluid van de deur die dichtging, gevolgd door voetstappen die zich naar de voordeur bewogen en hen opsloten in het huis.

Toen verscheen er nog een figuur. zwaaiend met een honkbalknuppel in één hand.

Bij het zien van hen liet Vincent de kop thee vallen. Gloeiend hete vloeistof spatte op zijn benen en verbrandde zijn huid, maar hij voelde niets. Hij was verdoofd voor de pijn. Nog een toevoeging aan de smeltkroes.

De laatste en definitieve toevoeging. voordat hij bewusteloos werd geslagen door de honkbalknuppel, was verrassing.

Verrassing omdat hij de andere figuur voor hem herkende, ondanks het forensische pak dat hun gelaatstrekken beschermde.

HOOFDSTUK
VIERENVIJFTIG

Tomek had ervoor gekozen om langer op het bureau te blijven dan de bedoeling was. Hij had iets te bewijzen. Hij moest bewijs vinden dat Vincent Gregory vrijpleitte van elke betrokkenheid bij de ontvoeringen en moorden. En tot nu toe leek het erop dat hij een volkomen onjuiste bewering had gedaan. Hoe hard hij ook zocht, hoe ver hij ook afweek van het bewijs, alles wees nog steeds naar Vincent Gregory. Naar de man die vanaf het begin vooraan had gestaan in het hele onderzoek.

'Enig succes?' vroeg Sean terwijl hij met een lichte veerkracht in zijn pas Tomeks bureau naderde.

'Je zou het niet geloven. Ik sta op het punt iemand te arresteren.'

'*Echt*?'

'Nee, sukkel. Natuurlijk niet. Ik ben ongeveer net zo dicht bij het ontdekken wie Annabelle Lake en Jenny Ingles heeft vermoord als jij. En kom niet naar me toe met die glimlach op je gezicht, in de gretige afwachting om te horen hoe ellendig ik faal.'

Gekwetstheid kroop langzaam over het gezicht van zijn vriend.

'Dat deed ik eigenlijk niet,' antwoordde Sean. 'Ik kwam gewoon voor een praatje.'

'Nu is echt niet het moment.'

Sean trok de stoel onder het bureau naast hem vandaan. 'Je ziet eruit alsof je wel een pauze kunt gebruiken...'

Tomek sloot zijn ogen. Hij wilde niet bedenken hoe rood en

vermoeid ze eruit zagen. Uur na uur staren naar hetzelfde scherm had de spanningshoofdpijn die aan weerszijden van zijn hoofd kneep alleen maar verergerd. Misschien had zijn vriend gelijk. Misschien was het tijd voor een korte pauze.

'Hoe gaat de verhuizing?' vroeg Sean luchtig. 'Hoe gaat het met Kasia?'

Een korte pauze dan maar. Een paar minuten.

Net genoeg om de ogen te laten rusten en de hersencellen te laten herstellen.

'De verhuizing gaat goed,' zei hij. 'Ik zou zeggen dat we ongeveer halverwege zijn. Kasia doet het meeste als ze thuiskomt van school - hoewel ze alleen kleine dozen kan dragen, niets te zwaar.'

'En hoe is het probleemkind? Nog steeds moeilijkheden?'

'Ja, maar ik heb ontdekt waarom...'

'Oh?'

Toen vertelde Tomek hem dat Kasia werd gepest, terwijl hij zijn stem laag hield voor het geval iemand anders op kantoor hem zou horen. Hij wilde niet dat ze slecht over hem dachten, en hij wilde zeker niet dat ze slecht over Kasia dachten.

'Dat spijt me voor je, maat.' Sean keek naar zijn schoot, diep in gedachten. 'Heb ik... Heb ik je ooit verteld dat ik werd gepest toen ik klein was?'

'Hou op,' antwoordde Tomek. '*Jij*? Je bent de grootste kerel die ik ken. Wie had de ballen om naar je toe te komen en ruzie te zoeken?'

'Een stel kleine racisten, dat is wie.'

Dat bracht Tomek tot zwijgen.

'Ze achtervolgden me over het schoolplein terwijl ze apengeluiden naar me schreeuwden en ze gooiden bananen naar me in de klas. Ik haatte het verdomme. Klootzakken, allemaal. Ze maakten mijn leven op school een hel. Ze zorgden ervoor dat ik het zo erg haatte dat ik niet naar binnen wilde.'

Tomek hoorde echo's van Kasia's pesterijen in Seans verhaal. De manier waarop ze soms 's ochtends niet uit bed wilde komen. De manier waarop ze alles zou doen om niet naar school te hoeven - zelfs tot het veinzen van ziekte.

'Begrijp me niet verkeerd,' vervolgde Sean. 'Ik heb ze meerdere keren in elkaar geslagen, en ik heb ze goed in elkaar geslagen. Maar dat maakte het alleen maar erger. Ze kwamen altijd terug, soms met meer van hen.'

'Als een hinderlaag?' Tomek zat op het puntje van zijn stoel, naar voren gekanteld, luisterend naar het verhaal van zijn vriend. Het verhaal dat hij voor het eerst hoorde, maar waarvan hij wenste dat hij het veel eerder had gehoord.

'Min of meer. Eén keer was het gewoon ik tegen ongeveer vijf van hen. Ze waren veel kleiner dan ik, maar toch...'

'Vijf van hen...' zei Tomek, de zin van zijn vriend afmakend. 'Heb je het iemand verteld?'

Sean knikte langzaam. Zijn blik was afgedwaald naar het tapijt, starend in het niets terwijl hij de ervaringen uit zijn jeugd opnieuw beleefde. 'Mijn vader werd een keer helemaal gek. Ging naar het huis van een van de pesters en begon de vader in elkaar te slaan. Hij had het bijna op de jongen gemunt, als ik hem niet had weggetrokken. Maar mijn vader... nou, hij deed niet veel aan lichaamsbeweging - at eigenlijk veel rotzooi - en hij was ook al in de vijftig. Toen viel hij dood neer. Zo maar. Ter plekke. Een zware hartaanval. Hij was al overleden toen de ambulancebroeders arriveerden en hem probeerden te reanimeren.'

Tomek wist van de dood van zijn vriends vader. Over de manier waarop het was gebeurd. Maar hij kende de omstandigheden rond zijn plotselinge en traumatische overlijden niet. Hij luisterde aandachtig, geduldig wachtend tot Sean verder zou gaan.

'Daarna werd ik de man in huis, dus om rond te komen moest ik geld gaan verdienen. Ik begon dus snoep en drankjes te verkopen op school. Mijn eigen zwarte markt - waarbij ik mijn voorraad alleen verkocht aan de witte mensen die geen racisten waren, en aan enkele andere zwarte mensen op school. Het pesten stopte snel daarna. Nadat ze beseften dat ik niet geraakt kon worden... niet tenzij ze wilden dat de rest van de school achter hen aan zou komen.'

Sean ontwaakte uit zijn trance en draaide zich langzaam naar Tomek toe, met pijn en lijden geschreven in de lijnen rond zijn ogen en voorhoofd. Een lichte glinstering van vocht had zich gevormd aan de onderkant van zijn ogen. Hij probeerde het weg te knipperen, maar Tomek zag het voor wat het was; emotie, verdriet.

'Wat ik wil zeggen,' vervolgde hij, alsof hij het gevoel had dat hij een of ander punt moest maken, 'is dat Kasia erdoorheen zal komen op dezelfde manier als ik dat deed. Niet alleen dat, maar het zal haar vormen tot een beter, veerkrachtiger mens.'

Tomek glimlachte en knikte langzaam. 'Ik denk dat jij er niet zo slecht bent uitgekomen.'

'Beter dan jij, kleintje.'

Hij lachte. 'Maar als het je hetzelfde is, en niet oneerbiedig tegenover je vader, maar ik zou liever geen enorme hartaanval krijgen terwijl ik mijn dochter verdedig.'

Seans lippen trilden licht in een zwakke glimlach.

'Je hoeft je daar alleen zorgen over te maken als je de persoon vindt die het doet...'

Tomek draaide zich naar zijn computer en wees naar het scherm. 'Dat zou niet te lang moeten duren. Een van de voordelen van de baan, zou ik zeggen. Wie pestte jou vroeger?'

Sean barstte uit in een lachbui. Een plotselinge, enkelvoudige uitbarsting die door de kamer echode. 'Je zou me niet geloven als ik het je vertelde.'

'Probeer het eens...'

Voordat Sean kon antwoorden, schoot er een naam in Tomeks hoofd. Hij flapte het eruit.

'Vincent Gregory?'

Sean wiebelde met zijn dikke vinger in de lucht. 'Dichtbij, heel dichtbij. Maar niet helemaal. Je zit op het juiste spoor.'

Tomek dacht even na, maar toen droogde de bron van namen in zijn hoofd op.

'Steven Lake,' antwoordde Sean kalm, langzaam, zonder enige vijandigheid in zijn stem.

De naam bracht Tomek even in verwarring.

'Steven...?'

Sean knikte. 'Dezelfde die zichzelf een paar dagen geleden van het leven heeft beroofd. Ik herkende hem zodra ik hem zag op de ochtend nadat Annabelle was verdwenen. Je vergeet een gezicht als het zijne niet.'

'Herkende hij jou?'

'Natuurlijk wel. De kleine lafaard wilde niet met me praten. Rende praktisch weg wanneer ik in zijn buurt kwam. Het is grappig...' Seans blik dwaalde weer af. 'Grappig hoe ik op een gegeven moment zo bang voor hem was, zo bang om hem of een van zijn vrienden tegen me in het harnas te jagen. Maar toen... toen leek het alsof hij bang voor mij was. De rollen waren omgedraaid en ik had de macht. *Weer.*'

Tomeks mond viel open terwijl hij moeite had de informatie te verwerken. 'Maar... maar hij leek zo aardig in vergelijking met Vincent...'

'Laat je niet misleiden door zijn uiterlijk. Die vent is een eersteklas klootzak van begin tot eind. Hij was altijd al een beetje een hufter.'

'Waarom heb je eerder niets gezegd?'

Sean haalde zijn schouders op en wachtte even voordat hij antwoordde. 'Ik wilde hem niet meer aandacht geven dan hij verdiende. En het is niet bepaald een deel van mijn leven dat ik graag herleef, eerlijk gezegd.'

Tomek kon dat begrijpen. Hij had als kind ook iets soortgelijks meegemaakt, maar niets zo traumatisch en aangrijpend als Sean. Zonder nog iets te zeggen, sloeg Sean op zijn knie en stond op uit zijn stoel. Voordat hij het gesprek stilletjes verliet, legde hij een hand op Tomeks schouder en liep weg.

Hij liet Tomek achter met zijn eigen gedachten.

Gedachten die klein begonnen, maar plotseling de helling af begonnen te rollen en in omvang en momentum groeiden.

Laat je niet misleiden door zijn uiterlijk.

Seans woorden echoden door zijn hoofd.

Hij was altijd al een beetje een hufter.

En toen trof een idee hem als een mokerslag in het gezicht. Meteen sprong hij op uit zijn stoel en haastte zich naar de andere kant van het kantoor. Gelukkig waren de rest van het team bezig Elizabeth Lake te vinden, terwijl hij probeerde redenen te vinden om niet het ergste van Vincent Gregory te denken.

Hij vond Nadia aan haar bureau, met één hand op haar buik terwijl de andere haar computermuis van de ene naar de andere kant van het scherm bewoog.

'Goedenavond,' zei hij. 'Zou je niet thuis moeten zijn?'

'Ik blijf nog maar vijftien minuten,' antwoordde ze, terwijl ze haar nek strekte om hem te zien. 'Waarmee kan ik je helpen?'

'Steven Lake,' antwoordde Tomek. 'We hebben zijn lichaam toch nooit gevonden, of wel?'

Ze schudde haar hoofd. 'Niet dat ik heb gehoord. Voor zover we weten drijft hij nog ergens rond in de zee.'

Tomek glimlachte. 'Uitstekend! En het bewijs dat op zijn boot is gevonden...'

'Wat is daarmee?'

'Herinner me even...'

Even later had Nadia de lijst met bewijsmater_aal opgeroepen die op Steven Lakes boot, de *Annabelle*, was gevonden. Om het scherm beter te kunnen zien, boog ze zich voorover en liet haar bril op haar neus zakken.

'Hier staat dat ze zijn DNA hebben gevonden, Annabelles DNA... en sporen van tonijn.'

Tomeks gezicht straalde.

'Hebben we zijn laptop?' vroeg hij.

'Ergens. Wil je dat ik-'

'Laat maar,' zei hij, draaide zich om en verliet haar zonder nog een woord te zeggen.

Gesterkt door de verfrissende gedachten die naar de oppervlakte van zijn bewustzijn dreven, liep hij terug naar zijn bureau en opende Google. In de zoekbalk typte hij *The Man Club*, de naam van de groep voor depressieve mannen, en drukte op Enter. Daarna klikte hij op het eerste resultaat dat op de pagina verscheen.

Op het startscherm van het forum stond een lijst met verschillende categorieën gerelateerd aan het zijn van een vader met een depressie, met twee tot drie reacties eronder voordat het was ingekort. De onderwerpen varieerden van specifiek tot breed, maar Tomek gaf daar niet om. Hij zocht naar iets specifieks.

Of liever, iemand specifieks.

En hij vond het enkele ogenblikken later.

In de categorie voor "*omgaan met de dood van een kind*".

Daar, onderaan de reactiesectie stond een bericht van Steven Lakes profiel, S.Lake85.

Gedateerd twintig uur geleden.

HOOFDSTUK
VIJFENVIJFTIG

'Die glibberige klootzak leeft nog?'

Tomek knikte. 'Hij heeft berichten geplaatst vanuit het hiernamaals, sir.'

'En je bent zeker?'

'Ik geloof niet zo in spoken, dus ik durf te zeggen dat ik er *redelijk zeker* van ben. En dat is nog niet alles, sir. Ik heb ook dit gevonden...'

Tomek haalde het stuk papier tevoorschijn dat hij in zijn borstzak had gevouwen en schoof het over de tafel. Nasty Nick, die niet meer zo nasty was, pakte het op en bekeek het, en gaf het toen aan Victoria die achter hem stond.

'Waar heb je dit gevonden?' vroeg ze.

'In zijn e-mail. Ik heb zijn laptop in de opslag gevonden en ben ingelogd op zijn account. Er schoot me iets te binnen en ik besloot het uit te zoeken.'

'Hoe hebben we dit kunnen missen?' vroeg ze, hoewel ze het antwoord al wist.

Om haar te sparen zei Tomek: 'Hij had het behoorlijk goed verstopt in zijn inbox, verschillende lagen diep en in de meest bizarre e-mailmap... maar niet goed genoeg. Bovendien hebben we waarschijnlijk nooit zo ver gekeken omdat we hem niet als verdachte beschouwden.'

'Ik...' begon Nick terwijl hij het document nog eens las. 'O, shit.'

Voordat hij zijn zin afmaakte, stormde Nick de kamer uit en riep een onmiddellijke vergadering bijeen in de incidentkamer. Binnen enkele ogenblikken stroomde de rest van het team - degenen die waren gebleven, waaronder Sean, Chey, Martin, Rachel en Anna - snel de kamer binnen. Ze begonnen allemaal te voelen dat dit een lange nacht zou worden.

'Goed, mensen,' zei Nick. 'Het lijkt erop dat onze vermiste vader, Steven Lake, eigenlijk nog in leven is. Hij heeft het online forum, *The Man Club*, twintig uur geleden voor het laatst gebruikt. Tenzij Tomek het mis heeft, betekent dat dat hij zich ergens verstopt. We moeten uitvinden waar...'

'Heeft iemand ideeën waar we moeten beginnen?' vroeg Victoria, die een stap naar voren deed. Het was duidelijk te zien dat ze op dit punt in het onderzoek op de voorgrond wilde treden. Een kans om zichzelf te bewijzen.

'De aarde!' riep iemand.

Tomek draaide zich om naar de rest van de kamer en zag Martins kraaloogjes glinsteren van plezier.

'Vanochtend hebben we het samenstellingsrapport ontvangen over de aarde en het zand dat op de voeten van Annabelle Lake en Jenny Ingles is gevonden.'

Martin keek rond naar een stel uitdrukkingsloze gezichten.

'Ik had het pas over een week verwacht, maar blijkbaar heeft forensisch de tijd gevonden om het te onderzoeken,' vervolgde hij, maar iedereen wachtte tot hij ter zake kwam.

'Het is bevestigd dat de aarde op de voeten van de meisjes van dezelfde plaats komt,' ging hij verder. 'En vanochtend heeft het SOCO-team kleine sporen van dezelfde modder, aarde en zand gevonden in de slaapkamer van Elizabeth Lake.'

'Dat vertelt ons alleen dat het dezelfde moordenaar is en dat ze op dezelfde plaats werden vastgehouden,' zei Tomek. 'Maar het vertelt ons niet *waar* ze zijn.'

'Dat doet het wel als we weten wie de moordenaar is...'

Het duurde langer dan Tomek had gewild voordat het kwartje eindelijk viel. Voordat hij eindelijk begreep waar Martin op zinspeelde.

Maar tot zijn genoegen duurde het voor de rest van het team nog langer om het te begrijpen.

'Hoe snel kunnen we daar zijn?' vroeg Victoria.

'Wij? Ongeveer twintig minuten, afhankelijk van hoe hard we rijden.'

'En de dichtstbijzijnde agent in uniform?'

'De politie van Canvey kan er binnen enkele minuten zijn.'

Victoria wendde zich tot Nick. 'Ik denk dat een van ons moet gaan. Als het... *verkeerd* gaat, denk ik dat een van ons daar moet zijn om de situatie te de-escaleren.'

Nick overwoog het even met een zucht.

Er was een zucht voor elke stemming, elke reactie. Maar Tomek wist uit ervaring dat dit een goede was.

'Ik ga wel...' zei hij.

'Waarom jij?' vroeg Martin, die rechtop ging zitten, duidelijk ontstemd door de beslissing. 'Kunnen we niet allemaal gaan? We hebben allemaal evenveel recht om daar te zijn als hij.'

Nick schudde zijn hoofd. 'Tomek staat dicht bij dit onderzoek,' zei hij. 'Tomek is de juiste persoon. Vertrouw me...' Hij stak zijn hand in de binnenzak van zijn colbert en haalde de afdruk tevoorschijn die Tomek hem had gegeven. 'Vertrouw me. Tomek is het meest geschikt hiervoor.'

'Ondertussen moeten de rest van ons ons voorbereiden op het verhoor,' zei Victoria.

Nick klapte in zijn handen en sloot de vergadering onmiddellijk af. De kamer barste in actie uit, iedereen ging terug naar zijn bureau. Behalve Sean, Nick en Victoria die achterbleven. Tomek besloot nog even bij hen te blijven.

'Ik zal een auto regelen en zo snel mogelijk naar beneden gaan,' zei hij. 'Ik zal mijn best doen om hem in één stuk terug te brengen.'

Victoria knikte. 'We zullen op je wachten als je dat doet.'

Tomek draaide zich om, maar hield toen zichzelf tegen. 'Ik weet niet of jullie er al over hebben nagedacht, maar ik denk dat Sean degene moet zijn die Steven Lake verhoort als ik hem binnenhaal.'

'Waarom?' vroeg Nick, wiens hoofd tussen hemzelf en Sean heen en weer schoot.

Als antwoord greep Tomek naar de afdruk en griste het van de hoofdinspecteur, en hield het omhoog tussen hen vieren. 'Vertrouw me...' zei hij.

En dat was genoeg.

Toen hij de kamer verliet, ving hij Seans blik. De uitdrukking op het gezicht van zijn vriend vertelde hem alles wat hij wilde zeggen maar niet kon.

HOOFDSTUK
ZESENVIJFTIG

De scheepswerf bij de brug die Canvey Island en Benfleet met elkaar verbond, was voor Tomek altijd een raadsel geweest. Hij was er elke keer langs gereden wanneer hij het eiland op en af ging, maar had nooit echt begrepen wat er precies te vinden was.

En nu kwam hij erachter.

Na het passeren van het treinstation van Benfleet, baanden hij en het konvooi van politievoertuigen met striping zich een weg naar Benfleet Moorings, een kleine oever waar een rij boten was afgemeerd langs de moddervlakten. Aan de andere kant van de Hadleigh Ray, het stuk water dat in het midden lag, bevond zich de jachthaven van Canvey Island. Rechts was een voetgangersbrug die de twee met elkaar verbond.

Tomek en het team parkeerden naast de voetgangersbrug en verspreidden zich onmiddellijk. De vermoedelijke locatie waar Steven Lake Elizabeth Lake gevangen hield, lag een paar honderd meter verderop langs de oever. Discretie en anonimiteit waren essentieel - het laatste wat ze wilden was dat Steven Lake het felgele en blauwe van de politieauto's zou opmerken terwijl het maanlicht op de carrosserie weerkaatste.

In plaats daarvan legden ze de reis te voet af.

Auto's die over Canvey Road reden, schoten voorbij, gretig om het eiland te verlaten. Het geritsel van insecten die de plek ontvluchtten, klonk bij zijn enkels. De rest van de stilte werd verstoord door het geluid van hun voetstappen over het grind, terwijl ze geleidelijk hun moordenaar naderden.

Tomek wist niet wat hij kon verwachten wanneer ze hem zouden vinden. Op basis van de verwondingen die Annabelle Lake en Jenny Ingles hadden opgelopen, verwachtte Tomek Elizabeth Lake in goede gezondheid aan te treffen. Misschien vastgebonden aan een stoel of met vastgebonden voeten en handen. Maar iets vertelde hem dat dit niet het geval zou zijn.

Dat ze iets kwaadaardigs, iets gestoords zouden aantreffen.

Vooral na wat hij had ontdekt in Stevens inbox.

Iets verderop passeerden ze een grote boot die was omgebouwd tot restaurant. Stoelen en banken waren achtergelaten op het grasveldje erbuiten en aan de overkant was een parkeerplaats.

Daarachter was het kleine botenhuis dat ze zochten, als je het zo kon noemen. Het was eerder een schuur, een kleine ruimte mogelijk groot genoeg voor een kleine boot, niets te extravagants. De perfecte maat voor de *Annabelle*. Achter het gebouw zag Tomek een Ford Fiesta met donkere ramen geparkeerd, met een kenteken dat overeenkwam met dat wat was ontdekt op de CCTV-beelden van de nacht van Jenny's ontvoering.

Toen ze het gebouw naderden, trilde Tomeks telefoon in zijn zak. Er was net een bericht binnengekomen van Nick, waarin hij hem meldde dat Vincent Gregory mogelijk vermist was. Een team van agenten in uniform was gestuurd om bij zijn huis aan te bellen, om hem te controleren en hem te informeren dat ze er vertrouwen in hadden dat er binnenkort een arrestatie zou worden verricht. Het was oorspronkelijk Seans idee geweest; hij had aangevoeld dat Vincent Gregorys leven op de een of andere manier in gevaar zou zijn. Maar hij had niet voorzien dat het zo snel zou gebeuren, zo kort nadat Elizabeth was ontvoerd.

Ze zouden nu mogelijk niet alleen één slachtoffer vinden, maar misschien wel twee.

Steven Lakes vermoedelijke vendetta tegen zijn vrouw en zwager was sterk.

Tomek keek naar de agenten achter hem - zes in totaal - en was dankbaar voor het grote aantal.

'Dit is voor jou, Annabelle,' zei hij terwijl hij zijn telefoon in zijn zak stak en het gebouw naderde.

In het donker tastte hij naar de deur, voorzichtig om geen plotselinge geluiden of verstoringen te veroorzaken. Zodra hij de houten panelen onder zijn vingers voelde, pauzeerde hij en luisterde.

Geluiden, gemompel echode door de vezels. Leven, vanuit het gebouw. Dat was een goed teken. Een heel goed teken.

Terwijl hij zich opmaakte om de deur te openen, zijn handen om de klink gewikkeld, wierp hij een laatste blik op het team dat het gebouw omringde.

En toen ging hij naar binnen.

HOOFDSTUK
ZEVENENVIJFTIG

H et eerste wat hem opviel aan de ruimte was de geur. Ranzig, walgelijk. Het soort dat de achterkant van je keel prikkelde, in je ogen drong en je deed ineenkrimpen.

De geur van rottende en ontbindende uitwerpselen.

En toen, nadat zijn geest de kans had gehad om de geur te verwerken, nam hij het tafereel in zich op, het beeld direct voor hem.

Voor een van de Gregory-broers was het te laat. Voor de ander hing het leven aan een zijden draadje.

Over Vincent Gregory gebogen stond het brein achter de hele operatie. Mes in de hand, tegen de keel van de man gedrukt. Ondertussen hing Elizabeth Lake aan een stalen A-frame, opgehangen aan een stuk touw. Haar buik en keel waren opengesneden, en haar bloed druppelde nog steeds van haar naakte voeten, verzamelde zich in de plas eronder.

Plons.

Plons.

Plons.

'Steven...' zei Tomek terwijl hij zijn handen in de lucht stak om te laten zien dat hij geen kwaad in de zin had. 'Leg dat mes neer.'

Tomek was zich scherp bewust van de agenten achter hem, wachtend op een bevel. Maar op dit moment waren het in zijn gedachten alleen hij, Steven en Vincent. Twee mannen die misschien het lot verdienden dat hen te wachten stond. Voor Steven zou dat een arrestatie en een lange gevangenisstraf zijn geweest. Voor Vincent zou het de dood zijn geweest.

Er was een tijd - nog geen twintig minuten geleden nadat hij over Seans jeugd had gehoord - dat hij de twee hun gang had laten gaan, hen hun eigen lot had laten bepalen...

Maar dat kon hij niet doen. Niet nog een keer.

Die fout had hij bij Tony gemaakt. En hij herleefde het bijna elke dag.

De scène voor hem was een huiveringwekkende herinnering aan wat er in het verleden was gebeurd.

Tony, bungelend aan een houten balk, doodbloedend, zijn geslachts-delen in zijn mond gepropt. Stervend op een vergelijkbare plek.

De parallellen waren te sterk om te negeren. Hij kon niemand anders op zo'n plek laten sterven.

'Leg het wapen neer, Steven,' herhaalde Tomek. 'Alsjeblieft.'

Inmiddels was de eerste blik van schok en verrassing op het gezicht van Steven Lake verdwenen en vervangen door een blik van wanhoop en woede. En er was niets erger dan een onberekenbare man die niets meer te verliezen had.

'Hoe heb je me gevonden?' vroeg Steven.

'Dat is ons werk,' antwoordde Tomek.

'Ga weg. Vertrek. Ik... ik ben nog niet klaar... Jullie kunnen hier niet zijn.'

'Maar we zijn er wel, vriend. En we hebben nodig dat je het wapen neerlegt.'

Nu was het Stevens beurt om het lemmet op Tomek te richten. Zijn ogen werden groot en hij knarste manisch met zijn tanden.

'Ga weg. Jullie moeten weg. Jullie kunnen hier niet zijn!'

Tomek kauwde op zijn onderlip. 'Dat kan ik niet doen, vriend. Het spijt me. Het beste wat ik kan doen is alleen ik. De rest van deze gasten vertrekt terwijl ik blijf. Hoe klinkt dat?'

Steven overwoog het voorstel een minuut. Toen besefte hij dat het een verloren zaak was. Hoe de situatie ook zou uitpakken, er was geen ontsnapping voor hem, geen boot waar hij op kon springen en wegva-ren. Nergens anders om zich te verstoppen.

'Prima,' zei hij uiteindelijk, kiezend voor het minste van twee kwaden. 'Jij blijft. Maar iedereen anders vertrekt. Nu!'

Tomek draaide zich om naar de agenten in uniform en gaf hen een lichte knik. Binnen enkele ogenblikken waren ze verdwenen.

'Zo... Is dat wat beter voor je?' zei hij.

Hij was zich bewust van de neerbuigende toon in zijn stem, maar er was weinig dat hij eraan kon doen.

'Waarom ben je hier?' vroeg Steven, nog steeds met het moordwapen op hem gericht.

'Omdat ik mijn werk doe,' antwoordde Tomek. 'Iets waarvan je zwager me niet zo lang geleden beschuldigde dat ik het niet deed.'

Vincent Gregory, die vastgebonden zat aan een stoel in het midden van het botenhuis, keek Tomek nijdig aan. Alsof hij hem de schuld gaf van het ondertekenen van zijn doodvonnis, de laatste spijker aan de doodskist toevoegde en alles wat Steven Lake nog moest doen was er een klap op geven. Of, treffender gezegd, een mooie schone snee over zijn keel.

'Ik heb nog steeds nodig dat je het mes neerlegt, Steven. En dan kunnen we misschien praten.'

'Praten waarover? Er valt niets te bespreken.'

'Ik heb een paar vragen waar ik graag antwoorden op zou willen hebben.'

Een paar was een understatement - hij had een heel bestand in de notitie-app op zijn telefoon vol met vragen.

'Misschien kun je mijn nieuwsgierigheid een beetje bevredigen...'

Steven Lake aarzelde terwijl hij zijn beste uitweg overwoog. Tomek bestudeerde hem een moment. Het viel hem op dat hier een man stond die geen idee had wat hij aan het doen was. Dat hij in paniek was, reageerde - op dezelfde manier als hij had gereageerd op instructies die hem waren gegeven bij de dood van Annabelle Lake en Jenny Ingles. Op dat moment besefte Tomek dat hij helemaal niet naar een meesterbrein keek. Dat hij keek naar de onderdanige, de tweede helft van de *folie à deux*.

'Waar is je partner in crime, Steven?' vroeg Tomek.

'Mijn wat? Mijn...? Waar heb je het over?'

'Ik denk dat je precies weet waar ik het over heb, Steven. Waar zijn ze, en wie zijn ze?'

'Ik weet niet wat je bedoelt. Er is... er is niemand anders. Ik heb alleen gehandeld. Ik heb altijd alleen gehandeld.'

Klassiek, dacht Tomek. De man was zwak en broos, en was gehersenspoeld om zijn partner niet te verraden. Het antwoord lag ergens in hem, en als Tomek het eruit wilde krijgen, zou hij slim te werk moeten gaan.

'Je hebt het mes nog steeds niet neergelegd, Steven,' zei Tomek, wijzend naar het mes. 'Ik heb echt nodig dat je dat doet, anders raakt een van ons gewond.'

'Ja! En dat zal hij zijn!'

Voordat Tomek de beweging zelfs maar opmerkte, zwaaide Steven met het lemmet voor Vincent langs en hield het tegen zijn sleutelbeen dat bij een eerdere worsteling was blootgelegd. De borst van de man ging op en neer, het licht van de lamp in de hoek weerkaatste op het oppervlak van het lemmet.

'Ik snap het...' zei Tomek. 'Ik begrijp het volledig.'

'Je wat?'

'Ik mocht je zwager niet echt toen ik hem voor het eerst zag. Als ik dit werk niet deed, zou ik waarschijnlijk nu hetzelfde doen...'

De woede op Vincents gezicht veranderde in angst, terwijl de spijker in zijn doodskist dichter bij het worden ingeslagen kwam.

'Wat bedoel je?' vroeg Steven, pure verwarring doorklonk in zijn woorden.

'Je zwager, hij heeft ervoor gezorgd dat ik uit het team werd gezet dat de verdwijning van je dochter onderzocht. Omdat ik Pools ben. Omdat hij een racist is. En, nog erger, hij heeft mijn vriend ook van het team laten verwijderen - vanwege zijn huidskleur. Maar het grappige is, ik wed dat hij nu spijt heeft van die beslissing, want als hij in eerste instantie niet mijn baas had gebeld, dan zat hij nu misschien niet in deze situatie...'

Even dacht Tomek dat hij een sprankje schuld in Vincents ogen zag oplichten. Maar toen wist hij dat de man te trots was om zoiets te tonen.

'Ik wil hem niet doden omdat hij een racist is ..' zei Steven langzaam, alsof de woorden zich niet goed in zijn hoofd vormden.

Dat weet ik, dacht Tomek. *Omdat jij ook een smerige kleine racist bent.*

'Als het niet daarom is, waarom dan? Is het vanwege *dit*?'

Tomek haalde de afdruk uit zijn zak die Nick en Victoria in het kantoor had verbijsterd.

'Waar heb je...? Waar heb je dat vandaan?'

'Zoals ik al zei, ik deed mijn werk.'

Tomek richtte zijn aandacht op het document. In de bovenhoek stond de naam en het logo van het bedrijf dat de DNA-test had uitgevoerd. Eronder stond de datum van de brief en het referentienummer dat aan de aanvraag was toegekend. Daaronder stond een kleine tabel die de verbanden tussen de twee DNA-monsters benadrukte - één voor Annabelle Lake, de andere voor Steven Lake.

Of in het geval van Steven Lake, het gebrek aan verband.

Daar, zwart op wit, was het bewijsstuk dat Stevens moordpartij had ontketend. De bevestiging dat Annabelle niet zijn dochter was, dat ze van iemand anders was.

Je hoefde geen genie te zijn om te bedenken van wie...

'Ik weet dat je hem haat om wat hij heeft gedaan,' begon Tomek. 'Maar je kunt hem niet doden.'

'Het ging er nooit om hem te doden,' antwoordde Steven. 'Ik wilde hem vernietigen. Ik wilde dat hij zou zien hoe alles waar hij van hield uit elkaar viel en voor zijn ogen in vlammen opging.' Steven draaide zich om naar het levenloze lichaam van Elizabeth. 'En daar is ze. Het ene waar hij van hield... Het ene wat hij het meest liefhad in de wereld. Genoeg van haar hield om haar te neuken...'

Tomek besloot stil te blijven. Om Steven alles te laten zeggen wat hij moest zeggen. Om hem alles te vertellen wat hij moest horen.

Om zijn nieuwsgierigheid te bevredigen.

'Ik heb altijd geweten dat ze close waren...' vervolgde Steven, alsof Vincent niet recht voor hem stond, nog steeds levend, nog steeds ademend. 'Dat zijn ze altijd geweest. Hoe kon het ook anders, gezien wat ze als kinderen hebben meegemaakt? Maar ik had nooit gedacht dat ze zo ver zouden gaan als incest. Ik... ik vermoedde voor het eerst dat er iets tussen hen speelde op een tuinfeest, een zomer geleden. Ik betrapte ze in een van de kamers terwijl ze aan het knuffelen waren. Maar het was niet zo'n broer-zus knuffel, het was iets diepers. Ze ontkenden allebei dat er meer aan de hand was, maar ik wist het, ik zag het. Ik *voelde* het. Sindsdien kon ik het niet loslaten. Ik moest het uitzoeken, maar ik was te bang...'

'Dus je ontvoerde haar?'

Steven aarzelde terwijl hij de gebeurtenissen in zijn hoofd herbeleefde. Hij liet zijn blik zakken naar de vloer en staarde in het niets.

'Ik... ik...' Steven slikte de brok in zijn keel hard weg. 'Er is geen aardige manier om dit te zeggen, maar... ik heb Annabelle nooit kunnen liefhebben. Ik heb haar nooit als de mijne liefgehad. Ik heb altijd gevoeld dat ze anders was dan ik - niet alleen qua uiterlijk maar ook qua persoonlijkheid. Daarom heb ik mezelf nooit toegestaan om *volledig* van haar te houden. Ze is altijd op een afstand gebleven. Ze... bestaat gewoon. Ze is er gewoon.'

'Ik snap het,' antwoordde Tomek.

Daarop hief de man zijn blik en ontmoette Tomeks ogen voor het eerst in lange tijd.

'Je... je begrijpt het?'

Hij knikte, zijn schouders ophalend zoals mannen doen wanneer ze te bang zijn om iets gênants toe te geven.

'Ik kwam er onlangs achter dat ik na dertien jaar een vader was. Ze stond op een avond voor mijn deur en ze woont sindsdien bij me. Ze is na al die tijd uit het niets opgedoken en plotseling word ik geacht van haar te houden alsof ze haar hele leven bij me is geweest? Het is moeilijk geweest. We hebben het op zijn zachtst gezegd moeilijk gehad, maar het gaat de goede kant op.'

'Dat is niet hetzelfde,' zei Steven. 'Want zij *is* jouw kind.'

'Zo heeft het niet gevoeld. En dat doet het nog steeds niet. Soms voelt ze als een volslagen vreemde, omdat dat is wat ze is... Het is de eerste keer dat ik haar in mijn leven ontmoet. Dat is wat iemand een vreemde maakt. Ik stel me voor dat je je zo voelde bij Annabelle?'

Steven knikte.

'Dat deed ik. Toen. Maar nu niet meer...'

Het verdriet en schuldgevoel was duidelijk te zien op Stevens gezicht, terwijl zijn wangen en lippen begonnen te vertrekken, zijn ogen begonnen te versmallen, terwijl de tranen zich begonnen te vormen.

'Ik heb mezelf niet kunnen vergeven voor wat ik haar heb aangedaan. Ik had het nooit moeten doen. Ik had haar nooit moeten doden. Ze verdiende het niet. Niets hiervan was haar schuld. Die verantwoordelijkheid lag bij Elizabeth en... en...' Steven leek zich plotseling de vastgebonden man voor hem te herinneren, en toen veranderde zijn houding. De nederigheid en kwetsbaarheid die verfrissend was om te horen verdween en werd weer vervangen door woede.

Woede op Vincent Gregory omdat hij met zijn vrouw had geslapen - met zijn eigen zus - en omdat hij de vader was van het kind dat hij dacht dat van hem was. Die hele dynamiek was een complete mindfuck voor Tomek, iets wat hij zou moeten verwerken als dit voorbij was, maar op dit moment was zijn directe prioriteit ervoor te zorgen dat niemand anders gewond raakte.

'Heb je spijt van het doden van Jenny Ingles?' vroeg Tomek terwijl hij een kleine stap vooruit zette terwijl Steven afgeleid was.

'Wat?'

'Jenny Ingles. Heb je er spijt van dat je haar hebt ontvoerd, verkracht en gedood?'

Steven liet zijn blik weer zakken. Deze keer liet hij het mes ook langs zijn zij zakken.

En daar was het antwoord.

Een man die spijt had van de dingen die hij had gedaan, maar zich toch gedwongen voelde om ze te doen.

'Waarom heb je haar verkracht, Steven?'

'Omdat... omdat ik het kon. Omdat ik de macht had om het te doen.'

Omdat Steven voorbij het punt van geen terugkeer was gegaan...

Er zat geen vijandigheid in zijn stem, geen kwaadaardige ondertoon die erop wees dat hij een slecht mens was. Gewoon een ernstig verward en gebroken iemand.

Tomek wist niet of hij al medelijden met hem had, of dat hij medelijden met hem wilde voelen.

'Heb je er spijt van?' vroeg hij nogmaals.

Steven knikte zachtjes, als een klein kind dat midden in een standje zit.

'Denk je dan niet dat als je je zwager vermoordt, je daar ook spijt van zou kunnen krijgen? Ik denk niet dat je een slecht mens bent, Steven. Ik denk dat je in het verleden wat fouten hebt gemaakt. Ik denk dat je mijn vriend op school pestte omdat je vader een racist was, dus dat was alles wat je kende. En ik denk dat je deze dingen deed omdat iemand je dat opdroeg. Iemand stuurde je aan.'

De blik in Stevens ogen - van medelijden, verdriet - vertelde Tomek dat hij gelijk had, maar dat waren niet de woorden die over zijn lippen kwamen.

'Ik deed het allemaal alleen...' zei Steven, hoewel de zwakte en heesheid in zijn stem impliceerde dat hij zichzelf niet eens geloofde.

'Leg me dan dit uit,' zei Tomek, terwijl hij nog een stap naar voren deed. Inmiddels was er ongeveer een meter tussen hen, dicht genoeg voor Tomek om de ranzige stank op Steven Lake's adem te ruiken. 'Hoe heb je je zelfmoord in scène gezet? Hoe ben je terug aan land gekomen nadat je de *Annabelle* achterliet? Toen we hem vonden, lag hij ongeveer anderhalve kilometer uit de kust.'

'Ik ben een goede zwemmer.'

'En ik ben Brad Pitt. We kunnen allemaal dingen zeggen die niet waar zijn, maat... Dus waarom wil je het me niet vertellen? Ik heb tot nu toe alles geloofd wat je hebt gezegd. Dus waarom lieg je om hen te beschermen? *Wie* probeer je te beschermen?'

Steven worstelde innerlijk met het antwoord op die vraag. Wel of niet. Alles vertellen of niets zeggen. En Tomek zag het zich afspelen op het gezicht van de man.

Uiteindelijk kreeg hij het antwoord dat hij verwachtte.

'Ik ben een goede zwemmer.'

———

Het duurde nog een paar minuten voordat Tomek de situatie volledig had gedeactiveerd en Steven had overtuigd om het wapen te laten vallen. Toen hij dat uiteindelijk deed, stormden de agenten in uniform die geduldig buiten hadden gewacht naar binnen en arresteerden de man. Er was een team van ambulancebroeders opgeroepen die onderweg waren om Vincent te verzorgen, die nog steeds in de stoel zat, met handen en voeten vastgebonden.

'Ga je me hier niet uithalen?' gromde hij naar Tomek toen die naderde.

Voordat hij antwoordde, keek Tomek toe hoe de agenten in uniform Steven Lake het botenhuis uit begeleidden, met zijn handen geboeid op zijn rug.

'Je bent in shock,' antwoordde Tomek. 'We weten niet wat voor verwondingen je hebt opgelopen. We zouden iemand die net zes meter naar beneden is gevallen ook niet verplaatsen voor het geval ze hun rug hebben gebroken, toch? Bij jou is het hetzelfde.'

'Waar de fuck heb je het over? Ik ben nergens vanaf gevallen.'

Tomek wist dat. Natuurlijk wist hij dat. Hij zat gewoon met de man te fucken. Voor een laatste keer - omdat, en hij hoopte dat meer dan wat dan ook, dit de *laatste* keer zou zijn dat hij hem zag. En als dat het geval was, wilde hij elk moment ervan opzuigen, elk ongemakkelijk en pijnlijk moment.

'Ik denk dat we je daar laten zitten tot de ambulancebroeders er zijn...'

'Nee, alsjeblieft niet. Je moet me hieruit halen. Ik wil niet blijven...
alsjeblieft.'

Tomek duwde de zelfvoldane grijns van zijn gezicht. Hoe de rollen
waren omgedraaid.

'Moet ik je eraan herinneren dat ik zojuist je leven heb gered? Je zult
me dankbaar zijn dat ik je laat zitten om alles te verwerken.'

Vincent vertrok zijn gezicht terwijl hij zich voorbereidde op nog een
verbale aanval op Tomek, maar bedacht zich toen onmiddellijk.

'Ik weet het. Bedankt. Ik... het spijt me voor alles wat ik heb gedaan
bij... bij jou en je maat.'

Een oprechte verontschuldiging. Eentje die Tomek niet had verwacht
te horen, hoewel het maar voor ongeveer tachtig procent gemeend was
omdat hij het alleen onder extreme omstandigheden had gezegd. Hij
betwijfelde of Vincent de woorden uit vrije wil zou hebben geuit, als het
niet was vanwege het mes dat tegen zijn keel was gedrukt.

'Je hebt geluk dat mijn collega niet hier naar beneden is gekomen...'
begon Tomek. 'Anders ben ik er vrij zeker van dat hij je had laten
sterven en daarna waarschijnlijk je zwager ook nog had gedood.'

'Dat zou hij verdomme zeker doen, ze zijn altijd hetzelfde, die-'

Tomek duwde zijn handpalm voor het gezicht van Vincent Gregory.
'Ik smeek je, maak die zin alsjeblieft niet af. Je hebt net een tweede kans
gekregen in het leven en ik zou het jammer vinden als je er zo weinig
van zou meemaken door racistisch te blijven. En dus, omdat je zo ver in
je zin bent gekomen, ga ik je hier laten. Misschien kun je afscheid nemen
van je zus.'

Of dat een straf of een gunst was, wist Tomek niet. Hoe dan ook
verliet hij de schuur met een tevreden gevoel, een licht gevoel van
genoegdoening. Hij had Vincent Gregory gered van de dood, ook al had
de man het niet verdiend.

Toen hij het gebouw verliet, haastten een tweetal ambulancebroeders
zich naar de plaats delict. Tomek hield ze tegen en legde uit dat Vincent
absoluut in orde was en dat hij misschien nog een paar minuten extra
moest wachten.

Vijf. Tien. De lengte was aan hen.

HOOFDSTUK
ACHTENVIJFTIG

N a zijn arrestatie was Steven Lake in een cel geplaatst waar hij had gewacht tot zijn advocaat arriveerde. Van daaruit was hij naar de verhoorkamer gebracht, waar hij de volgende vier uur tegenover DS Campbell had gezeten.

Tomek was een paar uur gebleven om te zien hoe zijn vriend het verhaal achter de moorden uitdiepte, voordat hij uiteindelijk moe werd en besloot naar huis te gaan. Het was vermakelijk geweest om te zien hoe Steven Lake zich ongemakkelijk voelde toen hij oog in oog stond met de man die hij als kind had gepest. Hij had elke minuut gehaat en Tomek was blij om met zo'n goed gevoel weg te gaan. Het enige nadeel van het verhoor - nadat ze alles wat ze nodig hadden uit hem hadden gekregen - was dat hij nog steeds terughoudend was om de naam van de persoon te delen die hem hielp. Voor dat specifieke stukje informatie waren meer middelen nodig, meer tijd, meer inspanning die afging van alle andere onderzoeken die op het bureau van het team waren beland sinds Annabelle Lake's verdwijning.

En als ze deze persoon wilden vangen, moesten ze snel handelen. Het nieuws van Stevens arrestatie was tot nu toe intern gehouden, maar het was slechts een kwestie van tijd voordat zijn handlanger erachter zou komen wat er met hem was gebeurd - de verhoogde aanwezigheid van politie en de forensische tent buiten het kleine botenhuis waren een grote aanwijzing.

De volgende ochtend, na slechts een paar uur slaap, kleedde Tomek zich aan voor zijn werk, bracht Kasia voor de verandering naar school (om wat verloren tijd goed te maken), en ging toen naar kantoor.

'Waarom glimlach je zo?' had Kasia gevraagd toen hij een paar honderd meter verderop parkeerde zodat geen van haar schoolvrienden haar zou zien worden afgezet door haar saaie oude vader.

'Werk,' zei hij, terwijl hij met één hand over het stuur wreef. 'We hebben gisteravond iemand gearresteerd. Maar het zware werk is nog niet klaar. We moeten er nog een oppakken.'

'Mooi,' zei ze, glimlachend. Een oprechte glimlach, gevolgd door interesse in zijn werk: 'Hoe lang denk je dat het duurt voordat je de volgende arresteert?'

Tomek keek op het horloge aan zijn andere hand. 'Ik denk dat we voor het einde van de dag klaar zullen zijn.'

'Wedden?' Kasia's ogen straalden opgewonden bij het vooruitzicht geld te krijgen.

'Je bent me nog steeds die vijftig pond schuldig die je laatst hebt gestolen.'

'Ik dacht dat je dat vergeten was,' zei ze, nog steeds glimlachend. 'Hoe dan ook. Wat zeg je ervan? Tien pond?'

'Wacht eens,' zei Tomek. 'Laat ik dit even goed begrijpen. Je weigert niet alleen de vijftig pond terug te betalen die je hebt *gestolen*, maar je wedt ook tegen mijn vermogen om een arrestatie te verrichten?'

'Ja. Ik denk het wel.'

'Dus je zegt dat je wilt dat er langer dan nodig een moordenaar op straat rondloopt?'

Kasia's opwinding verdween van haar gezicht en ze keek naar haar telefoon. 'Nou, als je het zo stelt...'

'Ja. Zo stel ik het inderdaad. Bovendien ben je te jong om te gokken. Ik heb het verschillende keren geprobeerd en jammerlijk gefaald, dus geloof me, het is het niet waard. Ga nu maar naar school, ik heb-'

'Een moordenaar te vangen, ik weet het.'

Tomek zag haar de auto verlaten en naar de schoolpoort lopen met een warm gevoel in zijn hart. Niet alleen praatte ze met oprechte interesse en nieuwsgierigheid over zijn werk, maar ze praatte ook weer zoals een paar weken geleden. Het voelde alsof ze weer normaal was geworden, haar oude gewoonten, de manier waarop ze vroeger was - of tenminste haar persoonlijkheid van zes weken geleden.

De dingen met haar gingen de goede kant op. Nog een reden om te glimlachen.

En terwijl ze zich haastte door de schoolpoorten en verdween in de zee van zwarte en rode schooluniformen, weerklonken Steven Lake's woorden in zijn hoofd.

Ze verdiende het niet. Niets hiervan was haar schuld.

Hetzelfde kon gezegd worden over Kasia. Niets hiervan - uit huis gezet worden en gedwongen worden om bij hem te wonen - was haar schuld, en dus moest hij ophouden haar de schuld te geven van het overhoop halen van zijn leven. Het was niet haar schuld, en ook niet die van hem. Het was hun nieuwe normaal, een waar hij naar uitkeek.

Een leven met zijn dochter.

HOOFDSTUK
NEGENENVIJFTIG

'Waarom kijk je zo vrolijk?' vroeg Rachel toen hij de incidentenkamer binnenkwam.

'Het wordt vandaag een goede dag,' antwoordde hij, terwijl hij zijn tas bij zijn bureau neergooide en inlogde. 'Ik voel het gewoon. De zon schijnt. Eén moordenaar is van de straat. Een andere staat op het punt gepakt te worden. En ik heb nog niet eens mijn ochtendkoffie gehad!'

'Bah,' zei ze, 'ik heb soms zo'n hekel aan overdreven vrolijke mensen.'

Tomek draaide zich op zijn stoel en leunde achterover tot hij haar achter haar beeldscherm kon zien. 'En wij hebben ook een hekel aan overdreven chagrijnige mensen,' antwoordde hij. 'Maar wij tweeën moeten leren in harmonie te leven.' Toen vouwde hij zijn vingers ineen en maakte een zoemend geluid.

Rachel schoof haar computermuis over het bureau en sloeg haar armen over elkaar. 'Wie ben jij en wat heb je met Tomek gedaan? De Tomek die ik ken is een ellendige zak.'

'Maak kennis met de nieuwe ik, schat! Wat heb ik gemist? Nog nieuws over zij-die-niet-genoemd-mogen-worden?'

Voordat ze antwoordde, stond Rachel op en liep naar zijn bureau, waar ze naast hem bleef staan. 'Helaas niet. Steven Lake blijkt een harde noot om te kraken.'

'Lijkt erop dat we onze denkkappen moeten opzetten, Watson!'

Rachel staarde hem een lange tijd aan met een lege, verwarde uitdrukking op haar gezicht. Toen gromde ze voordat ze terug naar haar eigen bureau sjokte.

Tomek grinnikte terwijl hij haar nakeek, toen richtte hij zijn aandacht op zijn computer. Hij moest een beginpunt vinden, een plek om te zoeken naar hun mysterieuze handlanger. Gelukkig had hij de hele nacht erover nagedacht.

Sinds het begin van het onderzoek had de schijnbaar willekeurige connectie tussen de verdwijning van Annabelle Lake en die van Jenny Ingles hem dwarsgezeten. Er moest een reden zijn. Dat móest gewoon. Het paste niet bij de motieven van Steven Lake om zomaar een willekeurig meisje van de straat te pikken, haar te verkrachten, vol te pompen met heroïne, en haar vervolgens op dezelfde manier te vermoorden als zijn eigen dochter.

Het sloeg nergens op.

Wat betekende dat er een connectie moest zijn. Niet tussen Steven Lake en Jenny Ingles, maar tussen zijn handlanger en de tiener.

Een connectie die diep verborgen zou zitten in Jenny Ingles' verleden.

Helaas, omdat ze dood was, kon hij haar op geen enkele manier om hulp vragen. Hetzelfde gold voor haar waardeloze excuus voor een pleegmoeder, Alison.

Wat maar één mogelijkheid overliet: de biologische ouders van Jenny Ingles.

HOOFDSTUK
ZESTIG

K aren en Johnny Ingles woonden in een kleine maisonnette met één slaapkamer in Grays, een paar kilometer buiten de M25. Oorspronkelijk afkomstig uit Canvey Island, waren ze bijna tien jaar geleden gedwongen naar dit gebied te verhuizen nadat ze de voogdij over hun dochter Jenny hadden verloren.

Dat was ongeveer alles wat Tomek over hen wist. Ook ongeveer alles wat hij wilde weten. Er was maar zoveel dat hij kon leren van een stuk papier; hij hoopte dat zij de gaten zouden kunnen opvullen en hem het volledige verhaal konden vertellen.

Naast hun voordeur stond een kleine plant. Een sanseveria, *dracaena trifasciata*. Tomek keek ernaar en bewonderde de plant, en dacht aan zijn eigen planten die nu prominent in de woonkamer stonden, en zijn bonsaiboompjes op de vensterbank in zijn slaapkamer. Terwijl hij zich bukte om de bodemsamenstelling en de algemene gezondheid van de bladeren te inspecteren, was hij zich niet bewust van het geluid van de deur die opening en de man die boven hem stond.

'Kan ik u helpen?' vroeg Johnny Ingles.

Gehurkt op zijn hielen keek Tomek op en zag een man met netjes geknipt haar en een nog netter getrimde baard. Hij droeg een losjes zittend poloshirt en een spijkerbroek die een paar maten te groot voor hem leek. Op het eerste gezicht leek dit geen man die niet in staat was om voor een dochter te zorgen, om haar door de kinderbescherming te laten weghalen. Maar hij had die vergissing in het verleden al eens gemaakt...

'Sorry,' zei Tomek terwijl hij weer overeind kwam. 'Detective Sergeant Tomek Bowen. Bent u Johnny Ingles?'

De man werd onmiddellijk defensief, zijn houding gespannen. 'Dat ben ik...' Aarzeling in zijn stem. 'Waar gaat dit over?'

Tomek haalde zijn politielegitimatie uit zijn zak. Glimlachend zei hij: 'Is het goed als ik binnenkom?'

Johnny Ingles keek over zijn schouder voordat hij Tomek toestemming gaf om binnen te komen. 'Het is een beetje een rommeltje, maar-'

'Dat geeft niet. Ik zie veel huizen. Ik zie veel rommel.'

Maar in dit specifieke geval was Tomek niet zeker welke 'rommel' Johnny bedoelde, want het huis was bijna onberispelijk, vlekkeloos. Zijn eigen flat was vuiler dan dit en hij beschouwde die als in een redelijk bewoonbare staat.

In de woonkamer vond hij Karen Ingles op de bank, spelletjes spelend op haar iPad. De plotselinge komst van een vreemdeling in haar huis bracht haar in paniek en ze zwaaide haar benen van de bank voordat ze in de houding ging staan.

'Schat, dit is Detective Sergeant Tomek Bowen. Detective, dit is mijn vrouw, Karen.'

Nadat ze de formaliteiten hadden afgehandeld, en hij het aanbod van een kopje thee had afgeslagen, nam Tomek plaats op de bank en liet zijn ellebogen op zijn knieën rusten. Hij was getroffen door hoe anders het familiewoning van de Ingles was vergeleken met de vervuiling waarin Jenny had gewoond bij haar pleegouder.

'Ik zal proberen het kort te houden, maar zoals u weet, is Jenny kort geleden vermoord. Ik ben hier om u te vertellen dat we een arrestatie hebben verricht en dat haar moordenaar vanmiddag wordt aangeklaagd voor haar moord.'

Een blik van opluchting, vermengd met verdriet, gleed over hun gezichten.

'Maar helaas denken we dat er nog een andere moordenaar betrokken is bij haar dood.' Tomek haalde diep adem, hield het een moment vast. 'Ik begrijp dat dit een zeer moeilijke tijd voor u beiden is, maar ik vroeg me af of ik u enkele vragen zou mogen stellen over uw dochter en hoe u haar bent kwijtgeraakt...'

Snikkend, de tranen onderdrukkend, vroeg Karen Ingles: 'Gaat het u helpen om erachter te komen wie onze dochter nog meer heeft vermoord?'

Tomek knikte langzaam. 'Dat denk ik wel, ja.'

'Oké. Prima. Ja. Wat wilt u weten?'

HOOFDSTUK
EENENZESTIG

Tomek klopte op de deur en wachtte.
En wachtte.

Het was bijna middag, en inmiddels begon het nieuws over de arrestatie van Steven Lake online en op televisie en radio te verschijnen. Niet de exacte details, maar genoeg voor zijn handlanger om te weten dat hun tijd bijna om was.

Heel binnenkort.

Zodra ze de deur openden, eigenlijk.

Toen ze dat eindelijk deed, stond hij tegenover iemand die hij slechts één keer had ontmoet en vervolgens volledig was vergeten. Ze hadden geen deel uitgemaakt van zijn denkproces, noch had hij eraan gedacht om hen erin te betrekken. Ze waren vanaf het begin aan de rand van het onderzoek gebleven. En nu, wetende wat hij over hen wist, complimenteerde hij hen met hun vermogen om goed buiten beeld te blijven.

'Detective... Wat doet u hier? Gaat het over Steven? Hebt u hem gevonden?'

'Ik denk dat u wel weet dat we hem hebben gevonden, dokter. Mag ik binnenkomen?'

Op de weg buiten het huis van Tara Moore stond een handvol politieagenten, klaar en wachtend op iets onverwachts. Hij had hun gevraagd hem wat tijd met haar te geven voordat ze naar binnen zouden gaan.

'Mag ik?' vroeg hij.

De dokter had weinig te zeggen in deze kwestie en stapte opzij. Sinds Tomeks laatste bezoek was het aantal dolfijn- en eenhoornversieringen drastisch afgenomen, en veel meubilair in het huis leek te zijn verdwenen.

'Gaat u ergens heen?' vroeg Tomek terwijl hij door de verschillende kamers keek die aan de gang grensden.

'Alleen voor een korte vakantie naar Cornwall.'

'Heb ik het niet bij het rechte eind dat u de afgelopen twee weken al met verlof bent geweest? Verrassend dat ze u de extra tijd hebben gegeven.'

Tomek bleef staan in de woonkamer; zij pauzeerde in de deuropening, starend naar hem.

'Ik kan erg overtuigend zijn als ik dat wil.'

'Zo heb ik gehoord,' zei Tomek terwijl hij plaatsnam op de rand van een salontafel, zijn hoofd nog steeds ronddraaiend als een vuurtoren.

'Is er een specifieke reden waarom u langskomt, detective? Het is alleen dat ik-'

'We hebben Steven gevonden,' zei Tomek, zijn blik gericht op elk deel van het huis behalve op haar. 'Het blijkt dat hij degene was die zowel zijn dochter als Jenny Ingles heeft ontvoerd en vervolgens vermoord. Hij kijkt aan tegen een lange gevangenisstraf. Maar u zult blij zijn te horen dat hij u niet heeft verraden... Hij is op dat gebied stil gebleven.'

Het duurde even voordat ze iets zei.

'Hij verraadt *mij* niet - wat betekent dat?'

'Kom op, Tara. We weten allebei wat dat betekent. We weten allebei dat u degene bent die hem al die tijd heeft geholpen. Degene die de auto van Bradley Baxter heeft gestolen. Degene die Annabelle die dag na school heeft opgehaald. Degene die hem chirurgisch heeft schoongemaakt nadat u hem op de boerderij had achtergelaten. Degene die voor haar heeft gezorgd terwijl ze in die schuur zat. Degene die haar haar lievelingsmaaltijden gaf om het te laten lijken alsof Vincent Gregory ze aan haar had gegeven. Degene die Steven Lake heeft overtuigd en gemanipuleerd om dit alles te doen. Degene die heeft voorgesteld dat hij überhaupt de DNA-test zou doen.'

'Dat was een leugen.'

De verklaring verraste Tomek. Haar woorden bevatten geen spoor van empathie. In plaats daarvan sprak ze met trots, met uitdaging. En Tomek voelde dat hij veel meer zou gaan horen...

'Ik heb de resultaten van de DNA-test veranderd,' zei ze.

'Hoe?'

'Nou, ik heb het verzonnen. Ik heb er een paar gezien in mijn tijd, dus ik weet hoe ze werken en hoe ze eruitzien. Ik hoefde alleen maar een leeg sjabloon te vinden, de juiste namen in te voeren, de juiste informatie die ik wilde, en het vervolgens naar hem te sturen vanaf een nep e-mailadres. Hij zou het verschil toch niet weten, nietwaar?'

De onthulling verbijsterde Tomek. Dit betekende dat Annabelle Lake wél de biologische dochter van Steven was. Dat hij haar om de verkeerde redenen had ontvoerd en gedood. Per vergissing...

Tomek nam een moment om de informatie te verwerken.

'Waarom?' vroeg hij uiteindelijk. 'Waarom liet u hem geloven dat ze niet de zijne was?'

'Omdat u hem niet hoefde aan te horen. Constant klagen en zeuren over de relatie van Elizabeth met Vincent, hoe dicht ze bij elkaar stonden, hoezeer hij het gevoel had dat er iets tussen hen was gebeurd. Het hield nooit op en het begon me te irriteren.'

'Dus u overtuigde hem om als gevolg daarvan zijn eigen familie te vernietigen?'

Ze haalde haar schouders op, onverschillig, alsof de context van de vraag net zo onschuldig was als of ze ketchup bij haar friet wilde: "Ja, als er toch wat rondgaat, neem ik er ook wat van..."

'Soms hoef je mensen alleen maar het geweer te geven en zijn ze bereid de rest te doen...'

'Maar niet als het om Jenny Ingles ging, toch?'

'Steven had wat meer overtuigingskracht nodig als het om haar ging. Ik moest hem ervan overtuigen dat dit was wat ze verdiende, dat ze kreeg wat haar toekwam.'

'Nee, dat deed ze niet. Uw probleem was met haar ouders. Niet met haar. Jenny had niets te maken met uw ontslag, en dat weet u.'

De woede in Tara's uitdrukking leek een beetje weg te ebben. Bij het huis van Karen en Johnny Ingles hadden ze hem verteld over hun gebroken en niet-bestaande relatie met hun dochter, wat allemaal het gevolg was van Tara's nalatigheid en onprofessionaliteit. Voordat ze in het ziekenhuis van Southend had gewerkt, had Tara dezelfde baan als kinderarts in het ziekenhuis in Basildon. Jenny Ingles was een van haar patiënten geweest, maar na een meningsverschil met haar ouders was Tara onder onderzoek komen te staan en ontslagen uit het ziekenhuis. Nadat ze uiteindelijk haar manager in Southend, die toevallig een goede vriend was, had overtuigd, bevond ze zich al snel in dezelfde baan in een ander ziekenhuis zonder dat iemand het opmerkte. Ondertussen had ze de kinderbescherming op de hoogte gebracht van de onbekwaamheid van Karen en Johnny als ouders, en campagne tegen hen gevoerd om hun dochter te verliezen. Dus terwijl zij erin slaagde een carrière te verliezen en terug te krijgen, verloren de Ingles het enige wat ze dierbaar hielden in het leven.

En daar ging dit hele ding over. Wraak, vergelding op Karen en Johnny Ingles omdat ze bijna haar carrière hadden vernietigd.

'Ze was een mislukkeling, een drugsdealende hoer die het verdiende,' siste Tara.

'En wie denk je dat daar schuldig aan is? Jij hebt haar gecreëerd. Jij hebt haar dat pad op gestuurd. Als je je niet had bemoeid met haar leven of dat van haar ouders, dan was dit allemaal niet gebeurd.'

Tara sloeg met haar hand tegen de deur, zo hard dat deze rondzwaaide en tegen de muur ketste. 'Als zij er niet voor hadden gezorgd dat ik ontslagen werd, dan was dit allemaal niet gebeurd!'

Het was niet gebruikelijk voor Tomek om zich bedreigd en ongemakkelijk te voelen, maar terwijl hij daar op enkele centimeters van deze koude en berekenende moordenaar stond, begon hij zich een beetje zenuwachtig te voelen. Er was iets gestoords aan Tara Moore dat hem bang maakte. Dat ze elk moment zou kunnen doorslaan en zich op hem zou kunnen storten. Maar hij was nog niet klaar. Hij had nog meer vragen waarop hij antwoorden nodig had.

'Wiens beslissing was het om Jenny te verkrachten?'

'Stevens.'

Tomek geloofde haar niet. Hij had gezien hoe de man het de avond ervoor had toegegeven, hoe hij zich schaamde en berouw toonde voor zijn daden - niet het gedrag van een man die het had gedaan omdat hij het *kon*, omdat hij macht over haar had. In plaats daarvan gedroeg hij zich als een man die was opgedragen het te doen.

'Ik denk dat jij het hebt gedaan,' vervolgde Tomek. 'Ik denk dat jij hem hebt overtuigd om het te doen omdat je vond dat ze dat verdiende.'

Tara haalde simpelweg haar schouders op, weer onverschillig.

'En wat dan nog als ik dat deed? Ze verdiende het allemaal.'

'En de heroïne?'

'Die had ze al bij zich. Bespaarde me de moeite om de medicijnkast in het ziekenhuis te plunderen. Steven heeft het een paar keer geprobeerd, maar het was een absolute puinhoop. Hij kon geen ader vinden als er een etiket op zat. Dus moest ik ingrijpen en het doen, de stomme klootzak.'

'Stomme klootzak? Hoe kun je dat zeggen?'

Tara snoof spottend. 'Ach, rechercheur. Dacht u echt dat ik van hem hield? Nee, natuurlijk niet. Het was gewoon makkelijk om bij hem te komen omdat hij zo geobsedeerd was door zijn familie. Ik wist vanaf het moment dat ik hem ontmoette dat hij zwak was en alles zou doen wat ik hem opdroeg.'

Dat was alles wat Tomek moest horen. Zodra ze uitgesproken was, slaakte hij een lange, zware zucht die zijn hele lichaam en geest deed leeglopen. Toen reikte hij naar de achterkant van zijn broek en maakte de handboeien los van zijn riem.

'Tara Moore, ik arresteer u voor de ontvoering en moord op Annabelle Lake en Jenny Ingles. U hoeft niets te zeggen...'

———

En dat had ze niet gedaan. Ze was de hele reis terug naar het bureau stil gebleven. Zodra ze in de verhoorkamer zat, had ze elk ingewikkeld detail van haar plan uitgelegd alsof het voorleestijd was. Alsof ze opschepte, om te laten zien hoe slim ze was geweest.

Tegen de tijd dat het verhoor eindelijk was afgelopen, gingen Tomek en enkele teamleden iets drinken in de Last Post. Slechts één drankje echter, want ze hadden allemaal verantwoordelijkheden waar ze naar terug moesten. En toen hij terugliep naar zijn auto, terwijl de alcohol in zijn hoofd begon rond te klotsen, zag hij een figuur op de parkeerplaats. Zijn eerste vermoeden was dat het een van Charlottes criminele vrienden was die hem nog een boodschap kwam geven. Hij was dan ook aangenaam verrast toen hij zag dat het Vincent Gregory was. De man droeg een zwarte hoodie, maar deze keer was de kap laag over zijn ogen getrokken om de blauwe plekken op zijn gezicht te verbergen.

Toen Tomek naderde, deed Vincent zijn kap af en stak zijn hand uit. Tomek negeerde die en stak zijn eigen hand in zijn jaszak.

'Goed om je te zien,' zei hij. 'Je ziet er niet zo slecht uit als ik had gedacht.'

'Ik... ik wilde gewoon bedankt zeggen. Bedankt voor alles wat jullie hebben gedaan. En... sorry voor hoe ik me heb gedragen. Ik had u nooit zo mogen beoordelen zoals ik heb gedaan. En het spijt me.'

Tomek was verbijsterd, en voordat hij een antwoord kon bedenken, trok de man zijn kap weer over zijn hoofd en verdween richting het station, als een superheld die in de nacht verdwijnt.

Terwijl hij de man zag weggaan, dacht Tomek bij zichzelf dat de afgelopen vierentwintig uur gezond en positief waren geweest. Er waren nu twee moordenaars minder op straat.

En nu kon hij ook een racist aan dat lijstje toevoegen.

HOOFDSTUK
TWEEËNZESTIG

E en van de voordelen van politieagent zijn was dat hij toegang had tot veel meer middelen dan de gemiddelde burger. Middelen die hem in staat stelden om zonder moeite het adres te vinden van het meisje dat Kasia pestte.

Was het een ethisch gebruik van die middelen? Waarschijnlijk niet, maar pesten was ook geen ethische praktijk, en toch deden mensen dat nog steeds - en veel ergere dingen.

Het huis dat ze zochten was ergens aan het einde van de straat. Aan de rechterkant. Nummer honderdzevenenveertig. Google Maps suggereerde dat het een zwarte paneeldeur had met een grote handgreep over de hele lengte, en een witte garage aan de rechterkant.

'Honderdeenenveertig...' zei Sean, terwijl hij de huisnummers aftelde en Tomek naar de voordeur zocht. 'Honderddrieënveertig... Honderdvijfenveertig.'

'Honderdzevenenveertig.' Precies zoals Google hem had verteld. Nu hoopte hij dat de bewoners precies zouden zijn zoals zijn computersystemen aangaven.

'Daar heb je het, maat. Ze is helemaal voor jou.'

Na een parkeerplaats iets verderop in de straat te hebben gevonden, liet Tomek Sean in de auto achter en liep naar de voordeur, terwijl hij zijn stropdas rechttrok. Het was weekend, dus hij verwachtte dat iedereen thuis zou zijn - of op zijn minst *iemand*.

Gelukkig had hij gelijk. Toen de voordeur openging, werd hij begroet door een vrouw die de vijftig ruim was gepasseerd maar nog wanhopig aan haar twintiger jaren probeerde vast te houden. Haar haar was steil gemaakt en gekruld, haar huid een paar tinten te donker gebruind alsof ze te lang onder de zonnebank had gelegen. Nepwimpers en overvloedige hoeveelheden make-up. En een kleine hoeveelheid Botox op alle gebruikelijke plekken.

'U moet mevrouw Redknapp zijn,' zei hij.

'Ken ik u?' antwoordde Helen Redknapp, haar stem dieper dan hij had verwacht.

'Nee. Mijn naam is Tomek. Ik vroeg me af of uw dochter Crystal thuis is?'

Helen keek over haar schouder en tuurde het huis in. Blijkbaar bezorgd dat er een veertiger aan haar deur stond te vragen naar haar dertienjarige dochter, riep ze haar echtgenoot, een grote bruut van een man, die zich een weg naar de deur baande. Zijn schouders en spieren waren zo breed - bewijs dat hij in zijn leven nooit iets anders had gedaan dan gewichten heffen - dat hij nauwelijks door de deuropening paste.

'Wie ben jij?' bromde hij, gebarend met een lichte hoofdknik.

'Ik ben Tomek. Ik vroeg me af of ik met uw dochter zou kunnen spreken, alstublieft?'

'Wat moet jij van mijn dochter?'

'Niets. Ik wilde alleen met haar praten.'

'Wat je tegen mijn dochter te zeggen hebt, kun je tegen mij zeggen.'

'Dat is precies wat ik van plan ben. Zijn er nog andere familieleden die misschien willen deelnemen aan het gesprek? Een broer, een zus, misschien? Ik heb alleen jullie drieën nodig, maar de rest is ook welkom, denk ik. Hoe meer mensen die weten waar uw dochter mee bezig is geweest, hoe beter.'

Zonder waarschuwing wurmde Axel Redknapp zich langs zijn vrouw en ging recht voor Tomek staan. De man was een paar centimeter kleiner, maar wat hij miste in lengte, maakte hij meer dan goed in breedte en kracht - vier keer over. In zijn adem waren sporen van een bananensmoothie te ruiken.

'Waar ben je godverdomme voor hier, gast?'

Toen hief hij zijn handen op om Tomek aan te raken.

'Ik zou dat echt niet doen als ik u was,' zei hij, kalm en zacht.

'Waarom godverdomme niet?'

'Omdat ik graag met uw dochter wil spreken voordat ik u arresteer voor het aanvallen van een politieagent.'

De zelfvoldane glimlach die Tomek naar Axel flitste maakte de man woedend, maar de politielegitimatie in zijn zak was genoeg om hem te kalmeren. Dat was maar goed ook, anders zou hij zichzelf tegen de grond gedrukt hebben gevonden met zijn armen achter zijn rug, terwijl hij geboeid op de achterbank van een politieauto werd gegooid.

'Zo, dat is voor jullie allemaal wat duidelijker, nietwaar?' zei Tomek, zonder enige moeite te doen om de triomf in zijn stem te verbergen. 'Waar is jullie dochter nu?'

'Wat heeft ze gedaan?' vroeg Axel.

'Dat zul je zo horen. Helen, als u haar zou kunnen gaan halen, zou ik dat erg waarderen. Ik wil niet dat dit nog meer van onze tijd in beslag neemt.'

Helen hoefde het geen twee keer te horen. Meteen draaide ze zich om en rende het huis in. Het geluid van haar stem die haar dochters naam riep, echode door de gang tot aan de veranda. Een ogenblik later verschenen beide vrouwen.

Crystal was het evenbeeld van haar moeder, en het was duidelijk te zien wie wie probeerde na te doen. Het jonge meisje droeg een dikke groene hoodie en een losse trainingsbroek die netjes in een paar dikke witte sokken was gestopt. Hij zag dat tegenwoordig steeds vaker, vooral bij Kasia. Misschien was het de mode... iets wat hij nooit had begrepen.

'De familie is weer bij elkaar, geweldig.' Tomek klapte in zijn handen en stapte naar voren, wachtend tot Axel uit de weg zou gaan. 'Dit zal kort en bondig zijn voor iedereen. We hoeven het niet binnen te bespreken. Als jullie buren het horen, dan is dat jullie probleem, niet het mijne. Ik ga dit maar één keer zeggen, en dat is het. Zijn jullie er allemaal klaar voor?'

De vraag was retorisch, maar ze knikten allemaal toch. Het was duidelijk te zien dat ze bang waren, bezorgd over wat hij hun te vertellen had. En hij genoot hiervan - en hij was vastbesloten om er meer van te genieten dan Crystal ervan genoot om zijn dochter te kwellen.

'Helen, Axel - het is onder mijn aandacht gekomen dat jullie dochter in het bezit is van een bepaalde foto van mij. Ze kan de logistiek en achtergrond daarvan uitleggen, maar waar ik hier ben om jullie over te informeren, is dat het delen van deze foto met de rest van de school wordt beschouwd als wraakporno en een zeer ernstig vergrijp is dat kan leiden tot een lange gevangenisstraf.'

'Het is ook onder mijn aandacht gekomen dat je dochter mijn dochter op school aan het pesten is. Haar kleren steelt tijdens de gymles. Haar vernedert voor de hele klas. Haar ziek laat melden omdat ze niet naar school wil. Kijk, dat imago-gedoe kan ik nog tolereren, dat is gewoon mij voor de gek houden. Maar als het mijn dochter raakt, en jullie ervoor kiezen om mijn dochter te viseren met zulke dingen en alles wat jullie haar verder aandoen, dat is iets wat ik niet zal tolereren. Dus ik ben hier in goed vertrouwen gekomen om jullie te waarschuwen om bij haar uit de buurt te blijven. En als ik erachter kom dat dit doorgaat, dan kom ik terug. En dan kom ik terug met een arrestatiebevel.'

'Waarom? Je kunt haar niet arresteren voor pesten,' siste Helen.

'Nee. Heel waar. Maar ik kan jullie beiden arresteren voor jullie connecties met Billy Morton en het drugsnetwerk dat hij beheert op Canvey Island. Ik ben blij dat we elkaar laatst tegenkwamen op de parkeerplaats bij Knightsbridge, Axel - dat maakte het veel makkelijker om je gezicht te herkennen.' Tomek pauzeerde om het huis te bekijken. 'Dit is een *heel* mooi pand,' zei hij. 'Niet goedkoop, denk ik. En je Range Rover Sport is ook een prachtige auto - ik zou er zelf graag ooit eentje willen hebben, maar voorlopig blijf ik bij mijn auto. Maar ik zou nog veel liever willen weten hoe je dit alles hebt betaald. Misschien kunnen we dat een keer bespreken in een verhoorkamer...?'

'D-D-Dat zal niet nodig zijn...' stamelde Axel, zijn stem zwak en hees.

'Uitstekend. Dan hoop ik dat we elkaar allemaal begrijpen. Crystal blijft bij mijn Kasia uit de buurt, en ik blijf bij jullie uit de buurt. Geniet nog van jullie middag. En doe niets onkarakteristieks - we pikken zulke dingen meestal op...'

Tomek bood hen een spottend zwaaitje en een overdreven zelfvoldane glimlach die dreigde zijn hele gezicht te verzwelgen. Hij liep met een opvallende veerkracht in zijn pas terug naar de auto, en toen hij in de passagiersstoel plofte, begon hij te gniffelen.

'Positief resultaat dus?' vroeg Sean terwijl hij de motor startte en in zijn eerste versnelling schakelde.

'Je had gelijk,' antwoordde Tomek. 'Ik zou nooit zoveel plezier hebben gehad als ik hem in elkaar had geslagen.'

'Niet dat je dat had gekund, trouwens,' zei Sean. 'Je zag wel hoe groot die vent was, toch?'

De glimlach verdween van Tomeks gezicht. 'Rot op. Breng me nu maar naar huis. Ik wil graag een middag met mijn dochter doorbrengen.'

———

Tegen de tijd dat hij bij het appartement werd afgezet, had Kasia de taart afgebakken die ze 's ochtends hadden voorbereid.

'Ruikt goed!' zei Tomek toen hij de keuken binnenkwam.

Ze had haar telefoon opzij liggen, muziek schalde uit de kleine speakertjes, en ze danste op de klanken van Harry Styles.

'Hij smaakt nog beter,' antwoordde ze. met kleine taartkruimels rond haar mond.

Toen gaf ze hem een stuk. Een overweldigende aanval van citroen raakte zijn zintuigen en zette zijn smaakpapillen in overdrive.

'Je hebt gelijk, die is heerlijk. Heb je geleerd hoe je dit moet maken bij kooklessen?' vroeg Tomek.

'Pfft. Alsjeblieft. Mevrouw Shaw zou willen dat ze zo goed kon koken als dit...'

'Dan hebben we jouw passie gevonden,' antwoordde hij terwijl hij nog een stuk taart nam. 'Dit is een van de beste die ik in lange tijd heb gehad.'

'Nou, ik kan hem niet elke dag maken, anders word je dik. En op jouw leeftijd moet je-'

'Ja, ja. Dat is wel genoeg daarvan, dank je.'

Tomek reikte over de toonbank, tikte op haar telefoonscherm en zette toen het volume van de speakers zachter. Het was fijn om zijn eigen gedachten weer te kunnen horen.

'Ging je afspraak goed?' vroeg ze.

Het duurde even voordat Tomek begreep waar ze het over had. Maar toen herinnerde hij het zich. De kleine witte leugen die hij haar had verteld.

'Heel goed, dank je,' zei hij. 'Beter dan verwacht.'

Toen Tomek zijn hand uitstak naar nog een stuk, niet in staat zichzelf te beheersen, sloeg ze hem op zijn hand met een houten lepel.

'Pap, *hou op*!'

Eerst was hij niet zeker of hij haar goed had gehoord. Maar toen hij de realisatie en verlegenheid op haar gezicht zag, wist hij dat ze had gezegd wat hij dacht.

'Noemde je me net *pap*?'

Warmte zwol op in zijn lichaam.

'Nee. Nee, dat deed ik niet...'

De zelfvoldane grijns die hij buiten het door drugs gefinancierde huis van de Redknapps had gedragen, keerde terug, groter, helderder en gedurfder dit keer.

'Jawel. Je zei *pap*. Je zei: "Pap, hou op!"... *Pap*...'

Hij had niet gedacht dat deze dag zou komen. Hij had niet gedacht dat ze zich ooit comfortabel genoeg zou voelen om hem zo te noemen. Maar dat had ze, en dat deed ze. Er moet iets veranderd zijn, iets in haar moet gedacht hebben dat het een goed idee was, dat hij het verdiende.

Hij hoefde niet te weten wat of waarom; hij was tevreden om die informatie bij haar te laten. Alleen het feit dat ze het had gezegd was genoeg.

Dat hun relatie de juiste kant op ging.

Pap...

Wat hem eraan herinnerde. Voor elke vader was er ook een moeder.

'Ik dacht,' begon hij, terwijl hij over de rug van zijn hand wreef. 'Je hebt laatst niets meer gezegd over het bezoeken van je moeder. Is dat nog steeds iets wat je zou willen doen?'

Kasia had niet lang nodig om een beslissing te nemen. Ze kauwde op haar onderlip, duwde een pluk haar uit haar ogen en schudde haar hoofd.

'Nee, ik denk het niet,' zei ze vol vertrouwen.

'Weet je het zeker?'

'Zeker weten.'

'Nou, als je ooit van gedachten verandert, laat het me dan weten en dan regel ik iets.'

Glimlachend stapte ze naar voren, sloeg haar armen om zijn middel en omhelsde hem.

'Bedankt,' zei ze.

'Pardon?'

'Bedankt...?'

'Wat mis je?'

Ze keek naar hem op en rolde met haar ogen.

'Oké. Bedankt, *pap*.'

'Dat is beter.'

'Je gaat dit nu niet loslaten, hè?'

'Je kunt er donder op zeggen dat ik dat niet doe.'

'Ehm. Let op je taal!'

'Donder is prima. Je mag donder zeggen. Ik ben in een goede genoeg bui om dat door de vingers te zien.'

Hij sloeg zijn arm over haar schouder en trok haar dichter tegen zijn borst.

'Ach,' zei ze. 'Bedankt, pap. Je klootzak.'

OVER DE AUTEUR

Jack Probyn is een Britse misdaadschrijver en de auteur van de Jake Tanner misdaadthrillerserie, die zich afspeelt in Londen.

Hij woont momenteel in Surrey met zijn partner en kat, en werkt aan een nieuwe detectiveserie die zich afspeelt in zijn geboortestreek Essex.

Wil je je niet aanmelden voor nog een maillijst? Dan kun je op de hoogte blijven van Jacks nieuwe uitgaven door een van de onderstaande accounts te volgen. Je krijgt bericht wanneer ik een nieuw boek uitbreng, zonder de rompslomp van het aanmelden voor mijn maillijst.

BookBub Auteurspagina "Volgen":

1. Vergelijkbaar met Amazon hierboven, klik op deze link: https://www.bookbub.com/authors/jack-probyn

2. Naast mijn profielfoto staat een knop met "Volgen"

3. Klik daarop, en BookBub zal je informeren wanneer ik een nieuw boek uitbreng

Als je meer actuele informatie wilt over nieuwe uitgaven, mijn schrijfproces en alles daartussenin, dan is mijn Facebook-pagina de beste plek om op de hoogte te blijven. We hebben daar een kleine gemeenschap die groeit. Waarom zou je er geen deel van uitmaken?